今夕何年

橘子宸 / 著

贵州出版集团
贵州人民出版社

图书在版编目（CIP）数据

不知今夕何年 / 橘子宸著. ——贵阳：贵州人民出版社，2020.5
ISBN 978-7-221-14929-9

Ⅰ.①不… Ⅱ.①橘… Ⅲ.①长篇小说 – 中国 – 当代 Ⅳ.① I247.5

中国版本图书馆 CIP 数据核字（2020）第 056604 号

不知今夕何年
BUZHI JINXI HENIAN

橘子宸 / 著

总 策 划	陈继光
责任编辑	陈继光　徐　晶
特约编辑	陈胤凡
装帧设计	陈　晨
封面设计	源画设计
出版发行	贵州人民出版社有限公司（贵阳市观山湖区会展东路 SOHO 办公区 A 座）
印　　刷	长沙鸿发印务实业有限公司（长沙市黄花工业园 3 号）
版　　次	2020 年 5 月第 1 版
印　　次	2020 年 5 月第 1 次
印　　张	21.5
字　　数	280 千字
开　　本	710mm×1000mm　1/16
书　　号	ISBN 978-7-221-14929-9
定　　价	46.00 元

第一部分
她说/001

第二部分
你的孩子/063

第三部分
我死我生/121

第四部分
欲望毒液/156

第五部分
被害女子图鉴/218

第六部分
血翡翠/274

第一部分　她说

1

2021年农历新年，除夕夜当晚，西京的高速公路收费站。

因为春运，高速公路堵得水泄不通。穿着制服的交警正在声嘶力竭地指挥车辆有序地通过收费站。

机器对着交警冻得通红的脸，他口里呼出的白气在昏黄的路灯下氤氲得颇有意境。

这是西京电视台赶在春晚之前直播的一档特殊节目：《你在哪里过新年》的拍摄画面。节目选取了几个有代表性的职业做直播采访，主题是歌颂劳动人民的辛勤。

交警工作间隙眼神不自觉飘向在旁边等候的女记者靳夕身上，靳夕长得相当漂亮。与电视里常见的风尘仆仆的女记者不同，她打扮华丽，精致的妆容和略显浮夸的丝绒长裙配着白色皮草披肩，让她看上去像是要去参

加宴会的名媛。这样吸睛的装扮让不少路过车辆甚至特意降速来看她。

太阳落山后温度骤降，靳夕在寒风中冻得哆嗦，搓着手在朋友圈发出了一条动态："致敬劳动人民。"配图却是自己长发凌乱、楚楚可怜的自拍。

闺密林淼淼第一时间发来慰问："你能不能有点劳动人民的样子？你这穿得也太富贵了吧？"

"拜托。我可是靳夕啊。"靳夕语气夸张，翘着兰花指整理着自己的披肩。

这话换作别的任何一个人来说，林淼淼都想一个耳刮子掴上去，但两人是从开裆裤一起长大的交情，她太清楚靳夕这个名字意味着什么。

"夕姐，入镜啦！"采访助理小悠在马路边叫她。

因为给靳夕拍照而造成拥堵的汽车在交警的指挥下终于步入正轨，缓慢但通顺地向前挪动。小悠因此得到一刻喘息，赶紧来叫靳夕过去采访。

"不说了，工作了。"靳夕匆匆收起手机，从小包里拿出粉饼、口红补了个快妆。一边整理着头发一边朝他们跑去。同时，摄像老曹的镜头转向了她。

"啊！"靳夕的高跟鞋在减速带上撇了一下，身体一个趔趄，肩上披着的皮草滑下去半截，露出香肩。老到的摄像师心中咯噔一下，镜头赶紧移向旁边的交警。靳夕趁机调整了披肩，强装镇定，笑吟吟地走进镜头中。

站在收费站台阶上的交警伸手拉了她一把，她一抬脚，高跟鞋又踩到自己的长裙裙角，险些将两人都带摔下去。好在交警手劲大，托稳了她。

靳夕惊魂未定地拍着胸脯说谢谢，雪白的脖颈在红裙的衬托下白得反光。旁边的助理小悠已经被她吓出一身冷汗，小声提醒着："话筒，话筒！"

她这才反应过来没拿话筒，赶紧接过小悠递过来的话筒送到受访人嘴边，却在一系列的意外下好像突然忘了要问什么。话筒已到在交警嘴边，两人大眼瞪小眼，仿佛时空凝固了。

这可是直播啊！这就算直播事故了。小悠和老曹仰头望天，心疼自己的年终奖金。

第一部分　她说

因为靳夕状况连连，网络的同步直播间里开启了疯狂吐槽，《你在哪里过新年》意外成为实时热点，线上观看人数直线上升。弹幕也是一个比一个精彩。

"我还以为春晚提前开始了，这记者穿得跟春晚主持人似的。"

"我家电视卡了吗？这两个人演一、二、三木头人呢？"

尴尬的沉默持续了五秒后，靳夕灵魂归位，就像卡住的录音机按下播放键，滔滔不绝地开始介绍春运背景，然后顺势将话题引到交警的日常生活中。"为了保持春运畅通，让更多人回家过年，我们陈警官已经三年没有在家过年了，现在有什么话想对电视机前的家人说吗？"

"其实这都是我的工作，没什么好说的。但我最感谢的是我的妻子，她有严重的风湿病，痛起来的时候膝盖都不能弯，我执勤不在家的时间，全靠她一个人接送孩子、照顾老人。她在我心中是最好的妻子和母亲。"

在现场的情绪酝酿到一个十分感人的程度时，靳夕突然冒出的一句话阻住了交警马上要滚出眼眶的热泪。"那为什么不请个保姆呢？"

她的提问仿佛是一个经典的"何不食肉糜？"式的问题，遭到了网友群嘲，弹幕呈几何式暴涨。

"她是在搞笑吗？有钱谁不知道要享福？人家交警工资才多少，养家糊口都困难。"

"啊，这个记者不是咱们西大校花吗？她爹做珠宝的，超有钱，天生大小姐，难怪会问出这种问题。"

"亲爹还是干爹？（坏笑）"

"什么？"交警和屏幕前所有的观众一样流露出不理解的表情。

靳夕单手抱臂，举着话筒，下巴上扬朝他的手腕位置点了一下。"手表不是积家的吗？虽然北辰系列不是珍藏款，也得几万吧？别跟我说是假的哟。你刚扶我的时候，我可看清楚了。皮带是巴利的，皮鞋是托德斯的。陈警官，有钱可别吝啬给您妻子请个保姆呀！"

"这……那……"交警支支吾吾，一时接不上话来。

有些网友不明白她为什么要突然说这些无厘头的事,有些网友意识到这样的消费水平绝不是一个普通交警该有的,这中间有猫腻。他们等着这个记者揭开更大的秘密,但话题戛然而止。

靳夕语气天真,仿佛真的不知道自己刚刚说出的是多严重的事。

"好的。感谢陈警官接受我们的采访。祝大家新年快乐!我们新年一定会有个新气象。"她说完意味深长地看了交警一眼,将采访卡在一个恰到好处的节点。

这是最后一个受访者,采访结束后,老曹一边收拾器材一边和小悠闲聊:"这次我们祸闯得好像有点儿大。"

"饭碗不保。"小悠对此更是悲观。

靳夕听到,满不在乎地揉了揉小悠肉乎乎的脸:"怕什么。天塌下来,还有你夕姐顶着。"

"夕姐,手机响了。"小悠顺手把她的包还给她。

手机在手里振个不停,电话一接通,靳夕就听到那边传来台长的暴吼:"给,我,滚,回,来!"

她掏掏耳朵,根本没放在心上。"好的,台长,滚可能会慢一点。您等着。"

付台长挂上电话气喘吁吁,他是个五十出头的胖子,衬衣扣子被啤酒肚撑得似乎马上就要弹出去。和所有事业有成的中年男人一样,免不了地中海的命运,头上稀疏的几根头发苦苦坚守在岗位上,是他最后的尊严。

"你确定你要她做你新节目的主播?"付台长再次向坐在监视屏幕前的男人确认。

男人双腿搭在操控台上,双手抱头,身体朝后仰去,办公椅被他晃得摇摇欲坠。他大腿上放着一本花里胡哨的简历。不,这不是简历,应该称之为超长版自我介绍。他刚用一分钟翻完这本长达二十页却华而不实的简历,利落地合上文件,抬头看向台长:"就她了。"

第一部分 她说

作为深度调查组的组长和这次新节目的制作人，何年有绝对的决定权。

付台长欲言又止，似乎在斟酌用词："我知道这次台里突然砍掉你的节目，你很生气。但新节目的质量直接关系到整个深调组的生死，你作为台里的老人是不是再谨慎选选？靳夕虽然有点姿色，但毕竟还在实习期，经验不足。其实颜珮就很不错，有观众基础，而且她主动申请从八点档调到十一点……"

"不用了。就她。"何年其实年纪并不很大，离三十还差着两年，但似乎是故意把自己往糙里造，穿着从不注意。留着中长发也不打理，扎成一个鬏儿，戴上一顶棒球帽、一个黑口罩就可以走天下。让人一眼看去，猜不到年纪。

付台长拍了拍他的肩膀，瘦削的肩胛骨隔着T恤都让人觉得硌手。"你最近怎么一下子瘦了这么多？工作再拼命也得注意点身体啊。"

付台长能当上正台长，脑子那是拎得清的。台里有两种人不能得罪，一种是像靳夕那样自带资源的金主，还有一种就是何年这样业务一流的骨干，每年都能给台里拿回几个举足轻重的新闻奖。

做新闻，要资本，也要良心。何年就是那颗良心，做深度调查组组长五年，他在台里常备着一个睡袋，一年三百六十五天包括过年都在自愿加班。这样的人才，领导怎么能不宝贝地供着。那么，恃宠而骄也是必然的。

但随着传统新闻被网络新媒体冲击得七零八落，观众越来越难以集中注意力在深度新闻上。现在的新闻无非就是让百姓图个乐子或者吓人一跳，剩下的，让民众知道真相似乎变得没那么重要。

于是，曾经风光无限的深度调查组成了电视台费时费力又费钱还得罪人的包袱。除了挂在墙上落了灰的奖状，它似乎没有任何价值。

电视台高层一度想要解散掉深度调查组，但这个保持高收视率的金牌记者何年犹如一尊大佛镇在那儿。请不走，只有挪一挪。

原本放在黄金时间的《新闻30分》，毫无预兆地被砍掉了。高层以补偿的名义，给了何年一个深夜档的新节目。其实是在等着何年做不出成绩

就可以有借口彻底取缔深调组。所以这对何年和整个深调组都是背水一战。

"付台,我想好了,新节目不要以我的名字命名,就叫《她说》,用她的视角带领观众看看世界。"

"我……不是……到底为什么呀?"付台长百思不得其解,放着台里那么多从经验、学历、长相都超过靳夕的女主播不选,何年为什么偏偏选择一个新人,而且还是个毛里毛躁、不可一世的愣头青。

何年起身朝门外走,顺手将简历扔进垃圾桶,言简意赅地回答了付台长的问题:"她不是有钱嘛。"

2

"台长,你找我?"靳夕没有敲门,踩着高跟鞋大摇大摆地走进台长办公室,一屁股直接坐在沙发上,还拢了拢肩上的皮草。空气中飘散着若有似无的香水味。

"你还好意思问我?台里投诉电话都快打爆了。不然你以为我愿意被人从年夜饭的桌上抓来?叫你去做个直播采访,你穿的是什么?"台长皱眉打量着她的装扮。

"正装啊!您不是说要穿正装吗?这是我最正儿八经的衣服了,第一次上电视嘛。隆重点。"靳夕口气无辜得让人气极。

付台长扶额,合着都是他的错。"说说看吧,你是怎么发现那个交警有问题的?"

"我补妆的时候看到停在旁边公路停车场的宝马,车牌是那个交警名字的拼音缩写加生日。当然,车可以是贷款买的,倾家荡产买辆好车的男人也不是没有。我就注意了一下他的穿着打扮,虽然他穿着制服很朴实的样子,但看男人品位,无非三样——手表、皮带、皮鞋。从这三样来看,他的消费水平绝对不低,但他却一直强调他家清贫。而且他扶我的时候,还借机掐了我腰一把，盯在我胸上的眼珠子差点没掉出来。这人财务状况和感情生活都不清白。连续三年不回家过年坚守岗位的"劳动标兵"，背后有什么故事？这不失为一个可挖掘的好题材。"

付台长听完，觉得这个思路很妙。这些线索都是以她独特的女性视角看到的，而且是基于她对那些小众轻奢品牌的敏感，换作别的哪怕资深记者也未必能注意到。"你倒机灵。"

"台长，您教导过的，做记者最重要的三点——观察力，好奇心和行动力。"靳夕站得笔直，像个等待检阅的士兵。

"可你知不知道这个交警背景不简单，他的亲叔叔是交警支队大队长。你直接捅出来就不怕被人报复吗？"

靳夕正经不过三秒，马上打回大小姐原形。她撩拨了一下长发，用一种她独有的夸张语气说："我会怕？我可是靳夕啊！"

台长不禁失笑，突然觉得自己之前说出身太好的人不适合做记者的判断有些片面，她有她不能取代的优势，但锋芒太露终归不好，还需打磨。何年挑中她，也许两人会擦出不同的火花。

靳夕继续自吹自擂："怎么样？台长，老实说，我表现还不错吧？我看网上反响很激烈。"

"是是是，收视率创了同时间段第一。"这一点，台长还是肯定的。媒体市场化，从现代市场营销来说，不管好名坏名，先能出名最重要。"但是……"

"对了，付台长，我爸刚跟我说，这新年伊始，电视台也应该有新气象。他准备捐一笔专款给电视台换一批新设备。台里的电脑啊，摄像机啊，录音机啊，这些都太老了，一次全换了吧。"靳夕连敲带打，一下子就把语重心长准备找她谈心的台长给绕了进去。

"小靳呀，你替我多谢靳总。"付台长一脸喜气，把要训她的话忘得一干二净。

"台长别客气。作为台里的一分子，都是我应该做的。"

"欸，不对啊。小丫头片子，差点被你绕进去了。算了算了，这事先翻篇。叫你来是有些别的事……"

"过年只听好事，不听坏消息。"靳夕抢白，生怕台长说要开除她。

付台长对她这副无赖的样子哭笑不得。"新年休假结束后，你进《她说》栏目当主播，也是采访的出镜记者。"

"台里有这档节目吗？没听说过啊。"

"新开的新闻访谈类节目，每周日晚间十一点开播。"

靳夕很快领悟到这中间的猫腻，谁会在周日的大半夜看新闻，这不就是被发配边疆吗？她愁眉苦脸地挽着台长的胳膊。"我可以拒绝吗？"

"不可以。"台长在她额头上杵了一下，"你可是人家深调组组长何年钦点的。"

何年？靳夕默默在心里咀嚼了一遍这个名字。

好的。这个仇她记下了。

靳夕整个春节都在烦这件事，她好不容易说服她爹让她进电视台是为了来扬名立万的。深夜档能做出什么名堂？她又不是来讲鬼故事的。

林淼淼听说了此事，表示不以为意。"那就辞职呗。按我说，我们就安心做个二世祖。女孩子嘛，又没人会说你什么，反正做得好、做不好最后都被说是靠爹。何必去吃那个苦呢？再不济，你还有个姐姐帮你顶着。"

靳夕的大姐靳辰虽天资过人但身体不好，所以姐姐十一岁的时候，老两口又要了一个孩子。老来得女，母亲没几年就去世了。靳红星把她这个小女儿看得跟金钵钵一样，百依百顺。反正家里钱也赚够了，不指望她大有所成，活得顺心顺意就好。

靳夕在父亲和姐姐的庇佑下，顺风顺水活到了这么大，心中却始终有个声音在告诉她，不能就这样过一辈子。

她从小就梦想执剑走天涯的侠女生活，后来看了一篇曾获普利策新闻奖的深度报道，她发现记者就像现代江湖中的侠客，她们手里的笔就是剑。调查记者那种铁肩担道义、辣手著文章的精神让她颇为神往。而她现在才刚刚提起剑，剑在手中，还不受控制。

"那不行，我可是要拿普利策奖的女人。"她爹靳红星教育得好，要么就不做，要做就做最好的。所以从决定当记者开始，拿普奖就成了靳夕的口头禅。

在林淼淼眼里，这就跟小时候我们总会烦恼长大是上清华好还是上北大好一样，她这纯属想多了。

其实他们这个"富N代"圈子里无非是两种人，一种像她姐姐靳辰，不仅家世好天资都好，出生就是天之骄子，一步步稳稳当当走上人生巅峰，不折不扣的精英范儿。另一种就是像她的好闺密林淼淼一样，对自己定位很精准，就是要做个二世祖，每天混吃等死可劲造钱。

不幸的是，靳夕处于两者之间。她的身体虽然诚实地跟随着林淼淼沉沦，心灵却始终不放弃成为靳辰这样的精英。偏偏又对做生意毫无兴趣，误打误撞进了新闻界，仿佛一下子找到人生目标，她发誓要做出点成绩给大家看看。

然而，何年现在就是一颗挡在她成名之路上的天降巨石，而且这颗"巨石"连喘息的机会都没打算留给她。

原本应该过了大年十五才开工。可是，大年初七深夜靳辰就被一个陌生电话吵醒。对方单刀直入就是一句命令："马上到西京大学来。"

靳辰揉了揉被眼屎糊得睁不开的眼睛，看了一眼手机屏幕上的时间——凌晨三点半。

"你有病啊。"她毫不犹豫地挂断电话，没过半分钟，电话又执着地在响。靳夕抓狂地坐起来，接通电话后一顿吼："不管你是谁，你最好有生死攸关的事！不然，我现在就追到西大掐死你！"

电话那头沉默了几秒才开口。"我是何年，有人在西京大学要跳楼。老曹已经在来的路上，你如果起不来，就不用来了，以后都不用来了。"

就跟比赛似的，这回是那边抢先挂断了电话。

靳夕愣了半秒，反应过来何年是谁，马上连滚带爬从床上爬下来去找衣服。

在路上的时候，靳夕才开始思考这个选题就算是《她说》开播的第一期节目了。没有开会，没有和任何人商量，何年就一个人做了主。而且为什么何年要选择跳楼一个这么普通的事件？

不是说一条人命不重要，但是观众对自杀这种司空见惯的事情已经麻木了。就算这背后的故事再凄惨惋惜，也不过是一声叹息，掀不起什么风波。这对一个追求开门红的新节目而言，是致命伤。

靳夕的手机叮的一声，收到了一封从深度调查组传来的邮件，署名是波仔。

她听台长介绍过，秦波是电视台最年轻的一个正式员工，不做内容只负责信息收集。他的存在是传统媒体在"互联网+"大时代下的妥协，秦波刚从卡内基梅隆大学的信息检索专业毕业，做事是美国那一套，不再固守传统信访渠道，而是专注从网络上捕捉新闻舆情。他的舆情分析报告是记者了解当事人的第一步。

邮件里面有关于此次事件的背景资料。跳楼者叫封奕，西京大学林学院一个即将毕业的大四女学生，最近正在和老家的男朋友闹分手，所以，才大年初七她就急匆匆返回了学校。

原来是情伤，靳夕心中默想。

而且据波仔从社交网络上收集来的资料：毕业在即，封奕却因为挂了好几科主课，现在面临着拿不到毕业证、学位证的风险，四年苦读很可能化为一场空。她的家境并不宽裕，家人倾其所有才供她来读书，这些苦恼她都不敢说给家里人听。所以越是临近毕业，她的情绪越不稳定。

情伤加学业压力，这几乎已经成了大学生自杀的两大"标配"原因了。靳夕无不冷血地想，大概又是一出闹剧，等到时候现场围了一大群人，消防员也来了，老师、朋友劝一劝，最后就下来了。

所以那时候她还有些未尽的起床气，怪何年在这大过年的时候扰了她的清梦。

待她赶到西京大学女生宿舍2号楼楼下的时候，先是看到老曹在架机器，走近了才发现旁边还站着个穿黑T、戴棒球帽的男人正仰头在看楼顶。他个头很高，但背习惯性微驼着，体形偏瘦，跟长期宅在家中营养不良的宅男似的。

因为戴口罩而看不到五官，只留一双眼睛在外面，想必这就是电视台那位神秘的大神记者，她的"拦路石"何年了。

神经病，靳夕翻了个白眼，这人比她戏还多。大晚上戴帽子、口罩，如果再架副墨镜，她还以为是碰到明星了。

"情况怎么样？"靳夕用手肘碰了下老曹。

"从被人发现到现在，已经坐了两个小时了。"

"学生，千万不要跳啊！没什么过不去的坎儿。"宿管老师在楼下大喊，希望她能听到。

"学姐，撑下去！我们陪你一起。"女孩们抱着彼此的胳膊，团结在一起给封奕打气。

"谁和你分手是他眼瞎。天涯何处无芳草，学姐请到窝边找！"对面宿舍的男生也跟着起哄。

大学生特有的热情朝气，在冰冷的寒夜里让靳夕感到一丝温暖，她想封奕一定也能感受到身边人的善意。她小声跟老曹说："拍拍这些学生，他们还挺有爱心的。"

身边传来一声冷笑，虽然看不到口罩下的嘴，但靳夕肯定何年是在嘲笑她。这家伙就是天生和她不对盘，不知道非得把她拉进新节目做什么。

"别急着下定论。"何年的声音从口罩下传出来，闷闷的，带着一股丧气。

靳夕不服气地跟着何年抬头往上看，女孩裹着一件军大衣坐在寒风凛

凛的天台上,赤着的双脚垂在半空中。不远处有消防员在耐心劝说,但她就跟听不见一样,头都没有偏一下。但只要消防员试图靠近,她就会情绪十分激动地威胁要往下跳,于是两边僵持不下。

楼下的消防队员正准备铺设气垫,封奕见到,立马沿着天台栏杆站起身来朝下喊:"别动!你们不准铺那东西!再弄我现在就跳下去。"

老曹的镜头对准了消防队员,他们面面相觑,不知如何是好。只有向天台上的队长黎天明请示。

封奕因为情绪太激动,险些滑落下去,左手下意识抓紧栏杆才不至于跌落。黎天明被吓得不轻,但见她此举有明显的求生欲,心里判断可以通过劝说解救,不想再刺激她有任何过激行为,于是通过对讲机指示楼下的人暂停行动。

"你这样子家人知道会很伤心的。我通知你爸爸妈妈过来接你回家好不好?傻姑娘,没有什么事大过你的生命。"黎天明放柔声音哄着她。

封奕复又坐下,神情恍惚。"我没脸见我爸妈,我也不想见他们。但我想他们,还有阿斌……"

"阿斌是你男朋友?要不要我给他打个电话?"

这次封奕没有回他的话,而是从军大衣里掏出一个紫色的薰衣草熊娃娃抱在怀里自言自语:"我对不起阿斌,他说要娶我。都是那个畜生害的,叫他来见我!"

她的话语无伦次,她一会儿哭一会儿笑。黎天明根本听不懂。

时间一点点过去,眼见着天泛起鱼肚白。靳夕已经采了几条不同角度的素材做节目开篇的备选。透过老曹的高清镜头,她可以看清楚天台上封奕和黎天明等消防员冻得通红的脸蛋,封奕身子发软,摇摇欲坠。

此时距离靳夕接到何年电话已经过去四个小时了。她想,过不了多久,女孩撑不住,力气散了也就好办了。

其间何年除了蹲在宿舍楼对面的食堂门口抽了两支烟,其他时间都一动不动地盯着楼顶，眉毛始终蹙成一团，看得靳夕心里也跟着惴惴不安。

"让让，让让。要跳不跳的，耽误事儿。"此时一个四十几岁的中年男人端着一大缸汤水似的东西从食堂后门走出来。因为围观的人太多，挡着他的路，他显得很不耐烦。

这种不耐烦就像传染病，很快感染到周边的人，怨念的情绪宛如涟漪一般一圈圈泛开。人们不再好言相劝，开始展现出另外一副嘴脸。

3

人们开始小声揣测封奕自杀的原因。

尤其是从2号楼宿舍里跑出来看热闹的女学生们，白白站了一夜，没有等到她们期待中的画面。那种压抑不住的躁动愈演愈烈。

"是被男朋友甩了吧？一直在说畜生什么的。"

"不是的。你没看到她手里抱着个娃娃吗？我听她们宿舍的人说，她是给人当小三，怀孕了，被正室追到学校打了胎，所以才想不开。"女孩有意识地压低声音，但一句不漏地都被靳夕听到耳朵里。

"你亲眼看到了吗？就你有嘴，要不要给你个话筒？"靳夕没好气地将话筒伸到说话女孩面前。

"有病吧。"女孩生气又心虚地拉住同伴从旁边的小径匆匆离开。

一对刚刚唱了通宵KTV回来的情侣经过，女孩疲累到双眼发青，随意地瞟了一眼楼顶，兴趣乏乏地和男友说道："八成是抑郁症。现在没个精神病，你都不好意思说你是城里人。"

"哪有什么抑郁症，都是自己作的，能有多大事儿啊。欸，你先别回，我们去吃个早餐你再回去睡吧。"男孩压根儿不相信有心理病这回事。

女孩摆摆手："我不去，我还要减肥。你自己去吧。"

男孩喊了一声，自己往食堂方向走。最早班的食堂师傅已经将热气腾

腾的包子端到了窗口,男孩却因为熬了个大夜突然觉得没了胃口,站在食堂门口的吸烟区想抽根烟再回宿舍补觉,顺便看个热闹。

"哥们儿,有火吗?"他跟蹲在旁边的何年借火。

"滚开。"何年口罩下的声音嗡嗡的,男孩没有听清,但见他眼睛一直盯着天台上的女孩,以为他也是个看热闹的路人,还试图继续跟他搭讪。

"我跟你赌一百元,她不会跳。赌吗?"男孩从口袋里掏出一张皱巴巴的一百元,拍在地上,双手拢到嘴边,挑衅地对楼上的封奕叫道,"你倒是跳啊。你敢跳吗?不敢就……"

只听身后"哎哟"一声,靳夕听到他的话刚想开骂,回头见到那个男孩已经捂着手臂摔在地上。

何年跟个没事人儿一样还是保持着原来的姿势站在一旁,仿佛刚刚踹他一脚的并不是自己。

"哎。我靠。"眼见那血气方刚的大学生跳起来挥出一掌,何年向后一退躲过攻击,但口罩被扫落在地。

靳夕扫到他的脸一眼,竟颇有些惊艳。她原以为口罩下该是胡子拉碴、不修边幅的一张大叔脸,没想到何年的五官很有少年感,睫毛很长,所以显得眼睛很黑很深。目光如炬,看上去咄咄逼人,但薄薄的嘴唇血色很淡,又好像没什么精神似的。

那个大学生还想打架,靳夕不禁为何年那瘦弱的身板捏了一把汗。她急中生智,故意大声吆喝道:"老曹,快拍这里。这里有新闻。围观群众怂恿当事人跳楼,这播出去收视率肯定高啊。"

老曹机灵地扛起机器凑过去,假装拍摄他们打架,其实开机键都没有按。

那个大学生眼见着逼近的镜头,讪讪地放下手,又不甘心白挨这一脚,最后离开前,放了句最没用的狠话:"你等着。"

何年恍若未闻,捡起口罩重新戴上,注意力又回到了楼顶。

事发六个小时后,封奕在邻市的父母和男友都闻讯赶到了现场。此时

第一部分 她说

现场已经围起了警戒线，校方的负责人也都到了。

靳夕突然意识到封奕要死的决心其实很强烈，不然她不会冻得瑟瑟发抖也坚持着最后一口气不下来。但她坚持着没有跳，又是在等什么呢？

其间消防员还给她递了水和面包，她接下了，但放在一边都没动。

封奕的母亲看清楚坐在那天台边的身影是自己的女儿时，当场哭晕了过去。父亲扶着母亲，去宿舍一楼生活老师的房间里休息。

"让我上去行不行？我就上去和我女儿说两句。"父亲抓着楼下消防员的手恳求道。他没有哭，但是声音很虚，半夜从床上被学校电话打醒的时候，他甚至觉得这只是一场噩梦。

黎天明没有批准放人上来，因为封奕的情绪从见到他们开始就变得很激动。"你们叫我父母来做什么？你们根本不懂！我要见的不是他们！"

黎天明始终不得要领，不知道她到底想见谁，只有悄悄让队员把封奕父亲和男友程斌带到五楼候命。程斌要求单独见黎天明。

据黎天明后来回忆，当时程斌的反应比谁都冷静，不是那种冷漠的冷静，而是洞悉一切的了然和疲累。"是我的错。是我害她走上这条路。"

黎天明皱眉，看向男孩的目光有些嫌恶。"你对她做了什么？"

"我向她求婚了……"

这回黎天明又不懂了。"所以呢？她不想嫁给你，所以才这样？那她一直说要见却不肯说名字的人是谁？"

程斌深吸一口气。"她说不出口，我替她说。她要见的是西大林学院教授罗鹏。"

"跟教授有什么关系？"黎天明被越绕越晕。

程斌低头看着自己交叉的双手。这已经不是封奕第一次自杀了。她割过腕，吃过安眠药。程斌已经救过她两次，从刚开始两人歇斯底里地抱头痛哭到后来可以平静地并排躺在床上彻夜长谈。

他知道她的心病在哪儿，那是他永远给不了的东西：她想讨回一个公道。

楼下，人声鼎沸。

已经不再是一两个人的大放厥词，知情的、不知情的，都仿佛碰到什么庆典一样兴奋激动。

他们拿出手机，主动充当自媒体。各个社交平台上都出现不同视角的视频或图片，女孩穿着军大衣低着头坐在天台上，神态疯癫。

他们就这样毫无愧疚地用一条岌岌可危的生命换来朋友圈几个赞。

坏人吗？恶魔吗？恐怕也不至于，都是人群中最普通的人。可正是这样，才让靳夕感到毛骨悚然，身边每一个正常人都有可能变成魔鬼而不自知。人群成了他们最大的保护伞。

"跳吧！"

"有本事就跳啊！"

不知道是谁开始喊，附和的人越来越多，大家就像叫加油一样齐声和应。老曹的镜头平移过每个人的脸，男的女的，哭的笑的。有人竭力叫喊，青筋暴出；有人不忍再看，别过头离开。浮生百态，尽在一瞬。

"傻子，看看这儿，哪里有你要的公道。"何年身边一个年纪和封奕相仿的女孩似乎在自言自语，她仰着头，眼角滑下一滴泪水。

封奕肯定也听到了楼下的喊声，她扶着栏杆渐渐站起。因为脚麻，她踉跄了一下。黎天明下意识伸出手想拉她，她却躲过了他的手扶稳栏杆。

食堂边不远处的校园甬道上，有一个身形匆匆的中年男人被校领导推搡着往女生宿舍楼下走。

"校长，我说了，这事和我没关系！你非得大半夜把我叫来，我老婆该怎么想。"中年男人的西装被拽得发皱，刚睡醒的头发还乱得一窝蜂，丝毫没有往日名师教授的风范。

"有没有关系，你都去劝劝。这学校里出了人命算怎么回事。"校长不肯松口，几人连拖带拽把他往这边推。

"黎队长，我现在清醒了。"封奕看着楼下拥挤喧闹的人群和不远处

第一部分 她说

忙着推诿的中年男人，突然笑了，"你说罗鹏会喜欢我送给他的礼物吧？"

她将手中的小熊娃娃放在平台上，又脱下军大衣盖在娃娃身上。"这是大斌送我的生日礼物，我给它取名叫YOYO。大斌说，这可以当我们以后孩子的小名。黎队，其实呢，我真的很想和大斌有自己的宝宝，想孝顺爸妈到老，但我做不到……我没有保护好自己，这是我的错，我已经看不到未来了。黎队长，你说他们会理解我吧？"

封奕毫无预兆跳下去的一瞬，黎天明扑上去拉住了女孩的右手。

随着封奕的这一跃，楼下人声沸腾起来。

靳夕直接叫出了声，连何年都腾地站起了身。

封奕努力抬头看向黎天明："谢谢你，黎队长。可我必须这么做，我很清醒地知道自己在做什么。拜托您替我转告我父母一句，对不起……"

她是硬生生一根根掰开黎天明的手指头的，因为使不上力，黎天明大半个身子都已经爬出了天台。

封奕坠下楼只是一瞬间的事，黎天明的嘶吼声却很长很长，像一头野兽绝望的悲鸣。

随着砰的一声巨响，靳夕抬头的瞬间，被头上罩着的一顶黑色棒球帽挡住了她的视线。帽子里有刺鼻的清凉油的味道，刺得她的眼泪一下子就掉了下来。

靳夕抬手擦了下眼睛："太辣了。"

大楼里的封爸爸还不知道外面发生了什么事，听到外面的异动，他慌张地抓着旁边消防队员的手问："怎么了？怎么回事？"

程斌先走向窗口，往下看了一眼，然后不发一言，如行尸走肉一般下了楼。

消防员和救护人员围在封奕身边做最后的努力，尽管大家都知道这是徒劳。

四溅的鲜血漫延到看热闹的人脚边，有人的鞋边被濡湿而不自知还兴

高采烈地拿手机拍摄着封奕的尸体。

程斌脱下自己的棉大衣,轻轻盖在了封奕身上,就像封奕对待熊娃娃一样。

"我不怪你。"这是他留给她的最后一句话。

4

封奕的事情发生几天后,靳夕都处在一种打不起精神的状态里。

林淼淼为了安慰她,特意组了个局。"别烦了,晚上姐妹们在Fantasy开新年趴。过来喝一杯。"

"不想去。没意思。"靳夕在床上翻了个身。

"有意思的。他家新来了一批好货。来吧,你不会失望的。"

林淼淼口中的好货可不是什么违禁品,而是活生生的人。

Fantasy是西京最奢华的女性会所,只针对女性客户开放,而其中最让客人津津乐道的就是里面高质量的男公关。Fantasy借鉴了日本那一套管理制度,训练了一批专业又服务性高的男公关。

林淼淼喜欢在那儿玩,甚至在里面拥有一个专属的男公关,叫什么阿泽。反正也不是真名,在这种Club里,男公关们会取各种花里胡哨的艺名,阿泽这个名字算得上朴素的。

靳夕偶尔会和她们一起去,但不太热衷此道。不是因为她对男色毫无兴趣,只是灯红酒绿的环境里,那些妖里妖气化着浓妆或者一身腱子肉向她献媚的男人,在她看来全是一个样子,完全提不起兴趣。

"我花了大价钱定了他们一个新来的首席男公关。他以前在邻市做,服务是出了名得好,以至于几个女富婆为了争他的档期公开发生争执,因此得罪了人,在邻市待不下去,才被Fantasy挖过来。新年第一天上班就是陪我们,不想见见?"

第一部分 她说

要知道能做这一行的样貌都不会差,单靠这个可打动不了见多识广的客人。更别说能让有头有脸的女人大打出手,难不成还能貌比潘安?

靳夕成心想转移注意力,不去想封奕的事,遂应了她们。"把包厢号发给我。"

她懒洋洋爬起身,拉开衣帽间的门。

这里和普通有钱人家小姐的衣帽间并没什么不同,挂得满满当当的四季衣服,按照各种场合搭配好,并拍成图册放在柜格里供她选择。各大品牌的背包款式齐全得犹如商场陈列柜里的,有些她中意的款式还有好几种颜色。还有一整面墙的鞋,其中高跟鞋占了一大半。

但这个衣帽间里最让她感到得意的并不是这些,而是摆在中岛的玻璃首饰柜。作为全西南最大的珠宝商,靳红星最爱的就是给这个小女儿买宝石。从她生下来开始,满月,周岁,逢年过节他走到哪儿就给靳夕买到哪儿。

所以靳夕年龄不大,但已经有望成为西京拥有宝石首饰最多的女人。这些不仅是资产雄厚的象征,更是她拥有满满父爱的证明。

"我可是靳夕啊。"这句口头禅的背后是与之相当的实力。美貌、金钱和爱给了她这份自信。

换好衣服,靳夕挑了一串碧玺手串随意挽在手腕上就出门去找林淼淼。

Fantasy新年第一天开业,比平时人更多。靳夕到的时候,林淼淼还堵在路上。

"要不我让'头牌'小哥先进去陪你喝几杯?"林淼淼有些歉意地说。

"饶了我吧。我自个儿喝还舒坦些。"

"那我让他和阿泽先候着,等我过来了再进包厢。"

靳夕自己先点酒喝了几杯,估摸着林淼淼差不多快到了,起身去洗手间补妆。

她从洗手间门口出来的时候,被一个喝得醉醺醺的女孩狠狠撞到了门框上。对方的烟熏妆脱得像两只熊猫眼,大着舌头说对不起,摇摇晃晃进了里间。靳夕揉着肩膀,有气无处撒。

　　她刚往前走了两步，突然感觉手腕上什么东西一松。"嗒，嗒，嗒"。陆续有珠子落在地上的声音。

　　手串的绳子断了，五彩缤纷的碧玺珠在地上弹跳，散落四处。

　　"该死。"靳夕咒骂一句，蹲下去捡拾珠子。因为穿着短裙和高跟鞋，动作十分别扭。

　　突然，手臂上有一股力量将她拉了起来，一个身量高挺的男人从身后给她披上一件驼色长风衣。"小姐穿得不方便，我来。"

　　靳夕这才看到周围有些男公关不怀好意的眼神，意识到自己刚刚蹲下的时候可能春光乍泄被人觊觎，不由得拉紧了身上的风衣。

　　蹲在地上的男人穿着简单利落的白衬衣和深蓝色西裤，没有花里胡哨的挂饰，但衬衣剪裁合体，显得很有质感。天花板上的聚光灯打在他的头顶，把他柔顺的黑发染出一圈昏黄的光晕，他单膝半跪着将散落四处的珠子一颗颗拾起。

　　"好了。"男人站起身，摊开手掌，手心中十几颗圆滚滚的碧玺珠在灯光下反射出五彩的光芒。

　　"谢谢。"靳夕想接过却发现无处可放，身着短裙连个口袋都没有。

　　看出她的犹豫，男人很快会意，一把扯下自己脖子上细细的红绳，取下上面的玉佩，将她的碧玺珠一颗颗穿进去，重新变成一条手串。

　　"劳驾。"他将手串举起。

　　靳夕有些不好意思地抬起右手，男人替她戴上手串。他的指腹蹭在她的手腕上，有丝丝的痒。"好了，回去记得再换根牢固点的绳子。"

　　"谢谢。"靳夕再次道谢，她看到他从脖子上取下的玉佩是个绿得发亮的佛像，以她跟着靳红星掌眼过那么多珠宝玉石的经验来说，这百分之百是个假货。

　　"这玉佩你从哪里买的？"

　　"不是买的，是我妈妈的遗物。"

　　"哦……"本来想给他上一节玉石鉴赏课的靳夕及时收了话头，"这么有意义的东西，你把它的线拆了给我没关系吗？"

"不要放在心上，红线旧了，最近正准备换。"

男人转身想走，靳夕又叫住他："你叫什么名字？我是说……艺名。"

会出现在Fantasy的男人，身份只有一种。

男人并不尴尬，回头粲然一笑："高风晚。"

"你好，我叫黄叶飞。"靳夕起了玩心，故意拿他名字打趣。

"况属高风晚，山山黄叶飞。"出自王勃的一首思乡小诗《山中》。会取这个做花名的男公关，总觉得是个有故事的人。母亲早逝，背井离乡，被迫入行，一出悲情大戏在靳夕脑海中上演。没办法，做记者的职业病。

阿泽在卫生间门口目睹了两人有说有笑。

回到换衣间的时候，阿泽看到高风晚正在对着镜子打领结，他忍不住上前揶揄一番。

"三哥，眼光不错啊。你知道你在厕所门口'英雄救美'的是谁吗？"Fantasy的男公关每个人都有自己的工号，和理发店的几号师傅差不多意思，有时候怕客人记不住花里胡哨的艺名，就会用工号介绍自己。

男公关之间称呼彼此也是用这个数字，因为他们的名字随时可以换，跟每个客人说的可能都不一样，但只要留在店里，号码都是不变的。

就像阿泽是十二号，不熟悉的同事都叫他十二。明面上说这个号码代表入店时间的早晚，实际上也代表了他受欢迎的程度。

高风晚因为是被老板高薪挖来的，可以随意选择号码。他没有选一号，拿了个三，说是幸运数字。

阿泽觉得他挺聪明的，三这个排名既不得罪人，也不跌份儿。

高风晚对着镜子蔑笑："当然知道，西南最大珠宝商靳红星的宝贝小女儿——靳夕。不然我干吗要去帮她。"

"看来是上钩了？"

"暂时没有，不过快了。"高风晚十分自信，将口袋里的玉佩摸出来

对着灯光看了一眼,廉价的绿色泛了出来,高风晚的眼里露出厌恶。手一扬,玉佩呈抛物线落进了垃圾桶。"啧。说是遗物也信,还真可爱呢。"

待林淼淼和其他几个交好的姐妹到了会所,打电话叫阿泽带高风晚进包厢。高风晚见到靳夕,故意装作惊讶的样子。"好巧,黄小姐。"

"高先生,幸会。"靳夕浑然不知被套路,还以为真是奇妙的缘分,对他颇有几分好感。

要说高风晚的业务能力是真的强,先是自己主动掏腰包开了一瓶价格不菲的香槟请她们。这一开始基调定下来,后头自然而然不露声色地哄着她们开了好多昂贵的洋酒。

靳夕喝到有点微醺。"不行了,我要回家了,我的PD(制作人)还要我这两天想好节目采访方向。"

林淼淼留她。"别扫兴啊,大家好不容易才出来放松一下。"

"人太多,靳小姐玩不开。"高风晚及时站出来替她解围,故意做出暧昧的样子扶住微醺的靳夕,"我送她回家。"

林淼淼识趣,高抬贵手放他们先走。靳夕不知高风晚是有心帮她解围还是真的想借机和她进一步发展,一路在想怎么借口打发他走。

"那个……我自己……"

"好了。"高风晚查看了手机一眼。

"什么?"

"叫的的士已经在门口等了。靳小姐自己回家没有问题吧?"

"啊……我可以的。"喝多了,靳夕脑子有点转不过弯。

"啧。"高风晚食指弯曲掩鼻,轻笑出声,"小姐放心,我们这种身份的人心里是有分寸的。客户没有主动发出邀约,我们不会踩过界。让您感到舒服安心才是我存在的意义。司机的车牌号和证件我都记下了,您可以放心搭车。"

靳夕看到门口果然停着一辆的士。对方想得周到,反观自己好像有些小人之心度君子之腹。"不好意思。"

"记住，永远不用和我抱歉。我会等到你主动邀请我进入的那一天。"高风晚低头附在靳夕耳边，话说得暧昧。

这种哄女人的套路，对他而言都是信手拈来的。

靳夕不习惯地退后半步，挠挠耳后的头发："谢谢。"

不过几句话的时间，靳夕正准备上车，有个人突然从她身后蹿出来一把拉开车门将肩上靠着的喝得烂醉的女孩放在后座。

"欸。这是我叫的车。"靳夕上前拽住那人的胳膊。

戴着棒球帽的男人回头，两人四目相对，皆是一愣。"怎么是你？"

5

"怎么了？遇到什么麻烦了吗？"高风晚见情形不对，挡到靳夕面前。

靳夕抚额，扒开高风晚："没事，碰到领导了。"

何年抱臂看着她又看看高风晚，一副居高临下的态势。"让你好好想采访大纲，你想到这里来了？"

靳夕赧然，结结巴巴找话辩驳："私人休假时间，也没说不能来啊。再说，你不也在这儿。"

说到这里，靳夕突然反应过来何年出现在Fantasy，这是多么劲爆的消息。她挤眉弄眼地撞了何年的胳膊一下："何老师，您这是……最近缺钱还是业余爱好啊？"

何年皱眉看着脸蛋红扑扑的靳夕："你是不是喝多了？我是来工作的。"

"明白明白的，谁不是在这儿工作呢。我会替您保密的。"靳夕和高风晚对视一眼，忍不住窃笑。

如果不是何年戴着口罩、帽子，靳夕会看到他脸色铁青，何年耐着性子叫她："正好你在，上车。"

"干吗？"靳夕警惕地盯着他。

"送她回去。"何年指着被他平放在车后座的女孩，"我一个大男人不方便。"

高风晚拉住靳夕："你要不想去可以拒绝。"

"没关系，领导的马屁总得拍拍不是。你先回去吧。"靳夕叽叽歪歪坐到后座，还一直在碎碎念，"我说你们小两口吵架，也不能让人家跑出来喝这么多酒啊。会跑来Fantasy寻欢，看来是气得不轻。"

车子驶动，她笑嘻嘻地朝窗外的高风晚挥手告别。何年反唇相讥："你也不差啊，外面还养了个男人。"

"对啊。人帅活儿好还不贵。怎么？嫉妒了？"靳夕借着酒劲故意噎他。

"嘁。"何年从鼻孔发出一声嘲讽，"女孩子家家也不知羞。"

"喊，那你男孩子家家还来这种地方。"靳夕懒得和他吵，仔细打量起摊在车后座的女孩，才发现那双"熊猫眼"觉得好像有点眼熟，是在厕所门口撞到她的那个女孩！"哎哟，是这姐妹儿。"

何年从副驾驶位回头看她。"你认识她吗？"

"刚在会所里撞见过。"

"封奕跳楼那天，她就站在我们旁边。"何年一语惊醒梦中人，靳夕酒醒了一大半，挺直背，正色道："所以你追着她到这儿来，是在查封奕的事？"

何年一本正经地坐正身体："不是，我是来应聘男公关的。"

真是小心眼，靳夕被噎住，无语地看向窗外。

车子一路行驶到西京大学，因为时间太晚，宿舍都锁门了。靳夕颇费了些唇舌才求宿管阿姨打开门，把女孩送上楼。

何年不能进，只能在楼下等候。幸而今晚遇到靳夕，不然他还不知道怎么安顿这个女学生。

他一个撑跳坐到女生宿舍门口的双杠上等靳夕，刚好一根烟的时间，靳夕气喘吁吁地下楼，叉腰扶着栏杆喘不过气来。"喝醉的人真的太沉

第一部分 她说

了,我和宿管阿姨两个人抬都差点没背过气去。"

安静的深夜里,她肚子里传出的咕咕叫声特别明显。口罩下的唇忍不住上扬。"走,请你吃夜宵。"

两人经过封奕跳楼的地方,那里粉笔画的印子还没有被全部擦干净,现出一个模糊的人形,仿佛她还躺在那里。夜里寒风一吹,靳夕忍不住快跑了两步拽紧了何年的衣袖。

何年低头看着她的手,毫不犹豫地一把拂开了。

靳夕小声嘟囔了一句:"小气。"

"你怕黑?"

"不怕黑,怕鬼。"靳夕连提起那个字都战战兢兢压低了声音。

"鬼有什么好怕的,人心比鬼可怕得多。放心吧。就算这个世界上真的有鬼,它们也会去找那些真正作恶的人。"何年抬头看向教师办公楼里亮起的一隅。

大学城附近的小吃街到了深夜仍然热闹,暖黄的烟火气给了靳夕一点暖意。

何年随便挑了一家砂锅米线小店。"大小姐,屈尊,就这儿了?"

靳夕知道何年故意揶揄她,却没法反驳。自己确实从没有进过这种苍蝇小店,但别人桌上红彤彤的砂锅粉看起来就很诱人。

何年点了一碗三鲜米线,靳夕要的是麻辣牛肉米线,还有几样小菜。她顺便抓住机会嫌弃了何年一番:"老师,你是不是西京人啊?居然不吃辣,地域拖油瓶。"

"以前喜欢吃,现在不行了。"何年取下口罩,折好放进外套口袋里,又摘下帽子,现出年轻帅气的五官。

这长相确实是可以去Fantasy上班啊。靳夕胡思乱想:"说得老气横秋的,你看上去比我大不了几岁。话说你到底多大啊?"

"四十五岁。"何年说得一脸认真。靳夕发现他的一大本事就是可以一本正经地开玩笑。

"你就吹吧。二十五顶天了，不信拿身份证出来看。"

两人斗嘴间，米线被端上桌来。看着热腾腾的米线，靳夕将什么年龄、籍贯都抛到了脑后，她拿热茶水把木筷子都烫了一遍，递给何年。何年却径直拿了一双一次性筷子。

靳夕没管他，自顾自埋头到热辣的牛肉米线中，吃得一把鼻涕一把眼泪的。难得的是这种狼吞虎咽的样子还能让人觉得养眼，旁边偷看她的大学生不在少数，真是长得好看就可以为所欲为。

她下筷子去夹小菜，何年却叫住她："用公筷。"

靳夕这才注意到小碟旁还摆着一双剥过刺的一次性木筷，心中暗骂何年这人还真是有够麻烦的，要说他讲究，也不会到这种苍蝇店吃东西；要说他随意，又不会吃个凉菜还要用公筷。唯一的解释只能是，脑子有病。

换了几次筷子后，靳夕还是忘了一回，直接用自己的筷子夹了一碟海带。她注意到何年之后再也没碰过这碟小菜。

过了一会儿，何年索性直接放下筷子："我让你回去想调查方向，你考虑得怎么样？说说看。"

说到工作，靳夕赶紧也放下筷子，抽纸擦干净嘴："我想了几个值得调查的方向：第一当然是从当事人出发，调查封奕跳楼的原因。封奕男友程斌在网上发声明说封奕生前曾遭到林学院某教授严重猥亵，这是她最后走上绝路最重要的原因，但校方和该教授都予以否认，如今封奕已死，未留下任何证据，真相还需要我们去还原。"

何年的手指头在桌子上依次有规律地敲动："你有没有想过封奕刚死，媒体蜂拥而至都在追究同一个问题。从这个方向，我们较别家做不出新东西。"

"这个我也想过。那还有一个选择就是从围观者角度出发。那天围观者千奇百怪的反应，包括前后态度的转变都很值得做一期节目。现在所有媒体和民众都在指责事故现场起哄的旁观者冷血，但我不想简单给他们贴标签定性，很多事情不是只有黑白善恶两面。比如说，我想给上次和你打架的男孩做个采访，以他为切入口，给这样一个群体一个开口的机会说说自己当时真实的想法。"

"这个角度还不错。我国同理心教育严重缺乏，绝大多数人没有站在对方位置感同身受的能力。这不仅仅是一个人两个人，或是好人坏人的问题。但这个话题性弱了点，说教性太重而故事性不足，作为开档节目还不够精彩。"

"那……"靳夕灵机一动，"你是不是想从那个女学生身上做文章？她和封奕的死究竟有什么关系？"

"她是下一个封奕。"

两人一直谈到砂锅店要打烊才离开，何年走的时候折断了自己用的一次性筷子扔进垃圾桶，还用湿纸巾擦过一遍坐过的地方。

走出店门，外面的夜色依然浓郁，黑得看不到半点星光。

6

过了正月十五，开春后的第一天上班，靳夕领到了她的工牌。"深度调查组"几个烫金的大字印在工牌上，像闪光的荣耀。

带着荣光的靳夕推开深度调查组办公室的门，呼吸的第一口空气差点没被呛死。

办公室里烟雾缭绕，就快看不清人脸了。

"进来，把门关上。"她听到角落位里传来何年的声音。

一个小伙子抢先一步蹿上来，一把将门关上。"快进来，电视台不准抽烟，我们平时都关着门。你就是夕姐吧？久仰大名，我是深调组负责舆情分析的秦波。你可以叫我波仔。"

波仔说话语速很快，话赶着话自我介绍完，热情地拉着靳夕的手上下大弧度地摆动了两次。

办公室里，何年单脚踩在座椅上，手绕过膝盖，皱眉在电脑上噼里啪啦飞速打字，手指缝里还夹着一根烟。摄像老曹嘴里叼着烟，捧着摄像机在沙发上边看边删。居中位子上还有个短发女孩更夸张，嘴里叼着一支，两耳边还各别着一支烟，操纵着鼠标在桌上滑动得哗哗作响，嘴里时不时飙出几句含混不清的脏话，不知道的还以为她在打游戏。

"我是不是走错了，这里其实是烟馆吧？"靳夕不可思议地看着身边腾腾的烟雾。

"夕姐别在意，他们进入工作状态就会抽得比较凶，平时不这样。那边有个隔间办公室是何老师的，让出来做无烟区，我们可以坐在那里办公。"波仔解释道。

"每天都看些无聊的新闻，再不抽点烟，得憋死。"正在剪片子的女孩把嘴里的烟摁灭在烟灰缸里，侧过身子伸出手，"李窈，剪辑师加写脚本的。"

李窈皮肤偏黑，是时下流行的那种健康的小麦色。全身干瘦，腿肚子上一丝多余的肉都没有，右脚脚踝处盘着一个鸟类模样的文身，边抽烟边抖着腿，那只鸟就像要起飞一样。

"你可以叫我幺鸡。"幺鸡把右脚搭上桌台指了指脚踝的文身。靳夕仔细看才认出原来是麻将牌上的幺鸡图案。

"姐妹儿好，我是靳夕，记者加瞎主持的。"两人相视一笑，第一次见面已经知道彼此是能聊得来的人。

"老曹就不用介绍了，我们共事过。"靳夕和沙发上的老曹招手示意了一下。

"那老大你应该也见过了吧？何老师除了是组长也是我们这档新节目的制作人。"

"嗯。"

"还有导播和助理都是在节目现场流动的，等正式录制节目的时候，我再给你介绍。"

深调组虽然每个人有明确的分工，做情报收集、剪辑，或是摄影，但

第一部分 她说

除了这个身份以外,每个人首先是名深度调查记者。谁的笔头都有两把刷子,能单独跑出一条新闻。聚在一起又井然有序,团结协作,形成一个紧密的整体。

靳夕走到何年的椅子后面看他在写什么,屏幕上赫然出现一大串的邀请名单。

"拟邀嘉宾名单:

封奕生前男友 程斌

西京消防支队队长 黎天明

西京大学林学院教授 罗鹏

西京大学林学院院长 韦楚政

西京政法大学性心理学教授 林语航

西京检察院检察官 段陌

西京大学计算机系大二学生 冯翼

西京大学林学院大四学生 兰贞……"

"兰贞肯接受采访了?"靳夕看到名单产生疑问。

兰贞便是前几天在Fantasy喝醉的女学生,她向何年吐露过自己和封奕有过一样的遭遇,而且现在林学院有过类似经历的女生绝不只有她们两人。

当何年提出希望她以匿名不露面的形式接受采访的时候,却被一口回绝。"我丢不起这个人。你看到封奕的下场了,以死相谏也没能讨回公道。那个人还是大摇大摆在学校上课,封奕却成了被全世界耻笑的污点。"

"她没答应。这不是交给你的作业嘛。"何年点击打印,将名单打出来交给靳夕,"这上面的人,不管你用什么方法,每一个都要出现在我们第一期节目中!搞得定吗?"

"喵。开玩笑,我可是靳夕啊。"靳夕一甩长发,踏着高跟鞋往"无

烟办公室"走,并且朝秦波勾勾手指头,"波仔,你进来下。"

秦波抱着不离身的平板电脑屁颠屁颠跟进去:"夕姐,有什么吩咐?"

"除了当事人,名单上这些嘉宾都是和电视台有合作的吗?"

"不是啊。专家们都需要我们一个个打电话去约时间。"

"那这个打电话的任务就交给你了。另外我还有个问题,你们平时是怎么筛选嘉宾的?"

"给你看个东西。"波仔得意扬扬地打开了他手上的平板电脑,轻松点了几下,进入一个搜索界面,"比如说,我们这次的专题是性侵。你只要输入关键词,就会弹出各界的相关人士。如果你想从中邀请学术界专家,只需要点击这个次目录,就会出现他们的名字、职称、相关学术贡献、联系方式,甚至还有相关度评分。我们一般情况下都会优先邀请相关度排名第一的嘉宾,如果遭到拒绝,后面还有备选的。"

"哇,好方便。"靳夕拿过平板电脑试验了一下,搜索"新闻"二字。发现弹出来好多熟悉的人名,都是上学时耳熟能详的大牛人物。在贡献度排名的时候,有一个名字经常出现在首位,便是何年。

"这个搜索引擎是什么?我原先从来没用过,也没听别人说过。"

"你当然没用过了。因为是我做的,仅供深调组内部使用。"秦波好不神气,"大数据时代,掌握数据就是掌握了无限资源。这也是为什么新媒体现在会快速取代传统媒体。"

靳夕不以为然:"机器终究只是冷冰冰的工具,新闻是需要温度的。"

波仔撇撇嘴:"你们负责温度,而我只需要负责效率。"

靳夕还想再辩驳几句,手机铃声响起,电话那边是个怯生生的女声:"喂,靳小姐吗?"

"我是。你是哪位?"

"我是兰贞。"女孩捏着手中的名片,"我刚刚在我的牛仔裤里发现你的名片。你就是我宿醉那天把我送回女生寝室的好人吧?我听宿管阿姨说了,你费了很大劲才把我送上楼。如果不是你,我可能要被'捡尸'了,所以我特意打电话来感谢你"

靳夕心中暗笑自己真是机智,当时还留下了名片。这真是踏破铁鞋无觅处,得来全不费工夫。"不客气,有空出来喝杯茶。我请……"

靳夕话未说完就被打断:"不用了。其实我打这个电话是想告诉你……不要再来找我。我知道你是电视台的,你们的目的我很清楚。我不希望我的事被这么多人知道,议论,我受不了。你别逼我走上封奕的老路。"

啪的一声,对方电话挂得干净利落。

那头何年无缝对接推开隔间的玻璃门。"罗鹏刚给台里打电话,主动说要接受我们的采访,约了后天,地点他定。你这两天准备一下采访稿。现在我们先去采访程斌,你收拾收拾就准备走。"

"巧了,兰贞刚给我打电话说她不接受采访。"靳夕苦笑,"这什么世道啊。受害者像老鼠一样躲着,加害者反而敲锣打鼓地到处张扬。"

"上次就跟你说过,别太早下定论。你得记住你的身份,必须时刻保持公正性。"何年从角落里扛了一架摄像机,"老曹今天不用去了,我带她去,程斌说不想太多人。"

老曹朝他乐呵呵地比了一个OK的手势。

两人收拾了一些事先准备好的采访文件和摄像器材,准备一起出发。靳夕走在前面,一打开门就和正准备敲门进来的女人撞了个满怀。

女人是隔壁节目组的知名美女主播颜珮,也许是刚下直播,还穿着一身职业白西装,五官柔美而舒顺,身材窈窕却不瘦弱,有一种知性的美丽。

"你就是那个被何年钦点进深调组的女记者?"颜珮字正腔圆的播音腔让人听了很舒服。

"颜珮姐,幸会,我叫靳夕。"

"早就听说过大名了,家里塞钱进电视台的空降兵。"与她柔美五官

不符的是犀利的言辞，"难怪我们阿年不选我，却选了你。"

颜珮和何年是大学同学，两人多年不见后在西京重逢，颜珮对他表现出极大热情。尤其是何年连拿几个新闻大奖后，颜珮几乎逢人就要说他们当年同窗的事情，铁了心要让所有人都觉得他们是新闻界的金童玉女。

何年听到这个声音就头皮发麻，左顾右盼想找地方溜走，无果，只能站定，把帽檐压得更低，小声和靳夕说："帮我挡着。"

靳夕就像一只邀宠的大母鸡，挺了下C罩杯的胸脯，下意识地撩拨头发，挡到何年面前。"颜珮姐，你特意来我们深调组不会就为了奚落我吧？"

颜珮被靳夕的长发甩了一脸，笑容收敛了几分，变得公式化。"我来找阿年的。"说着就伸手要去拉何年。

"我们要出去跑采访，有事回来说。"何年一个闪身躲过她的手，径直越过身前的两个女人走了出去。

"大主播本月被拒第八次。"全程看热闹的幺鸡吊儿郎当在纸上画了一笔，字条上已经有了一个半的"正"字，"波仔，还差两次你就输我一个月午饭了。"

波仔凑过来看："不会吧。这个月才过了没几天啊。老大也太不近人情了。"

"哼。"颜珮面子上挂不住，一蹬脚走了。

靳夕也赶紧追着何年的脚步跑上去。电梯里，靳夕愤愤不平地回想颜珮刚刚说的话。她爹有钱没错，进电视台也是她爹找的关系没错，但付台长说进入深调组是何年看了她的采访很欣赏，是自己凭实力拿到的职位，凭什么被人这样泼脏水。

"何老师，你真的是因为我家有钱才选我来节目组的吗？"

"是。"何年回答得毫不犹豫，完全不懂女孩子问这种问题就是为了得到他否定的答案来寻求安慰。

靳夕觉得受到奇耻大辱，直接从脖子上取下工作牌塞进何年手里。"不好意思，你如果觉得我不配，我主动走。"

"怎么？你觉得家里有钱是贬义？"何年一把拉住她的手腕，强迫她看着自己，"你告诉我，记者对你来说意味着什么？"

"是我想奋斗一生的职业。"靳夕目光灼灼，"我的目标是要拿下普利策奖！"

听她信誓旦旦地说胡话，何年有点好笑，咳了一下又正色道："对于很多人而言，记者只是一份工作，工作的本质就是赚钱养家糊口。和教师、医生、律师一样，只要是以赚钱为目的，这个人就少不得有弱点。如果说现在有做了亏心事的人拿出十万，甚至一百万、一千万要封记者的嘴，又或者借媒体的嘴来说几句话，你猜有几个记者能抵抗住这个诱惑？"

靳夕似懂非懂地看着他，不再挣扎。

"你就能。因为家里有钱，你的理想很纯粹，从你春节那个采访我就知道。不仅钱，还有权力、人情、颜面这些你都不在乎。虽然你这人有点傻大胆，但我就是要你这份敢说敢做、不被外界各种因素所影响的胆量！你明白了吗？"

靳夕想，何年应该是在夸她，但是夸得像是在骂她，一时转不过弯来。她嘴里嘟嘟囔囔："你才傻大胆，你全家都傻大胆。"

7

程斌约的地方是他住的旅馆，西京正儿八经的酒店住宿都不便宜。他来的时候带的钱不多，为了封奕的事情又失去了刚找到的工作，只能从家里讨一点钱住在一个离西京大学近的家庭旅馆。

老板听说封奕的事情，主动给他了个优惠价，八十元一晚，卫生要自己做。

靳夕一走进他的房间就闻到一股难闻的味道，是陈腐的家具发出的味

道。厕所洗手池和蹲厕上是再使劲也刷不干净的污垢。20世纪80年代厚重的老电视机纯粹是个摆设，只能收到一个中央一套频道。

程斌穿着一件洗得发白的红色格子衬衣，几日不见脸上胡子拉碴，看上去老了好几岁。

开门请他们进来后，他手足无措地坐在床上搓手，给靳夕一种随时要紧张得晕过去的感觉。

"我们就在这里采访，可以吗？"

"嗯。"程斌轻轻点头。

何年环视一圈，勉强找到一把能坐的木椅，搬到床前，让程斌就坐在床上，靳夕坐在椅子上。机器就架在两人中间空隙的不远处。

虽然程斌愿意露面接受电视采访，但心中又有顾虑，担心这次采访会对他日后的生活有太大的影响。何年只有想了个折中的法子，摄像机的镜头主要是对着靳夕，而程斌带到一个背光的侧脸，只能看清依稀的轮廓。

为了保护封奕的隐私，媒体给她取了一个公用的代号叫依依，而程斌出现在电视上的名字也只会是大斌。

"准备好我就开始了。"靳夕把笔记本放在膝盖上，何年对她比了一个OK的手势，按下摄制键。

"大斌，你好，能和我们说说，你和依依是什么关系吗？"

"我是她男朋友。"

"你们交往几年了？"

"四年。"程斌想了想补充道，"我们从小就认识，住在一个院子里。高考结束那年暑假确定了关系。"

他说这些的时候脸上不自觉地浮现出一丝陷入回忆的微笑，少男少女的青葱回忆原本该指向一个美好的结局。

"接到电话说依依在母校宿舍要跳楼的时候，你有什么感受？"

程斌舔了舔发干的嘴唇，那日的事情还历历在目。从半夜接到学校电

第一部分 她说

话时的震惊,看到她在楼顶时的血液凝固,到最后为她尸体盖上棉衣时的死寂,身体的每一个毛孔都清楚地记得那些感受。

"很惊讶,又觉得是意料之中。"

"为什么这么说?"

"她已经抗争很久了。她曾经跟我说,如果有一天她真的撑不住,要我不要怪她。我早就知道会有今天,所以我不怪她……"

靳夕忍不住叹了一口气,何年在旁边偷偷用脚踢了她脚尖一下,示意她不要表露出这么明显的情绪。靳夕调整情绪,重新回到问题。

"依依的父母现在已经回B市了,只有你还留在西京,为什么?"

"他们要回去给依依办身后事,我在这里给依依办另一件'身后事'。"

"你指的是什么?"

"替她讨回一个公道!"程斌一直半低着的头突然抬起来,盯着靳夕的眼睛,眼里有一团火。

"你在社交媒体上公开举报西京大学林学院教授罗某侵犯依依,你指的公道是不是这件事?"

"依依是被他逼死的!他们林学院每年有暑期社会实践,去外地的森林生态站做营林实践。依依告诉我,每年罗鹏挑选的绝大多数都是学院里长得好看的姑娘去,你说能有什么居心?"

"暑期社会实践属于额外学分,并不是强制性的,依依为什么不拒绝?"

"刚开始是不知道,谁能想到一个往日德高望重的老师会做这种事情。大一暑假依依被他单独约去营地住处谈话,并借机……猥亵了她。依依说当时她就哭喊着要离开营地,但罗鹏威胁她如果告诉别人,她不仅拿不到学分去申请贫困生补助,就连毕业证都不会给她。所以后来每年暑期社会实践,依依都被点名要求参加。"

"依依有没有告诉过你,具体罗鹏对她做过什么?"

"没有,依依说很恶心。不愿意说。但她说她是清白身,罗鹏并没有越过最后那条线。"

这也是后来没有留下任何实质证据的原因。

"我们在学校档案里查到,大二到大四期间依依一共挂了七科,但都是别的老师授课。你认为这都是罗鹏授意的吗?"

"应该不是。依依自从那件事后,心里一直迈不过那个坎,对学术产生了厌恶心理,频频请假才导致了挂科。原本她很喜欢植物,从小她就喜欢研究各种植物,后来那些教科书她连看都不想多看一眼。"

"你觉得她是否有抑郁症?"

"我不知道。我不懂什么是抑郁症,依依也没有去医院检查过。叔叔阿姨打工供她上学很不容易,她舍不得花钱去看病。而且我们都觉得心理医生是随便聊几句骗钱的,没什么实际用处。依依说有这个钱还不如寄给妈妈买副好手套,因为她妈妈经常寒冬腊月还要在外面劳作。"

靳夕在心中长叹一口气,饶是接受了高等教育的大学生依然无法正视精神疾病,不知如何自救。遑论更多不知所以然的大众,甚至将精神疾病污名化。这也是为什么患有精神疾病的病人不知道如何在这个社会自处,进而走向极端。

"你是什么时候知道这件事的?"

"我一年前就知道了,大三暑假依依参加完暑期实践回来在家割腕,是我发现的。后来她还吃过一次安眠药,未遂。"

"为什么当时没有报警?"

"我们没有证据。依依说如果报警她一辈子就毁了。而且马上就毕业了,尤其大四大家都要出去实习,我们相信只要熬过最后这一年这件事就结束了。我只有尽我所能地多陪着她,开导她,希望她能忘记过去。我还给罗鹏写过恐吓信,威胁他不准再靠近依依,否则就要公开他的丑事!或许是恐吓信起了效果,大四这一年,罗鹏再也没有找过依依。她心情也好

第一部分 她说

了很多,我们有时还会谈起未来结婚要几个孩子。那时候我以为她已经走出来了……"

靳夕飞快瞟了蹲在旁边的何年一眼,恐吓信这个事之前程斌从来没有提到过。她一时不知道该不该深究?何年从镜头里看到她的眼神,朝她摇了摇头。

靳夕犹豫了一下,按照原来的脚本继续问下去:"我听说依依跳楼之前不久,也就是大年三十的时候,你向她求婚了。她拒绝了吗?"

"……"这个问题让程斌沉默了良久,"不,她答应了。"

程斌痛心疾首地给靳夕出示了一条封奕生前发的朋友圈,是求婚那晚拍的心形烟花的照片。配上的文字是:"I said: Yes!"(我答应了!)其中的甜蜜心思,时至今日犹可窥见。

靳夕之前得到的情报是封奕因为求婚受到打击,许是心中觉得自己配不上男友,拒绝求婚并和男友大吵一架之后,赌气回校选择自杀。但似乎情况并非如此。

"你觉得是什么原因让已经答应你求婚的依依最终选择走上绝路?"

"我不知道……"

采访结束在长长的沉默当中。

除了已经离世的封奕,谁也不知道这个明明马上就要拥抱新生活的女孩到底经历了什么!

从程斌的房间里走出来,靳夕忍不住问何年:"程斌给我们提供的封奕的日记本和来往短信大多语焉不详,完全没办法确定和罗鹏有关。那封恐吓信可能是个突破口,你为什么不让我再问下去?"

"写恐吓信是违法的。你再继续问下去,是想让程斌先吃官司吗?回头剪辑这一段我们也要切掉。"

"但这正是报道最有可能出彩的地方!我不同意避而不谈,每个人都该为自己的行为负责,程斌寄恐吓信的时候就应该想到这一点。"

何年停下脚步，看着她。他的肩上还扛着机器，但瘦削的肩膀一点也没被压弯。"靳夕，你知不知道我们深调组是为了什么在跑新闻？"

靳夕想了想："是为了……找出真相。"

"错！我们是为了人。为了让当事人走出阴霾迎接新生，是为了不让更多的人重蹈覆辙遭遇悲剧。如果你执意要报道的前提是撕开别人血淋淋的伤口，你所追寻的真相是让受害者更加不幸，那这个新闻就失去了意义。"

靳夕呆立在原地，心中久久不能平静。她觉得自己手中的剑，仿佛在一片迷雾中突然找到了方向。斩灭罪恶，保护所爱，为了无法开口的人发声是媒体作为第四公权被赋予的义务。

"靳夕，你永远要记住自己是为了谁在发声。"

8

"咔嚓。嗞……"男人拿着拍立得，对着笑闹的妻儿按下快门键，一张小照片从相机上方吐出来。

他扯出相片甩了甩，上面的画面慢慢显现：光着腿一脸坏笑的浑小子抱着为了努力摆脱他而龇牙咧嘴的妈妈。

少年双腿笔直修长，因为常年随父母生活在原生态的山野林间，皮肤显得比别的孩子要黑，笑容也更灿烂。而妈妈一直保养得很年轻，奔四十的年纪看上去还像二十几岁的小姑娘，身上孔雀蓝的裙子被夕阳镶上金边，勾勒出裙下曼妙的身材。不说的话，外人都以为和儿子是姐弟。

男人看着照片有些扬扬得意，他的妻儿都生得如此美丽。

"你这张光屁股的照片我要留着，拿回去给你爷爷奶奶看。"男人故意打趣儿子，男孩年纪小经不起逗，闹着要上手来抢。

突然门外响起了敲门声，打断了父子间的嬉戏。"准备好了吗？"

"走，快下楼，人家都在等着咱们。"男人招呼妻儿一起下楼。

第一部分 她说

女人临出门前回头拿过桌上的面纱蒙好脸才走出去，还不忘叮嘱儿子："把身上的泥巴擦干净再下来，男孩子也要爱干净。"

男孩先蹿到桌旁把父亲刚拍的照片放进牛仔裤的屁股口袋里，他可不能让爸爸回去拿这照片笑话自己，然后才去囫囵洗了把脸，准备下楼。

一拉开门，男孩看见本应延连到一楼的木楼梯消失不见。他像独自悬在一个空中楼阁，戴着薄纱看不清面容的母亲站在下面朝他招手："年年，下来呀。"

男孩看着脚下虚无一片，喃喃道："妈，我怕。"

"不要怕，爸爸在下面接着你。"男人伸出了手。

男孩闭眼往下一跳，没有温暖的怀抱，周身是烈火灼身的痛楚。

失重的感觉让何年猛地从床上坐起来，大口喘着粗气。床头柜上的闹钟才指向凌晨三点。他浑身发热，背后的冷汗把床单都洇出一个水印子。

何年舔了舔干裂的嘴唇，爬起来给老曹发了条短信，然后和着汗湿的衣服倒下去又睡了。

第二天要采访罗鹏，何年有事告假，只有老曹陪靳夕过去。

采访大纲何年通过邮件进行了批示，他觉得这次靳夕自己独立采访没什么大问题。可没想到事儿就出在这儿了。

罗鹏主动约了沿海边的一家风景绝佳的咖啡厅。咖啡厅二层有个户外阳台，可以坐下两桌。罗鹏付了两桌的最低消费，订下这个阳台做采访。

靳夕到的时候，罗鹏已经在等候。她刚走到阳台上，罗鹏就迎上来介绍："靳小姐，你看我找的地方风景怎么样？我听说你最喜欢看海了，特意找了临海的地方。不用太惊讶，你父亲我也是认识的，他和我还有过学术交流。"

罗鹏语气里的自鸣得意让靳夕感到不可思议，他似乎觉得自己该为他的"用心"感到莫大荣幸。

他一边说，手一边自然而然搭到靳夕腰上，另一只手殷勤地去拎她的

手提包。

靳夕厌恶地退后一步,甩开他的咸猪手。"罗教授,不好意思,我是喜欢坐在私人游艇上出海看海,不是坐在郊区阳台喝着三十块钱一杯的咖啡看海。"

她的口气着实嚣张,罗鹏脸面挂不住,只能呵呵干笑。"这里没有三十块钱的咖啡,都是六七十呢。你看看想喝点什么?"

靳夕的白眼差点翻上天,这么明显的讽刺他居然听不出来,老曹忍不住在一边偷笑。

"不用了,我们自己带了水,还是快点开始采访吧。"靳夕把桌子挪开,扯了一把铁椅子放在对面,"请坐。"

罗鹏一坐下来就迫不及待地从他的公文包里拿出各种证书、奖状,还有信件。"我先自我介绍一下,我是西京大学林学院的荣誉一级教授,先后主持国家和省级研究项目8项,出版专著、教材超过十部,在各大知名学术刊物上发表论文78篇,十年间培养了研究生27个、博士30个、本科授过课的学生更是无数,这里是部分学生给我寄来的感谢信。摄像师,你拍拍,你拍拍这里。"

靳夕无奈地示意老曹过来给感谢信拍个特写。

"按你的说法,此次出事的女大学生依依男友大斌在网上控诉你严重猥亵都不是事实?"

"当然了。我这样一个备受尊敬的老师怎么可能做出这等下流龌龊之事。那个女大学生是在诬陷!诬陷我!如果不是出了这件事,我连她叫什么名字都不记得,又怎么会和她行苟且之事。"

"根据依依生前的日记,她在暑期实践中被人侵犯。作为领队老师,你对此事是否知情?"

提到日记,罗鹏心里一紧,但看靳夕问话的态度,如果对方指名道姓写了他的名字就不会问他知情与否,心又定了几分。

"我不知道,当时带队的老师不只有我一个,还有同行的男同学,甚

第一部分 她说

至可能是当地人做的。谁知道是谁侵犯了她。"

靳夕眉毛一挑:"重点难道不是你带出去的学生遭到欺辱吗?身为带队老师,你不为学生感到痛心,反而急着重申与自己无关?"

罗鹏理直气壮地答道:"靳记者,我跟你说,这个女孩子哟,平时私生活就不检点,明明有男朋友,但仗着异地恋,平时和班上的男同学勾肩搭背,不清不楚。这是全班同学都知道的事嘞。所以老实说,这种事会发生在她身上我一点都不奇怪。种什么因得什么果,说不定她是给了人家什么暗示,人家误会了才会出这种事。"

"CUT。"靳夕忍不住喊老曹暂停摄制,"罗教授,你这种毫无根据的推断是不是不太适合在摄像机前面说?这会误导电视机前的观众的。"

罗鹏憨笑着,不以为意:"电视机前的观众说不定也是这么想的,我这只是一种推测而已嘛。"

靳夕裤子口袋的手机振了一下,来了一条短信。本来工作时间不想看,她瞟了一眼发现是大斌的短信,还是点开看了。"稍等。"

"靳记者,我有重要事情找你。你在哪儿?"

"我这边在给罗鹏做采访,结束后去旅馆找你。"

"事情很着急。你告诉我你的地址,我现在过来。"

靳夕没想太多,就把实时定位发送了过去。

"重新开始吧。"靳夕对老曹点了下头,"按罗教授这么说,你和依依毫无瓜葛,那你觉得为什么依依跳楼之前一定要见你呢?"

罗鹏摸摸后脑勺不剩几根的头发:"老实说,我觉得她是因为太迷恋我,求爱不成,所以以死相逼要见我最后一面……"

从见面第一分钟靳夕就发现罗鹏身上最明显的特点就是自恋,即使其貌不扬,却有种发自内心的自信,认为自己魅力无穷。

其实这也不难理解,罗鹏的学术成就让他在这个领域里备受推崇。无数学生围绕在他身边,为了能得到指点或者是推荐,一定是好话说尽。时

间一长，生活在虚无赞誉中的人都容易迷失自己。

见她目光中充满怀疑，罗鹏再次重申。

"不信，我给你们看她给我发的短信。"罗鹏颇有些得意地拿出手机，给靳夕看他的收件箱，同一个没有备注名字的手机号码给他发过很多条信息。

"教授，您对植物学的见解之深刻、学识之广博，令人叹服。我真的很崇拜您。"

"教授，您是我见过最好的老师，能上您的课是我三生有幸。"

"教授，对不起，今天因病缺了一节课。我觉得自己辜负了您的期望，我没有脸回实验室，恳请您的宽恕，我才敢回来。"

"教授，我给您和师母买了饭，在楼下等您。请您趁热吃。"

短信内容从学术问题到生活起居，依依就像一个病态的依恋着自己导师的学生，用词夸张，情绪极端。

靳夕一条条翻过去，简直不敢相信这是出自依依之口，但这确实是从依依的手机里发出的。

第一条和最后一条时间跨度有将近两年，横跨大二到大三这段时间，不太可能是伪造的。

难道真的给何年说中了，不要太早下定论，凡事都可能不是表面那个样子。靳夕打量着面前油腻的中年男人，实在不理解依依是基于什么情况发出这些短信的。

"请问罗教授，一个对你发过如此多骚扰短信的女学生，你连名字都不知道吗？"

"靳记者可能不了解，我们这种有名的学者教授，倾慕者很多，如果一个个都去计较，那这日子没法过了。"

"所以你一条也没有回复过？"

"没有。"罗鹏眼珠子在靳夕身上溜了一圈，停留在她丰满的胸脯上，意味不明地说道，"除非是靳记者这样的精英女士，我才可能会另眼相看。"

那种真实的被冒犯感像电流一样在靳夕身上过了一遍。从小因为靳红星的疼爱和靳辰这个姐姐的言传身教，靳夕对于性骚扰这一类事情非常敏感。即便是较轻微的言语和精神骚扰，她都能十分灵敏地感知。对罗鹏那种打心底里厌恶的感觉不可能是错觉。

靳夕再次叫停摄制："罗教授，请你不要再盯着我的胸部和裙底了。谢谢你。"

对于她的直言不讳，罗鹏很是不高兴，拉下脸来。"小靳啊，你这么说就是自己小心眼了。你大冬天还穿这么短的裙子，不就是想让别人看到你这双修长的腿吗？我纯粹是欣赏，没有别的意思，你不要想太多了。再说我看一眼你又不会少块肉。"

"怎么说话呢。"老曹看不下去了，出来维护靳夕。靳夕做了个止的手势，要老曹别插手。

她气笑了，指着自己的衣服："合着还是我的错喽？好！"

靳夕突然将身上的毛呢格子外套脱下来往椅子上一甩，手伸到背后去够身后的裙子拉链。

"小夕，你要干吗？"老曹看出她的用意，想去阻止。靳夕就像没听到似的，挣脱老曹的手，一把将背后的拉链拉下来。

裙子坠落在地上，露出里面薄薄一层的真丝吊带背心，背心下只有胸衣和内裤若隐若现。现在还是下着雨的隆冬，阳台上的寒风冻得她鼻头发红。

此时，一个全身上下穿戴满奢侈品的女人挽着她的男伴刚上二楼，见到阳台上的这一出好戏，不禁啧啧称奇："风晚，你看那个女孩子胆子好大。"

高风晚饶有兴致地打量着阳台上的女人，竟是张熟面孔。真是让人意想不到呢。

罗鹏一见靳夕这样胆大妄为，赶紧躲开，生怕沾惹是非："靳小姐，

你……你这是做什么。快把衣服穿上。"

"我现在只穿了一件内衣站在你面前，按你的逻辑，我是在暗示你上我。上啊，你敢吗？"靳夕咄咄逼人，罗鹏步步后退。

咖啡厅里间的客人也被这边的动静吸引，统统看向阳台。

罗鹏见众人围观，大声呵斥靳夕："疯子，不可理喻，不知廉耻！"

"不知廉耻的是你，不是我。罗鹏，你听好！你所认为女人给你的一切暗示只不过是你的自作多情。除非我明确要求你和我发生关系，又或者是明确对你提出的要求说好，否则你的一切让我感到不舒服的行为都是性骚扰！"

9

罗鹏恼羞成怒想要对靳夕动手，高风晚正想起身阻止，老曹已经扼住了罗鹏的手腕。"罗教授，动手未免太失风度了吧？"

老曹年轻的时候学过武术，又扛机器这么多年，练了一身的劲。罗鹏这种中年虚胖的身板根本不是他的对手。

罗鹏嘲讽道："你们这些记者就是想搞出大新闻来抹黑别人，为了博人眼球，连自己身体都能出卖！死了一个封奕算什么？你知道国家培养出一个我这样的专家得花费多少财力、物力吗？"

靳夕冷笑："你不是说不记得她的名字吗？"

阳台上的气氛一触即发，高风晚正想着要不要过去解个围以此增加靳夕对他的好感，突然，一道黑影从他身边蹿过去，直奔阳台。

阳台隔断的木门啪的一声被撞开，玻璃窗被晃得哗哗作响。

阳台上的三人同时回头，看到程斌穿着一件黑色雨衣立在他们面前。虽然雨衣有兜帽，但他满脸的雨水，头发全部沾湿贴在额前，显得狼狈又可怜。

"你……怎么了？"靳夕隐约觉得程斌和之前见到的样子有哪里不同。

程斌没有理她，而是死盯着罗鹏，嘴里不停喃喃："为什么？"

第一部分　她说

靳夕心里咯噔一下，完蛋了。她刚刚没有过脑子就告诉程斌自己的位置，完全忘记了程斌和罗鹏之间可是有着血海深仇的。

罗鹏并没有第一时间认出来程斌，但看他来者不善，心里有些发憷："你想干吗？"

现在这个局面三对一，他的处境堪忧，即使外面还有那么多客人也没让罗鹏增加半分安全感。

他很快做出判断，走是最好的办法。

"不跟你们这群疯子计较，我会投诉你们的！"罗鹏甩开老曹的手想往外走。

变故就发生在他移动的这一瞬，程斌突然如一只迅猛的豹子扑了上去，将罗鹏按在地上。他的袖中藏着一把刀子，刀口毫不犹豫地向他胸口插去。罗鹏拼命往旁边躲，刀尖偏了几分，插进他的肩膀。一击不成，程斌还要再次下手。

"救我！救我！"阳台上传来杀猪般的惨叫声。咖啡厅里的客人见到有人拿出刀子，尖叫着朝楼下跑去。

"杀人啦！"

那一刻，罗鹏躺在地上隔着一扇玻璃门绝望地看着所有人跑开。他心里清楚地知道在遇到恶性事件的时候，人数越多，会挺身而出的人就越少。从众心理会让大家甘愿做沉默的大多数，他也曾经是这些人中的一员，只是没想到这次成为待宰羔羊的会是自己。

慌乱奔逃的人群中，高风晚逆向而去冲进了阳台，果决地一脚踢飞程斌手里的刀，阻止了他二次下手。

程斌还想爬去捡，回过神的老曹赶紧将脚边的刀拾起，一把扔到楼下去。

"为什么！！！为什么你们不让我杀了这个畜生！！！"程斌嘶吼着，拳头一下下砸在地上，头上青筋暴出，两只血红的眼珠像是要迸出眼眶，和靳夕记忆中那个羞怯紧张的年轻人找不到任何相似之处。

高风晚和老曹合力制服住程斌，被压在两人手肘下不得动弹的程斌仍

然死死盯着哀号中的罗鹏。"我不会放过你的！"

"快报警，叫救护车。"高风晚回头唤醒愣住的靳夕。

靳夕这才反应过来，颤抖着手拨了报警电话。

报完警，她走到程斌面前，试图安抚他的情绪。"告诉我，到底发生了什么事？"

"是罗鹏！小奕自杀都是他逼的！"

程斌说他今天想起来去登录封奕的微博账号，发布她的讣告，给她网络上的朋友、同学们报个信，结果无意在私信中，发现一个叫Peng88的账号在大年初三晚上给封奕发私信。

"听说你要结婚了，怎么？你觉得自己做过的那些龌龊的事情真的可以过去？你老公还敢写信威胁我。不如让我给你们的新婚献上一份大礼？还记得我们一起作的那幅画吗？亲爱的小薏米，如果你离开我，它会出现在全校师生的邮箱里。好好考虑一下，不如继续报考我的研究生吧？"

字里行间透露出的那种变态的油腻感和罗鹏身上的气质如出一辙，要说不是他都没人信。

"小奕本来是要嫁给我的，她马上就要毕业离开这个魔鬼了，是他！是他不准她走，是他逼死了她！"程斌捶着木地板，恨不得每一拳都捶在罗鹏身上。

靳夕终于明白程斌的愤怒，他们付出了多少努力才走出阴霾，罗鹏却用轻飘飘的一条短信将这个爬上岸的女孩重新溺进深海中。

比失去更痛的是得而复失。

警车和救护车都来了，带走了程斌和罗鹏。靳夕感觉到自己的身体在瑟瑟发抖，也不知是因为害怕还是寒冷，抑或是愤怒。

高风晚捞起靳夕丢在座位上的呢子大衣将她裹进衣服里："见两次面就替你披了两次衣服，真是让人不放心呢。"

靳夕笑不出来："你怎么在这里？"

第一部分 她说

"陪客人来的。"

"那你不用去陪你的客人吗？"

"看上去你更需要我。"

靳夕现在心绪不佳，没有心情陪他调情。"不好意思，我今天没带钱。"

面对这明显带有侮辱含义的拒绝，高风晚依然保持着良好的风度。"巧了，我刚好带了。等做完笔录，靳小姐能不能赏脸让我送你回家？"

"随你。"靳夕不再管他，拉紧身上的衣服主动走向警方询问，"程斌会被起诉吗？罪行严不严重？"

"现在还不一定，取决于受害者的受伤程度。不过故意伤害罪是跑不掉了。"

他们被带回警局接受笔录，按例要通知领导，但何年病中没有接电话，电话直接打到了付台长那里。

付台长火急火燎赶来接人，看着灰头土脸衣冠不整的两个员工，付台长气不打一处来，又不好当着别人面发作。手指头颤啊颤地指着靳夕和老曹："你俩真是长出息，采访能整出这么大的事故。"

旁边的警官笑呵呵地攀着付台长的肩膀递了一根烟："领导别生气，已经问清楚了，这次伤人事件和贵台两位员工没有直接关联。严格来算，他们还算是见义勇为。"

付台长脸色稍缓，但他见靳夕那副样子也知道她惹了别的事，人家只不过给他们留颜面："我先过去办手续，明天叫何年一起来我办公室再和你们算账！"

直到晚上十一点靳夕才从警局出来，高风晚一直在警局门口等她。看她出来，不知从哪里变出一杯热奶茶和一个紫菜饭团。"附近的饭店都关门了，只好在便利店买了速溶奶茶。你不想喝也可以拿着暖暖手。"

靳夕捧在手里并不喝，亦步亦趋和他边走边聊。"高风晚，我给你说

个故事吧。"

"从小我爸爸就喜欢给我买宝石。满月、周岁,每次我爸给我买了什么名贵的宝石都会上报纸。外面的人看到这种新闻都对我的生活很艳羡,嗯……确实有钱很快乐!"

高风晚扑哧一声笑出声来:"我以为你要跟我说一个有钱也买不来快乐的故事。"

"不是,你听我说完。其实再名贵的宝石对于小孩子来说也不过是一块石头。我小时候很不能理解为什么他不能送我一些和普通孩子一样的礼物,我一点也不想要一块破石头,而且年年如此,所以有一年生日我向他发了脾气。那晚我爸和我谈心,他说'小夕,我送你的不一定是你最喜欢的,但一定是最好的。总有一天你会被另一个男人带走,从你一出生我就开始担心这件事情,所以我要全城的人都看到配得上我女儿的都是最好的,我要你见过真的宝石,就不会被一颗玻璃骗走'。"

高风晚听完她的故事,还是很温柔地看着她,甚至脸上依然含着笑意:"你是想告诉我,我只是一颗连玻璃都算不上的石头,不要癞蛤蟆想吃天鹅肉。"

就冲他现在还能保持风度,靳夕就觉得这个人心机真的不一般。

"我知道你对我抱着一个不切实际的幻想,就像所有童话故事里的公主如果喜欢一颗石头,就会为了那颗石头放弃整座城堡,或是拥有点石成金的魔力,将石头变成真正的宝石。但我不会,本公主从小就明白每个人都有一出生就注定的生命轨迹,就算偏离最终也会回到正轨,而我的轨迹和你的本不该有交集。风晚,你很有风度,和你相处很舒服,所以即使一开始就知道你是有所图的,我依然没有拒绝你。我们可以寻欢作乐,各取所需,但如果你想从我身上诱骗所谓的真心,我必须提前和你说清楚,不要白费力气。我工作很累,你再和我绕圈子玩游戏我会感到很有压力。"

她把奶茶塞回了高风晚手里,原本滚烫的奶茶已经变得温凉。"就到这儿吧。我的司机来接我了。"

靳夕回身上了身后的轿车，车子疾驰而去，留下高风晚站在原地。

高风晚目送着汽车远去，无所谓地转身朝反方向离开，边走还边把手中的奶茶一点点吸完了，嘴边露出一个玩味的笑容。"亲爱的公主，你以为……我们的命运轨迹没有过交集吗？"

10

何年被通知提前取消假期回台里开会，在路上就欣赏了昨天靳夕的"杰作"。路人视角模糊的视频，从靳夕开始脱衣服到程斌冲进来伤人，一路拍一路晃。

在一些三流的新闻网站，视频还被冠以"小三闹事脱衣逼离婚，正牌男友上门砍情夫"的标题。

听不到他们说话的声音，还真像那么回事。

老曹也看到了视频，为此愤愤不平。"我当时也在场，画面怎么不把我和摄像机带进去呢。这种垃圾网站只会看图说故事。"

他的话倒是提醒了何年，看上去随手拍摄的画面其实是以靳夕为中心主视角的，对于与标题不符的人事物都小心翼翼避了过去。

"你在现场有录到什么吗？"

"前半段小夕叫CUT，我没录到。她脱了衣服以后，罗鹏要动手打人，我怕事后需要证据，就偷偷打开了摄像机。程斌冲进来的后半段都有录到。"

何年拿过老曹的摄像机看了一遍，递给幺鸡。"去机房剪一段你们联手制服程斌的画面，发给隔壁社会新闻的节目组，让他们做个'采访突发意外，记者勇救教授'的新闻出来。"

"是！"

"老曹,你再详细给我说说昨天她为什么会脱衣服?"何年捏着眉心,很是疲累的感觉。

"这……"老曹不知从何说起靳夕当时突如其来的火气,罗鹏的态度确实令人不舒服。但是他觉得靳夕作为记者,反应未免太过偏激。

"有什么你直接问我就行了。"靳夕踏着高跟鞋从门外走进来,把镶着大块水晶略显浮夸的背包往工位上一扔,"罗鹏屡次用言语和目光骚扰我,我那是为了教他学做人。"

何年一脸山雨欲来风满楼的表情,靳夕梗着脖子准备迎接暴风骤雨。开门声打断了他们。

波仔手里提着两碗米粉,从门后面探出一个头。"老大、夕姐,我刚在门口碰到付台长,他叫你们现在过去。对了,曹叔,你的早餐被台长抢走了。"

"嘿。小子,都是一样的粉,你怎么不说被抢走的是幺鸡那份?重色轻友!"老曹故意揶揄他,波仔红着耳根把米线放到幺鸡面前。"说什么呢,那你吃我这份好了。我再出去买。"

靳夕听出一些猫腻,笑嘻嘻地打量着波仔和幺鸡。

何年拿台本拍了一下她的脑袋。"还有空笑别人。走吧,听老付上课去。"

何年走在前头,靳夕跟着他,两人没有敲门直接走进付台长办公室。

付台长正在办公桌上嗦粉,嘴上的油还没来得及擦,被突然进来的两人呛得粉差点没从鼻子里冒出来。"你俩下次敲个门!"

付台长猛灌了几口茶水,捧着他的瓷缸水杯开始喋喋不休地给两人上思想教育课:"小靳啊,你出去是代表西京电视台,代表你们深调组的形象,你这样做得体吗?视频都被人传网上去了,台里必须得罚你……"

"罚你一个季度的奖金!你这个季度做得再好都没有奖金了!"何年抢过付台长的话头,故意装作严辞厉色的样子训斥靳夕。

"何年,你不要护着你的组员!她这样做影响很恶劣,不是奖金能解

第一部分 她说

决的事。你让颜珮进组代替她做主播，靳夕转幕后，这事就翻篇了。"

"不行。《她说》的宣传片已经在网台播出过，观众都知道靳夕是主播。而且颜珮在《民生说法》的形象已经深入人心，我选靳夕这张新面孔就是要给节目树立一个全新形象。靳夕代表的不再是她一个人，是整个深调组的脸！"

"正是因为这样，节目还未播，主播就出了这样的丑闻，你真的认为没问题？"

靳夕的小暴脾气按捺不住了，刚想回嘴，何年偷偷按住她的手背。

"付台长，我不认为这是丑闻。她在成为一个记者之前，首先是一个女人，保护自己是她的本能。"

靳夕看着两人交叠的手，他的手心滚烫，还在发高烧。何年注意到她的眼神，马上松开了手。

"我觉得这次是有人在刻意引导舆论，我们如果换人就是认输。当务之急是做危机公关，而不是忙着摊责任。"

付台长挣扎许久，终是妥协。"事关你们深调组的生死存亡，你自己把握。出去吧。"

两人还没走到门口，又被付台长叫住。

"回来回来，罗教授的妻子投诉电话都打到我私人手机来了。虽然这件事是个意外，但毕竟是在我们采访中出的事，你们买点鲜花水果一起去探望下。"

靳夕虽然心不甘情不愿，却也不想再给何年添麻烦，还是应了。

走出办公室，靳夕忍不住拉住他。"你刚刚为什么要帮我？我……"

"等等，先收起你那副感动得快哭了的样子再说话。我帮你说话不代表认同你的做法，而且我不是帮……"

"好好好，我知道，你不是帮我，你是为了深调组。"靳夕抢先一步把他的话说完，"喊，嘴硬心软。"

"欸。你这小丫头片子。"何年发现自己招了个总可以自己延伸理

解,还油盐不进的主儿,"去医院买补品的钱从你工资里扣!"

"好!打车的钱也从我工资里扣。"靳夕爽快地答应。

何年这才满意地点了点头,果然找个家里有钱的员工就是好。

靳夕和何年提着补品一去医院,就被罗妻抓住劈头盖脸地一顿骂。

如果说罗鹏是油腻自恋的中年男人,他老婆简直就是核武器级别的悍妻,靠一个喉咙可以喊得医院整层的走廊都能听到。

"就是你这个小蹄子说我老公对你性骚扰,还侵犯了那个跳楼的女学生是吧?你还要不要点脸了,这种事也好到处说的?我老公性骚扰你,怎么可能?"

靳夕以为她要摆出那套我老公怎么可能看得上你的理论,已经想好了回击的话,没想到这个女人直接甩出一张诊断单在她脸上。"我老公他就是个性无能!已经十年了,对这方面的事毫无兴趣。你说他怎么会对自己女学生下手?"

病房里的罗鹏默默将脸埋进被子里,现在至少整个外科的病人和医生都知道他不行了。

靳夕从脸上揭下那张诊断单:"勃起功能障碍"几个大字写得清清楚楚。

她和何年面面相觑,何年想到底小姑娘脸皮薄,面对这种事可能难以启齿,没想到她半晌憋出了一句:"性无能就不会有性欲了吗?"

"你看着我干什么?我又不是。"

罗妻被气得跳脚:"你……你们!都给我滚!"

他们买的水果篮和补品都被一同扔了出来。靳夕拍拍灰捡起来:"别浪费了,水果还可以拿回去给幺鸡他们吃,就是这补品没人要,早知道该给他买点男人专属的补品。"

靳夕挤眉弄眼朝何年笑,何年无奈叹道:"能不能有点女孩子的样子?"

"女孩子该是什么样子?"靳夕回眸看向他,眼睛亮晶晶的。

她随口问出的这个问题倒是把何年问倒了,是啊,既然世界上没有两片相同的叶子，那女孩子又哪有什么固定的模子？该文静还是闹腾，奔跑还是慢走，选择什么职业，要不要抽烟喝酒，应全凭自己喜好选择，而不是性别。

所有只凭性别对男人女人所做出的规范就像一个陷阱，虽本无恶意，却让人不自觉陷入一个思维固化的模式。何年发现自己不知不觉中被上了一课。

下午，他们一起去采访了林学院院长韦楚政。

从韦楚政的说法来看，罗鹏平时极其畏妻，也从来不参与男性朋友同事在夜总会的聚会，平时只有一个业余爱好就是画画。男同事中几乎没有人相信他会是个在外面乱来的人，学校也没有接到过任何有关于他行为作风的举报。

这点倒是和罗妻反映的情况一致。

难道真的冤枉了他？那封奕收到的私信又是怎么回事？

现在知道真相的只有那一个人。

11

第一期节目录制前一个小时，靳夕边化妆还边在台本上写写画画，反复修改着一些细枝末节，总觉得哪里不到位。

她一直乱动，导致化妆师把眼线都画歪了，忍不住笑她："颜珮姐开录前都在刷手机，你怎么还在背台本？"

隔壁化妆台坐着的就是刚下节目在卸妆的颜珮，颜珮斜了她一眼，很是瞧不上："上不了台面。"

靳夕也不回嘴，满心满眼都是节目流程，虽然采访内容是已经剪辑好的，但开场、串场和结束语都是现场直播的，她生怕哪一句出了差错。何年费了这么大的劲才保住她，她不想让他失望，更不想让整个深调组跟着丢脸。

一只手从她胳膊下把台本抽走："不要看了，就那么几句话你早就背下来了。"

靳夕回头看到何年,委屈巴巴地噘嘴:"但我觉得我现在大脑一片空白。"

何年看她故意装可爱的样子,忍不住笑了:"你骂罗鹏的时候怎么气势如虹,拿出点你骂人的气势来!你看看,谁来了。"

"夕姐!我们来看你了!"未见其人,先闻其声,波仔第一个冒出头,紧跟在后面的是敦厚的老曹:"小夕,加油啊!"

走在最后的是气喘吁吁的幺鸡。"你们俩是不是男人,要我去扛东西。"

"我们这不是想把惊喜留在最后嘛。"波仔赶紧迎上去接过她手里的两大袋东西,放到梳化台上。

"夕夕,送给你的!预祝你今天首播顺利!"幺鸡上前给了她一个大大的拥抱。

包装袋里是一整套的职业西装,波仔将衣服提在手里给靳夕看。"这是我们一起给你买的礼物。当然,何老师出了大头。希望夕姐穿上这件战袍,大放异彩。"

何年咳了一声:"我不是想送你礼物,我是看你平时穿得实在太不像样了。要记得,你作为一个记者的时候,一言一行都关乎新闻的公信力,以后那些花里胡哨的衣服少往台里穿。"

"是!何老师!"靳夕手指抚上西装的领口,虽然不比她平日里穿的大牌,但是质地舒适、样式大方,倒是很合心意。尤其是同僚之间的温暖,给了她最大的信心。

她换上西装收拾好手稿,走上主播台前,每个人都跟她击了一下掌。只有何年戴着耳麦在操作台前做准备工作,只遥遥朝她点了下头。

靳夕走上主播台一戴上耳麦,就听到何年的声音:"我是你的PD,放心把你的后背都交给我,听到就比个手势。"

靳夕朝镜头比了个OK。

十一点,节目准时开播。

开头动画是幺鸡守在数码部盯着人做出来的,是很多新闻中女性人像的特写剪辑,有少女,有孩子,有母亲,有专业人士。

第一部分 她说

"她说长大后她不想做护士,想当名科学家。"

"她说我不想生孩子,想出去工作!"

"她说我想晚上出去唱歌,能穿喜欢的花裙子。"

"她说我希望不要被叫女博士了!"

"她说,没人听我说……"

背景音是找专业配音演员配的,模拟出各个不同社会阶层女性纷杂的心声交织在一起。声音从嗡嗡耳语到越来越大、越来越多。

最后所有纷乱的声音突然消失,靳夕的声音自黑暗中穿透,念出节目的Slogan:"她说:听见你心里的声音。"

开头动画结束后,镜头对准了主播台后的靳夕。"3,2,1,开始。"

第一期节目是《生而为人,对不起》,名字灵感源于封奕临死前一直说的那句对不起,即使她没有对不起任何人。

"每个人都无法选择自己的出生,但我们当中有些人却能选择自己如何死去。自杀究竟是懦弱地逃避还是倔强地呐喊?本期节目我们将关注到西京大学大四女生依依跳楼案的背后。"

最先播出的画面是依依跳楼当晚的录像,虽然他们当时在现场拍摄了很多素材,但按照何年的要求,只剪辑了短短几个画面。

依依抱着娃娃坐在天台的画面,围观群众起哄的画面,黎天明探出大半个身子看着楼下绝望的呐喊的画面和最后程斌为依依尸体盖上军大衣的画面。

虽然篇幅不长,但已经讲了一个完整且触动人心的故事。

镜头转回棚内,靳夕神色肃穆:"一条鲜活的生命在我们面前转瞬即逝,围观的人们却陷入莫名的狂欢。人性的冷漠究竟是谁之过?"

接下来的视频内容放的是对冯冀的采访,也就是那晚和何年差点大打出手的大学生。只有一个背影,声音也是变音处理过的。面对镜头,冯冀还是没有勇气。

"那天晚上你和在场的另一位记者提出打赌,赌依依不敢跳,并拿出

一百元现金,大声怂恿依依跳下来。当时你是怎么想的?"

"说实话,我不知道,睡一觉醒来以后我也不敢相信这是我会做的事。但怎么说,当时那种氛围下,大家就跟着了魔一样。她跳或者不跳已经不重要了,等了几个小时,大家都只想要看到一个结果。"

"在你看来,你觉得依依为什么要跳楼?"

"我女朋友说是那什么,抑郁症吧?我也说不好,现在人人都有自己的压力,要是每个人都想不开就完蛋了,所以我挺看不起这种自杀的人。"

"你是因为看不起她的选择,所以才会起哄怂恿她跳楼?"

"说不好,也可能有这个因素。我不想给自己找个好听的借口,我当时就是浑。那晚唱通宵K,还喝了酒,脑子本来就昏昏沉沉很累,听到旁边的人一直在喊跳啊跳啊,就跟在云里飘似的,感觉像在看演戏,我也跟着喊。我不知道最后她真的会跳下来。"

"所以你觉得是周遭的环境影响了你?"

"是的。我真的没有网上说的那么坏!我不想要依依死,大家都是同校同学,无仇无怨的,我图啥啊?我就是当下脑子一热,没有思考地顺从了心里的恶念。如果依依的家人在看这档节目,我想和他们说一声,对不起。"

靳夕问出了最后一个问题:"如果站在天台上的是你的亲人,或是女友,你看到楼下有人这样起哄,你会有什么感受?"

背对着镜头的男孩忽然低下了头,沉默良久才说出答案:"我可能会杀了他们。"

画面切回主播室,靳夕说道:"换位思考,明明是一件再简单不过的事情,但因为我们社会对儿童普遍缺乏同理心教育而强调利己从众主义,导致孩子们长大成人之后,往往缺乏对他人苦痛感同身受的能力,这才出现了开头那一幕,一群人面对花季少女的陨落无动于衷甚至落井下石。这是依依的悲哀,也是整个社会的悲哀!"

原本为了与冯冀等人形成一个对比,接下来该是对黎天明的采访。但黎天明因为依依的死心理崩溃而去接受心理治疗,拒绝了采访。

第一部分　她说

只托人带了句话给靳夕。"依依的死我应该承担绝大部分责任，我没什么好说的。但我绝不会再让任何一个孩子死在我面前。"

那一天，黎天明的绝望呐喊始终萦绕在靳夕耳边。她想他是真的自责，以至于无法走出自己的心理阴影。今天的节目也是送给黎天明的，她由衷地希望这能成为打开黎天明心结的一把钥匙。

接下来播放的程斌、罗鹏、韦楚政的采访片段属于各执一词，谁也无法证明自己的话。

"大斌因涉嫌故意伤人，现已被刑事拘留。罗某还在医院接受治疗。一边是硕果累累的大学教授，一边是以生命呐喊的少女，真相究竟如何？我们现场连线一位特殊嘉宾，听她说说这背后的故事。"

在化妆间观看直播的颜珮皱眉："这怎么和她之前对的节目流程不一样。"

十分钟前，电视台《她说》栏目收到一通电话。

"他说的都是假的！都是假的！我要接受采访！"

靳夕的耳返里出现何年的声音："夕，待会儿韦楚政的采访播完，我们会现场连线兰贞。还有两分钟，你准备一下。"

"等……等会儿。兰贞？我什么都没有准备啊。"靳夕一下慌了手脚。

何年几乎没有经过思考，语速飞快地说出节目安排："先让她简单自我介绍，然后主要问三个问题，暑假实践在森林生态站发生了什么？依依发给罗鹏的短信是怎么回事？是否还知道其他受害者？其他的问题根据她的回答随机应变，记住了吗？"

靳夕脑子一团糨糊，明明何年说得很清楚，她却一个字都记不下来。流程一打乱，后面的时间怎么够，兰贞怎么会突然愿意接受采访，那结束语是不是要改？瞬息之间，靳夕考虑到很多实际问题。

"什么也不要想，想着封奕就行。"耳麦里，何年的声音有着神奇的安抚能力，"流程时间我来把控，你把刚刚我说的问题速记下来。"

靳夕抓起笔，迅速在纸上写下"生态站、短信、受害者"几个词。

"倒数十秒，进节目。"何年开始倒数。

靳夕深吸了一口气，一边在脑海中过了一遍新流程，一边迅速整理了西装和凌乱的手稿。心中虽然还是虚得发慌，面上已经恢复得十分专业。

"5，4，3，2，1。进。"何年的眼神穿透玻璃定定地落在靳夕身上，给了她挺直背脊的力量。

12

导播拨通了兰贞的电话，直播室里靳夕的声音有些发紧："喂。能听见吗？"

一阵刺刺的电流声，半天才传来她弱弱的声音。"听得见。"

"好的，请嘉宾向我们介绍一下自己。请问您和依依是什么关系？"

"我叫兰贞，'贞洁'的'贞'。"兰贞仿佛喘不过气来一样，深呼吸了一口气才得以继续，"我是西京大学林学院大四的学生，和依依是同一个学院不同班的同学，我们是在暑期实践里认识的，在生态站我们住在同一个宿舍。"

"依依生前曾对男友倾诉在生态站的时候遭遇过难以启齿的事，你是否知道是什么事？"

"我知道，因为我也经历过……"兰贞声音越来越小，"罗鹏经常约女学生一起去森林里观察植物，其间动手动脚。我们都觉得不太舒服，但想着教授平时为人那么亲和，肢体接触可能只是不小心的，所以大家虽然觉得奇怪，也只是奇怪而已，直到那晚依依被单独叫去他的办公室作画……"

"作画？是什么样的画？"靳夕脑中电光石火间闪过那条微博私信的内容里有一句很奇怪的话，就是说不要忘了他们一起作的画。

"依依回来的时候全身都是颜料，一直在哭，也不敢回宿舍。我是躲在天台上抽烟的时候看到她的，问她什么她也不说，我也没往那方面想。直到

第一部分 她说

三个月后,罗鹏叫我去他的教师宿舍讨论作业……教授在学校分配的宿舍都是单人间,他就在那里让女孩们脱光衣服,自己也脱光,然后在双方身上都涂满颜料,一起跪在铺满地上的白纸上用自己的身体作画。他就是个变态!"

因为兰贞的出现,实时收视率持续上升,电视机前的观众都因为兰贞的话深深吸了一口凉气。在此之前,谁也没有想过连备受尊敬的教授都会做出这样的事,自己的孩子还有什么安全可言。

医院里,罗鹏躲在被子里用手机看直播,旁边陪床的妻子突然跳起来,抄起靠在门口的扫帚隔着被子就往他身上抽。"好呀!你这个老不死的,还有这种癖好。我就说家里那些看不懂的破画你怎么这么宝贝!原来背着我做了这么多恶心的事情!看我不打死你!"

罗鹏从床上连滚带爬地跳下去,连声求饶。整个病房的人都被惊醒。值班护士连忙跑来劝架。

"咦,这是不是刚刚新闻里接受采访的那个教授?"

"别管了别管了,我们拉不住,去叫保安。"

医院里闹得沸反盈天,整个导播间却因为兰贞的话陷入沉默。每个人都面有怒色,靳夕反而是最镇静的,此时她的心中想的只有封奕。"作为二十岁的成年人,你们对性界限应该已经有一定了解,为什么会答应他这种荒谬的请求?"

"你不了解罗鹏,他很会抓住学生的心理,知道我们害怕什么,需要什么。他会循循善诱,让我们投降。刚开始他会不停给你洗脑,告诉你这只是一种艺术形式,国外很多人都是这样作画的,让我们不要想得太复杂。如果我们不愿意,他就会用各种把柄威胁我们。"

"比如说,什么样的把柄?"

"……"兰贞犹豫了许久才下定决心开口,"依依是因为贫困生赞助的名额和学位证。而我是因为……在'校园贷'用裸条借钱,到期没有钱还。罗鹏看到了我的裸条,说只要我愿意画这幅画,就帮我还钱,否则我

的照片就会传遍全校。"

"如果依依是因为被威胁，那罗鹏给我们看的依依发给他的暧昧短信是怎么回事？"

电话那头传来一声冷笑。"他给你们看的都是他自导自演的东西。我以为画了那一次就可以逃出魔爪，原来不是的。自从有了那幅画，他就认定我们是专属于他的物品，强迫我们必须叫他尊敬的教授、爸爸或者主人，要随叫随到，任劳任怨照顾他和他老婆的生活起居，去他家送饭、打扫卫生，服从他的一切命令。他还一直侮辱我们，说是我们在勾引他，是我们自作孽。快到毕业的时候，他就一个个找我们谈话要我们继续报考他的研究生。依依大概是觉得这样的日子看不到头，才会选择跳楼的。"

靳夕联想到罗鹏的性格和他妻子在家庭里的角色。这大概是个极端自恋又极端自卑的人，因为他的病在家里得不到应有的尊敬和爱，就转而变本加厉地向学生索取。

"你们没有想过把这些事报告给学校或者家里人吗？"

"我不敢，我有裸条在他手里。依依受不了去过教务处一次。"

"然后呢？"

"她在教务处站了很久，没敢进去，一方面，毕竟他没有真的实质侵犯我们，我们没有证据。另一方面，我们也怕说出去反而被骂的是我们。所以依依想了个主意，她去找学校心理咨询处，以匿名的方式向心理老师说了所有事。"

"学校知道后怎么处理的？"

"我们惴惴不安地等待学校会给罗鹏下处分，或者叫我们去谈话。但是并没有，什么都没发生，就像从来没有人说过一样。你知道吗？鼓足一次勇气是很难的！从那个时候我就知道我们想要的公道并不存在，只有依依还抱着可笑的幻想。"

"据你所知，除了你们，还有没有其他受害者？"

第一部分　她说

"我知道的不少于五个,但在征求她们同意之前,我不能公开她们的名字。"

何年说的问题都已经问完了,靳夕补充了最后一个问题。"你之前一直不愿意接受采访,是什么让你改变主意说出这一切的?"

"依依没有站出来,所以有了我。我没有站出来,所以有了第三个、第四个受害者。我原本以为我已经麻木了,其他人的死活跟我有什么关系。我有时候看到身边无忧无虑的女同学甚至会想,凭什么我要经历这些,她们却可以笑得这么开心,所以我一直没想过要把自己的伤疤揭给别人看。但我在网上看到大斌刺伤罗鹏的视频,所有人都在指责大斌用暴力解决问题,但那一刻我竟然觉得轻松,大斌做了我一直以来想做的事。我知道如果我再不说出来,我不是像依依一样自毁,就会像大斌一样对别人举起刀。我不是想拯救谁,我是在自救。"

兰贞说完了她想说的话,如释重负地放下了电话。

靳夕耳机里又响起何年的声音:"把段陌的采访切掉,只播林语航的采访,中间不要串场。直接做结尾,三十秒。"

西京政法大学性心理学教授林语航说:"性犯罪者往往会利用女性受害者对社会舆论的惧怕来控制她们,并且反复强调错误在受害者本身,让其产生自责羞耻的情绪。长此以往,受害者往往封闭或是放纵自己,走入歧途。依依的选择不仅仅是一个人,或是围观的一群人的过错,而是整个社会建立起无形的那堵墙将他们拒之门外。如果我们对受害者能有更多的宽容与保护,如果性教育能更加普及,如果对性犯罪者的监管更加严厉,或许我们可以避免下一个悲剧的发生。消除歧视,从你我做起。"

靳夕的结尾词是临时重想的,只有三十秒的时间给她。"依依跳楼前一周,大斌向她求婚。她说,我愿意。跳楼之前,消防队队长拉住她,她说,对不起。但我说她不是情绪的弱者,只是不愿向罪恶低头的勇者。"

依依，即使你已经离开，这个世界上仍有你的位置，在每个关心你的人心里。我还想对那些已经或者正在经历痛苦而考虑自杀的人说，你们是如此强大，即使现在沉重而艰难，也请你们不要绝望。我们一直在努力寻找你们！下期再见。"

镜头一关，头顶的聚光灯也随之灭掉。靳夕几乎是摊在主播台上的。"太刺激了，简直不是人干的。"

深调组众人围在波仔身边，看他笔记本电脑上的实时数据。靳夕也紧张兮兮地看着那边，幺鸡和老曹的脸色不怎么好看，何年的面色看不出悲喜。她就更紧张了，忍不住咽了一口口水问道："收视率怎么样？"

"以第一期节目而言，算很好了。"何年朝她点头表示肯定，但靳夕总觉得像是在发安慰奖。自己从主播台上爬下来要去看数据，波仔一把将笔记本电脑收起来不让她看。

"我们这是深夜档，不能和黄金档的节目相比。夕姐，临危不乱，你已经做得很好了！数据什么的不重要。"

"话是这么说，但如果收视率上不去，我们就要解散了。这不就是故意整咱们吗？做得再用心又怎么样，谁会大半夜看新闻？"导播室里不能抽烟，幺鸡只能愤愤不平地咬着手指甲。

何年拍拍手掌，为大家加油鼓气。"至少我们帮依依拿回了一个公道。不要忘了我们做节目的初心！"

做完收尾工作，靳夕深夜才回到家，睡前发现手机上面有三条短信。分别是兰贞、依依父亲，还有黎天明发来的。很长的信息，都是在说谢谢。她转发给了全组的同事，并附上了一句："这大概就是我们存在的意义。晚安。"

第二部分　你的孩子

1

一觉醒来，节目上了热搜榜。这是出乎所有人意料的。

靳夕前一天做节目太累，手机开了静音，睡醒的时候差点没被未读信息和未接电话淹没。

原本收视率不佳的节目误打误撞赶上了最近如火如荼的"ME TOO"运动（美国反性骚扰运动）。

一个微博的女权大V看到了这期节目，转发并高度赞誉："兰贞的发声是属于我们的胜利。"

"ME TOO"的宗旨是勇敢地打破沉默，为自己发声，恰好与这期节目主题不谋而合。《她说》就这样莫名其妙"蹭"了一波热度。

而且也不知道是谁用小号放出一段靳夕脱衣训斥罗鹏的视频，画面和声音都是高清的，之前的谣言不攻自破，靳夕还默默圈了一波"女友粉"。

不少女孩子在下面留言："太帅，想嫁。"

男生也表示："很多时候就是开玩笑随口一说，没想到原来给女孩们造成这么大的困扰，以后会更加注意自己的言行。"

波仔给靳夕打电话取笑她："夕姐，没想到吧，恰恰是你最看不起的新媒体，最后拯救了我们。"

做这个节目的时候，深调组的人都没有听说过"ME TOO"，仔细一查，才发现原来在墙外早已经声势浩大。

何年建议不妨再做个延展活动，利用新媒体平台开放一个"我在听她说"的话题，让所有有过和依依相近遭遇的人都能勇敢地站出来。

没想到这个话题收到了超乎想象多的回复，直接掀起了一阵对学术界、文化界、体育界各个领域性骚扰、性侵犯事件的广泛讨论。

首当其冲的还是罗鹏，当年他教过的学生从全国各地一个个站出来，举报人数超过三十人，有些学生甚至已经在国外，仍然实名参与举报，而且他们就学的时间跨度跨越了整整十年。还有学生反映，校方早就知情，为了息事宁人，用保研、私下赔偿等方式封嘴。

一时之间，西京大学也陷入不作为的指责声中。为了平息众怒，西京大学开除了罗鹏。

犹如过街老鼠的罗鹏从医院出院，终日躲在家中。邻居说没有一日不听到对面传出他家老婆打骂他的声音，后来罗家索性搬了家，举家不知道去了哪儿。

靳夕追访到这些后续，总算松了一口气。"我们好像做了什么了不起的事。"

"好好记住你这一刻的成就感。"何年弹了一下她的额头，"这就是我们每个月七千块钱工资以外的额外奖励。"

"原来我们工资那么低吗？我都没查过工资卡。难怪那么多人辞职？每天连轴转的工作量，出去也像过街老鼠一样不受欢迎，最后拼死拼活就拿到这点儿工资。"

何年摊手，把帽子一压。"小姑娘，恭喜你走进现实社会。"

"话说，那段视频是你放网上的吧？"

"什么？"

"别演了，老曹都告诉我了。你把他拍的视频截了两段，程斌伤人的那段拿去隔壁新闻栏目播，前面我脱衣骂人的那段剪掉一直压在手里。节目爆红那天一大早突然出现在网上的视频，角度和清晰度一看就知道是老曹的摄像机录的，普通手机哪有这么清晰，不过既然我们一早就有证据，为什么不一开始就发出去解释呢？"

"哦，你说这个，危机公关也是要看时机的。放早了更像在做戏，而且我们没有实质证据。等罗鹏的事定性后，借着节目走红的东风，传播力也不可同日而语。"何年耐心给她解释，然后又想起什么似的，"话说之前造谣你做小三的那段视频感觉不像随机造谣，更像是针对你的行为。你好好想想最近有没有得罪什么人。"

靳夕冷哼一声，甩甩头发。"嘀，我可是靳夕哟。嫉妒我的人太多了，数也数不清。"

何年语塞，拿这个没脸没皮的女人没半点办法。

要说靳夕做出一点成绩，第一个尾巴翘上天的还不是她自己，是她爹靳红星。

他不仅群发信息叫人去看，还强迫公司所有员工以后每期节目必须去贡献收视率。要不是姐姐靳辰拦着，靳红星都寻思着要在西京立交桥做一些广告牌，还有庆祝的热气球，整个普天同庆的架势。

靳夕休假两天，在家里沙发上"躺尸"。靳红星抱着用人洗好的一盆葡萄屁颠屁颠地跑过来："宝贝女儿，来吃葡萄，最好的玫瑰香。试一颗，是不是有玫瑰味？"

靳红星把葡萄剥好皮塞进靳夕嘴里，靳夕还没咽下去，马上又一颗塞进来，把她塞得像个嘴里藏满松果的松鼠一样。

"爸，爸！慢点。"靳夕嘟嘟囔囔。

"好好好。"靳红星马上停下手，"宝贝女儿，咱们商量个事儿呗。"

"说。"

"爸想给你整个庆功宴,不多,就请十桌。你把你单位同事都叫上,在咱家对面那个度假酒店。"

所以说,普天之下,父母为子女自豪的心情大多相同,富豪也不例外,只是排场更大一些而已。

"爸,至于吗?这才第一期节目。观众忘性可大了,如果接下来第二期、第三期做不好,马上就会被遗忘的,这有什么好庆功的?说出去可丢人了。"

"这有什么好丢人的!你们付台长都打电话跟我夸你呢。"靳红星说起女儿,一脸自豪,"你之前说要去当记者,我还以为你说着玩玩,干不了两天就会甩手不干。没想到我女儿是不鸣则已,一鸣惊人啊!"

听到他们的对话,靳辰从餐厅走过来替靳夕解围。"爸,小夕这么大人,有自己的主意。你就别勉强她了。"

"哎呀,你不明白,等你自己做父母就懂了。"靳红星一时嘴快,靳夕一个鲤鱼打挺坐起来推了她爸一下。

靳辰结婚多年,由于身体原因一直未有生育,这是姐姐心里一个最大的心结。靳红星一个不注意点了她的痛处,靳辰脸色有些苍白:"也是。小夕,你就成全爸为了你的这份心吧。"

姐姐都开金口了,靳夕不好推托,遂应了下来。

完事还要给深调组的同事一个个打电话。波仔爽快地一口应了下来,老曹不太好意思,也还是答应了。幺鸡表示第一次去这么高档的酒店还有点小兴奋呢。

唯有何年一口回绝:"没空。人太多的场合我不适合。"

"没想到我们大制作人还是个怕羞的大姑娘呢。"靳夕故意刺激他。

"随你怎么说,有这时间我还不如多睡会儿觉。统共就两天假。"

靳夕想想不再勉强,省得何年见到她爹那副暴发户排场又要来揶揄她。

"庆功宴"上,靳夕倒是见到了一个不速之客。

林淼淼挽着高风晚的手进场,同靳夕打招呼:"靳夕,看我给你带了个什么大礼物。"

靳夕皮笑肉不笑地问道:"阿泽呢?"

"他说今天身体不舒服,这不,让风晚临时替上。"

靳夕意味深长地瞥了高风晚一眼。"这个不舒服还真是巧呢。"

林淼淼的记忆还停留在过年的时候,两人相谈甚欢,还以为这回自作主张,能给靳夕一个惊喜,但现在看来两人气氛有点微妙。

"姐,你过来一下。"不远处一个穿着白纱裙的小女孩,手里端着一杯气泡酒朝林淼淼招手。

那是林淼淼的堂妹林姝,才十四五岁的年纪,家里也算和靳家交好。女孩看到靳夕,落落大方地朝她举起高脚杯以表祝贺,身上有一种不符合年龄的成熟气质。

"我妹叫我,我先过去一下。你们先聊着。"林淼淼衷心感谢林姝给了她一个脱身的机会,脚底抹油跑了,留下高风晚和靳夕。

高风晚一直目送着林淼淼离开,目光停留在林姝身上许久。

靳夕忍不住出声嘲讽:"主意还是不要打到小女孩的身上好。她才读初三。"

高风晚耸肩:"我劝你还是注意点着好,我刚看到她偷偷带个小男孩从花丛里钻进来。"

靳夕有点吃惊地看向林姝,很快又恢复镇定。"小孩子嘛,情窦初开的年纪,谁都经历过。"

话是这么说,她还是多留了个心眼在林姝身上。这个小妹妹一直是林家的骄傲,和林淼淼这种二世祖不同,她是个从小品学兼优、被视为清华北大准苗子的孩子。直觉上,她不相信林姝会早恋。

林姝和林淼淼说了几句话,就拉着她左拐右转,消失在靳夕的视线中。

2

为了去参加晚宴,幺鸡今天穿了一件鹅黄色的欧根纱短裙,衬着她的短发俏皮可爱。除了不方便她跷二郎腿,其他倒很合身。

她一路都在紧张地问波仔:"我今天这一身好看吗?去这种场合不丢人吧?"

波仔第一次见幺鸡穿短裙,眼神都不好意思在她身上停留,耳根泛红地说:"好看。"

"那当然好看,我斥四百块钱巨资买的!"幺鸡咬牙切齿,想着昨天杀价的时候应该还能多砍五十。

她紧张的样子弄得老曹都跟着局促起来。"咱们吃个饭就走吧。小靳家里请的那些客人非富即贵,和我们不是一个世界的。"

"那可不行。正是因为不是一个世界的,好不容易夕夕给个机会打破次元壁,我当然得抓住机会钓个金龟婿!"幺鸡磨刀霍霍,全然不顾旁边的波仔脸色灰暗。

幺鸡一行人到酒店大厅的时候,远远就见到靳夕端着酒杯和一个男人相向而立。男人西装笔挺,女人衣香鬓影,他们身后有光影流动,行人如织,随意一站就是一副美好的样子。

幺鸡看得有点痴了,刚刚还觉得光彩照人的鹅黄色小裙子此刻让她看起来像只没褪毛的丑小鸭。她想即使有一天她能买起靳夕身上那件一看就很昂贵的长裙,也缺少她身上那种从容的气质。这么一想,心头就泛起一点点酸意。

波仔拉起她的手腕往前走:"想什么呢?夕姐和我们在打招呼呢。"

幺鸡这才看到靳夕正踮着脚使劲朝他们招手,脸上的兴奋之情溢于言表。他们走近的时候,靳红星也走过来,单手搂着女儿的肩膀。"怎么样?食物还合口味吗?都是请你最喜欢的厨子来做的。酒店本来不允许自带厨师,我可付了一大笔额外的服务费才准入的。"

第二部分 你的孩子

"难怪这些小食口感这么熟悉,老李叔做的吧?谢谢爸。爸最好了。"靳夕抱着他爹的啤酒肚撒娇。

靳红星刮了她鼻梁一下:"小马屁精。"

幺鸡将这一切看在眼里,眼里有艳羡的目光。华丽、阳光、自信,原来这就是生在充满爱的家庭里的孩子啊。

靳夕向父亲给他们一一做介绍。"除了组长没到,这就是我们组所有同事。"

"欸,组长怎么能不来呢?付台长都到了,这可是你们第一次节目大捷!他必须得来。我跟你们台长说说去。"靳红星大步流星走开,还不忘回头安排,"招待不周别见怪。小夕好好陪着,让大家吃好喝好。这都是为你们准备的!"

"你爸对你真好。"老曹初为人父,最能理解父亲看女儿那满眼都要溢出来的爱意。

"哎呀,他就是爱操心。"靳夕嘴里抱怨着,脸上却有藏不住的笑意。

"对了,这位是?"幺鸡看着从刚刚就一直待在靳夕身边的男人。靳夕把所有人都介绍了一圈,独独漏了他。

许是幺鸡盯着高风晚的目光实在太过炽热,靳夕竟然开不了口介绍他的身份。

还是高风晚自己落落大方地弯腰朝幺鸡伸出手。"李小姐好,我叫高风晚,一个来蹭饭的。"

幺鸡被他的幽默逗笑,还以为他是自谦,这身装扮和气质怎么看都像豪门大户的孩子。"看来我们是一种人。"

"对,我们是一种人。"高风晚重复了一遍她的话。两手相握,如蜻蜓点水一般的绅士风度让幺鸡对他的好感度噌噌地往上涨。

林淼淼不知从何处又冒了出来,同靳夕的同事们打招呼。

"给大家介绍一下,这是我的发小,老不正经的林淼淼。西京有什么吃喝玩乐的地方,问她最清楚。"靳夕勾了勾她的小指头,"你刚跑哪儿去了?"

"我那个小妹呀，林姝，你认识的，找我帮忙给她通关系要去酒店的花园后山玩。"她压低声音在靳夕耳边说，"小家伙，恋爱了，找个隐秘的地方约会呢。"

度假村有一个非常大的草地，草地上有人工建造的丛林、假山和瀑布。尤其是那一方瀑布，仿佛一束银帘从高耸的山峰直泄下来，就像天然瀑布，十分大气，是西京一大特色。很多人在这里举行草坪婚礼都是冲着这个景致来的。

但为了安全问题，瀑布区平时不让顾客进入。林姝知道林淼淼和度假村的经理关系交好，请她帮忙去通融关系。

"不会吧？真的假的，两个小孩安全吗？"

"没什么事吧。他们都是初三要升高中的人了，自己会有分寸的。你忘了咱俩读书的时候，比这荒唐的事还多着呢。"

正说着，靳夕看到林姝从外面走进来，入席坐到她父母身边，神色十分雀跃，脸上还有些微红。

靳夕放下心来，有些少女心事就不必点破。"走吧，吃饭去吧。"

深调组的同事、林淼淼和靳夕同坐主桌用饭，主桌上除了刚刚见过的靳红星，还多了一双璧人。女人眉眼很像靳夕，只是更加柔和；男人看上去有点混血的感觉，身量超高，五官的立体度也不像亚洲人的面相。

靳夕介绍这是她的同胞姐姐靳辰和姐夫路易斯·李。

波仔多看了路易斯一眼，在他的资料网里这个名字可不陌生。

Louis.Li（路易斯·李）是美籍华人，在美国土生土长，原是海豹突击队的军人，退役后成立了一个私人安保公司——黑星。

二十年前，缅甸突发一场大动荡，路易斯敏锐地抓住商机招揽了一批从海豹突击队退役的军人做雇佣兵，专门为战乱地区的商贾政要提供安保服务。可以想象，在生命朝不保夕的时候，金钱根本不值一提，很多富商愿意花上大半生积蓄来保一个平安，由此可见其中利润之大。

二十年间，黑星从一个籍籍无名的安保公司一跃成为在国际上都叫得上名字的最高级别的私人安保公司。

第二部分　你的孩子

尤其是路易斯和靳辰的结合，给黑星带去了更为丰沛的资金，也为靳氏珠宝提供了最强的安保。真所谓强强联合，天赐良缘。

而且两人还不像普通的政治联姻。饭席间，路易斯一直在为靳辰剔鱼刺，剥虾壳，事无巨细安排得妥妥当当，自己都没顾上吃几口。而靳辰就像个不食人间烟火的仙女一般安心地享受着丈夫的照顾。

靳夕吃狗粮已经吃习惯了，并没有觉得出奇。其他人都偷偷摸摸在关注着这一对在商场上叱咤风云的金童玉女，生活中原来也跟演偶像剧似的。

幺鸡艳羡的目标从靳夕转到了靳辰身上，女人不光得生得好，还得嫁得好。靳辰才是真人生赢家。

路易斯用餐巾擦干净沾了虾酱的手，举起酒杯向靳夕敬酒。"小妹，恭喜你一战成名。待会儿等大家吃完饭，我还有个礼物送给你。"

靳辰惊讶地看着自己老公。"什么礼物弄得这么神秘？我都没听你说过呢。"

"待会儿一起出去看就知道了。"

晚饭后，路易斯邀请大家一起到户外草地去。说了一番祝贺词以后，他的手往后一指："小妹，这是送给你和你所有同事的礼物。"

天空中突然炸开漫天的火树银花。烟花在瀑布上空绽放，照亮了整片不夜天。场面十分壮观。

四周一片惊叹声，幺鸡他们也被这情绪感染，互相搂着肩膀一起看向空中的烟花。老曹从腰包里拿出他的随身DV，对准他们："对未来的节目，还有我们深调组有什么期许？"

"我希望节目越办越好！"波仔说。

"我希望深调组的人永远在一起，不解散，做到八十岁！"幺鸡说。

"我希望拿下普利策奖。成为全国，不，全世界最有名的记者！"靳夕说。

"你行行好啦，不可能的事就不要说了。"好闺密林淼淼在旁边揶揄她。

靳夕抢过DV，对准老曹。"你呢你呢？老曹，你有什么愿望？"

老曹从来都是拿摄像机的人，第一次被摄像机对准，还有些紧张。一张老实憨厚的脸在镜头中显出眼角的纹路。"我希望今年工资能涨一点。"

"喊，这算什么愿望啦！"波仔吐槽他。

"你们看，那是什么？"旁白里出现幺鸡的声音。

画面里老曹的脸被虚化，靳夕调远焦距，镜头渐渐推远聚焦到幺鸡指着的瀑布上方。

漫天的烟火将瀑布照得通亮，而那瀑布上俨然有两个小小的人影站在崖边。靳夕将镜头放大到最大倍距，认出那件纱裙是林姝的！

她张嘴想叫，耳边已经先响起一片惊叫声。

两个人影手牵着手从瀑布上方一跃而下，一丝犹豫都没有。人们面前的水池里绽出巨大的水花，然后便是一片死寂，胭红渐渐从清澈的水下泛了出来。

3

何年赶到酒店的时候，警察已经封锁现场。两个孩子都被送去了医院，但林姝因为瀑布下方水浅，她头磕在锐石上，已经确认当场死亡。男孩稍稍幸运一点，被半崖边的树枝拦住缓冲了一下才坠落入水，重伤送往医院抢救。

男孩的身份被确认是林姝在八中的同学，叫凌初，一个白白净净但异常瘦弱的男孩子。

两个名字读音十分相似的孩子，在初三之前却从未有过任何交集，唯一可以将他们牵扯到一起的东西是一套价值七百万元的学区房。

这样两个八竿子打不着的孩子，究竟为何要相约一起在这个时间、这个场合寻死？不仅在场的人不明白，就连他们的父母都一片茫然。

林姝的母亲亲眼看见女儿被打捞上岸，额角被磕得血肉模糊。她大叫

第二部分 你的孩子

着扑上去，抱着林姝的尸体大恸。"我到底哪里对不起你？林姝！你说，你起来说！我到底哪里对不起你？你要这样对我！"

林姝的父亲配合着警察将她拖开，让医务人员有机会去给两个孩子做抢救。林母的注意力转移到凌初身上，冲上去又想动手。"是他！是他害死我女儿的！一定是他！"

林淼淼站在一边脸色比纸苍白，浑身都在颤抖，根本不敢出气。靳夕搂住她的肩膀，小声在她耳边说："不关你的事，不是你的错，别怕。"

其他人也被这突如其来的变故吓住，只有高风晚站得远远的，仿佛一个局外人。

何年皱眉看着眼前一片混乱，推了一把老曹："愣着干吗？这不是现成的素材吗？"

老曹犹豫地举起手中的DV，林家的人见到马上围过来。"你们是谁？这里不允许拍摄。没看到什么情况吗？还添乱。保安呢？快把这些无关人等请出去！"

靳夕连忙过来解围："叔叔阿姨，别生气，这是我同事。我们只是想拍点新闻素材。"

靳红星走过来为女儿撑腰："事情毕竟是发生在小夕的晚宴上，我们有这个责任查清楚事情原委，给林家一个交代。不是吗？"

靳红星平时在靳夕面前笑嘻嘻的，宛如一尊弥勒佛，严肃起来也是颇为吓人。对方见是他出来说话，不好反驳，一时之间不知如何是好。

林爸爸不得不亲自过来处理："感谢靳总的心意。但小妹这件事传出去有损林家清誉，也损了她自己的名声。孩子走都走了，还请媒体朋友高抬贵手，还她一个清静……"

虽然林姝一家在林家只是一个无足轻重的旁支，但丧女之痛大于天。站在一个父亲的角度，靳红星不愿意为难他，征询地看向靳夕。

这次死的不是随随便便一个路人甲，是她眼见着长大的小妹妹。靳夕

就算只是看在林淼淼的面子上,都不忍再给他们添麻烦。

"组长,不好意思,这是私人聚会,能不能请你们先离开?我送你们。"靳夕恳求何年。

"夕姐,现在是什么年代了,根本不存在封锁消息的可能。现场这么多人,每个人都是一个自媒体,或大或小都有推广能力。你自己看,网上已经有人在说今晚的意外了,凭什么我们不能报道呢?"波仔拿随身的小笔记本电脑调取今晚的新闻给靳夕看。

靳夕一眼未看,合上他的电脑。"我不管别人报不报道,至少我不会去伤害我身边的人。"

林淼淼感激地握住靳夕的手。她知道如果媒体介入,第一个要追究的就是她的责任。她现在心虚得要命,面前的靳夕仿佛一把大伞保护着她。

一直没作声的何年,拍了拍波仔的肩膀。"走吧。"

幺鸡经过高风晚的时候,他递了一张名片给她。"有需要的时候,可以联系我。"

波仔看在眼里,没走几步就假装开玩笑抢过她手里的名片。"到底什么人啊,这么神秘,该不会是看上你了吧?"

看到名片上的职称,他愣了一下。"Fantasy酒吧,那不就是男公关吗?"

幺鸡不高兴地一把抢回来。"你什么意思?看上我的就只能是做那个的?现在开酒吧的门路可宽了,得黑白两道通吃,不然能出现在这儿?"

"幺鸡,这人不简单,你留个心眼。你们都不记得,程斌伤人的时候这个人就在现场吗?"何年一语惊醒梦中人。

当时老曹拍下来的画面里,高风晚是个动态的侧影,而且穿着打扮都和今天十分不同,他们都没有想到是同一个人。

这么说来,每次靳夕有什么麻烦,高风晚都会像个骑士一样忠心耿耿地守在一边。幺鸡默默把名片攒在手心里,她不相信只有公主才能拥有骑士。

休假的最后一天晚上,幺鸡站在Fantasy门口,看着五光十色的霓虹牌。她问自己，我到底想要证明什么？

她想不到答案，也许只是高风晚那句"我们是同一种人"，触动了她。

"我可能是疯了。我为什么要来这里。"幺鸡喃喃自语准备离开这个销金窟，刚想转身就被一只手拉进了怀里："来找我的吗？怎么到门口都不进去？"

幺鸡抬头看到一双狭长的凤眼，笑意盈盈地盯着她。她一遍遍在心里告诉自己，这只是他们惯用的招数，不要上当。"我只是路过而已，你看我出来散步连钱包都没有带，就不进去了。"

高风晚莞尔，这是他第二次被女人以我没有带钱为理由拒绝。只是靳夕说得一脸理直气壮，而李窈明显是真的因为没钱而底气不足，就像他经常在酒吧见到的那种客人，多开两瓶酒就会脸色发青，心里默默算着钱包里的钱够不够付账单。可怜得要命，和他一样。

"没关系，过门都是客。进来坐坐，算我账上，靳小姐的朋友也是我的朋友。"高风晚把她引进了会所包间，单独陪她一个人。

饶是见过世面，在高风晚这种段位的男公关手里，三两下她不自觉就喝多了。

一喝多就开始掏心窝子。"高风晚，你是不是喜欢小夕？要我是男人，我也喜欢她啊，又有钱又漂亮，关键是性格真。我最讨厌那些娇滴滴很做作的大小姐了，可是对她我一点都讨厌不起来。她命真好啊。一出生就拥有一切。不像我，一无所有……"

高风晚让她枕在自己的大腿上，一下下温柔地抚摸着她的头发："傻瓜，你很好。你有她拥有不了的东西。"

"什么？不幸吗？哈哈。"幺鸡自嘲道，"你知道我的名字是怎么来的吗？我爸妈都喜欢打麻将，我妈怀我的时候和牌总是和幺鸡，她就说生下来的孩子一定要叫幺鸡。我还有一个弟弟，他叫李雅夫，是爸妈翻遍唐诗宋词认真想了三天三夜取的。"

"但我弟对不起我爸妈这厚望啊。不学无术，游手好闲。初中就辍学出去鬼混，到处打架生事，爸妈跟在他屁股后面赔钱。就这样我妈还总说：'幺鸡啊，你要多赚点钱，不然以后小夫怎么讨得到老婆啊'。哈哈，你说好不好笑？我自己都嫁不出去了，还要赚钱帮我弟讨媳妇。"

高风晚的眼里有怜惜的神色，他顺着她的下巴轮廓手指来回滑动。"怎么会嫁不出去，我娶你呀。"

幺鸡一把抓住他的手，醉眼蒙眬地看向他："高风晚，你是不是跟每个女人都说同样的话？"

"如果我说没有，你信吗？"高风晚顺势抓回她的手，弯腰压在她的唇上，"你是第一个。如果你什么时候想嫁人了，就告诉我。"

幺鸡残存的一丝理智被他的吻烧个精光。

那一晚，她睡在高风晚的家里。

因为宿醉，幺鸡第二天起晚了，一看床头的闹钟，她一下子就吓清醒了。糟糕，迟到了！

她翻身在床下去找自己的牛仔裤，高风晚端着一碟煎好的太阳蛋过来。"别着急。我用你的手机打电话给你们台里请过假了。"

想起何年的警告，幺鸡有点紧张。"是谁接的电话？"

"好像是叫秦波的。他说你可以下午过来。"

"还好不是组长。对了，他没问你是谁吗？"

"怎么？害怕别人知道我？"高风晚做出受伤的表情。

"我不是那个意思……"

"我知道，开玩笑的，快洗漱一下把早餐吃了。衣柜里有些女装，你挑自己喜欢的。"

幺鸡打开衣柜发现不少女人的衣服，而且大小款式各不相同，每一件都像在诉说他的一段情史。而最憋火的是，她甚至都没有质问的权利，因为这就是他的职业。如果她把昨晚那一段当真，那就是她傻缺。

第二部分 你的孩子

幺鸡有点赌气地关上放女装的衣柜，从高风晚自己的衣服里挑了一件最简单的灰色T恤，虽然宽大了一些，但穿着格外舒服，心里舒服。

她从卧室走出来，高风晚看见她穿着自己的衣服，愣了一下。"眼光不错，这件纯棉的。"

"我洗干净以后还给你。"

"没关系。你穿着挺好看的，留着吧。"高风晚给她倒了一杯牛奶。

幺鸡对着牛奶皱眉："我想喝可乐，冰的。"

"早餐吃点有营养的，长个儿。"高风晚趁她不留神又给她一个摸头杀，"快点吃完，我开车送你去上班。"

幺鸡暗戳戳在心里偷笑，这样的氛围真的很像在谈恋爱。就算他只是在演戏也很美好。

"晚宴那天，你为什么要留名片给我？"

"没什么。我只是以为你如果做坠崖的专题报道，会需要我提供信息。结果你们组长还是放弃这个新闻了。"

幺鸡听出他话里有话："你有什么独家消息吗？"

"那晚我和靳小姐在一起，听到林姝来找林淼淼帮忙……"

听完高风晚的描述，幺鸡的表情渐渐变得惊讶。"还有这档子事？"

事情过去一周，林家的消息控制得很好，正规媒体上只有一些简单的报道流出来，以两个孩子失足落崖的安全事故为立足点，没有任何的延伸和展开。

直到西京电视台颜珮的节目里突然曝出林家的"夺位之战"，原本一场意外和林家三代的家产继承权之争联系了起来。

林淼淼和林姝的父亲是堂兄弟，林家整个大家族的主心骨是林淼淼的爷爷，爷爷掌控着家族百分之九十的财产。

按理来说，如果爷爷去世，遗产继承权应该是在林淼淼的父亲头上。但是因为林姝这个小孙女乖巧懂事，格外讨爷爷喜欢，而林淼淼又格外不争

气,爷爷有意分出百分之五十的遗产给林姝的父亲,来支持林姝之后的教育。

而林姝的死让这一切化为泡影。

更有确实消息证实,林姝落崖的地方原本是不让进的,是林淼淼让工作人员放林姝进去的。

这很容易让大家猜测从中获利最大的林淼淼一家是不是从中做了手脚。这个新闻一报道出来,林家的门槛就快被媒体踏烂了。

林淼淼哭着给靳夕打电话:"我最信任的就是你!你为什么要出卖我?酒店的工作人员我都花高价买通了,只有你!口口声声说不会伤害身边的人,却在背后插刀最深的就是你!"

"我没有!"靳夕想解释,电话却被挂断,"喂!喂!"

她气急败坏地对着电话大叫,何年从身后把她的手机拿走。"别吵了,跟我出去一趟。"

"去哪儿?"靳夕刚吵完架,也是没好气。

"林姝的母亲要见我们。"

4

"我要知道我女儿怎么死的。"林姝的母亲霍超仪手里握着透明的玻璃水杯,看上去很冷静,但实际上手都在颤抖,可以看出是在情绪崩溃的边缘。

"霍姨,你明白我们是做什么的吗?我现在的身份是记者,你要我们帮你去查小姝的死因,查出来的所有情况都会被公之于众。"靳夕觉得自己听不懂霍超仪到底想干什么。

"我知道。我管不了这么多,我要知道事实!凌家那小子现在昏迷不醒,还不知道醒不醒得过来。你们电视台说是林淼淼那家人的阴谋,老林为了他们家脸面不肯声张,甚至不准我多问一句。我是她妈啊!我只有这一个女儿!你知道我把她养到这么大,这么优秀有多不容易吗?说没就没了,连个理由都不给我，我过不去心里这一关！"霍超仪将水杯狠狠放在大理石台面上，水洒出来几滴。她又神经兮兮地抽出四五张纸仔仔细细把台面擦干净。

"淼淼她不是……"靳夕想替林淼淼解释几句，刚说了个开头，霍超仪的眼神就跟要吃人一样。何年拦着她，身子前倾挡住靳夕。"好的，林太太有什么线索可以提供给我们吗？比如说关于林姝和凌初的关系，你之前知道他们关系很好吗？"

"他们关系哪里好。一个浅湾（西京著名的贫民区）出来的小子，读书又不好，要不是他爹投机倒把赚了点小钱，他连八中的门都进不去。"霍超仪谈起凌初满脸的不屑，但又马上为自己解释，"我不是看不起穷人，但人穷要有志气。他家儿子在八中，学习不好，还小偷小摸。这样的小孩长大不就是个社会渣滓？他自己不学好也就算了，为什么要来祸害我的孩子？"

霍超仪说着说着又忍不住哭起来，靳夕给她递了一张纸。"你怎么对凌初的情况这么清楚？"

霍超仪从包里拿出一个文件袋甩在桌上。"这是他的档案。成绩常年不及格，今年上半学期还偷窃同学的文曲星被当场抓到。如果不是老师求情，是要送去派出所的！最后只是档案记过，真是便宜他了。"

何年和靳夕对视一眼，颇为无语。学生档案这种东西，属于个人隐私，除非是本人调取或者正规机关要求出示，不然普通人没有调取的资格。而霍超仪凭着家里的权势轻易拿到他的档案，或者说她如果想，就可以拿到任何孩子的资料，隐私权在她眼里就是空气。

"还有，这是小姝的日记本。不去她学校翻还不知道这丫头还偷偷参加了什么诗社。喏，这里面夹了一张纸，上面写的情诗落款就是凌初！"

何年接过那张纸，情诗写的就是中学生的水平，谈不上多有文采，但最后一句让他印象深刻："你是我的光，是我今后的方向。"

能说出这样的话，两个孩子之间的羁绊远远不像大人所以为的那般轻巧。

"……霍阿姨啊,那个,孩子虽然不在了,但她一定也不希望别人看她的日记。我们最好还是不要动这些个人隐私的东西。"

"隐私什么隐私,我是她妈,她在我这儿有什么隐私?她才十五岁,还未成年!我不管着她,她怎么知道孰是孰非。就算她成年了,我也有权利看。我就是管得太少了,才会有今天的局面发生。"

眼见着霍超仪的火气又蹿上来要烧到靳夕身上,何年赶紧岔开话题。"您知道两个孩子是怎么认识的吗?"

霍超仪情绪说变就变,眼神一下子又迷惘起来。"怪我,是我的错。是我没有保护好小姝,让她有机会接触到这种坏孩子……"

去年开始林家的老爷子身体抱恙,整个大家族虽然表面不说,但背地里都在偷偷谋划着遗产的事。私下积怨不断,就等着老爷子两腿一蹬,马上会明着开战。

霍超仪就是在盘点家里现有的产业时,发现有一套老房子是她出嫁前的嫁妆。一套面积只有90平方米,在老式小区的房子。过了几十年,作为林太太的霍超仪早就把它忘得一干二净。

房子虽老,但优点是靠近八中,属于标准的学区房。教育改革后,孩子划区上学,一套学区房的价值早就超过它本身的商品价值。

霍超仪找房产经纪一问,这套面积小、装修旧的老房子竟然可以卖出七百万的价格。林姝的就学机会根本不需要学区房来保证,她想放着也没用,就委托房产经纪卖掉,而买家正是凌初的父母。

靳夕是在医院见到凌初父母的,他们寸步不离地守在重症监护室外。

孩子始终没有脱离生命危险,浑身都绑着纱布,躺在病床上,只露出一张没有血色的脸。

凌初的左边颧骨上有一颗小痣,靳夕记得林姝右脸上差不多位置也有一颗这样的小黑痣,不但不丑,还有点俏皮,显得很有灵气。林淼淼以前还闹着要去画一颗一样的痣,这样爷爷会喜欢她多一点。

第二部分　你的孩子

　　这样两个毫无共同点的孩子究竟为什么会相约一起轻生？总不能是因为相似的名字和一颗痣吧？靳夕收回她的胡思乱想，问起了那套学区房。

　　据凌初的爸妈说，虽然他们之前靠做海产生意赚了些钱，但七百万对他们而言始终是个天文数字。要说倾家荡产换一套房也不为过。

　　凌初的爸爸看他成绩平平，原本打算给他转去个普通高中。他母亲坚决不同意，说家里只有这个独苗，一定要好好培养，不能像他们一样没文化，长大后被人看不起。

　　于是，他们把现居的房子、车子都卖掉，找家里的老人借钱，还把所有海产货物抵押去银行贷款。

　　尽管这样，还是少了一截，这还没算房产经纪的中介费。

　　凌初母亲脑子活泛，打听到房子的卖家是八中的家长，顺藤摸瓜查到是林家，就动了心思，想直接和霍超仪交易，既可以免去中介费还可以讲点价。

　　"提着这个，"凌妈妈塞给凌初手里一盒落了灰的补品，这还是去年过年的时候别人送给奶奶的补品，"拿抹布擦擦，待会儿去到人家家里嘴甜点。"

　　"妈，我不想去。"凌初扭扭捏捏，瘦弱的身体套在一件发黄的大T恤里，T恤上是拼错的"GOCCI"。

　　"什么不想去。你们是同学，林家不看我们面子，也会看你们同学面子。买小葱都要讲两毛钱价，买房子讲价有什么不好意思？"凌妈妈一边碎碎念，一边给他爸打电话，"说好今晚要一起去林家的，你现在死在哪里啊？孩子的事你就不能上上心？应酬应酬，什么应酬比孩子的前程重要。你别回来了，你最好死在外面。"

　　她重重地挂上电话，回头看向那个窝窝囊囊的儿子。凌初本想再争辩几句，在她凌厉的目光下，把话生生咽了回去。

　　"求求你，上去换件清白点的衣服。你这穿得跟收破烂似的，不是活该给人家瞧不起咱们。我要不是为了你，我干吗去受这气！"母亲对父亲

的火气很快转移到凌初身上。

凌初一言不发,乖乖爬上他的小阁楼,拉开衣柜,里面堆满了衣服,但没有一件是他自己的。全是从亲戚家小孩捡剩下来的旧衣服,没有一件是合身的。

每次他提出想买件新衣服,妈妈就会以他衣柜里衣服穿都穿不完为由拒绝。"小小年纪就要打扮了。有这心思,不如好好把你的书读好。"

凌初从里面抽出一件黑色米老鼠T恤,虽然还是大了不少,至少不显脏。

母亲带着他一起去林家,那是他第一次直面自己和别人巨大的差距。且不说别墅的装修豪华,环境优美,单一样,就让他裹足不前:别墅里的光。

整栋别墅不管有没有人的地方,灯都是开着的。硕大的水晶灯、别致的落地灯、小巧的壁灯,处处都是光源,这里就是一个没有阴影的地方。凌初觉得自己帆布鞋上的泥巴、裤子上的油渍、脸上的雀斑每一样都无处遁形。

有用人去通报霍超仪,那个高贵的女人就站在开放式厨房里远远看了他们一眼,然后指了指旁边一个偏厅。

"请跟我来。"用人让他们换了拖鞋,将他们引到别墅东侧的小偏厅,"你们就在这儿等一会儿,太太选完红酒就会过来。"

凌初的母亲眼珠子就似不够看,到处转个不停。"这才是有钱人的生活。该死,你爸赚那点鸡碎钱就到处充暴发户,外面那些小妖精还以为他多有钱。我跟你说,我要不是为了你,我早就跟你爸离婚了。都是为了你!"

"你可以不用为了我。你去离婚吧。"凌初忍不住小声回了一句。

"你说什么?"凌初母亲毫无预兆反手一个耳光甩在他脸上,"没良心的兔崽子。"

"咳咳……"霍超仪端着一杯红酒走进来。"教孩子也看看地方呀。"

凌初母亲发现霍超仪进来,马上变了张脸,噌地站起来,双手在裤子上紧张地磨蹭,连说话的语气都变得低声下气。"林太太。"

在凌初眼里,他的母亲见到林姝的母亲,就像豺狼遇到了一只美洲豹。他面前生动地出现了一只点头哈腰的豺狼和一只端着酒杯的美洲豹，他忍住扑哧笑出声来。

霍超仪和母亲都见怪不怪地瞪了他一眼，凌初收敛笑意低下头，又忍不住抬起眼睛偷偷打量"美洲豹"。他发现有个女孩就站在二楼看着他，神色里似乎满是不解。

母亲和霍超仪谈起房价的事，凌初百无聊赖地坐在沙发上选择性失聪。突然，他听见二楼传出一阵悠扬的钢琴声。他侧着身子努力往琴声传来的方向探，想看是谁在弹。

霍超仪发现他的动作，不免又要炫耀一番。"是我女儿在弹钢琴，她去年就已经考过钢琴十级了。她的钢琴老师还说要带她去维也纳深造呢。"

"我可以过去看看吗？"凌初鼓起勇气问。

霍超仪还没说话，母亲就抢白。"你看什么看。你又看不懂这种高雅的艺术，你连个物理公式都看不明白。"

也许是她的话极大满足了霍超仪的虚荣心，霍超仪大开恩典。"去看吧，别打断小姝练琴。她每晚要弹两个小时的。"

凌初脚底抹油跑到了二楼传出琴声的房间，却只看见一架空钢琴，钢琴旁并没有人。

旁边的小沙发里窝着一个女孩，看到门边的人影，她从书里抬起头来。"吓死我了。我还以为是我妈。"

女孩放下书，起身将他拉进房里关上门。"你是谁？"

"我……我叫凌初。"

女孩脸上露出灵动的笑容。"巧了，我叫林姝。"

"我知道。"凌初说完才发现似乎说漏嘴了，但女孩没有在意，毕竟她的大名学校超过百分之九十的人都应该知道。

"你妈妈说你在练琴，我想来看看……"

"嘘。"女孩对他比了个噤声的手势，指了指旁边的音响，"写完作

业太累了。今天偷个懒。"

凌初这才发现，原来他听到的琴声是从音响里放出来的，是林姝之前录好的自己弹过的曲子。

"坐吧，只要别出去拆穿我。"林姝盘腿坐回沙发上，继续看起她的小说。

"你在看什么？"

林姝竖起手里的书。"村上春树，听过吗？"

凌初摇了摇头。"我妈不让我读课外书。"

"我妈也不让，偷偷看就好啦。像这样，外面套一个教科书的封皮。"林姝笑得天真无邪，难怪所有人都以为她是个乖学生。外表真是具有欺骗性。

"你刚刚在笑什么？我明明看到你妈妈……打你。"

凌初跟她说了豺狼和美洲豹的故事，林姝在沙发上笑得前俯后仰。

"我可不可以拜托你一件事？"临走前，凌初问。

"你说，但我不一定能做到。"

"请不要把你家的学区房卖给我妈妈。"凌初神色恳切，仿佛交托性命，"我会死的，真的。"

5

林姝出殡那天，何年征得允许带了老曹去现场拍摄。

来拜祭的客人一拨接着一拨，其中也包括靳夕和她的父亲。

镜头中的靳夕难得穿了一身素黑，神情肃穆朝遗像鞠了三个躬。她参加过几次长辈的葬礼，这是第一次参加一个孩子的葬礼。这让她有一种荒诞的感觉，孩子本应该是最有朝气、有憧憬、有无限未来的一个群体，不应该躺在这里坦然接受死亡的结局。

第二部分　你的孩子

冰棺里的林姝穿着生前她母亲最爱看她穿的一条红色洋裙，身上的伤痕被粉底盖住，面容姣好可人，周身冷气萦绕，仿佛随时都会睁开眼睛。

霍超仪跪在灵前折莲花，她听谁说过只要折够一千七百九十九朵金莲，夭折的孩子来世还会找到母亲，她们可以再续母女缘。

"林总，事情出在小夕的庆功宴上，我们难辞其咎。小小帛金，算我们一点心意，还请节哀顺变。"靳红星递上一个薄薄的白色信封，里面有一张存了二十万的银行卡。

林姝父亲接过信封，向他道谢："靳总费心了，是我家孩子不懂事毁了靳小姐的宴会。等处理完小姝的身后事，改天我们亲自上门谢罪。"

"快别这么说，逝者已矣，你多关心关心尊夫人。"靳红星嘴唇朝霍超仪的方向努了努。

他们看到霍超仪将一只金莲反复拆反复叠，只要一点点边角没对准就要拆开重来，直到做出一朵完美的金莲。

"我太太她呀，一直有强迫症。以前小姝在的时候……罢了罢了，不提了。"林父长叹一口气。

"林公携家人上香！"旁边的葬礼司仪报上客人名号，是林家的大家长来了。林父提起霍超仪的手臂，把她拉起身。"爷爷来了，把眼泪擦擦，去打个招呼。"

霍超仪看见林淼淼跟着她爷爷一起来，缩在爷爷身后，明显一副做贼心虚的样子。她擦干眼泪抱着林姝的遗像迎上去。"小姝，快看呀，你的好姐姐来看你了。"

林淼淼看着黑白照上林姝发亮的眼睛，吓得挽住爷爷的手都在颤抖。"爷爷……"

林爷爷按在她的手背上，示意她安心。"超仪啊，这件事我问清楚了。是小姝拜托淼淼让她和同学去瀑布边玩，淼淼也是好意。那些乱说话的媒体我已经打过招呼，你不要多想。"

"哼。"霍超仪不相信林家那套鬼话,平时就算林爷爷说着再喜欢小姝,就跟亲孙女似的,到底和亲孙女还是不一样。他们自家人当然维护自家人,只有她是真正关心女儿:"事实是怎么样的,到时候问问小夕就知道了。"

靳夕没想到霍超仪会突然把她拉出来,看着面前对她面带怨恨的林淼淼。她心中暗叹一口气。"我们栏目组已经接受霍姨的委托调查真相,如果有进展会和各位说明情况。"

林爷爷面色很不好看。"超仪,你这样就有点不识大体了。自杀本来就不是什么值得说出去的好事,何况还和一个男同学一起,传出去我们林家的面子放在哪里?"

见霍超仪无动于衷,林爷爷又把矛头对准靳夕。"小夕,我也算是看着你长大的长辈,淼淼更是你发小,你这回做的确实有点不厚道啊。你们西京电视台报道的那是什么,那是谋财害命的指控!我们淼淼是那种孩子吗?"

靳红星哪里看得了女儿受委屈,但对方又是大长辈,不好直接顶撞,也就是这么一犹豫,何年已经越过他上前挡灾。"林公,您好,我是靳夕的上司,何年。您说的那档节目是我们台隔壁节目组的,我们不熟。您有任何意见可以打台里电话投诉,需要我告诉您投诉电话吗?"

"不用!"林公被抢白,自然没有好脸色,"你们要查随你们的便,但是讲话小心点。"

"您老放心。深调组的宗旨就是只说真话。"

何年轻轻巧巧几句话就把林公对靳夕的指控丢到了颜珮身上,噎得他没话说。这让靳红星感到浑身舒坦,越看这个上司就越顺眼。

因为参加葬礼,出于尊重,今天何年没有戴帽子和口罩,这让靳红星得以看清他的五官,真是个英俊的小伙子,做事又很有担当,和路易斯一样,是个靠得住的肩膀。

第二部分 你的孩子

葬礼结束，靳红星主动过去和他打招呼。"何先生，你就是小夕的组长吧？我们家小夕总是在我面前夸你，说你是个关爱下属的好领导。"

何年坏笑，看着靳夕反问："是吗？"

一旁的靳夕指着自己连连摆手，一脸我没有、我没说过的表情。

"有时间一起回去吃个便饭吧？当然，还有那个……曹先生一起。"

被"捎带"的老曹感到自己作为灯泡压力很大，以陪孩子为由拒绝了。

"我也不去了，回台里还要剪片子。靳夕，你陪父亲回去吃饭吧，今天的东西也拍得差不多，你就早点下班，明天我们早点出发去八中采访。"何年扛起三脚架，要和老曹一起回台里。

"好。"靳夕挽上她爸准备走。

靳红星不死心地拉着何年查户口："小何呀，你今年多大了？父母是做什么的？有没有兄弟姐妹啊？"

"我父母在我小时候意外去世了，我没有兄弟姐妹。"何年回答得很平静，反倒惹得靳夕不好意思。"爸！你问这些干吗呀？"

见女儿马上要发火，靳红星即刻认怂。"我的错。爸爸太八卦了，那小何你们有事先走，下次一定给我个机会请客赔罪。"

从葬礼回去的路上，靳红星还喜滋滋地缠着靳夕问东问西。"小何条件不错啊。你知不知道他有没有女朋友？"

靳夕白了他一眼："你哪儿看出来他条件不错了？"

"无父无母多好啊，你以后不会有婆媳问题。而且就冲他对你护犊子那样，我就中意这小伙子，跟我很像。"

"得了吧，人家早说了他那不是护我，是护整个深调组的颜面。您老就别自作多情，乱点鸳鸯谱了。"

"我看有戏。等着瞧吧。"

何年就这样莫名其妙成了靳红星钦点的"准驸马"人选，靳夕看着她爹一路傻乐呵的表情，又想到林姝，突然有点感慨。她抱着靳红星的手臂

头靠在他肩上撒娇："爸爸，我会不会让你很失望？从小成绩就不好，大学也没有像姐姐一样听你的建议读商科。出来工作也找了个你不喜欢的。可能最后嫁人也会嫁个你不喜欢的……"

"做父母的只是给儿女提供一个平台，后面的路还是要你们自己去走。这是你的人生，你有权利选择你喜欢的路，一切都应该以你喜不喜欢为标准。你看林淼淼她爸，总是威胁她如果不听家里的话，就再也不管她。久而久之，淼淼丧失了自己做选择的勇气。而我只想让我女儿知道，你大胆地往前走，不管你选择什么样的路，哪怕撞到南墙，哪怕受伤，你都不要害怕，父亲永远会在后面托着你，支持你的所有决定！我只有一个心愿，就是你开心就好。"

"爸……"靳夕有点鼻酸，"我突然觉得自己好幸运。"

"傻孩子，幸运的是我，你妈妈怀着你的时候就给我读过一首诗，叫纪……纪什么的写的，我忘了他的名字，但内容我记得很清楚。她说你是凭着你自己对生命强烈的渴望而来的孩子，不是附属于我们的东西，你有你自己的思想。所以你刚会说话的时候，就连每顿饭喝奶还是吃饭我们都会征询你的意见，你不记得了吧？"

靳红星回忆起靳夕婴童时期的事，脸上止不住的笑意。总觉得她昨日还是抱在手里的孩童，怎么就长这么大了呢？

靳夕临睡前终于凭着他爸那模糊的说辞在网上搜索到了这首诗，是纪伯伦的《致孩子》：

"你的孩子，其实不是你的孩子，
乃是为自己所渴望的生命而来的儿女。
他们是借你们而来，却不是因你们而来，
他们虽和你们同在，却不属于你们。
你们可以给他们爱，却不可以给他们思想。

因为他们有自己的思想。

你们可以荫护他们的身体，却不能荫护他们的灵魂。

因为他们的灵魂，是住在明日的宅中，

那是你们在梦中也不能见到的。"

她把这首诗发给了何年。

手机屏幕亮起时，何年艰难地抬起眼皮。从葬礼回来，可能因为人多没有戴口罩，他又毫无预兆地发起了高烧。

高烧烧到四十摄氏度，整个房子里却没有一个可以说话的人。

何年迷蒙地读完靳夕发给他的诗，这也是他父亲生前最喜欢的诗。他抱着手机，身体蜷缩在一起，闭上眼，眼边滑出一行泪水。"爸……妈妈……"

6

靳夕在八中校门口等了半个小时，何年才姗姗来迟，整个人裹得像个粽子似的，把脸埋在大衣里，也不解释迟到的原因。

大小姐从来没有等过别人这么久，即使这个人是她的上司。

"何老师，我没记错的话，我们约的是七点。打电话你也不接，迟到是不是该给个解释？"靳夕一把拽住何年的衣袖，没承想将他拽了一个趔趄。他的脸从大衣里抬起来，没有一丝血色，还有些小红疹。

"你……这是发水痘？"靳夕用她仅有的生活常识猜测了一下。

"不是，放心，不会传染。走吧。校长还在等我们。"何年早上烧晕了，朦胧中听到电话响，才想到今天约了八中的校长。

八中作为全国重点高中，出了学生自杀这样的负面新闻，可想而知，要进入采访的难度有多大。如果不是何年早年间帮了校长一个大忙，这个

采访是不可能被批准的,所以今天的采访他必须出面。"

靳夕发现这个组长好像身体不太好,这已经是她入职两个月以来第二次见他生病了。对于病人,不好过分苛责,她小心翼翼地跟在后头。

他们到的时候,正好是学生快上课的时间。走读的学生像蜜蜂归巢一般排着队往学校里走。

八中的门禁很严,穿着制服的门卫大叔和几个教师模样的人站在校门口一个个检查仪容。穿校服只是最基础的要求,他们亲眼看到有两个女孩因为头发过长被拦住勒令去旁边的理发店剪完才准入校。但其实她们其中一个头发刚刚过肩遮住耳朵,另一个甚至只是刘海长过眉毛而已。

男孩的裤子不能短过膝盖,不能穿球鞋而是统一的制服鞋。严禁携带任何与学习无关的器具,包括但不限于手机、小说、球类,等等。

靳夕小声朝他嘟囔了一句:"你觉得这里像不像监狱?我以前读的国际学校从来没有查这么严过。"

她的话被旁边一个教导主任模样的老师听见,那位老师推了推眼镜,颇为自豪地说:"国际学校什么素质教育那套在这儿根本不适用。军事化管理对青春期的孩子才是最好的约束,咱们学校清北的升学率那是比什么国际学校都强。国际学校虚有那些好听的名头可没用,最后还不是得看成绩吗?家长最看重的也是这个,不然八中凭什么这么多年屹立全市第一。"

靳夕撇撇嘴,不置可否。

"您好,我们找罗校长。"何年出示了两人的记者证才得以放行。

去校长办公室的路上,靳夕注意到操场上没有一个人。打球的、散步的、聊天的,一个都没有。曾经她读书的时候最喜欢待的地方,在这里就形同虚设。

罗校长接待了他们,语重心长地说:"小何,这几年提倡什么素质教育,外面闹得凶要给学生解压,其实都是扯淡,真要他们的孩子少报两门课外班,谁都不肯,生怕自己孩子落后于人。自己做不到却施压于学校,希望孩子又要玩好又要成绩好，哪有那么便宜的事。"

"这两个孩子出事是在校外，本来就和学校毫无关系。你说想了解一下同学们对他们的看法，我让你进来了，最后报道的时候，你可不能倒打一耙说什么因为学校压力太大才导致学生自杀的。那你可就把你罗叔我架在火上烤了。"

"放心，罗校长，不会让您为难的。咳咳……"何年喉咙嘶哑，依旧戴着口罩，说不了几个字就咳嗽。

"感冒了吧？年轻人，拼命工作也要注意身体啊！"罗校长拍拍他的肩膀，"等会儿年级主任会带你们去班上了解情况。尽量在课间，不要占用学生上课时间。家长知道又要投诉。"

靳夕有点担忧地看向何年瘦弱的身体，她在深调组的墙上看过他们五年前刚建组时的合照，那时候何年还身体健硕，笑容明朗。调查记者这一行真的这么折磨人吗？

罗校长看靳夕一直盯着何年，也嗅出些暧昧的气息，笑着打趣他们。"年轻人在一起就是容易有火花。其实依我看，林姝和凌初两个孩子不也就是那么回事嘛……"

"怎么回事？"靳夕没反应过来，反问了一句。

罗校长看了一眼门口没人经过，才压低声音，似乎很不好意思说出口："早恋。"

年级主任先领着他们到一班林姝的教室，年级主任也是一班的班主任，全校最好的师资力量都倾斜在这个优中选优的一班。"小姝这个孩子品学兼优，平时在班上人缘也很好，但……要是说和谁特别好也没有。你们看，想先和谁聊聊？"

何年想了想，问道："班上有参加学校诗社的成员吗？"

"有一个，还是副会长。我叫她出来。"

一个叫秦可可的女孩唯唯诺诺地从教室走出来。这个女孩个子较同龄

人要矮了一个头,像个小学生一样,扎个双马尾,还挺可爱的,用现在流行的话应该叫小萝莉。

问话由靳夕进行,以何年的话来说,她自己长得就跟中学生似的,交流起来没代沟。"可可,听说你是诗社的副会长,和会长林姝平时接触多吗?"

"不多。"秦可可否认得很快,看到靳夕怀疑的眼神,她不得不解释道,"因为学校对社团活动不太支持,所以诗社没有常规固定时间的活动,我们有时候一周一聚,有时候可能一个月才做一次社团活动。而且很多社员都是看在林姝的面子上来的,我这个副会长形同虚设。"

林姝家境优渥,面容姣好,结交甚广的同时,树敌一定也不少。少男少女心思敏感,更是如此。这个秦可可也许就是其中一个。

"可可,你知道小姝在学校有没有玩得特别好的同学或者得罪过什么人?"

秦可可想了想:"她和谁关系都差不多好,班上每个人生日她都要准备一份礼物,没得罪过谁。硬要说和谁亲近一点,可能就是凌初吧。诗社里他们走得最近。"

"诗社最初是谁提议成立的?"

"是我,我初一就开始做诗社了,那时候只有几个同学。后来林姝加入,一下子人就多了起来,我也主动把会长的位置交给她。说实话如果林姝不是会长,这个社团早就不存在了吧。学校已经取缔除了学生会、模联以外所有社团,诗社是唯一苟延残喘的……"

班主任在旁边咳嗽了一声,秦可可马上住嘴不再继续说下去。

靳夕收回自己刚刚的想法,秦可可的诗社虽然"易主",但实际上是林姝让它生存下来的。秦可可不可能因此记恨于她。

"能带我们去你们诗社的活动教室看看吗?"

秦可可望了班主任一眼,得到对方的首肯,她才回教室从抽屉里拿出钥匙带他们去活动教室。

诗社自从林姝死后再也没有搞过活动，桌上已经积起来一层薄薄的灰。

"你们最后一次活动是什么时候？"

"周五放学后。"

靳夕猛地看向何年，对方也看着她，朝她点了下头。周五也就是林姝和凌初自杀那天！

林姝的最后一天究竟经历了什么？

"那天林姝有没有什么异常？"

秦可可手心偷偷捏紧了衣角，摇了摇头，马上又心虚地低下了头。

靳夕看到教室后面有一排铁柜子，上面都有标号。

"那是什么？"何年指着柜子问。

"是同学们的储物柜，大家写的诗、笔记本还有未读完的诗集就会放在这里面。"

"我们可以看下林姝的柜子吗？"

"你看吧。她的文具和日记本已经被她妈妈拿回去了，只有几本属于诗社的书还在。"

靳夕蹲下来，拉开铁柜，空洞洞的柜子正如秦可可所说的，只斜着摆放了几本书。

《纪伯伦诗集》《飞鸟集》《化学习题册》……

"《化学习题册》？"靳夕觉得在这里看到这本书有些违和，随手将它抽了出来。果不其然，外面的《化学习题册》只是一个书封，里面套着的是另一本诗集叫《无忌》。

一本诗集为什么还要伪装起来？

靳夕抱着好奇心翻开了这本诗集……

"马上就要中考了，这可能是我们诗社最后一次活动！今天我们的主题是——'心上人'。"林姝站在讲台上，在黑板上写下这三个字，"大家不要笑，心上人不一定要是爱人，可以是你的亲人、朋友甚至宠物。只

要是你放在心上的,甚至可以不是个人。"

听完林姝的话,台下的成员笑得更欢了。

凌初耳根微红,看着台上的女孩。他的心上人就是这样一个一句话就可以带动全场氛围的人,一个永远站在光环正中心的人。

"大家可以自己写,也可以和我们分享你读过的关于这个主题的诗。半个小时后,我们开始分享。"林姝拍拍手上的粉笔灰,向坐在台下的秦可可招手,"可可,你跟我来一下。"

秦可可放下笔,陪林姝一起走出教室。会长和副会长一走,教室里的人绝大多数人开始嘻嘻哈哈玩闹起来。本来他们中的大部分人都是为了和林姝混在一个社团而来的,没有几个真的喜欢读诗写诗。

整个教室里只有凌初认认真真在纸上写下:"你是我的光,是我今后的方向。"

十分钟后,秦可可脸色难看地跑进来,拿起书包一言不发就走了。大家都看着她,不知所以然。

林姝尾随着她进教室,脸色也有点苍白,但还是挂着微笑的。她拍拍手,"副会长身体不适先走了,大家继续。二十分钟后,我们照旧开分享会。"

凌初见到她从包里掏出一个笔记本,笔记本下挡着一个小小的盒子,是烟。

她带着烟又走出去了,凌初看着自己手中的信纸,深吸一口气,下定决心追出去。

林姝坐在天台上吸烟,听到铁门推开的声音,她下意识把烟蒂丢了下去。回头看到是凌初,她才长出了一口气。"你好像每次出现都喜欢吓我。"

"对不起。"凌初摩挲着裤缝。

林姝向他递出烟盒。"抽吗?"

凌初摇了摇头,递给她那张用演算纸写的诗。

林姝又点了一根烟,边抽边读完了他的诗。她笑着举起演算纸,看向凌初。"这算情书吗?情书也该用张好点的纸啦,粉粉的那种。"

凌初脸更红了。"我们马上就要毕业了,就算我妈贷款买了你家的学区房,我也肯定考不上八中高中部。我不想得到你任何回应,只是想在走之前告诉你我的真实心意。你如此美好,值得比我更好的,好一万倍的。我知道。"

林姝的笑容变淡了,她把凌初的诗仔细夹进笔记本里。"谢谢,不过我并没有你想的那么好。刚刚还有个人跟我说,我很恶心。"

"是可可吗?她为什么这么说?"凌初有点生气的样子,就是那种心目中最宝贵的东西被人亵渎的感觉。

林姝不回答他的问题,只是看向脚下的高楼。"凌初,有没有一刻,你想过……跳下去就一了百了?"

凌初也站到天台边,像飞鸟一样张开了双手。"经常想。"

"不过不能是这里,你听过地缚灵的说法吗?如果我们死后灵魂要被禁锢在一个地方,我可不想是八中,一定要是个山清水秀的地方!"凌初像开玩笑一样轻松地说出这番话。

"最好有瀑布!"林姝补充了一句,并且伸出小拇指,"拉钩,如果有那么一天,我们一起。"

两根小拇指紧紧钩在了一起。

何年看靳夕捧着那本诗集蹲在地上脸色越来越难看,忍不住走上前去问。"这诗集有什么问题吗?"

"这是一本……女同性恋诗人众筹自印的诗集。"靳夕翻到尾页,指着落款的一个名字"联合著作人:林姝"。

7

秦可可看到那本诗集,浑身一震,从靳夕的眼里她知道自己已无法隐瞒。

"那天林姝在天台上问我会不会和她一起升上八中高中部,我说我爸妈负担不起择校费,可能会转去明德女中。她突然很激动地拉住我的手要我不要走,她说她……喜欢我,不是朋友的那种喜欢。"秦可可难以启齿,最后崩溃地坐到地上大哭起来,"我当时甩开她的手,骂她怎么那么恶心!但其实我不是真的觉得她恶心,我只是害怕。我不知道怎么面对这种畸形的感情。

"第二天我就听闻林姝的死讯,我不知道是不是因为我跟她说的话让她走上绝路。我不敢想,我每天一闭上眼睛就看见她的脸,她问我为什么要说她恶心。你们相信我,我真的不知道会有这样的结果。记者姐姐,你说,真的是我害死林姝的吗?"

靳夕扶起她来。"不关你的事,别想太多了。小姝是个很有自己想法的孩子,不会因为你的一句话就做出这样的决定。"

"那是为什么?为什么……"秦可可喃喃自语,脑海中回忆起这三年来林姝对她的关心。

第一次来例假,她什么都不懂,吓得大哭,是林姝买来卫生巾和新内裤,带她回宿舍给她解释什么是月经。考试失利,她不敢回家找家长签字。林姝和她约定下次月考一定要进前三,然后夺过笔刷刷替她签下她妈妈的大名。后来做诗社受阻,又是林姝替她支撑起整个诗社。

因为林姝对每个人都很好,彼时她并没有觉得自己有什么特殊,反而因为在诗社被喧宾夺主而对她心生怨念。

一个光芒万丈的女孩为什么会注意到她这个平平无奇的人?如果时光能倒流,她想好好问清楚。可惜这个问题她可能要带着一辈子了。

第二部分 你的孩子

最后悔的事莫过于口出恶言的那一刻，她不知道这将是她们此生说的最后一句话。

秦可可过了很久才平复情绪，靳夕走之前，秦可可从自己的柜子里拿出一个绘画本交给她。"这是之前林姝放在我这里的，如果有机会请帮我归还给她妈妈。还有帮我转告阿姨一句话，请她好好看看林姝的诗集和画册，林姝真的很有艺术天分。希望她能让更多的人看到林姝的作品，知道这个世界上曾经存在着这样一颗闪耀的星星。"

临了，秦可可忽然想起什么似的。"还有，她最喜欢的是蓝色，不是红色。"

从诗社出来，靳夕捧着林姝的诗集画册心情沉重。告白被拒，于世不容？这难道就是林姝选择从瀑布一跃而下的原因？那凌初呢？

对凌初同学的走访收获寥寥，他就像林姝的反面。内敛，沉默，不爱出风头，无功无过仿佛一个隐形人。大家对他的唯一深刻的印象是他偷东西。

靳夕和被偷的男同学聊了一下，那是一个家境比凌初更差的孩子。他从县区转来八中，家境比不过八中的同学，就连原先引以为傲的成绩在这里也输得体无完肤。用他们同学的话来说，他就是生活在八中生态圈的底层生物。

因为八中不允许学生携带手机，所以很多同学就自带文曲星来查字典。他被偷的文曲星是从堂哥那里捡来的旧东西，根本卖不了几个钱。

"最奇怪的是我的钱包当时就放在文曲星旁边，里面有两百块钱班费，凌初却没拿。"男同学给了一条很重要的线索。

如果凌初偷文曲星不是为了钱，那是为了什么呢？

"很多青春期的孩子偷东西是为了引起家长的注意，凌初会不会也是这个原因？"何年猜测。

"你就拿这个成绩来回报我？我花那么多钱给你补课，都补到狗肚子里去了？45分？我随便在答题卡上踩几个脚印都比你的分数高。跪下！"凌

初乖乖跪在凹凸不平的水泥地上,试卷被卷成个筒,一下下打在他的头上。

虽然不痛,但犹如千斤重一样,将他的头越压越低。

凌妈妈正骂得上头,刚睡醒午觉的凌爸爸从卧室出来,不耐烦地搔搔头。"这么大声做什么?我早就说了,他不是读书这块料。你非要花那么多钱把他送进八中,这不是自找的吗?"

"哦,合着我为孩子考虑倒成我的错了。不是读书的这块料,做什么去?像你一样去卖鱼卖虾,还是上街做扒手做乞丐?他那胆子,怕是连这个都做不了。"

在战火蔓延到自己身上之前,凌爸爸举双手投降。"你别迁怒我,你教,你继续教。我也盼着我儿子能上清北,让我光宗耀祖一回。"

听出他语气里讽刺的意思,凌妈妈气更不打一处来。"你别光看戏,儿子也有你的一份!我上次跟你说买学区房的事,你考虑得怎么样?跟你的狐朋狗友说一声,你在外面放的那些货款也是时候收回来了。"

"我觉得没这个必要,读哪个中学有这么要紧吗?何必一家人勒紧裤腰带过那么辛苦。咱们中学没毕业就出来做事,不照样好好的?"

"你懂个屁,教育就是改变阶级的唯一途径!小初要是能上清北,他身边的资源能和咱们现在一样吗?进入八中高中部,就是一只脚踏进了清北。我们只要辛苦这几年,以后享福几十年,这么简单的账你不会算吗?"凌妈妈数落完爸爸,还不忘回来教育他,"你也是,明明这么聪明的孩子,心思却总不放在学习上,你现在恨我也好怨我也好,再过十年,你就会感谢我现在对你的严格了。"

凌初默不作声,默默承受着母亲的怒气。对于父母来说,好像承认自己的孩子不用心比承认他们没有天分要容易得多,但事实是他确实无论怎么努力也学不好数理化。也许父亲说的没错,他天生就不是读书的料。

"我走了,老肖还等着我去打牌。"凌爸爸吵不过,索性逃之夭夭。

"欸!你最好别让我知道你是去找那个臭不要脸的狐狸精!"大门被

重重关上，母亲依旧喋喋不休地咒骂，仿佛父亲还能听得见。

"妈……爸爸不愿意，要不，咱们别买学区房了。"凌初试着和母亲商量。

"你到底懂不懂？重点不在于学区房，在于你！如果不是你烂泥扶不上墙，你爸也不会出去找小妖精生个贱种。我怎么生了你这么个没出息的东西！"

凌初自己也不知道为什么会有偷东西这个念头。只是当手伸向同学的书包时，心里有一种难以言喻的报复快感。如果母亲知道他偷东西，是会更加绝望还是会欣慰自己至少还有这点做贼的胆量。

虽然恐惧，凌初心中又极其渴盼着被人抓到。那种突然有人进来吓到他心跳骤停的体验让他欲罢不能。

本来就不是惯偷，第二次动手的时候就被人发现了。

同学报了警，学校求了很久的情，加之文曲星价值不高，最终没有被派出所记入档案。

凌初看见母亲在警察面前连连赔礼，反过来在同学面前跳脚骂他的样子，竟然觉得很有趣。

回家路上，凌初和母亲说："妈，其实你应该谢谢我。我偷了全班最穷的一个同学，因为我知道他奈何不了我们家，我是不是很为你着想？"

母亲用看怪物的眼神看向他，然后狠狠给了他一个耳光。

"凌初醒来了！"正在给同学们做群采的何年接到凌家爸爸的电话。

于是靳夕与何年两人马不停蹄从八中赶去了医院。因为凌初刚刚苏醒，重症监护室里只允许一个人进去探望。凌妈妈坐在床头，一遍遍摸着儿子的手默默流泪。"崽啊，你开口说句话吧。"

凌初就像摔丢了魂魄，任他母亲如何劝说都不开口。

"医生，怎么回事？我儿子是不是脑子里有淤血听不到我说话？他是不是说不了话？"凌妈妈拉着主治医师哭诉。

"不是，孩子脑内的淤血块已经散了，五官功能也都正常。他不说话

只是因为他不想说话,建议等身体好转以后,转去精神科接受治疗。"

"你说我儿子有精神病?你个庸医!明明是自己治不好,还要说我儿子脑子有病!"凌妈妈愤怒地甩开医生,转而拽住凌爸爸,"老凌,我们给儿子转院!这里的医生水平有问题。"

"中考压力大,孩子心理亚健康是很正常的事情,难道跳瀑布的事还不能说明问题吗?上天给了你孩子一个重来的机会,你不要再毁了他!要知道有些孩子连重来的机会都没有。"靳夕思及林姝,难免觉得伤感,对凌母的语气也不客气。

"我毁了他?我是这个世界上最爱他的人!"凌妈妈语气激动地拽住靳夕的衣领。常年在渔船上做事的人,手劲哪是靳夕这种大小姐能比的,她被猛地拽得一趔趄。

何年单手扶稳靳夕,另一只手顺势握住了凌妈妈的手腕。"放手。"

凌妈妈不服气,咬牙和何年较劲,手腕泛出一道白印都不肯松手。还是凌父出来做和事佬,要她放了手。

"你这是做什么?现在所有人都在骂我们儿子带坏了林家女儿,记者朋友是唯一可以帮小初证明清白的人,你这样的态度是想把所有人都得罪光吗?"

凌妈妈这才愤愤不平地松开手。

靳夕被衣领子勒得喘不过气,咳了好几声。她后怕地想,原来当记者还真是随时都可能有生命危险啊。

"等凌初恢复好一点,我们再过来。"何年扶着靳夕先行离开。

没走出几步,见她神色缓和,何年马上放开了她,还刻意拉远了距离,又回到最开始那副生人勿近的样子。

靳夕注意到何年之前搀扶着她的手,手背上都是红疹。好像比早上出来的时候又严重了许多。"反正都到医院来了,你要不要看一看?打一针退烧针?"

旁边一个在护士站说话的医生听到两人的对话,不经意瞟了他们一眼。当看到何年脸上的红疹,他皱紧了眉头。

何年也察觉到打探的目光,把刚刚取下的口罩又掏出来戴好。

"不用了,"何年似乎很抗拒检查,加快步伐往外面走,"今天走访得差不多,我先回家了。"

"喂!"靳夕想追,却被一只手拉住,是刚刚那个穿白大褂的医生。

"那个人是你的朋友?"

"怎么了吗?"靳夕不明所以。

"根据他身上的红疹情况,他有可能是患了……AIDS(获得性免疫缺陷综合征,俗称艾滋病)。你最好劝他尽快来医院做个详细的检查。"

8

靳夕记得两年多前她在西京电视台看过一个走访"艾滋村"的报道,记忆深刻。那部片子在阐述艾滋病人悲惨生活现状的同时,也揭露了造成他们患病的根本原因是无良血贩子利用村民的贫穷无知诱骗他们卖血。

有些村民是为了给孩子攒学费卖血,有些村民是为了换部电视机,让靳夕记得最清楚的是有个二十岁出头的小姑娘,她卖血只是为了去村口烫一个漂亮的头发。而她最后去世的时候,头发掉落得只剩稀拉几撮,枯燥发黄如一把稻草。

整个报道透露出一种荒诞愚昧的氛围,但看完你却笑不出来。

当时还上大二的靳夕看完报道恨不得马上收拾行李冲去"艾滋村"做义工。给靳红星吓得够呛,派人二十四小时盯着她不准出西京市,又派人捐了十万块钱过去才算平息了她的冲动。

靳夕记得报道的每一个细节,却怎么都回忆不起这篇报道的记者是谁,只有回到台里的档案室翻出当年留存的录像带来看,看到最后字幕出现何年的名字,靳夕觉得两眼一黑。

她想起何年一直戴着的口罩、帽子;想起吃饭时,何年折断的一次性筷子;

想起每次靠近时,他都反应很大地拉远距离。原来一切症结的源头在这里。

靳夕一个猛地起身,冲去厕所不停地洗手。洗手液都用到见底,她还不停在搓手。说不恐惧都是假的,一起同事几个月,不经意地接触那么多,即使她清楚地知道艾滋病的传染远比想象中概率小,也时刻提醒自己不应该对艾滋患者带有歧视,心中仍不可避免地感到后怕。

现在想来,当年的一腔热血不过是隔着屏幕的勇敢。真到现实世界中,她怕得要命。

回到工位,靳夕呆坐在位置上。幺鸡下班从她旁边晃过,看到她在看这陈年报道。"咦,你在看《血债》?这是我们老大的获奖作品呢,拿了当年的全国优秀新闻特等奖。"

靳夕回过神来,"你也去了吗?我看到这上面也有你的名字。"

"我算去了吧。"

"什么叫算?"

"当时我们一行去了三个人,还有一个记者现在已经转行不在深调组了,所以你不认识。但因为当地村民很反感媒体的介入,怕媒体一报道,自己得病的事全世界都知道了,所以我们虽然到了当地,但没能成功进入村里采访。"

"那这个报道是怎么来的?"

"老大聪明呗。他知道村民戒心重,就让我们留在宾馆做后援。他自己带个手持DV先从红丝带学校入手,通过熟悉患病学生再慢慢接触到他们的家人,成功获得了村民的信任后,在救助站和患者们同吃同住了一个月才做出这个报道。"

"同吃同住?"靳夕原来一时冲动也只是想过去做义工帮助他们,二十四小时同吃同住的风险,她试问自己能不能做到,得到的答案是否定的。

由此对何年所产生的钦佩,让她对自己刚刚的恐惧感到羞愧。

"那你们回来以后没有去做个体检什么的?"

"做了啊。老天保佑,都是阴性。"

第二部分 你的孩子

靳夕疯狂跳动的心稍稍定了一点。许是出风疹而已，那个医生不过见了一眼，自己也有点大惊小怪了。

后来几天何年都请了假，靳夕有心去探望才发现整个深调组没有一个人知道何年的住址。

"需要这么神秘吗？"

"你不知道，老大早年间做了一些报道是得罪大企业、大官僚的。寄到台里的恐吓信每年都不少，隐藏自己的信息是深调组的人保护自己的一种方式。你没见咱们老大总是戴着口罩、帽子吗？也是这个原因。"

"原来是这样。那我是不是也得去买个墨镜什么的？"靳夕深感自己对深调组还是知之甚少。

幺鸡瞥了她一眼，调笑道："你不用，你老爹在那儿呢，人家动你也得掂量掂量自己分量。而且你还是主播，藏也藏不起来啊。对你而言，越有名越安全。"

幺鸡说这话三分玩笑，七分认真。《她说》要想真正只做良心报道，得需要一个腰杆子硬的人撑着。她以前以为这个人当仁不让就是何年，但何年近来手把手教导靳夕的态度让幺鸡感到他是在培养她做接班人。

如果连何年都退了，幺鸡觉着这个深调组待着也没意思了。

探病的事作罢，靳夕看到包里属于林姝的诗集和画册，决定去霍超仪那里跑一趟。

去的时间不太凑巧，林家老爷子正召集全家人在开家庭会议。

以往这种级别的会议绝对轮不到在林姝家里举办，也许是怜惜林姝的去世，林老爷子"屈尊"移步到她家里来开会。

这次会议的主题是遗产分配问题。林老爷子丝毫不避讳谈及自己身后事，从这点来说倒是个很酷的老头。

沙发上的霍超仪穿着成套的香奈儿套装，脖子上系着一条粉色丝巾，虽然神态有些憔悴，但看上去依然优雅。听到用人过来通报靳夕上门，她和先生耳语了一句，亲自起身去门口迎接。

"是小姝的事有什么消息了吗?"

"算是吧,有些东西想给您看看。"

霍超仪看了客厅里一眼,宾客云集,她显然脱不开身。

"靳小姐先到二楼坐,等我一下,这边会很快结束。"

"霍姨,那个……方不方便让我进小姝的房间看一下?我想多了解一点她生前的事。"

霍超仪眉眼低垂,犹豫了一下,跟旁边的用人说:"去拿钥匙带靳小姐上小姝房间里等我。"

"谢谢霍姨。"

"去吧。"林父在客厅朝霍超仪招手,似乎有急事叫她。霍超仪拍拍靳夕的手背,让她先上楼,自己迎着林爸爸走去。

林姝的房间是反锁的,用人说自从小姐过世后,太太每天晚上都要来小姐房里睡。白天这里反锁着不让任何人靠近,晚上霍超仪就在里面自舔伤口。

林姝的钢琴盖仍开着,琴谱也是翻开的,好像主人只是走开了一会儿。

钢琴后面是一整面墙的书柜,原木色的,大到像图书馆的陈设。里面每本书都有翻动过的痕迹,对于一个初中生而言,她阅读量大得惊人。

靳夕沿着林姝的书柜走了一圈,有了上次诗社的经验,她已经知道凡事不能看表面。比如说那些看着一本正经的教科书,谁知道下面藏着的是不是本禁忌小说。

她饶有兴致地透过玻璃门打量着书柜里品类繁杂的书籍,想从中间一眼识穿林姝生前藏起的"宝贝"。仿佛在和逝者玩游戏,林姝就站在旁边和她打赌能不能猜中。

她抽出一本厚厚的全国中学生优秀作文,果然剥开封皮下面是一本太宰治的小说。林姝似乎钟情于日本文学,谨慎、温暖,又有些厌世,和她本人的感觉很像。

第二部分　你的孩子

讽刺的是在林姝生前，她对这个密友的妹妹仅仅是萍水相逢的点头之交，对她的全部印象不过是一个乖巧的、成绩优异的好孩子。反而在她死后，了解到她的灵魂。

靳夕随手翻了翻这本小说，早就读过的小说在这种境遇下翻起又是另一番滋味。翻到最后，靳夕看到边角有一句手抄的话。

"同运的樱花，尽管飞扬地去吧。我随后就来，大家都一样。"

靳夕觉得这句话十分眼熟，该是某部电影里的台词。但具体是哪部，一时也想不起来，于是拿出手机搜索了一下，出自侯孝贤导演1989年的台湾老电影《悲情城市》。

滑到电影简介那一部分，靳夕眼睛越瞪越大。

房门突然被推开，靳夕受到惊吓，书掉到地上。霍超仪也被她的反常吓了一跳。"怎么了吗？"

"没事，没事……"靳夕蹲下来拾起书放回书柜里。

霍超仪邀她一起坐到沙发上。"靳小姐，这段时间的调查有进展吗？"

"有。"靳夕整理情绪，从随身的背包里拿出林姝的画册和诗集，"您看看就知道了。"

霍超仪先打开了画册，看到一幅幅逼真的素描。画建筑，画山水，画静物，唯独没有画人的。

"这是小姝画的？我从来不知道她画得这般好。"霍超仪还算耐心，一张一张地翻过去。

"这是小姝的同学拜托我转交的，她真的是个很有艺术天赋的孩子。"

"那又怎么样？"霍超仪把画册一把合上，笑意吟吟直视着靳夕，看得她心底发毛。

"您说什么？"

"我说，她有艺术天赋又怎么样，她这些画是画得不错，但也只是不错，比她有灵气的多了去了。她的画在市场上能卖多少钱？几百还是几千？有意义吗？"

"霍姨,我想你可能有什么误会,不是所有的东西都是能用钱衡量的。"

霍超仪做出一个止住的姿势。"小夕,无意冒犯,但能说出这种话的人,都是从来不担心钱的人。恕我直言,你爸爸是西南地区最大的珠宝商,你从出生开始就把宝石当石头玩,如果把你放到和别人一样的起跑线,你未必比得赢其他人。我们家是比普通人家好一点,但就在林家也只是下下等,你亲眼看到的,林姝她拼尽全力跑也比不上林淼淼什么也不做。她还这样挥霍自己的时间做这些没意义的事,我真不知道她在想什么。"

虽然靳夕觉得受到侮辱,却也无法反驳,深吸一口气,强迫自己平心静气。"林太太,每个孩子有选择自己人生道路的自由。她不是你的附属品,更不是你用来争夺林家资源的工具。"

"你当然可以这样说了。如果让她自己选择,最后失败了,是你负责吗?你根本负不了责!别人只会责怪我这个做母亲的。你看,我把她教得这样好,她还是说自杀就自杀,这就是尊重她的选择?"

霍超仪抓狂地站起来,从床头柜里抽出一本相册放到靳夕面前。"你根本不知道我为了她做到什么地步!"

靳夕展开相册,看到林姝小时候的照片。但很奇怪,她的头发剪得极短,穿的都是男孩子的衣服——V领polo衫,马球裤,像个小公子。

"这是小姝?"

"我本来怀的是一对龙凤胎,生产的时候出了意外,当时情况十分紧急,医生说只能保住一个。林家所有人包括她爸爸都毫不犹豫地说保住哥哥,是我求医生,如果能同时保住他们两个,不用管我,我愿意去死!我用我自己的命给她博来了一线生机,代价是我摘除了整个子宫。当时两个孩子都救回来了,但哥哥最终还是没有熬过危险期。"

"道观里的道士说,是林姝命太硬,和她哥哥只能二活一。所以她七岁读书之前,我一直给她做男孩子打扮,这是她欠她哥哥的。七岁之前她是作为哥哥而活,七岁之后她才是林姝。"

靳夕心中暗叹,欲加之罪,何患无辞。稚子无辜,她那时候又懂得什么呢,只是拼命活下来都成了罪。

在林姝对性别刚刚有启蒙意识的时候,她的母亲给她灌输了错误的认知。她此后的人生都活在混乱的性别认知中,这对青少年而言是毁灭性的伤害,而她的母亲还沉浸在自我牺牲的错觉中。

靳夕本来一直没想好怎么和她母亲开口说林姝有可能是同性恋这件事。她的自大,让靳夕彻底放下了心理包袱。

"你知不知道小姝是同性恋?"靳夕翻到诗集的最后一页给霍超仪看。

"不可能,小姝不可能是同性恋!她还那么小,她怎么会懂自己的性取向,只是觉得这样很酷,故意在模仿而已。"霍超仪把诗集一页一页撕得粉碎,但靳夕从她的神情中读出霍超仪可能早就知道这件事,只是不能接受装聋作哑而已。

"妈妈,我想和你说一件事。"

"和成绩有关吗?"

"没有……"

"那就先不要说了。妈妈现在很忙,卖房子的事还有很多手续没弄完。"

"妈!我觉得我不喜欢男生!"

霍超仪顿了一下,回头摸了摸阴影中女孩子的头发。"不喜欢就对了,你这个年龄应该把所有精力放在学习上。"

她从钱夹里随手摸出一小沓大钞放在林姝手里。"拿着,和好朋友出去玩一玩。别胡思乱想。"

霍超仪转身的时候,嘴角依然噙着笑容,仿佛没有听到背后撕裂的哀号。

我的女儿很好,她是完美的小公主。

"你爱小姝吗?你根本不爱她,你爱的是一个作为伟大母亲对孩子绝对控制的快感。"

靳夕的话犹如一把大锤,砸碎了镜中穿着红色洋装完美公主的幻象。

9

数日来,何年高烧反复,身上痛痒难忍,床单上都是皮肤被抓烂留下的点点血渍和脓液。

好几次,他好像听到母亲在耳边叫他的名字:"年年,年年……"

远方传来轰隆隆的雷声,落在山里显得闷闷的,跟近日来连绵不绝的炮火声混淆不清。窗台花瓶里干枯的玫瑰花随着地面震动跳跃了一下,有种腐败的香味逐渐在空气中浮散开来,让人心情莫名地浮躁。

闷热拥挤的房间里有一家三口,在各忙各的。

女人正蹲在行李箱前翻找着什么,她身上穿着一件孔雀蓝镶金丝的长裙,这裙子充满了东南亚独特的异域风情,华丽又艳俗。他们的行李箱里堆满了摄影器材,最上方散落着两张记者证,仅有的几件衣物被压在最下面,早已皱得不成样子。

一个满身泥巴的小少年晾着双手站在她面前,等着母亲给他找出换洗的衣物。他全身都是泥潭里滚出来的泥珠子,一张脸被半干涸的泥巴包裹住,只露出一双狡黠的眼睛。

这里干燥闷热的天气,即使雷雨下下来也没能减轻半分。女人因为找不到孩子的牛仔裤而显得更加焦躁,于是在床上摆弄着单反的男人就成了她的发泄出口。"还有心情折腾你的相机,还没有社里的消息吗?"

"事发突然,边关没有这么快通行。"男人虽然无奈,却并没有那么着急。此行拍到不少好照片,发回社里马上出了一线报道,社长亲自打电话表扬他并承诺一定会将他们一家三口平安带回国。

那时候,每个人都觉得这只是一场午后的暴雨,来得猛烈,去得也快。很快他们就可以恢复原来的生活。

七八岁的小少年甚至不明白战争的意义,依然撒开了脚丫子与当地的孩子在山间追逐玩闹,滚得一身泥泞。

第二部分 你的孩子

天性敏感的女人却没这么乐观。"你们父子俩，没一个让人省心的！我说不带儿子来，你偏顺着他。儿子要出什么事，我和你没完！啊……终于找到了……"

女人从行李箱底部扯出一条深蓝色牛仔裤，明明是童装，已经不比她的裤子短。青春期的小孩真是长得快，女人心里盘算着回国再给儿子添置几件新衣物，眉间的"川"字终于舒展开。"猴小子，这是你回国前最后一件可以换洗的裤子。爱惜着点穿。"

满身泥泞的少年故意抱住妈妈的脖子。"知道了！妈妈。"

"喂！臭小子，拿开你的脏手。这是你爸之前在城里给我买的新裙子啊。"女人咋咋呼呼去掰孩子的手，少年却把脸贴得妈妈更紧了，一边咯咯地笑，一边还不忘朝爸爸眨巴眼。

男人朝着母子俩举起了相机。

何年努力睁开眼，身边一个人都没有。那笑闹声已经渐渐远了，只剩周围一片漆黑。

他总是梦到那一日的事，每一个小细节，因为那天是他父母在世的最后一日。

床头的相框里，浑身泥巴的小少年趴在母亲身上笑得无忧无虑。那是他人生中最快乐的一段日子，只是彼时未曾想过，自己一生里快乐的时光竟如此短暂。

听说想自杀的人，有过无数次相同的念头，只要一次没转过弯去就变成了现实。

所以即使病到快死，何年也不敢想那两个字，一旦想了就跨不过去了。

万幸的是，烧退了。他撸起衣袖，手上被抓破的红疹也已结痂。又闯过一关。

何年吻了一下床头的照片。"谢谢爸妈。"

他结束休假回到台里上班，在台门口看到一辆白色的玛莎拉蒂

SUV，高调得不行。何年想着莫不是靳夕那家伙开车来上班了，不承想从副驾驶位走下来的是幺鸡。

"小夕！"幺鸡朝前方叫道。本已走上台阶没注意身后的靳夕被叫住，又回头和她说话。

"哟，买新车了？"靳夕这个见惯了豪车的马大哈自然不会注意到这车价值几何，又是不是幺鸡经济能力承担得起的。

"当然不是，我哪买得起这么贵的车，是朋友送我来的。"幺鸡言辞里有小小的得意还有点儿羞涩，暧昧之情溢于言表。

靳夕探身往车里看，一张熟悉的脸露出来。高风晚下车笑意吟吟朝她打招呼："Hello，又见面了，靳小姐。"

靳夕一张八卦的笑脸瞬间塌下来，碍于幺鸡的面子又不好直接甩脸走人。"呵呵，好巧。"

"不巧，既是幺鸡的同事，我们以后见面的机会多着呢。幺鸡，你周末不是说想请同事来家里聚会吗？来我家吧，地方宽敞些。"

"真的吗？可以吗？会不会不方便？"

"没关系，我周末休假，会提前给你们备好食物和酒水。靳小姐一定要赏脸啊！"

赏你个鸡腿子脸，靳夕默默在心里翻了个白眼。

幺鸡攀住靳夕的胳膊："小夕一定会来的对吧？"

靳夕张了张嘴，不知道该怎么回答。

一个声音从后面传来，打断他们的谈话。"还不进去，等着打卡扣工资吗？"

"老大！你来上班啦？"幺鸡注意力转移到何年身上，缠着他说话去了。

"快进去吧，我先走了。"高风晚非常自然地摸了摸靳夕的头发，旁人看来好似他们才是一对。

"爪子再乱摸就剁掉！"靳夕刻意压低声音不被幺鸡听到。

幺鸡回头和高风晚挥手告别,靳夕捋了捋头发,追上前面的两人。

她偷偷拉住幺鸡。"你知道高风晚是……"

幺鸡打断她的话。"我知道,他是夜场男公关。我没有指望过他会对我一心一意,和女人交往是他的工作。"

"……"靳夕无言以对,幺鸡也许很清楚自己要的是什么,也许根本不知道自己要的是什么。

三人进办公室的时候,老曹刚放下电话。"是凌初的父亲,他说组长的电话没人接,通知一声凌初已经出院回家,问我们什么时候可以过去采访?"

"台长刚也来催过,问我们下一期节目什么时候可以出来。根据数据统计,我们节目现在的收视主力军是网络新人类。网友们的耐心和记性都有限,上一期节目过去已久,再不上新我们就等于从零开始了。"波仔捧着他的手提电脑,眼睛时不时往幺鸡身上瞟。

他刚刚在楼上看到他们几人在台门口说话,连着几天都是高风晚送幺鸡来上班的。虽然幺鸡每天都有换衣服,不过明显是宿在了他家里。两人关系进展神速。

幺鸡浑然不觉,还邀请大伙周末一块去高风晚家里聚餐。

波仔赌气:"我不去,怕东西吃了不干净。"

"爱来不来。"

"好了,先别扯这些有的没的。幺鸡把我们之前采访的录像剪好,波仔去打电话联络青少年教育学有关专家,老曹去酒店补一些画面,靳夕和我去凌初家里采访,我们争取早日把这一期节目做出来!"何年一回来,节奏自然就快起来。

去凌初家路上,靳夕向何年汇报这几日的工作进度。"我想我已经弄清楚林姝自杀的原因了。"

"同运的樱花,尽管飞扬地去吧。我随后就来,大家都一样。"这一句已经昭示了她的选择。

　　凌初家虽靠着倒卖海产大赚了一笔,却始终蜗居在一个破旧的平房里,全副身家都压在凌初的学习上。

　　一进家门,在最显眼的位置,靳夕看到了几张金黄的奖状。全是凌初小学拿的,有班干部奖,有团结集体荣誉奖,独独没有和成绩相关的。

　　"别看现在他们年级里成绩好的都是那些女孩子,男孩是小时候皮,总得到了高中,把心一收马上成绩就超过这些女生了。"凌母生怕靳夕觉得凌初是个坏孩子,赶紧解释道。

　　"孩子还在睡觉,我去叫醒他。"凌爸爸爬上小阁楼。

　　没过一会儿,他们听到小阁楼上传来一声尖叫。

　　何年第一个冲上楼去,靳夕紧跟着上来,一推开门看到眼前的场景大家都愣住了。

　　凌初抱着被子赤脚站在地上,床上是一摊水渍,脚下也有一些。狭小密闭的空间里,空气中弥漫出浓浓的尿臊味。

　　"这么大的孩子怎么还尿床呢。"凌爸爸略带尴尬地责备他。

　　"梦见数学考试了。"凌初双眼无神。

　　他梦见自己正在考他最不擅长的数学,明明背了许久的公式和例题,可看到那些数字图形就跟看到希腊文字似的,一个都看不懂。

　　空白的试卷,连一道选择题都做不出。如果拿了0分回去,恐怕就不只是跪搓衣板那么简单。

　　他很着急,左右张望,用眼神向旁边的同学求助,希望有人能给他看一眼。虽然知道作弊不对,但他太害怕了。

　　旁边的同学发现他的眼神都遮住卷子,不让他看到答案。

　　监考老师在旁边警告:"看自己的卷子!"

　　黑板上方的挂钟显示考试只剩五分钟,凌初绝望地看着眼前一片空白的卷子。

　　突然一个小纸团丢在他面前,凌初条件反射地一把抓在手心,确认监考老师没看到,又看到坐在右前方的林姝回头朝他笑。

他展开纸团,上面是这次考试所有题目的答案。林姝的答案就相当于标准答案。

凌初大喜过望,抓着字条往卷子上誊抄。可是选择题还没有写完,考试结束的铃声就响起。

"所有考生停笔。"

"老师,再给我两分钟!"凌初发了疯一样地往答题卡上涂,越急越错,涂错了好几行。

他一边擦一边写,手脚都发软了。

"那个同学不要再写了!再写算零分了!"

"老师,你再等等。"凌初的声音已经带了哭腔。

皮鞋的嗒嗒声越来越近。"叫你停下来,没听到吗?凌初!你这是在作弊!"

纸团被老师从手里抽走,凌初觉得天都塌下来了。他抬头看着老师发红的眼睛,老师瞬间变成一只巨大的食人的兔子。

双腿间有一股暖意,凌初一个激灵醒了过来。父亲站在床头看着他,满眼疑惑:"这什么味儿啊?"

然后就是刚刚那一幕。

10

凌妈妈觉得在靳夕他们面前面子挂不住,上前去拉凌初手里的被子。"我来换床单被套,你快把衣服换了下去说话。"

凌初抿紧嘴唇不说话,紧紧拉住被子像是拽住最后一块遮羞布。

凌妈妈扯了几次无果,火上心头,下意识又举起手想打他。凌初猛地抬头,目光凌厉,看得凌母心中一凛,手软放了下来。"你爱抱就抱着,

至少把脏衣服换下来。"

"出去。"凌初看着他们。

何年拉了靳夕一把。"我们先出去。"

"见笑了。"凌爸爸在客厅给他们上茶,"这孩子以前不这样的,他只是成绩不好但一直很乖,这次真的不知道中了什么邪。"

十分钟后,凌初在母亲的推搡下不情不愿地下楼来。

"跟记者说清楚,那天你们到底怎么回事!都是林家那个女儿害的,人死了还要连累别人。早知道就不要他们那套晦气的房子了!"凌妈妈嘴里骂骂咧咧,全然不顾凌初变白的脸色。

"我早就说过!不要买那套房子!如果不是你,我永远没机会接触到林姝,林姝也不会死!"

"欸,你这孩子怎么回事?我一心为了你,你还倒打一耙!"

眼看更激烈的争吵要爆发,何年挡在两人中间。"在家里不适合采访,我们带孩子出去走走。"

"那不行!他刚出院,身体不好,再出什么事谁能负责?"凌妈妈拉住凌初,被他一把甩开。

"五点前我们一定送他回来。"靳夕看向凌父,对方也出来说和。"小初成天闷在家里也不好,让他出去散散心。"

凌母还沉浸在被儿子甩开手的难过中,她缓缓握紧手心。"随你吧。反正你们每个人都把我当仇人。"

凌妈妈回头关上了房门,里面传出隐约的抽泣声。凌初看向紧闭的房门,目光中有一丝不忍。

何年拍拍他的肩膀。"走吧,我带你去个地方。"

靳夕也没想到何年会把他带回酒店瀑布。自从这里出了命案后,生意一落千丈,原来引以为傲的人造景区现在成了人人忌讳的禁忌之地。所以经理见到凌初脸色也不是很好,碍于他们的记者身份和靳夕的家世才勉强为他们开了后门。"你们快些出来,再出什么事我们真的饭碗不保了。"

"放心,就一会儿。"靳夕摆出她人畜无害的那一面,双手合十说拜托。

年轻的经理哪里经得住这样的美人计,面上还有羞涩的绯红。何年在一旁看着好笑。

"靳小姐吩咐的,我们自然要办。哎。这破锁,老是打不开。"经理费劲地把钥匙转了几圈,锁就是纹丝不动。一直不作声的凌初走上前,蹲下来把耳朵靠近锁,轻轻拧了一下,直到听到锁芯"嗒"的一声,黑沉的大锁落在了他的手心。

"嘿,小伙子还有这开锁技术。"经理啧啧称奇。

凌初把锁连同钥匙交还到经理手中,径直一人熟门熟路地往山上走。

何年和靳夕追上去,在他身后亦步亦趋。"这种锁卡住主要是因为锁芯转轴,要摸索多次找准位置才能打开,不太可能试一次就打开。你以前就开过这把锁,谁教你的?"

"上次来就遇到这种问题,林姝找来的管理员没打开锁,最后也是我用铁丝试开的。"

何年觉得哪里不对,还想再问,被靳夕岔开了话题。"是你自己开的锁,不是管理员开的?"

"嗯。"

靳夕暗暗露出欣喜的表情,口中忍不住轻轻Yes了一声。

何年侧头看她:"怎么?"

靳夕收敛起来,小声在他耳边说:"淼淼为了帮他们找管理员开门这件事一直非常自责,如果她知道锁是他们自己开的,心里能好受一点。虽然我知道我这么想不对,但淼淼确实无辜……"

靳夕以为自己会挨骂,但何年只斜了她一眼,倒也没责怪。"这话千万别在凌初面前提。"

"我知道啦,我又不傻。"

"你确定？靳小姐。"何年学着她之前的样子做拜托拜托的手势，靳夕气得去捶打他。两人在树林里打闹，发出窸窸窣窣的声响，引得前面的凌初忍不住回头看向他们。

正午的太阳透过树叶打在他们身上，斑驳的光点把年轻的笑容映得发光。凌初产生了某种错觉，好像看到了长大后的自己和林姝。

"长大以后是不是就可以变得快乐一点？"他情不自禁地问出了这句话。

靳夕看向他，一时不知怎么回答。

何年三步并作两步跑到凌初身边。"关于长大后的世界是什么样的，这个答案，不如等你自己去探索？"

"林姝不在了，我如果好好活下去是对她的背叛。"小小少年藏不住心事，终于说出口从苏醒以来一直郁积在心中的结。

靳夕也跑上去，一把拉住凌初的手往瀑布上方跑。"我给你看点东西。"

三人爬到瀑布顶，站在旁边的一块礁石上，望着奔腾而下的水流，心中颇有波澜壮阔之感。这是凌初第二次见到了，心境完全不同。

"你觉得林姝为什么会走上这条路？"靳夕问他。

"大概和我一样，家里逼得紧吧。虽然她成绩很好，但她妈妈始终不满足，成日念叨着她早夭的哥哥。林姝和我说过，如果死的那个是她，也许她母亲现在会更开心一点。"

"仅仅这样？那你知道林姝为什么一定要选在有瀑布的地方吗？"

见凌初摇头，靳夕递给他一张纸，那是她偷偷从书上撕下来的，上面有林姝亲手写的那句台词。

凌初没有看过这部电影，看不懂台词的意思。"这是什么意思？"

"这部电影说的是在日本明治时代，有一个少女从瀑布跳下去自杀……"

凌初恍然间看见，那个夜里，烟花绽放照亮整个夜空，林姝站在礁石上，望着烟火笑得温柔。

"真美啊。烟火、樱花和我们,本质上不都是同样的东西吗?"

凌初虽然听不懂,但在此情此景之下,他并不想去深究。"能和你一起站在这里,是我想也没想过的事情。"

凌初的心里有一段从未与她说起的记忆。

那是初一开学第一天,升旗仪式并开学典礼一起进行。学生站在烈日下苦不堪言,台上的讲话就像催眠曲,说得凌初昏昏欲睡。

直到话筒里传出一句:"请林姝同学代表初一学生上台为我们发言!"

凌初一个激灵吓醒了。

"叫我吗?怎么可能会叫我呢?"凌初脑袋犹如一团糨糊。

台上领导不标准的普通话让他陷入纠结中,直到一个穿着白纱裙的女孩从他面前经过,甩起的长马尾上有淡淡的栀子香。"同学,借过。"

凌初傻傻往后退了两步,看着女孩落落大方地走上台。"大家好,我是一年一班林姝。"

字正腔圆的发音,自信大气的态度都让凌初印象深刻。

这相近的名字读音就像无形之中的一条线将两人的命运拴在了一起。凌初甚至有一种念头,林姝就是活在这个世界上的他的另一面,光明、幸福、万众瞩目。

她就像一束光,在那里给了凌初一份希望。

"你知道吗?小姝,我喜欢你,是因为你是我想成为的样子。"

"知道我的真面目后会不会很失望?"林姝笑了,钩住他的小拇指。

"不会,最终我终于成了你。"

他们从瀑布一跃而下的时候,两条毫无关联的平行线终于相交到了一点。

"我不是厌世,也绝非失意,而是面对这么灿烂的青春,怕它一旦消失,不知如何是好。不如就像樱花一样,在生命最美的时候,随风离枝。"靳夕念道,"这是电影中跳瀑布的少女遗言。她的死振奋了那个年代好多日本年轻人,林姝追寻的亦是这样的热烈。"

　　林姝生前拥有一切：优渥的家境，优异的成绩，姣好的容貌，心仪的挚友和生死与共的爱慕者。可是容貌会逐渐老去；挚友要转学离开；永远学不了喜欢的专业；林老太爷去世后，就连林家的财产都多半会分给林淼淼一家。

　　未来可以预见的一切都在走下坡路，一贯心气高于天的林姝选择这样的方式把一切都留在最美好的时候。

　　美好却惨烈，青少年的偏执让她选择这种一去不回头的极端。

　　"林姝如果活下去，也许会找到更高的顶端，但她永远不会知道了，可至少林姝努力走到过她人生最美的时刻。"何年看向凌初，"你呢？你试过爬到顶端的滋味吗？"

　　凌初咬唇。"你是说我连自杀的资格都还没有是吗？"

　　"命是你自己的。如果你现在仍然执意想从这里跳下去，我不会拦你，没有人可以拯救一心求死的人。"

　　靳夕听到何年这么说，心里一惊，拉了一下他的衣袖。如果凌初真的一冲动跳下去，他们可怎么跟凌家父母交差。

　　凌初的脚步犹疑地向前移了一步。

　　"死多容易，但只有活下去你才能替林姝走到她到不了的未来，找出她找不到的答案。"

　　凌初停住。"我不想念八中。"

　　"可以。"

　　"我不想读金融系。"

　　"可以。"

　　"我不想再穿表哥、堂哥的旧衣服。"

　　"可以。"

　　"我不想妈妈再控制我的人生！"凌初声音渐大，到最后几乎是对着瀑布喊起来。

　　"可以。"何年耐心地回答他的每一个心愿，"你想要的所有心愿，只有活着才能实现，只有靠你自己才能争取。"

第二部分 你的孩子

"我明白了。"

这段对话被靳夕录下来,视频发到了凌爸爸手机上。凌妈妈看完以后久久不语,站起身往厕所走。"我去给儿子洗床单,他晚上回来能睡得舒服点。"

靳夕回去以后整理素材,这次的深度调查采集了很多证据,却有很多是不能说,说不清的。她呆坐在电脑前思考这次报道的主题。

直到她点开在学校做的学生群采视频,才灵光一现。靳夕把自己的想法整理出来写了个短报发给何年。

何年回复得很快,短短六个字——"就按你想的做"。

《她说》的第二期主题是《听见你心里的声音》,报道只是以林姝、凌初的跳瀑布案做了个引子,重点落在了关注青少年心理健康上。

节目的结尾是在八中做的群采,学生的画面特意做了马赛克和变声处理。除了保护未成年人隐私,也是让他们更加具有群体代表性。每个看到这个节目的家长都可以把他们的话当作自己孩子的心声。

"妈妈,可不可以不要动不动就拿考清北的表姐和我作比较?我也很努力,你看不到吗?"

"妈妈,我真的很喜欢跳舞,求求你让我学下去。我会好好学习,不耽误提高成绩!"

"爸爸妈妈,我知道你们已经离婚了。如果住在一起一定要争吵,互相伤害,其实你们分开我会更高兴。"

虽然孩子的话略显青稚,但不少家长看完都在电视机前落下了眼泪。即使很多早已从中学毕业的"大孩子"看到也感同身受,那是他们心中曾经最悲痛的回忆。

靳夕在结尾词里说道:"很多人说,女人生孩子是从鬼门关打了一个转。但作为家长,你们可曾想过在那本应该最幸福的六年里,你的孩子也许在鬼门关绕过很多圈。青少年心理敏感脆弱,家长应给予更多的关怀理解,用沟通代替责骂,用鼓励代替威胁,让孩子的青春期不被成绩这个单一项填满。你的孩

子不是你的孩子，你们可以庇护他们的身体，却不能庇护他们的灵魂。因为他们的灵魂，是住在明日的宅中，那是你们在梦中也不能见到的……"

节目结束后，林淼淼给靳夕主动打电话道歉，并且谢谢靳夕给了林姝的死一个清楚的交代。

林家老太爷为了弥补霍超仪丧女之痛，在原有的遗产分配中多划出百分之十给了林姝的父母。

霍超仪始终走不出丧女之痛，林父将她送去了国外静养。

那套学区房因为还未办理过户，凌初父母找林家商量退回了房产。凌初最终进入了本区一所普通高中，听说在班上做了班长，很得同学、老师喜欢。

凌初觉得一定是林姝在冥冥之中保佑着自己，让他连着她的份一起好好活下去。只有在午夜梦回的时候，会梦见那一双手。

"怎么？锁打不开吗？"

"很简单的，像这样，听到声音了吗？"那双手熟练地操纵从地上捡来的铁丝，撬开了锁。

"好了，你们进去吧。"

林姝牵着凌初的手向森林里走去，那个男人就站在原地目送着他们。凌初回头，看不清他的脸。他隐在树林中似乎看着他们在笑。

"一路走好啊。"

第三部分　我死我生

1

第二期节目不出意外又大火了一把,《她说》这个新节目在西京电视台算是初初站稳了脚跟。付台长把何年和靳夕叫到办公室嘉奖了一番。"我就知道我不会看错人!"

靳夕背着付台长偷偷翻了个白眼,向何年挤眉弄眼:"也不知道是谁当初逼你撤了我。"

何年食指放在唇间,比了个嘘的手势。

"第三期节目如果收视点还可以提高百分之二十,我就建议台里把你们的节目放到八点档来。那些老家伙也不会天天吵着要解散深调组了。"

"我们会好好做。"何年舒一口气,好像放下了一个心事。

"第三期节目是关键,你们一定要好好选题!找那种会大爆大热的,最好踩中所有人G点的。林姝这个案子虽然教育意义深远,但不够爆炸。"付台长呷了一口茶,摆出一副指点江山的样子。

靳夕坐不住了。"我们如果为了收视率这样做,不就丧失了做这个节目的初衷吗?我们要找的是值得报道的新闻,而不是蹭热度必须报道的东西。"

何年拉了拉她的衣袖,让她别意气用事。

付台长点点靳夕:"小姑娘,要想生活,先得生存。"

靳夕从台长办公室攒了一肚子气跑出来。"你刚干吗拉住我?你不是最讨厌这种为了热度做的新闻吗?"

"但台长有句话说得对,我们先得保住深调组,才能谈理想谈抱负。"

"你这是苟且偷生!"靳夕不忿,骂了何年一句。

何年拉住她,面色严肃:"有件事我要和你说……我要辞职。"

靳夕脚步一滞。"你说什么?"

"先别跟大家说。"何年把她拉到一边,"高层答应我,只要《她说》前三期收视率达标,就不会取缔深调组。等到第三期节目做完,我就会离开。暂时别告诉其他组员,让他们安心做完这一期,深调组保住了,我就可以安心地走了。"

"为什么?"

"私人理由。"

"……那你为什么要先告诉我?"

"你还看不出来吗?我当初扶你坐上主播台,就是想让你在我走后接管深调组。"

"我?我是深调组资历最浅的人,大家怎么可能会服我?"

"这是你自己要考虑的问题了。"何年说完就走回深调组办公室。

"喂!你不能这么自说自话就把这堆烂摊子丢给我。"靳夕追上去。

幺鸡从后面蹿出来,攀上靳夕的肩膀。"小夕,你俩争什么呢?"

"没……没什么。"靳夕整理了一下头发,放慢脚步跟着幺鸡走进办公室。

幺鸡一个箭步跨上自己的椅子,转了个圈。"大家给我一分钟,放下手头的事。这周末一起到我朋友家吃饭,我亲自下厨好不好!"

"朋友还是男朋友啊？"老曹揶揄她。

"真的是朋友啦。他看我家里地方小，借地方给我。你们都认识，就是高风晚。"说到他的名字，幺鸡连声音都小了一些。

"我不去。老大肯定也不会去。"波仔第一个呛声。

"谁说我不去的，当然要去。波仔，你也一起来。深调组每个人都要来！"何年最后一句话是看着靳夕说的。

"好啊！老大英明。"幺鸡跳下来搂住靳夕的脖子，"小夕一定会来的吧？"

高风晚虽然没有明着说，幺鸡也能"体贴"地察觉到整个深调组高风晚只关心靳夕会不会去。

本来想和何年唱反调的靳夕，硬生生把话给咽了回去。"大家去我就去。"

周日下午五点多，在幺鸡打电话催了三次以后，靳夕提着一瓶红酒姗姗来迟。

按响门铃，是高风晚来开的门。

"一点小礼物。"

"谢谢。"高风晚接过红酒，却依然倚在门口，似乎故意挡着不让她进去，"只有你迟到了。待会儿要自罚三杯，就用你自己带来的酒。"

"这是A.O.C等级的酒，牛饮岂不浪费了。"靳夕轻推开高风晚，径直走进去。

高风晚的公寓装修用的大多是灰纹大理石，家具脱不开黑白灰三色。清清淡淡的，和他的性格一点都不像。

此时，幺鸡在厨房里做饭，波仔和老曹正坐在地上，靠着茶几在电视上打波仔自己带来的任天堂游戏机。靳夕环顾一圈，没看到何年。

"他在阳台上抽烟。"高风晚看出她的意图，指着厨房那边的小阳台。

"我才没找他呢。"靳夕有点赌气，一屁股坐到沙发上刷手机。高风晚挨着她坐下。

在玩游戏的波仔分心瞟了这边一眼，游戏机里的小人一不小心就被老曹K.O了。他愤愤地丢下手柄。"我去拿瓶饮料，你要喝什么？"

"一块儿去吧。打了这么久，屁股都坐麻了。"老曹爬起身，跟波仔一起走去厨房。

高风晚见他们都走远了，低头看见靳夕正在刷微博。"看什么呢？"

"追踪一下节目开的'我在听她说'话题里有什么新帖子。顺便为第三期节目找选题。"

"你真的相信网上这些人说的话？"

"什么意思？"靳夕停止刷手机，抬头看他，"你是说这些女孩会拿自己的清白来撒谎吗？"

"我只是觉得很多网民觉得在网上说话不用负责任，所以生编乱造，不足为信。比如说，你现在看的这个女孩控诉她领导占她便宜的帖子，你怎么确定躲在这个皮下的不是个男人，如果是有人看不惯这个领导，想借此抹黑他呢？性骚扰的指控非常主观，用来害人屡试不爽。"

"你这只是个假设。"

"但你不能否认这种可能性。"

何年不知何时回到客厅，听到两人的谈话，顺着高风晚的话插了句嘴："你这是个伪命题。我们如果认为某人有罪，只能去搜集他有罪的证据，不能去反向证明他没有罪。可能性有无数个，看哪个是真的而已。证实不证伪。"

"何老师说得没错，是我阴谋论了。"面对何年，高风晚很快就认输。这倒让靳夕感到很意外，以高风晚的性子居然没有争个你死我活就举白旗。

"我只是前几天听么鸡说起她同乡的事，有感而发罢了。"

"什么事？"靳夕被吊起了口味。

"开饭啦！"么鸡端着两碟菜从厨房里出来，吆喝大家都到餐厅去。

"不如让么鸡直接和你们说。"高风晚率先走去餐厅。

124

第三部分　我死我生

众人围了长方餐桌坐下，高风晚和幺鸡分别坐在桌子两端的主位，倒像这房子的男女主人。

"感谢老大赏脸来玩，你已经好久没有和我们一起聚过餐了！这顿饭主要是庆祝我们的新节目《她说》旗开得胜，其次也算是迎新。欢迎小夕加入深调组这个大家庭。从今以后，我们深调组就是五个人的大家庭，一个人都不能少！"

"一个都不能少！"老曹和波仔都举杯响应。

靳夕意味深长地看着何年，何年什么都没说只是举起了酒杯。靳夕便也跟着站起身，酒杯和大家的碰在一起。

"风晚，一起嘛！你也算深调组的编外人员。何况这还是你的主场。"老曹揶揄他，幺鸡耳根子都红了。高风晚倒是落落大方起身向他们一一敬酒。

喝完酒，幺鸡正想动筷子夹菜，高风晚挡住了她的筷子。

"等会儿。我去拿几双公筷。"高风晚给每道菜前都放了一双公筷，"不好意思，各位，我有点坏习惯，聚餐的时候一定要用公筷。麻烦大家了。"

"以前怎么没听说你有这个习惯？"幺鸡奇怪地嘟囔了一句。

高风晚笑吟吟地看着何年，靳夕也注意到他的目光，那种不安又在心中生起。

酒过三巡，靳夕还惦记着高风晚刚说的事，便直接问幺鸡："高风晚刚说你有个同乡出了什么事，还和'我在听她说'有关？"

幺鸡愣了一下，才反应过来靳夕问的是哪件事。"其实和'我在听她说'没关系，是上次风晚提了一嘴说咱们弄的这个话题存在漏洞，会成为很多人泄私愤的工具。我注意到这个论坛里确实也存在一些人造谣诬告他人的情况，就联想起我们村十年前发生过的一件事。"

十年前，幺鸡的老家四川某个闭塞的乡村里发生了一件骇人听闻的大事。

一个还在上高一的女孩举报自己的父亲侵犯了她，母亲不仅知情不报，还利用她卖淫。女孩一怒之下去乡镇府举报了全村的人参与侵害她这

125

件事,包括她亲生父母在内一共十三人,最后九人获刑。

这在他们宁静的小村庄是前所未有的大新闻,时至今日仍然是小卖部里大家茶余饭后的谈资。

"这个案子我听说过。都过了这么久,当年的人都快服刑完了,还有什么问题吗?"何年问道。

"问题就在于最早服刑完出狱的人一直在到处喊冤上诉。而且村里的人统一口径都不相信他们夫妇会做这种事,都说是女孩送去省城读书学坏了,被人教唆来陷害她父母的。"

"不能吧?拿这种事陷害自己亲生父母?"老曹想到自己那牙牙学语的可爱的孩子,怎么也不相信亲子关系可以恶劣到如此。

"谁知道呢。因为这个孩子一直不太听话,但她父母又特别疼爱她,还花了那么多钱送她去省城读书。我们村太穷了,好多男孩子都读不上书,还能被送去省城读书,她也是独一份了。所以她告她父母这么对她,村里人都不相信。最近她妈出狱,在我们村里到处哭,说自己养了个白眼狼,害得自己家破人亡。"幺鸡夹了一块鱼肉在高风晚碗里,"这事是个罗生门,谁也说不清。我也只是和风晚闲聊过一句。"

说者无意,听者有心。靳夕咬着筷子在思考这件事的选题价值。

饭后,何年在阳台抽烟,靳夕凑过去刚想开口就被他打断。"我知道你想说什么,不行。"

"你还没听我说呢。"

"你想说用幺鸡同村小女孩这件事来做第三期选题。"

"是啊!这是个很好的选题。如果因为我们的好心,而让有心之人利用报私仇,我们有责任去纠正此事。而且这个小女孩很有代表性,如果真是个弥天大案,既有值得我们做的价值,又符合台长的要求。鱼与熊掌都可兼得,有何不可?"

"你不要总想着查大案子。事情已经翻篇,女孩重新开始了新生活,你如果执意要翻出来，会犯众怒的。而且这个案子和咱们第一期节目主题重复，再做一遍也没有多大意义。"

"那真相呢？你就不想知道真相了？你没听到么鸡说，有那么多疑点。如果那些人是含冤的，谁替他们说话。"靳夕认定何年是想要辞职走人，所以只肯打安全牌。

"你听我一句劝……"

"道不同不相为谋。"靳夕甩开他的手，拿起自己的包冲到门口，"么鸡，谢谢款待！我先走了。"

两人不欢而散，门被摔得震天响，高风晚全都看在眼里。

"老大，小夕怎么了？"么鸡甩着洗碗未干的手走出来，一头雾水。

何年摇头，摁灭手里的烟。"别管她。这人什么都好，就是太冲动。"

靳夕站在楼下给司机打电话，让人来接。一辆黑色奔驰突然停到了她面前，后座的人摇下窗户。

"靳小姐。"

"你是谁？"

对方从车窗递出名片，靳夕接过看到上面烫金的几个大字——"江东省电视台"。居然是西京电视台的直属省台。

车后座的老人笑得慈祥："不知道靳小姐有没有兴趣来省台工作？"

2

何年下楼时，看到靳夕和车里的人在说话，有说有笑，很是亲热。

那个人何年去省里开会的时候见过，是省台的副台长。能在周末大晚上跑到西京来找靳夕，他也是够拼的。

何年不方便此时走出去，就站在暗处等他们聊完，本以为靳夕会上车和他离开，没想到几分钟后靳夕先向车里的人挥手再见，奔驰便开走了。

何年这才走出去,和靳夕撞了个正着:"我们靳小姐刚做出一点成绩就有人迫不及待来挖人,看来前程似锦啊。"

靳夕听出他口气中的挖苦之意,忍不住反唇相讥:"如果我答应这个offer,你的计划是不是就泡汤了?"

"是白费了些心血,但无非就是再多浪费点时间,我依然可以找到下一个接班人。深调组不会缺谁不可。"

"那我真走了!"靳夕本来就不满他瞒着大家擅自退出,今晚又因为理念不合大吵一架,嘴上便故意激他,没想到何年当了真。

"你要走可以,但你最好先确认清楚这些人是真的欣赏你,还是只是借挖走你来打击深调组和《她说》?如果是后者,你将来去省台的日子也不会好过。"

"你这是在怀疑我的能力不够格省台的人来挖?"靳夕自尊心大过天,那头副台长刚刚才对她好一顿夸,转身就被何年当头一棒,她哪里肯罢休。

"省台来地方台挖人的事也不是没有过,西京电视台就有两个,一个我,一个颜珮,但无一不是拿了大奖之后的事。你?还太嫩。"

"何年!你走着瞧!第三期节目我不需要你帮忙,要做得比前两期高十个点收视率,不!二十个!"

正巧赶上五一小长假,靳夕憋着一口气私下联络么鸡,拜托她带自己回四川一趟,走访小女孩的案件。

十年前网络闭塞,这件事根本搜索不到任何资料,就连当年那个小女孩的名字叫李婷都是么鸡告诉她她才知道的,更多细节只能去实地亲身寻访。

么鸡有点犹豫,没有立刻答应,而是说自己需要考虑一晚。因着弟弟的缘故,她已经多年没有回过乡,而且她担心帮助靳夕去调查老大否决的提案会被秋后算账。

高风晚听完她的担忧后,将她揽进怀里轻声安抚。"这个案子你是最有可能了解到真相的记者,做你觉得值得去做的事情,不要害怕。如有必要，我可以陪你一起去。"

"真的吗？Club那边怎么办？"小长假是酒吧生意最好的时候，高风晚坚持要走必定会损失惨重。

"请假就行了，你需要我才是最重要的事。"

即便知道这是他随口就来的情话，幺鸡还是忍不住陷入这样的柔情中。她现在每周会在高风晚家里住上一两天，来之前要预约，走的时候她都会留下一点钱。钱数有多有少，高风晚从来不主动提也不推辞，只默默收下，各取所需，这让她觉得轻松。如果钱可以买来爱情，即便是幻觉，也是好事。

由于五一小长假的原因，候机厅里拥挤着大批旅客，或坐或躺，各个疲惫不堪。靳夕在其中格外显眼，及腰的大波浪卷长发，青绿色的吊带长裙拖着不规则的裙摆，轻薄的雪纺下露出若隐若现的人鱼线和两条紧致修长的大长腿，女人味十足。鼻梁上还架着一副大墨镜，拖着昂贵的行李箱，一个普通的安检通道硬生生被她走出了红毯的感觉。

幺鸡背着一个大背包姗姗来迟，背后还跟着高风晚。

"你怎么来了？"靳夕有点不悦，这个男人好像总是阴魂不散。

"我妈老是催我找个男朋友，我这趟顺便请风晚回去演出戏堵上我妈的嘴。"这理由名正言顺，靳夕不好发作。既然有求于人，只能忍受着这个硌硬的存在。

幺鸡的老家在四川边境临近西藏的山坳里，从成都下了飞机还得转六个小时的长途汽车。靳夕从汽车上下来吐得天昏地暗，还能踩着高跟鞋硬撑着走到幺鸡家。

本来靳夕准备在县城里订个旅店，但县城进村路途还挺遥远，为了方便采访，拉近和村民的距离，幺鸡邀请他们就住在自己家。私心当然也希望高风晚和自己多相处一些。

幺鸡家的房子是去年为了弟弟李雅夫结婚而新砌的，两层高的小楼外面用白瓷砖贴得干干净净，里面却还是水泥地的土装修。一共四间卧房只

住了弟弟、弟媳，老两口都住在原来的茅草房。

这栋小白楼花光了父母的棺材本，还有幺鸡工作多年的所有积蓄。幺鸡原本是不肯的，耐不住母亲一哭二闹三上吊的威胁，最后把银行卡拍桌子上发誓再也不会回来。

如果不是靳夕的恳求，她到现在也不愿意回这个家，所以从进门就没有好脸色。

幺鸡把背包往堂屋的桌子上一甩，环顾四周一眼。"我们的房间是哪个？"

母亲有些讨好地引着她们往里走。"在里头。你打电话回来我就提前过来收拾好了。三间房，一人一间。"

"真当我们这儿是旅馆了？说了不回来又回来，还带这么多人。"李雅夫躺在竹椅上一动不动，只是嘴巴忍不住对幺鸡冷嘲热讽。

"你当然不希望我回来了，不然怎么心安理得住着用我的钱砌的房子呢？自己这么大人了，天天坐在家里混吃等死，还要不要点脸。"幺鸡经过竹椅对着它狠狠踢了一脚，李雅夫整个跳起脚来。

"这房子大半的钱都是爸妈出的，说来说去，你就是惦记着这套房子呗。你早说你拿去啊，别在这儿甩脸子给谁看。"

幺鸡被气笑了，到底谁惦记着父母的钱还可以倒打一耙。

靳夕不了解情况，但也知道是自己的到来让幺鸡被人抓住把柄奚落，她有点尴尬地掏出临行前爸爸替她准备好的烟和茶叶送给幺鸡父母和弟弟："叔叔阿姨，这几天叨扰了。"

烟、茶都是顶好的，但他们不识，收下也是兴趣缺缺。

高风晚倒是机灵，不知道什么时候准备好了两个红包。"叔叔阿姨弟弟好，我是窈窈的男朋友高风晚。初次见面，一点小心意请一定要收下。"

红包塞在手里，摸厚度就能感受到诚意十足。李雅夫脸色瞬间好了许多，张口来了句："谢谢姐夫。"

一句马屁没想到止住了幺鸡针对他的话。

第三部分 我死我生

母亲带他们去各自的房间。进门前,她在幺鸡耳边小声提醒:"我知道你俩现在是一对,城里人都开放,但你们小两口还是那啥……克制一点,分开住。在别人家里不要做那种事,很影响风水的,对你弟弟不好。"

"妈!"幺鸡的声音里有羞耻有愤怒,更多的是委屈。在外一贯坚强的幺鸡不知道为什么在母亲面前总是轻易被撩拨到想哭。

"阿姨,我们赶了一天路,有些累了,不如先让我们休息一下?"见情势不对,高风晚从后面搂住幺鸡的肩膀,如春风化雨一般止住了这场即将爆发的争吵。为此靳夕高看了他一眼,在维护幺鸡这件事上,她还是欣赏他的风度的。

"好了好了,我不说了,你们放下行李休息一下待会儿就出来一块吃晚饭吧!"

当晚他们三个在幺鸡房里整理了与这件事有关联的人家,没想到林林总总牵扯到几乎全村的人。

虽然最终被抓走的只有九个,但不知道哪里来的传闻说李婷当年的举报名单上有三十多个人。直到现在,村里的男人们在茶余饭后还会聚在村口乘凉的亭子里以此为话题,互相猜忌对方当初有没有"上过"李婷。

靳夕按照与李婷的亲疏关系整理了一个三天内需走访完的名单,行程安排以一刻钟为单位,精确到分钟。真真是分秒必争。

关联人众多,这让靳夕的工作量变得很大,但好消息是得到的信息也因此更多。才到第二天,靳夕就几乎认定这件事是个弥天大冤案。就像靳夕所说,村里人的口径都十分统一,是李婷受人教唆诬陷父母和其他村民的。

晚上在房里整理采访笔记的时候,靳夕的手都在颤抖。这是一种揭开谜底的兴奋感和天将降大任的责任感。

靳夕脑海中还有点分心地想到何年的小人像跪在地上连连告错说:"靳老师我错了!我小看你了!对不起!以后你就是我的老师。"

她想着想着还偷笑出声,甩甩脑袋将这荒谬的幻想抛到脑后,刚准备回到工作中,就听到外面天井处传来的争吵声。

3

"你这样做,她的努力就功亏一篑了!"高风晚语气很急,比平时高了一个度。

"我能怎么办?那是我的直属上司。高风晚,其实你根本就不是为了我,而是为了她来的吧?"

靳夕莫名其妙地推开门,幺鸡看见她,停住了争吵,只是生气地背过身去。

"怎么了这是?"

高风晚脸色还算好,但语气不善。"我刚刚在洗手间,听到天井处有人在打电话,是幺鸡给你们的组长通风报信。他在电话那头吼的我都听得到。如果他插一脚进来阻止报道,这些天你们的努力都白费了。"

靳夕皱眉,没有急于发作,而是看向幺鸡。"幺鸡,是这样吗?"

"老大问我在哪儿,我不小心说漏嘴我在乡下。他是知道我家这些破事的,当年我弟盖房子他还凑了钱给我,所以他知道我根本不可能无缘无故回来。他问我回来做什么,一来二去我就瞒不下去了。"幺鸡有点委屈。高风晚不问青红皂白就指责她,句句向着靳夕,也不知道他到底是谁的男朋友。

"……这不怪你,是我让你为难了。"靳夕听到房间里手机发疯般的振动声就知道是找麻烦的上门了。

她挂断电话,短信又传进来。"不要轻举妄动,我今晚飞四川。"

"黑白无常来了。"靳夕把短信给幺鸡和高风晚看,"得了,算我们这几天白费工夫。他来了这事儿必然黄了。"

"未必。"高风晚沉思后说道,"我有一个办法。"

"什么办法?"靳夕迫不及待地问,高风晚却看向幺鸡。李窈知道高风晚这是把她当叛徒,怕她又泄露他们的办法,她气得转身走开。

第三部分 我死我生

靳夕看着幺鸡怒气冲冲的背影，长叹一口气。"没必要的。"

"以后哄哄就好了，当务之急是你的事。你的采访资料整理得怎么样？"

"差不多百分之八九十。"

"能得出结论了？"

靳夕认真思考了一下，摇了摇头。"不能，名单上的人还有三分之一没有采访完。虽然现在大量证据指向李婷诬告的可能，我也觉得这其中必然有问题。但究竟事实如何？我们偏听一方的意见是不客观的。"

"那就找出另一方。"

"你是说李婷？案子判决后，她就改名换姓被其他省份的家庭领养走了。她现在的户籍信息是受到隐私保护的，恐怕很难找到。"

"现在是信息网络的时代，不存在'隐形人'。只要你报道的影响力够大，就一定能找出李婷来，哪怕她换了一个头都能找到。"

"可是何年过来，我没法再继续报道这件事。"

高风晚抬手看手表："你还有至少六个小时。"

古往今来，从来都是"富贵险中求"。她不求富贵，只求个真相。靳夕沉思良久，决定按照高风晚说的做。

两人合力整理完剩余的资料，靳夕用三个小时写了一份快报式的报道文章，简述了十年前的案件和她所调查到的疑点，还在文章的结尾呼吁女孩勇敢站出来回应。

文中为了保护女孩的隐私，靳夕特意选择了一个最普通的化名"李玲玲"。这篇文章就叫作《李玲玲，请你回头看看》。

文章发布不到半个小时就有了上千条转发评论。全是转发支持她的，表示不可思议，竟然有这样的大冤案，希望她一定要顶住压力查出真相。

发布文章只是第一步，因为何年赶到后完全可以勒令她删除。

高风晚说："要在何年赶到之前，动用你所有能力扩散这篇文章到何年无法控制的地步。到时候就算何年想要压，民众也会要求你们报道。"

此时靳夕在众多支持者的声音中已经完全头脑发热，她从开始做记者就怀着的满腔热血此刻正在熊熊燃烧。

她买了热门，还动用父亲的关系请了当地知名的公知大V转发。转评瞬间达到一万，其中不乏大的新闻网站平台，受众群触及率就更无法估量。

眼看着越来越多的评论关注，靳夕和高风晚击了个掌。"这下何年阻止不了我了，就算他不让深调组调查，也会有别的新闻台跟踪。我总算对李婷妈妈有个交代了。"

"放心吧。功夫不负有心人。"高风晚拍拍她的肩膀，"我出去哄哄幺鸡。"

高风晚走出房间，关门时他看见靳夕捧着手机刷新着不断增加的回复，宛如打了鸡血。他唇边露出一个意味深长的笑容。

试试吧。捧上云霄再摔进地狱的感觉。

靳夕此刻正全身心投入在民众对这条新闻的看法中。

"性侵现在已经变成最好的诬告工具，因为衡量尺度的尺子只掌握在'受害者'手里。"

"小女孩不懂事，可能是被什么坏人挑唆的。不管怎么样，希望她能勇敢站出来承认当年的错误。相信她的父母也会原谅她的。"

"父母的养育之恩被这样回报，太可恶了！人肉李玲玲出来道歉！"

随着民众的情绪激动起来，事态迅速朝着她意想不到的方向发展，靳夕看着一些对李玲玲喊打喊杀的极端言论皱眉。这不是她的初衷，也不是她想要看到的结果。

她终于知道刚刚心中那强烈的不安感是来自哪里。

风向的转变是从颜珮的头条文章开始的，时间并没有相隔多久。凌晨两点，颜珮发表了一篇《失德记者的粮食：沾人血的馒头》。

文中用激烈的言辞直指靳夕利用李婷痛苦的过往吸引眼球，在事件未明的情况下，公然将受害者摆上台面任人泼脏水，其心可诛。

第三部分　我死我生

颜珮在文中写道："无论何时，都不应该要求受害者站出来在公众的视线中承受舆论的风浪。对受害者的保护不只是司法部门，也是媒体的责任。个别记者为了维持节目收视率，不择手段在受害者身上做文章。即使身为同台的记者，我仍然对这种行为感到十分不齿！"

在李玲玲新闻热度的基础上，颜珮的文章散播得更快。原本好奇事实真相的民众，几乎一面倒地站在颜珮这边。评论也愈加激烈。

"还回头看，看你妈，你有什么资格公布受害者姓名？"

不，不是这样的。

"法律都判他们有罪了，你凭一张嘴就来否定所有司法部门的努力，你算什么东西。"

不，不是这样的。

"那个叫靳夕的记者应该永远被钉在记者的耻辱柱上。"

不，不是这样的。

"她不配叫记者，她就是个妓者！"

靳夕一条一条向他们回复解释案件中存在的疑点，李玲玲只是化名，自己并没有公开受害者的任何信息，她不是为了收视率，她只是想还事件一个真相。

可是一张嘴、一双手敌不过千张嘴、万双手。越解释越挨骂，从单纯地探讨事件上升到毫无逻辑地人身攻击。即使这一点没做错，那一点也做错了。即使现在没做错，过去也总有做错的事。她曾经发表在网络上的每一个字、一个标点符号、一个"的地得"的用法都会被揪出来用放大镜看。

她说过的每个字都仿佛在指向同一个结论——"她是个婊子"。

"你看，她以前吃过一个西瓜。她真是个婊子。"就是如此这般毫无逻辑和因果关系的言论，却反复被提出来印证他们的结论。

靳夕终于受不了把手机扔开，就像扔开一个烫手的山芋。她捂着眼睛，眼泪默默从指缝间流出来。

她从小在所有人的宠爱中长大,看到的世界都是彩色的美好的。她曾经乐于与这个世界分享她看到的一切,她见过的山、看过的海、喝过的汽水、看过的一场电影、向朋友发过的牢骚、与家人开过的玩笑。

她从没想过这一切有一天会变成人们攻击她的理由,即使这些事与这个案子本身毫无联系。

挥之不去的脏话不停叠加,充斥在她的脑海中,渐渐掩盖住这个世界原本的彩色。

此时,靳夕听到身后有响动。

她回头看见何年提着个行李袋立在门口,满身风霜,满眼疲惫。

4

靳夕看着何年不敢说话,她脸上还挂着泪痕,以为何年一定会对她破口大骂,但他却放下行李袋走上前捂住她的眼睛。"别去看别去听别去想,都会过去的。"

"我不是他们说的那样的人。"

何年感觉到掌心有温热的液体流动。"我知道。"

靳夕突然抓住他的手从眼睛上拿下来,目光灼灼。"这个案子真的有疑点!"

"我知道。"

她这个时候还在关心案子能不能查下去,真是不撞南墙不回头,撞了南墙还不知怕。但如果不是这份执着大胆,当初自己也不会挑中她进深调组,更不会深夜赶六个小时山路来到这里。

"案子已经发酵,即使我们不查,也会有更加权威的人或者机构查下去。放心,你想要的真相不会被掩埋。"

想到这件事自己能做的已经到头了,靳夕肩膀一松,整个人随之垮下来。"你为什么不骂我?"

"如果再早半天,你接了我那个电话我可能会骂得你狗血淋头,但现在骂有用吗?解决问题才是我来这儿的目的。"何年冷静得近乎冷血,好像什么事都有把握。

靳夕觉得丧气,这是一支离弦的箭,已经由不得她控制。"我们怎么解决?连国家一级的新闻媒体都关注到这件事,等明天天亮只会越来越多人下场,已经收不回来了。"

文章内容何年在来的路上已经读过,本身是没有什么问题的,她只是列出了所调查到的疑点并呼吁重新调查。但坏就坏在她没有切实的证据就急于发声,而且将重点错误地落在了受害者身上。这样的言论很容易被看作是在为犯罪者洗白,还质疑了司法机关的判决。

又因为她买了热门和水军转发,这些操作稍微懂点行的人都看得出来。所谓无利不起早,这种行为就更坐实她"收钱办事",或者"想出名想疯了"的罪名。

再加上有心之人抹黑,利用群众对受害者的同情,将靳夕摆在了和受害者的对立面。大家为了保护受害者,自然而然就得攻击她。

"我先问你,这件事你认识到自己错在哪里了吗?"

"错在不听从上级安排,冲动行事。"靳夕以前是听不进何年的话的,觉得他趾高气扬仗着自己资历深就处处教育人。但现在他在这里,她的心就定了一大半。

"这不是重点。"何年叹了一口气,终究是个没经过事的小姑娘,事已至此,还没意识到自己是怎么沦落到这步田地的,"这次之所以会产生这样的结果,是因为你对你的受众群做了错误的估计。我们一直工作于传统媒体,与观众属于单向输出关系。但新媒体不一样,它是一个双向交流的平台,覆盖的受众群的年龄学历身份地位跨度之广超出你想象,其中真的关心事实真相的有多少?很多人只不过是想借热点话题爬到一个道德

制高点去发泄戾气。你随便说一句话,都可以被人理解出一百种不同的意思,何况是这么敏感的话题。你以为你是第一个察觉有疑点的,只是大家都不敢碰而已。"

这就是一个马蜂窝,靳夕还上赶着去捅。除了初生牛犊不怕虎,也没有别的可以解释了。

"那我现在该怎么做?"靳夕强忍着泪水,像抓住一根救命稻草。她没有处理网络暴力的经验,说句天真一点的话,发生这件事之前她还以为每个人都是可以说清道理的。

"先把文章删除,虽然一定会被人截图留下证据,但至少你可以借此声明立场。置顶一条致歉声明,然后好好去睡一觉。这已经不是你一个人的问题了,是我们整个深调组的事。"

何年心中清楚已经起了的大浪没有这么快过去,但目前靳夕除了挨骂,还真没什么能做的……

"对不起,是我连累了大家。"

"深调组不会抛弃任何一个成员,出了事我们一起解决。"何年拍拍她的肩膀,提起行李袋走出去关上了门。

他一转身就看见一个男人站在阴影处靠着柱子正在看他们,仔细一看才发现是高风晚。想到这是幺鸡的老家,他在这里也不出奇了,只是有些凑巧,好像每次出什么事,都有他在场。

两人隔着天井对望,高风晚先出声:"这么晚辛苦何老师赶来这里一趟,幺鸡已经去睡了。还有几个小时才天亮,不介意的话就在我屋里休息一下?"

"好啊。"何年大踏步走向他,两人错身之时,他突然发问,"我们以前是不是认识?"

高风晚身体僵了一下,马上用笑容掩盖了他的情绪。"或许吧。"

虽然何年让她好好休息,实际上靳夕和衣躺在床上一夜都没有睡着。只要一闭上眼睛,满脑子都是那些戾气深重的话,不仅是对她的,也有对

第三部分　我死我生

李婷的。不加判断，不需要了解，凭着揣测就可以将人打入十八层地狱。

她和节目都曾因为新媒体而声名大噪，她看到了大海风和日丽的一面，便忘记了大海下危险的暗潮涌动。

前阵子有一个女孩因为网络暴力被人肉搜索而选择了轻生，那时候靳夕和林淼淼聊到此事，还天真地说："网络暴力有这么严重吗？其实只要不上网，那些人就奈何不了她。选择自杀实在是太可惜，遂了那些人的愿。"

网络暴力到底有多严重，只有亲身体会一遍才会懂得。看见别人的血不一定感受到痛，除非刀割到自己身上。那种伤害不是肉体上的，但深及心灵，所以难以修复。

那些义正词严地在评论中对人喊打喊杀叫嚣着要人肉搜索来替天行道的人，其实和封奕案里在楼下叫跳下来的人又有什么两样，都是躲在人群中，靠伤害别人来滋养他们无趣人生一点恶趣味的垃圾而已。

这些道理靳夕在心里对自己说了一万遍，但到底意难平。

用他人的错误惩罚自己是人类痛苦的根源。即使你能清楚地知道这种痛苦的来源，你也永远无法摆脱它，甚至做不到视而不见。何况被人利用当了靶子，也是她自己的愚蠢。

第二天，天刚蒙蒙亮，门口就传来敲门声。

靳夕本来就没睡着，拖着疲惫的身体去开门。幺鸡端着一碗红彤彤的酸辣粉站在门口："昨晚老大不让我来打扰你，网上的事我都知道了，你还好吧？"

明明昨晚还在生她气的幺鸡此刻早已忘了那些小情绪，一大早就起床帮她准备早餐。靳夕心里一暖，勉强挤出一个笑容。"没事，别担心。"

"那就好。网上的那些话你别当回事，他们什么都不知道。咱们为案子彻夜不眠奔波千里的时候，他们就知道动动手指头打字。你洗漱完了就来吃早餐，咱们四川特色的酸辣粉，一定要尝尝。"

辣到冒汗的酸辣粉，靳夕却食不知味，吃不了两口又忍不住去刷手机。即使她删除了文章，还发了致歉声明，追着骂她的人较之昨晚依然只

多不少。当然也有支持她的人说:"等翻案我们来啪啪打这些人的脸。"

但靳夕一点也不想打谁的脸,她只想让这件事尽快过去。有那么一刻,靳夕后悔过,也许不碰这件事现在就会天下太平,她还是昨天那个满腔热血以为什么事都可以辩个是非黑白的小记者。但她又比谁都清楚,以她这样的性格,摔这个跟头是必然,只是迟早的问题。

坐在旁边的何年一把将靳夕的手机抽走,三下两下把她的微博卸载了,然后把手机放在桌上,拿起筷子:"吃早餐!记得我昨天跟你说过什么吗?不看不听不想,你会比较好过一点。还是这么不听话。"

靳夕低头,大口大口扒粉。红薯粉丝又烫又辣,她满眼是泪。"好辣啊……"

此时,李雅夫从门外跑回来。刚刚他吃完早餐就同往常一样无所事事地出去遛弯,结果瞧了个大热闹回来。

"哎,今儿村里可热闹了!来了好多人,全围在李婷家,她妈跟个明星似的,被那群人围着拍照提问。我还在摄像机前晃了一下,你们说今晚新闻是不是可以看到我?"

幺鸡踩了弟弟一脚,让他闭嘴。

高风晚看向靳夕。"看来我们得趁人没发现赶紧走了。"

靳夕没作声,何年拍板:"幺鸡找辆车来,吃完早餐我们就出发回西京!"

可那群记者闻风比他们想象得更快,还没等靳夕收拾完行李,就已经拥了一批记者到李雅夫家的堂屋里。

"就是她!就是这个记者最先找我来问婷婷的事的。"李婷的母亲兴奋地指向靳夕。

5

这群人中站在最前面的就是颜珮，问题也最为凌厉逼人："请问你就是昨晚发表《李玲玲，请你回头看看》的记者吗？你发表这篇文章的真实目的是什么？"

"你之前是否认识李玲玲（化名）父母及其他七位被告？你是否告诉李玲玲的母亲有翻案的可能？"

"你在没有确实证据的前提下，擅自公布受害者信息，揭受害者的旧伤疤，是否在质疑司法机关的判决？"

都是同行，每个人都牙尖嘴利，他们现在这样恨不得将她生吞活剥的架势和曾经的自己也别无二致。

"我……"靳夕张了张口，四周的人都安静下来，伸长录音笔等着她回答。

"她没什么可说的。我们台里有会议急召，需要马上起程回西京，请各位同行见谅。"何年一只手提着行李袋，另一只手拉过她的手硬往外冲，幺鸡和高风晚已经从后门出去在车上等待。

颜珮没有想到何年也在这里，挪了一步挡住他们的去路。"台里召开会？我怎么没收到通知？"

"付台长找深调组的内部会议，颜大主播当然不会收到通知。"何年撒谎也是脸不红心不跳的。

"何组长也出现在这里是不是说明，昨晚的文章是你授意发的？靳夕作为深调组的代言人，只是执行你的命令。"

"不……"靳夕刚想否认，何年就以斩钉截铁的态度承认了此事。

"是的。"

她看向他，眼中情绪复杂。这如果是一场台风，她就是风眼，所有挨近风眼的人都会被卷进去。舆论的制裁往往比法律的制裁更残酷，何年不可能不知道。

"这是我们在村里走访得到的所有资料,念在同台的情分,肥水不流外人田。"何年从行李袋里拿出一份厚厚的文件放到颜珮手里,这里面是靳夕这几天做的全部准备资料包括所有采访手稿,"我们知道的所有情况都在这里面,你需要就拿去用。"

颜珮呆呆地拿着文件,一时不敢相信何年会免费把辛苦这么久的成果拱手让人。旁的人都心急想分一杯羹,催促颜珮共享文件给他们拍照影印。

何年和靳夕趁乱挤出了人群。

"我的手稿……"靳夕上车时还有些不甘心地回头看。

"那个留着已经没有用了,这个案子我们不能再碰。"何年拍拍司机的肩膀,"师傅,麻烦开快点。"

"等那些人反应过来这些资料不具有特殊性,就会回头来追我们,所以我们必须尽快赶去机场。"

果然才刚走出山区上省道,就有几辆采访车跟了上来。

么鸡趴在窗边看车后方两边夹击的车辆。"至于吗。追得这么紧,都是同行,非得赶尽杀绝吗?"

"案件的本身他们不敢碰,又想从这件事里分一杯羹,就只能从靳夕身上下手了。比起去摸老虎屁股,痛打落水狗要容易得多。"高风晚突然出声,让所有人的目光都聚集在他身上。

高风晚无辜地耸了耸肩:"对不起,靳小姐,我不是说你是落水狗,我也没想到我们的好心会被曲解成这样。"

"也差不多是了。"靳夕苦笑,能怪得了谁,起初就是她自己坚持要调查这件事,高风晚只是替她出谋划策而已。就算是算计,也是她自愿上套的。

有辆采访车加速冲到前面突然变道想要逼停他们的车,司机猛一个急刹车,所有人身体往前一撞。么鸡没有绑安全带,头砸到副驾驶座的靠背上,头晕目眩。

"哎哟,这瓜娃子,老子这暴脾气还非得治治他!"司机大叔骂了句

第三部分　我死我生

脏话，手拉挡位，踩油门迅速倒车，方向盘一个大转再换挡，从后面逼近的两辆采访车空当中箭一般地蹿了出去，"把安全带都给我系紧了！"

幺鸡顾不上头，赶紧系好安全带，大家都紧紧攥着自己胸前的安全带，来从极速中寻求一点安全感。

靳夕他们这辆拉货的面包车性能比不上采访专用的越野车，后面的采访车调整了一会儿又再次追上来，眼看距离越逼越近。

司机大叔发了狠劲，油门踩到底。眼看后视镜里的车被甩开，司机忍不住得意地啐了一口。"小崽子，想和我比？"

"前面那个……是不是警车？"幺鸡看到对向而来闪着警灯的车咽了一口口水。

司机回过神来的时候，下意识想踩刹车，却发现年代久远的面包车在极速运转后，出现了故障。司机大叔一下子冷汗就下来了："刹车失灵了……"

全车人的神经都紧绷起来看向司机，他握着方向盘的手都在颤抖。

何年迅速查看了路况，两条并不宽敞的车道都有车辆在行驶。以目前这个车速，马上就会撞上前面的车，后面跟着的车子也会发生连环车祸，情势十分危急。

"后面有扶手的抓往车上扶手，没有就互相拉紧手，双脚弯曲用力向前蹬地，低头缩颈，找抱枕护住自己！"

大家按照何年的嘱咐拉紧了手，做好保护姿势。车后座唯一一个抱枕在高风晚手边，他想也没想拿给了幺鸡。

幺鸡看着怀中的抱枕眼眶一热，这是第一次她被人放在了第一位，而且是在这生死攸关的时候。

何年当机立断选中前方200米的一棵大树，抓住时机夺过司机的掌握权，猛地打了一把方向盘，面包车朝着大树撞了上去。随着猛烈的撞击，靳夕眼前一黑，失去了意识。

靳家别墅中，靳红星正看着电脑屏幕气得浑身发抖。

昨晚的新闻，靳辰本来想瞒着他，没想到靳红星早上和老友打马球的时候，被俱乐部另一个竞争对手抓住此事奚落了一顿："老靳啊！靳二小姐这回真的出大名了！被《人民日报》点名批评啊。"

靳红星平时从不玩社交网络，回到家逼着靳辰登录账号给他看，看到网上那些污言秽语的时候，他差点没气到犯高血压。

"什么叫'当了婊子还想立牌坊'？什么叫'妓者想赚钱怎么不出去卖'？查！马上给我查清楚，这是谁和咱们家这么大仇，要这样骂我女儿！！！"靳红星桌子拍得震天响，脸涨得通红，像是随时准备扑出去和人拼命。

"爸！没用的。这些人就是路人。咱们查也查不尽。"靳辰轻拍着父亲的背让他消消气。她看到这些话心里也很难受，但她必须得冷静下来。

"怎么可能？路人哪来的这么大怨气？我们家靳夕是做了什么害他全家的事，要骂得这么狠？嗬，还收黑钱？想出名？那孩子一心为了给人家讨公道，到头来扣这么大个屎盆子在头上？"

还是路易斯一语道破天机。"如果不把靳夕假想成十恶不赦的大坏蛋，他们讲这些话又怎么立得住脚呢？这些人恶意越深，就骂得越狠，无非是找个地儿宣泄下自己的戾气罢了，对象是谁都一样。爸，没必要和这样的人一般见识。如果不是躲在网络后面，这样的人有资格走到咱们面前说上一句话吗？"

靳红星喘着粗气，虽然知道女儿女婿说得都没错，他的手依然紧握拳头。他宠了一辈子、保护了一辈子、视如掌上明珠的女儿，凭什么被人踩在脚底随意辱骂。没有一个做父母的可以忍受这样的事情。

"你联系上你妹妹没有？这事不能就这么算了，我要问问清楚。"

"还没有，她手机一直打不通。爸，你别太担心，山区信号本来就不好。"

路易斯手机响了，他从沙发上起身走到一边去接听。随着对方的话，他的神色变得逐渐凝重。

"爸，是我省局的朋友打来的，小夕在四川出车祸了。"

镇医院一下子送进来五位车祸伤者，急诊室的大夫忙成一团，值得庆幸的是伤者都没有生命危险。后座三位伤势较轻，多为玻璃划伤和软组织挫伤等轻微外伤。司机和副驾驶位的人伤势稍重，尤其是副驾驶位的何年。

因为车祸发生时，方向盘是朝他的方向打过去的，又是他借位操控的方向盘，没来得及自我保护。所以他的左手手臂和左脚脚踝处都是开放性骨折。骨折处皮肤、筋膜、骨膜破裂，血肉模糊。

医生拉上帘子，准备动手优先处理他的伤势。何年痛得满头大汗，意识迷离，仍然咬紧牙关用没受伤的右手抓住医生的手，不让他碰到自己的血。"医生，我有传染病……"

6

靳红星、靳辰两父女一刻没耽搁，搭乘最近时间的航班赶去了四川。

靳夕和幺鸡、高风晚已经处理完外伤正等在手术室门口。何年的骨折处需要打钢钉固定，他们一时还走不了。

"宝宝。"靳红星看到女儿手臂和头上包着纱布，走路都跟跄了，"你没事吧？伤哪儿了？给爸好好看看。"

"爸！姐！"靳夕没想到他们这么快得到消息赶来，站起身扑到爸爸怀里，竟然一下没忍住哭了出来。

听到她哭，靳红星鼻头也酸了，哽咽着轻抚靳夕的背。"别怕，爸爸在，不会让任何人再欺负你。什么劳什子工作，咱们不做了！"

靳辰看见旁边靳夕的两个同事身上都有伤，又没有家人在旁，便上前去慰问他们。"孩子们都还好吗？"

"我们还好。叔叔、靳辰姐，对不起，这次到我家来做客，是我没有

安排好。"幺鸡站起来乖巧地打招呼,她发现高风晚盯着靳红星发呆,扯了他衣袖一下。高风晚才反应过来,跟她一起点头示好。

"不关幺鸡的事,是我出车祸的时候没有保护好她们两个女孩子。"

靳红星这才放开靳夕,一脸沉重地开口。"都不是你们的错,我来的路上,我女婿已经调查过,你们是被采访车追得出了车祸。哪几家媒体?你们看清楚了吗?一个都不能放过!"

"他们车上没有挂台标,都认不得。"幺鸡难过地摇摇头,当时她特意把头探出窗户看过那几辆采访车,没有一个认识的人,"刚刚那个司机大叔做完包扎还在说要告组长赔他的车。如果找不到肇事者,组长就只能自己吃这个哑巴亏了。"

"孩子,钱的事你不用担心。你们的医药费、后续打官司要赔的钱都由我负责!至于害你们出车祸的人,我迟早会把他们揪出来。"靳红星毕竟是社会上摸爬滚打几十年的老手,根本不怕事。何况女儿是他的底线,谁碰谁该死。

何年手术做完,医生说骨折处已经连接好没有大碍,只是伤筋动骨一百天,还需要静养一段时间才能下地。

靳红星想带女儿先回西京,幺鸡放心不下组长决定留下来。高风晚五一假结束也必须回Club上班,就随靳夕一家先行回了西京。

飞机上,高风晚见靳红星一直在看一本珠宝鉴赏的书。

"靳叔叔对珠宝鉴赏很了解?啊,瞧我说什么蠢话,叔叔的本行自然是了解的。那这么多种类的宝石里,叔叔最喜欢哪种?"

靳红星提到老本行,话匣子一下子就打开了。"我们国家一直盛行玉文化,但我没有那么雅,欣赏不来。我比较喜欢彩宝,像泰国的红蓝宝都不错,但最喜欢的还是缅甸翡翠,还得是玻璃种的。年轻人,你不知道,纯玻璃种翡翠很难见的,尤其是近些年,价格炒疯了。"

高风晚好像很有兴趣的样子。"听叔叔的口气,肯定有收藏。"

"不多。极品也就一块。"靳红星有点扬扬得意,嘴朝靳夕努了

第三部分　我死我生

努，"这丫头两岁的时候，我收了一块满绿的玻璃种翡翠弥勒佛牌给她当生日礼物。保佑我们家小夕平平安安，但这不识好歹的家伙从来不戴。"

靳夕听到他们的谈话，默默翻了个白眼。"喊，那么老气怎么戴得出来，也只有你会给一个小孩送这玩意儿了。"

"这么难得的东西，叔叔运气真好啊。"

"是啊，运气真的好。其实人家刚开始一直不肯卖，后来也不知道怎么突然想通了，也是缘分吧。"

高风晚默默呷了一口茶。"是啊，真是缘分。"

"哎，对了，高风晚，你那块传家宝的玉佩呢？"靳夕突然想起两人的初遇。

高风晚摸了摸空落落的脖子，解释道："一直没时间去配绳子，就放在家里了。"

"哦。"靳夕没有再追问下去。

回到西京，靳红星不准靳夕再回电视台上班。

付台长也打电话来说，这几天电视台水深火热的，让她暂时避避风头。听那语气，想再回去也是件难事。

"你不会真的还想回去吧？"林淼淼坐在她的地毯上，怀里抱着一个毛茸茸的大兔子娃娃。

"我不知道。"靳夕靠在床边，手里捧着一本书，神情郁郁寡欢。

她自问无法面对那些汹涌的谩骂，但一想起何年的脸，她又下不了狠心说离开。

这几天，深调组的人每天都给她发短信安慰她，字里行间都在说："深调组的人一个都不能少。"

"我看你是脑子有坑，又辛苦又不讨好的事，你做得这么起劲干吗？你还真想拿什么普利策奖，我说你干脆辞职和我去欧洲旅游吧。最近爱马仕出了一个新款限量版的包，只在欧洲发售。"林淼淼拿出手机在查包包图片，"好烦。要先买够两万欧元的配额才能买那个限量款，可我又没什

么想买的,你看看有没有哪个喜欢,我送你啊!"

"不用了,也没什么特别喜欢的。"靳夕只扫了一眼她的手机就挪开眼神。

林淼淼放下手机,正色道:"你变了。"

"嗯?"靳夕不知其所以然。

"你以前看到'限量版'三个字眼睛发光,跑得比兔子还快!现在你眼里的光没了。"

靳夕嘴角无奈地挤出一个苦笑:"我只是没心情。"

"你就给我个机会让我给你赔罪嘛!上次林姝的事误会你,我心里一直不好过。"林淼淼跳到床上抱着靳夕的手臂摇啊摇。

靳夕摸了摸她脑袋。"真不用啊,我又没怪你。"

"好吧。那反正你最近放假在家也没事做,就当陪我,一起去欧洲玩一趟嘛。我们先去法国买个包,然后去瑞士滑雪,再去冰岛看极光!我一直很想看极光啊!好不好?好不好?"

靳夕被她摇得头晕,只能连声说:"好好好,反正我最近也上不了班。"

林淼淼开心地拿起手机准备订机票。过了好一会儿,她都没作声。

靳夕奇怪地抬起头看她,林淼淼这个一分钟不讲话能憋死的人,居然订个机票既没问她时间,也没问她飞哪儿好,这么久什么话都没说。

林淼淼察觉到靳夕在看她,慌乱地把手机收起来。

"怎么了?"

"没什么。"林淼淼挤出个尴尬的笑容。

"手机拿给我。"

"真没什么。"

靳夕直接上手抢,林淼淼想躲又怕碰到她的伤口,手机被她抓住空当一把抢了过去。

原来林淼淼在看新闻,头版头条,硕大的标题《李玲玲案重审,原告现身指证，最高法院确认当年判决无误》。

文章下面有李婷站在法院门口痛哭的画面，有各种证据的图片，当然也少不了靳夕当初那篇文章的截图。

"一场早已平息的风波，凶手服法，受害人重新开始生活，平静的一切只因一个记者、一篇无由质疑的文章，所有平静被打破，受害者不得不走入大众视线接受二次伤害，这更是对公检法资源的浪费。早已实现的正义为何要蒙受这无端质疑来自证清白？作为第四权利，如今传媒的权利是否过大？记者的道德标准又该如何坚守……"

文章字里行间全是对靳夕的指责，虽无半个字污言秽语，却将一个见利忘义、无脑自大的记者形象描述得淋漓尽致。

下面的评论难听程度比起前段时间有过之而无不及，而且之前为她说话、呼吁重审的人也彻底闭嘴了。

最高检重审的结果已经为此事画下一个句号。

这个新闻下，是另一条广告新闻。

邻市一所新开的民办大学公开招生，仪式上校长亲自剪彩。

而这个校长，叫罗鹏。

照片上，罗鹏拿着剪刀笑得春风得意，而他旁边簇拥着的都是十八九岁正当花季的女大学生。

原来他消失并不是得到了惩罚，而是蛰伏一段时间，就再次"扬帆起航"。这一次他甚至离了婚，更加无拘无束。

那封奕的一条命又算什么呢？

靳夕手一松，手机落在被子上。

如果一直以来坚持的正义根本就是错的，如果她所追求的真相无法让坏人得到惩罚，那她发誓要献身一辈子的事业究竟有什么意义？

何年刚刚能下地，就赶回了西京。而等待他的是办公桌上的一封辞职信。

办公室里依然烟雾缭绕，隔间里却再也没有人捏着鼻子抱怨他们少吸

两口会死。

7

靳夕在家接到幺鸡的电话:"小夕,你快来武警医院,何老师病危正在抢救。"

"什么?不是只是骨折吗?怎么会病危!"

幺鸡在电话那头泣不成声:"具体我也不知道怎么回事,他自从回到西京,病情就一直在恶化,今天突然昏倒在办公室,我们就送到这家他常去的医院来了。"

"你别急,我马上过来。对了,医药费够吗?"

"我们凑了一些先送进去做手术,后续不知道还会有什么费用。你……如果方便的话……"之前车祸的所有医疗费和赔偿都是靳家出的,又来开口要钱的事幺鸡真的说不出口。

"没问题,等我。"靳夕二话没说,拿了卡就跑。

她赶到的时候,手术刚刚结束。

医生出来问:"谁是病人家属?"

深调组众人面面相觑,还是资历最深的老曹了解情况:"病人父母都去世了,不知道还有没有别的亲属。我们都是他的同事,有什么可以和我们说。"

"这样吧……你们选一个代表病人家属,跟我到办公室去,其他人留在这儿帮忙安顿病人,办理入院的手续。"

幺鸡觉得医疗费需要靳夕来垫付,她有权知道真实情况,而且组长也是将她看作接班人,靳夕是他们中间最适合的一个。"要不,小夕,你去吧?"

"好,那这边就拜托你们。"靳夕没有推托,跟着医生去办公室谈话。

医生进办公室先关上了门,这让靳夕感到很不安。"医生,是不是我们头儿情况不太好？"

"别担心。这次抢救过来，已经没有生命危险，但涉及病人隐私，所以我必须谨慎一点。"

"您说。"

"何年有没有告诉过你，他患的是什么病？"

靳夕摇头，但想到他上回出红疹的事，心中隐隐有个答案。

"他的病一开始就是我发现的，这个病叫成人始发性免疫缺陷综合征，也就是普通百姓口中俗称'类艾滋病'的一种疾病。这种病发现历史很短，而且全球发现的患者不超过两百例，所以暂时未查出病因与治疗方法。"

"类艾滋病？"靳夕从来没有听过这种病，"那和艾滋病有什么关系吗？"

"其实本质上没有任何关系，只是这两种病都是免疫系统出现问题，所以症状很像。成人始发性免疫缺陷还有个特征，它只在亚洲人身上发病，尤其是外籍华人身上，所以很多专家认为这是一种受环境与基因影响的疾病，又叫亚洲新型免疫缺损症。"

"有得治吗？"

"有，但治疗方法都在试验阶段。而且因为他身体里的免疫系统出现问题，随便一个别的小病都有可能引发感染，夺走他的生命。就像这次他因为车祸外伤，引发了肺炎，高烧不退所以晕倒。这病就算不致死，也很磨人。"

"那……这种病有没有传染性？"靳夕还是问出了这个关键问题。

"理论上是没有，但像我之前说过，因为病因未明，不知道会通过什么感染。与血液、口水，体液接触都存在风险……所以虽然我告诉过何年不要有心理负担，正常的人际交往接触是没有问题的，但他好像格外注意与人接触。也许对他而言，即便只有万分之一的概率，也是一种冒险。"

"……"靳夕想到过往种种，只觉得异常心疼，"医生，请您一定要

想办法治他。多少钱都没有关系。"

"这是我的责任,你不说我也会的。"医生叹了一口气,"我希望我告诉你他这个病以后,你不要害怕他。别说是类艾滋病了,就算是艾滋病患者的家属、朋友,我也是这么说的。他们只是生病了,并没有做错什么事。"

"我明白。放心吧。医生,他是我除了父母外,最尊敬的人。"

靳夕回到病房,心情沉重。幺鸡他们正在商量轮流陪床的顺序。

"小夕,和你商量一下,因为我们目前都还在上班,所以白天的时间可能要多辛苦你一点。六点下班以后,我们几个会轮流来替你,你看这样行吗?"

"你们该上班的上班,我会在这里守着的。"靳夕坐在床边看着脸色苍白正在昏睡的何年,心里很不是滋味。

如果不是自己一意孤行,他现在也不会躺在这里。她曾以为自己对得起天地良心便不算做错,但她的自大任性实则已经伤害到了真正关心她的人。

麻醉效果过去,何年醒来已经是傍晚。

他偏过头看到靳夕正趴在床边握着他的手,他下意识把手抽出来,一动就惊醒了靳夕。

"醒了?"她只是想趴着休息一下,没想到竟然睡了过去,"天都快黑了呢。"

靳夕起身推开窗户,换换气。窗外太阳已经只剩一点挂在地平线上,岌岌可危。晚霞天空渲染得一片暖橙色,她伸了个懒腰。"真好看。不知道法国天气有没有这么好。"

"你要去法国?"何年一张口发现声音嘶哑得厉害,他轻咳了几声润嗓子。

靳夕马上给他倒了一杯水,扶他起身。

"反正电视台也回不去了,淼淼叫我陪她去欧洲,我就当去散散心。"

"如果可以回去呢?"

何年身为西京电视台"台柱子",如果下了狠心要保她不是不可能,但她不想让他再为难。

"可以回去我也不想回去了。你看到前几天的新闻吗？罗鹏去一所私立民办大学当校长了。我一直觉得自己做的事特有意义，其实有屁用。"

"如果每桩案子都能如你愿，那你就不是记者，是拯救世界的超人。"

"或许是我太执着了吧。"靳夕耸耸肩。

"我记得你的简历上写过一句话，你说你的目标是拿下普利策奖。"

"啊，你看过我的简历？吹牛的话啦，你是第一个当真的人。"靳夕自嘲道。

"没有什么是不可能的，只要你还热爱你做的事情。"

"我还爱，只是还不够强大去面对这一行要承受的压力。不管是流言蜚语，还是未尽的正义，我想我都没做好准备去接受。如果哪一天我做好了准备，我会回来的。"

靳夕接过何年喝完的水杯，顺手又倒了一杯水自己要喝。

"哎，"何年叫住她，"那个杯子我用过。"

"我知道啊。"靳夕不以为意地喝了一口，"医生都跟我说过了，这病传染概率非常低，你不要自己有心理负担。"

何年垂下头，长长的眼睫毛在眼下呈出一片扇形的阴影："既然你都知道了，我也跟你实话实说。这个病大概一年多前发病的，而且恶化得非常快，我自己的身体状况我知道，不知道哪天就倒下了，所以才急着选出你。我走了以后，是希望你能撑住整个深调组。"

靳夕握着手中的水杯，盯着里面剩余的一点水，水波在她手中摇来晃去。她沉默良久才开口："对不起，何老师，我想我没有这个能力。"

病房外传来幺鸡和波仔说话的声音。两人走进病房看到何年醒来了，都是一喜。"老大，你醒了，感觉怎么样？"

何年勉力笑了一下。"还好。"

"你们来了，我就先回去了。"靳夕和幺鸡交接护士嘱咐过何年按时

要吃的药，"好好休息，明天再来看你。"

何年住了一周的院，大部分时间都是靳夕在看护。

他们默契地不再提辞职还是留下的事。就像真正的朋友一样，每天一起看看电视、下下棋，天气好的时候下楼去散散步。

"明天你出院，我就不来接你了。淼淼早就订好明天飞法国的机票，这边的事总算告一段落，你身体也大好，我可以安心走了。"

"嗯。"何年拉了拉腿上的毛毯，温柔地看着她，"早点回来。"

靳夕晚上收拾行李，靳红星进来帮忙。说是帮忙，却总是在帮倒忙，他随手拿了一顶草帽放进靳夕的行李箱里。靳夕看见大叫："哎呀，爸，那个不需要。"

他又捧了一件泳衣过来塞给靳夕，靳夕无奈地叹了口气。"爸，这个我也带了！你到底来干吗的？怎么心不在焉的？"

"出去玩玩好呀。淼淼这孩子有心了，你安心在外面玩，什么事都不要想。"

"爸，我怎么觉得你今晚怪怪的。你是不是有什么话要说？"

"没有啊没有。你慢慢收拾吧，我就不在这儿帮倒忙了。明早我不上班，送你去机场。"

靳红星回到自己的书房，盯着电脑上一篇还未发出的新闻报道，坐立不安。

为了防止有人写黑稿再抹黑靳夕，靳红星在各大媒体都撒了眼线。这篇报道是《华南日报》明天将要登出的头版头条，被人截下发给靳红星。文章关于靳夕，却不是在抹黑她，反而是绕了个很大的弯替她说话，但把所有矛头都指向了何年。

"靳总，要不要他们撤下？"

"发吧，当作不知道。"靳红星下了狠心。

第二天早上，报纸一出，关于深度调查组组长何年的通稿就遍布全网。

第三部分　我死我生

《名记何年染上艾滋，自曝李玲玲案由他授意》，文章里有不愿意透露姓名的医生证实何年染上艾滋的采访，视频网站上还放了在幺鸡老家的采访视频节选，何年亲口承认靳夕所发文章是他授意的。

外界纷纷猜测是何年为了让《她说》一炮而红，求成心切才做了这个选题。

"活该。现世报来得真快。"

"得艾滋的能是什么好人？私生活指不定多混乱，所以才会帮那些强奸犯说话吧。"

"真让人恶心，这种人还能留在电视台。之前的记者小姐姐都是帮他顶罪的吧？小姐姐被骂成狗，他也没出来替人家说一句话。"

靳夕一脚踢开了医生办公室的大门，怒气冲冲地将报纸拍在他面前。"是你泄露病人的隐私？现在所有人都误以为何年得了艾滋？你就是这么当医生的？"

"怎么可能是我！小姐，你不要乱讲话，这里面哪一个字说了是我？"

"图片里这么清楚的诊断单，症状描述，是一般人捏造出来的吗？"

"小夕，是我。"

靳夕听到这个熟悉的声音猛地回头，看到医生办公室门口，何年坐在轮椅上，腿上盖着薄毯，眉目淡然，似乎丝毫没有受到这些新闻的影响。

"是我把这个消息放出去的。"

第四部分　欲望毒液

1

"为什么一定要逼我留下？"靳夕一屁股坐在医院消防通道的台阶上，刚刚气冲冲赶来医院的愤怒如今全化成了不解。

"对不起，"何年坦言，"我和你只能保住一个。以我现在这种状况，只有留下你才能保住深调组。除了你没有更适合的人。"

"嗬，你无非是看中了我的家世能帮衬深调组，换作任何一个阿猫阿狗是靳红星的女儿你都会选。"靳夕竖起全身的刺，想要找出借口让自己坦然离开。

"关于你的背景，我早就告诉过你，这是你的优势，没必要回避。但我选择你是因为靳夕这个人，不是哪个阿猫阿狗都可以的。"

这好像是何年第一次正面肯定靳夕的个人能力，靳夕心里很受用，嘴上还在逞强。"你帮我摆脱舆论困扰，就不怕我没有后顾之忧跳槽去省台？"

第四部分　欲望毒液

何年笑了，还是那副胸有成竹的样子。"省台的副台长说你当晚就拒绝他了。对不起，之前是我误会你。"

靳夕哀叹一口气，她也不是真的生气，只是被人架上台的感觉很为难。"但我真的没有做好准备……"

"出国旅行只是逃避的一种方式，不能解决任何问题。我能帮你真正做好面对一切的准备。"何年递给她一个信封。

信封里只有一张字条："当欲望浸透血液，乳汁会变成毒药。"

落款是"日夜游神"，神话中监督人间善恶的神明。

"这是什么？"靳夕拿着字条正反两面翻看，只有一句没头没尾的话。

"《她说》下期节目的选题。"

"我不懂。这个日夜游神是谁？"

"算是我的线人吧？"

"算是？"

"因为我从来没见过他，也没有要求过他做什么，但他总会在关键时候提供有用的线报给我。就像……"何年顿了一下，才想出这个比喻，"像田螺姑娘。"

"哈？"靳夕怎么听怎么觉得不靠谱，"一个从没见过面的人，你这么相信他？就不怕他另有所图？"

"差不多两年前，我身体开始出现异样，时常觉得工作力不从心，这个日夜游神开始出现，给我一些有价值的线索。我比较过这两年他提供给我的选题，涉及各行各业，并没有针对性，所以不存在利用我打击报复私仇的嫌疑。虽然暂时不知道他为了什么，只要他提供的新闻值得我们做深度调查，就去做。"

靳夕感觉此事没那么简单，但就像何年说的那样，不知道对方的目的之前，他们暂时能做的只有专注自己该做的。"那这个选题是什么意思？"

"你记不记得前两天早上你推我在住院部后面的花园散步的时候，有

几个护士抱着一个婴儿急匆匆跑去急诊，一路还在说'谁那么狠心，刚生下来的孩子就丢掉'？"

"我记得。那个婴儿全身发紫，还在抽搐，很可怜的样子。"靳夕对那个襁褓中的孩子记忆犹新。

"这两天我在医院碰到了几个同行，他们都是来报道弃婴的事。这孩子是个毒品婴儿。"

"毒品婴儿？"靳夕觉得这两个词是完全不搭边的事物，每个字都认识，连在一起就不明白是什么意思了。

"不如我们亲自去看看？"

随着医疗条件变好，现在婴儿出生后都被直接送往母亲的病房，只有身体不太好的宝宝会放进观察室里，由护士统一照顾。观察室外一天到晚都有家长聚在外面充满爱意和怜惜地盯着自己的孩子。

保育箱里躺着的婴儿手腕上都系着一根打印有父母和自己身份信息的纸腕带，以便护士辨认。这其中只有一个孩子手上系着的是红丝带。

"她就是被抛弃的毒品婴儿，找不到父母，所以媒体给她取了个代号叫洛洛，海洛因的洛。"何年指着系红丝带的婴儿给靳夕介绍。

他们来的时候，洛洛刚好睡着了。因为早产，看着格外瘦小一些，别的好像也没什么特别的。

"你怎么知道日夜游神说的案子就是洛洛？"

"你记不记得日夜游神的字条里说了什么？'乳汁变成毒液'。洛洛生下来就被人遗弃在妇幼保健院，而且有临床戒断反应，也就是我们俗称的犯毒瘾。消息一传开就吸引了很多媒体上门。医生给洛洛做了头颅核磁共振检查，确诊她是一个'毒品婴儿'，即母亲在孕期吸食毒品所生下的孩子。这孩子一生下来就是个瘾君子，她的毒瘾就是通过母亲的乳汁染上的。"

"你说当父母为什么不用经过考试呢？小洛洛。"靳夕弯下腰隔着玻璃，手指头轻敲玻璃，好像能摸到孩子可爱的脸蛋。

第四部分　欲望毒液

就像听到靳夕的呼唤，洛洛打了个哈欠苏醒过来。她从清醒的第一秒钟就变得异常兴奋，歇斯底里地尖声啼哭；四肢颤抖，在空中乱抓，伴随着间歇性的抽搐；同时嘴唇有过度吸吮动作，呼吸急促，一口气吸不上来，小脸就憋得发紫。

靳夕被吓到，连忙向护士台的护士呼救。医护人员如临大敌，一个又一个接连拥进去为洛洛进行急救。

她喝不进奶，普通的奶水喂进去只会全部吐出来。生母的乳液是唯一可以安抚她的食物，因为母体血液里还含有毒品。但现在母亲也失踪，医院不得不"喂毒"，用吗啡持续治疗来维系她脆弱的生命。

"这是造了什么孽啊。"第一个走出来的护士正是当初在医院捡到洛洛的护士长。护士长边走边摇头，似乎情况很不乐观。

靳夕拉住她询问："孩子情况稳定了吗？"

"算是稳定了。"护士长认识何年，知道他们是记者，倒也不反感。洛洛从被捡到至现在的医疗费有一大半都是靠媒体发起的众筹得来的，即使抱着不同的目的，他们都是切实在为洛洛奔走，也是洛洛活下去的唯一希望。

已经被父母抛弃的孩子，如果再被大众遗忘，她就只有死路一条。

但这些日子里，救或不救成了横亘在护士长心中的最大问题。钱的问题是解决了，那孩子的感受呢？谁能体会她所承受的痛苦。

"成人戒毒时都无法忍受，要死要活，你能想象一个婴儿要遭受这样的痛苦吗？毒品对她的脑组织已经造成不可逆的损伤，这类新生儿的病死率和神经系统后遗症病发率都特别高。即使她克服这非人的痛苦活下来，长大后智力低下，行为异于常人，她这一辈子都注定是一场悲剧。洛洛现在不会讲话，不了解自己为什么会这样。我有时候会想，如果她能明白自己的处境，她会不会选择放弃这段不像话的人生，重新投户好人家。"护士长自己正怀着孕，可能特别容易移情，谈及洛洛的未来，忍不住抹起眼泪。

"别傻了，哪有什么来世今生。正是因为她现在什么都不懂，我们至

少应该努力到她能为自己人生做主为止再把选择权交给她自己。"

靳夕看向保育箱里依然在尖声啼哭的洛洛,内心产生无数疑问。"何年,你说这些对自己的生命都无法负责的大人,为什么还执意要将同样的痛苦带给他们的下一代?"

"不要在心里给自己预设答案,"何年拍了拍她的肩头,"更重要的是多在心里问几个为什么?记得李婷这件事的教训,先别急着去表达,记者是讲故事的人,挖出新闻背后的真相才能给观众讲好一个故事……"

"何年!"身着休闲衬衣、牛仔裤的颜珮突然出现,打断他们的谈话,从电梯口朝他们跑来,身后还跟着个扛机器的男人。

靳夕下意识挡在何年前面。"颜珮姐,你们也来看洛洛啊?"

"嗯。毒品婴儿的案子有新进展,来拍点补充画面。"颜珮伸手挌开她,"何年,我看了今天早上的报道,到底怎么回事?"

"没怎么回事,就是你看到的那样。"

颜珮一脸痛心,想伸手去拉他,快挨到他的时候又生生顿住。"你真的有……艾滋?"

"嗯。所以为了你的安全,最好和我保持距离。"何年也不解释,看着她的手慢慢垂下来,"你刚刚说洛洛的案子有什么新进展?"

颜珮这个女人要说厉害也是厉害的,明明情场失意,谈起工作还是可以保持高度专业。"孩子的生父找到了,我们刚刚采访完,新闻稿都拟好了。何年,你想看看吗?不如……我们晚上一起吃个饭?"

看来还是不死心。

何年还没说话,靳夕抢先一步回答:"颜珮姐,真对不住,我们何老师不太喜欢这种应酬饭局。"

颜珮眼角一挑,斜了靳夕一眼。她是个丹凤眼,看人的目光很锐利,和靳夕那种虚张声势的厉害还不一样,颜珮的野心都写在脸上,不管对事业还是爱情。"你年纪小不懂,我当年和你何老师做同学的时候,他性子可不是这样……"

三言两语，火花四射。

何年不耐烦地打断了她们斗嘴："洛洛父亲到底是个什么情况？"

颜珮神气地睨了靳夕一眼，为了在何年面前可以说上话而感到得意。"洛洛父亲是个染上毒瘾多年的吸毒者，自己还贩毒，大半年前被抓了，我们好不容易在监狱采访到的。按他的说法，他入狱前他老婆王秀娟是不吸毒的，可能是他入狱后染上的。这种人的生活环境，你知道的……"

"那找到洛洛的母亲了吗？"

"没有。但是有人在西京下属的浦屯县见过她，那状态肯定是吸毒了，八九不离十。洛洛的存在就是铁证。吸毒，弃婴，还有什么是这个女人做不出来的。"

跟在颜珮身后的摄影师暗暗担心，这些新进展是他们好不容易跑来的独家爆料，虽然是同台的同事，毕竟不是一个节目组的，是不是应该提防着？她就这么直接告诉对方了。

"你们是怎么确定洛洛父亲的？他在牢里肯定不知道弃婴的事情。"

"这……我们也是收到匿名观众提供的信息。"颜珮吞吞吐吐不想说出来。

"日夜游神？"

"你怎么知道？"颜珮惊讶不已。

靳夕和何年对视一眼，看来这个游神还不只联络了何年一个人，而且大家知道的信息可能是交错的。

"知道了。走，我们回去开会吧。"何年翻脸不认人，就被驴下拉了靳夕一把。靳夕借机故意挽住他的胳膊，姿态亲昵。"好的，何老师。"

何年看着靳夕抱着他的手，第一次没有推开，嘴边还有一丝不易察觉的微笑。

颜珮的摄影师看着他们离开，有些愤愤不平："就这么告诉他们没问

题吗?"

"别人不行,何年……嗨,我赌他不会去抢先报道,我太了解他了。"颜珮眼里的占有欲越烧越强。

现在的新闻总是将时效性放在第一位,抢在第一时间报道成了记者们的头号目标。很少有人愿意花几个月甚至几年去深挖一个故事,所以新闻最终变成了"最新的事情"。但何年带领的深度调查组不把事情调查个底朝天,就不会出稿。所以他们错过时机是常有的事,出精品也是必然的事。颇有些不鸣则已、一鸣惊人的意思。

看着远去那一身黑衣的背影,颜珮脑子里闪过一个总是喜欢穿白T恤牛仔裤、上树下海弄得一身泥泞却总是笑嘻嘻的小男孩,那是她少时最鲜明的一抹色彩。原以为大学重逢是缘分的再续,没想到他已经完全变成了另一个人。

2

"你们俩怎么一回事?啊?商量好的是吧?一个接一个不曝出点丑闻都过不了安生日子了?"付台长把《华南日报》摔在桌上,背对着他们喘着粗气。

这回是真的把他气着了。一个两个接连出事,连累到整个电视台声誉受损。今早全省的视频会议里,省台领导当着其他市级电视台高层面将他骂得狗血淋头,骂他们台深度调查组藏污纳垢,全是"三不"成员——"不专业,不检点,不负责"。

"何年你说,你什么时候患上艾滋的?考虑到你们深调组工作特殊性,每年台里体检,我都给你们组加了这些特殊项目检查。我看过你的体检报告,都是阴性,怎么可能有艾滋?"

"我患的病俗称'类艾滋',是一种免疫缺陷症,只是症状和艾滋相似,实际上并没有关系。"

"我就知道这帮孙子乱写,亏《华南日报》主编沈鹄还和你称兄道弟，关键时候插刀子。我现在就打电话让他们登报道歉！"

付台长拿起座机准备打给华南日报，被何年按住了话筒。"台长，是我故意这么告诉沈鹄让他写的报道。现在针对靳夕的舆情汹涌，只有更大的爆点才能吸引他们转移注意力。"

靳夕没想到何年是这么考虑的，自愿引火烧身来保全她。她看着何年略显瘦削的肩膀，一时无言。

付台长显然不能理解何年的做法，在他眼里何年是一员大将，靳夕只是新兵蛋子，弃帅保车这种事还是闻所未闻。他的目光在两人之间来回打量。"何年，你是不是喜欢靳夕才这么做？"

"没错，我是喜欢她。"何年没有犹豫地承认，惊得靳夕眼睛瞪得比平时大两倍，他继续淡定自若地说下去，"靳夕正直，敏锐，有冲劲，天不怕地不怕，是天生的新闻人。我如果不喜欢她也不会选她进深调组。"

"……"付台长和靳夕同时哀叹一口气，这家伙满脑子工作，不解风情得很。

"我不是说这个……唉，算了，你既然这么做，就想到后续怎么办了？"

原本省台领导在视频会议中当场责令西京电视台解散深调组并撤播《她说》，他顶着压力保了深调组一把，为此和领导争得面红耳赤。

"我已经给领导打了一个保票，要给大众一个满意的答复。你们自己说怎么办吧？"

何年把脖子上的工作牌取下来放到付台长面前。"这是个人问题，既然现在公众已经认为是我炒作了李玲玲一案，我引咎辞职就是对大家最好的交代。"

付台长手里拿着工作牌，上下翻转。"靳夕，你从进来就没说过话，你觉得这事该怎么办？"

靳夕咬唇不语，陷入两难。现在这种情况，她不可能一走了之，但让何年顶了她的错误离职，她也做不到。

"不用问她了,台长,我的身体状况已经不允许我再待在这个岗位,我是最合适站出来负责的人。靳夕留下来还有她该做的事,我们这次来也是想向你报告新选题……"

"何年,你慢着,"付台长打断何年的话,指着靳夕,"我要听你说。"

如果靳夕是因为被迫、内疚,不得已留下来,对她自己和整个深调组都是一种伤害。他必须弄清楚她本人的想法。

靳夕朝他和何年各鞠了一躬。"付台长,对不起,整件事都是我冲动行事闯的祸。何老师是为我顶罪的,如果您认为我应该为自己的行为负责,我可以马上走。但求您至少让我留到何老师物色到新的接替他的人为止,何老师为我做了那么多,我也希望在他有困难的时候,为他撑住整个深调组。"

付台长摸了摸自己下巴的胡碴。"好,我希望你记得你今天站在我办公室说的这段话,以后有任何问题都能和上级有商有量,不再擅自行事。好了,何年,工作证你先拿回去。"

"这是……"何年握着手里的工作牌,不知所以然。

"即日起,何年因个人健康问题停职休息,直至身体恢复为止。何年不在岗期间,由靳夕兼任深调组组长,《她说》制作人之职。"

付台长用停职代替了开除,保存了何年的颜面,也给他将来回归留下了余地。

靳夕眼眶泛红,又向他鞠了一躬。"谢谢台长!"

"好了好了,别动不动就鞠躬,我又没死。现在说说你们新的一期选题吧。"

两人对洛洛的案子做了个简报,付台长听完连连点头:"这个选题值得做,你们放手去做吧。哦,不对,这次由靳夕你来主导了,没事儿不准找何年帮忙,让这浑小子在家好好休息,听到没?"

"遵命!"

看着两人欢欢喜喜走出办公室,付台长的笑容也一点点敛起。他想起

第四部分 欲望毒液

省台副台长在他办公室说过的话："老付啊，你想保住深调组，可上头不想他们继续存在。你拧在一头，大家都不好办。你保得了他们一时，也保不了一世。"

"我能保得住一时就一时，只要我还在这个位置上，深调组就不会被解散。"付台长一改往日优哉游哉的样子，态度十分强硬。

"你当然有权利继续留下他们。杀人诛心，难的不是赶走一个人，而是让他在这个行业待不下去。你知道我们干媒体的有的是手段毁掉一个人，你确定要我们出手吗？"

"……"

李婷一事，靳夕虽然有错，但事态发酵得太快太猛。很难让人相信背后没有推手。也许是省台的人已经按捺不住开始动手了？

奔波一早上，刚刚出院的何年已经显出疲态，靳夕看在眼里觉得心疼："我先送你回家休息吧。"

"好。王秀娟的事你再继续跟进……"何年说话间已经觉得眼前发黑，身子一歪差点要摔倒，好在靳夕眼明手快扶住了他。

靳夕刚把他扶进副驾驶座，包里的手机响了。"你先坐一下，我去接个电话。"

何年靠在位置上休息，看着靳夕走到旁边的柱子靠在上面接听电话，她说话时身体自然地一晃一晃，人慢慢隐到了柱子后面。

"对不起啦！我真的不是存心放你鸽子，实在是台里突发情况。何老师为了我背锅，我不能自己跑去旅游吧？对对对，是我不对，应该提前打个电话通知你的。早上一下气晕头了。淼淼，你别生气了。法国又不会跑，随时去都可以。做完这期节目我一定陪你去！"

"你说那个何年是你什么人啊？你是不是喜欢上人家了？这么拼命，被骂成狗了还要留下来。"林淼淼心直口快，直接问出口了。

本来是随口一说，结果那边沉默了，林淼淼的八卦感应器嘀嘀嘀响了

起来。"不会吧,你真的动心了?"

靳夕也不知道什么叫动心。从那晚她最脆弱的时候,何年提着一个行李袋出现在四川山区她的房间门口,她就觉得很心安。以前看到他的棒球帽和口罩就觉得烦,一副好像拽得不行的样子,现在知道原委再看到他的口罩,就只有心疼。

如果心安、心疼这些都是心动的感觉,那就是了吧。

"哎呀,我回来再跟你说。"靳夕握着手机,扭扭捏捏的样子尽显小女人姿态。

"砰"一声巨响,靳夕心头一跳,从柱子后面探出头去,只看见几个男人手握棒球棍在击打何年的车前风挡玻璃,玻璃碎成碴落在副驾位的何年身上,何年被困在车中只能双臂挡在头前做出自卫姿势。

"喂。你们干什么?我报警了!"靳夕从柱子后面蹿出来,手里握着手机。

那些男人没想到这工作时间停车场还有别的人在,也怕警察赶来。纷纷丢下棒球棍逃窜,临走前还不忘指着何年放狠话。"没有良心的记者,活该遭报应得艾滋。我们见你一次打一次,人肉你到死!"

靳夕手脚发颤跑到车旁边,拉开车门。何年看上去除了被玻璃擦破了手掌的一点皮,没有别的大碍。她庆幸自己走开的时候,锁上了车门,否则后果不堪设想。

"没事吧?"靳夕抵住他的额头,双手捧着他的脸,丝毫没意识到两人现在姿势有多么亲密。

何年唇色苍白,放下挡在身前的手,反过来安慰她:"我没事……"

绝大部分的键盘侠不过是打打嘴炮,过嘴瘾,但也有那么一小部分极端的人,是真的会为了"伸张正义"而以身试法。最可恨的是,即使何年被打是受害者,绝大多数人知道后都会拍手叫好,这就是舆论的正义。

"本该挨打的那个人是我才对……"靳夕的眼泪一滴一滴落在地上,她突然腾地站起身,"我去告诉他们,这件事和你无关!全是我做的!"

第四部分　欲望毒液

何年拉住她。"别傻了。你以为他们真的在乎是谁写的那篇文章吗？靳夕，你不要以为我替你挡了所有的灾你就没事了，你现在经历的一切就是对你错误的惩罚。你只有背着这样的内疚前行，帮助洛洛，帮助更多的人你才能得到解脱。认错不该是结束，而是开始。"

何年的话让靳夕心中重燃起一片战火。若说以前的她是为了自己的名誉和梦想而战，现在的她是背负着原罪，为了赎罪，再苦再累她都不敢放下身上的十字架。

3

浦屯县是西京市下属最大的一个县城，因为毗邻缅甸而占有天然的贸易优势。但也正是因为毗邻缅甸，毒品贸易成了当地一大特色。

在这里，毒品不是什么天方夜谭的东西，而是渗透在他们生活的方方面面，每个人家中都有那么一个吸毒或者从事毒品相关行业的人，有时候甚至一家人都是瘾君子。

靳夕按着何年的线人给的地址找到浦屯县上一个临街的小平房，房门的铁锁上落了一层灰，窗台上立着一张字条："人不在家，有事请打186xxxxxxxx。王秀娟。"

这里确实是王秀娟的老家，但电话拨过去是不在服务区，暂时无法接通。

隔壁平房走出来一个光膀子的大汉，蹲在街边刷牙。他好奇地打量着这个面生漂亮的女孩。"你找阿秀？"

"您认识王秀娟？"靳夕跑过去递上一张洛洛的照片，"她孩子病了，我来找她去看看孩子。"

邻居只瞥了一眼，就漠不关心地继续回头刷牙。"别找了，人估计早死在缅甸了。"

"缅甸？她为什么去缅甸？"

"人穷还吸毒,不去缅甸做事,哪里搞得到钱?"

靳夕心里咯噔一下,看来王秀娟吸毒是真的。她蹲到大汉旁边,给他递了一根烟,手掌微弯护着打火机的火苗给他点火。"大哥,您仔细看看,这娃儿只有五斤重,生下来就患了怪病,现在能不能活就指着秀娟姐一个人。这活要见人,死要见尸不是?您能不能指点一下,去哪儿有可能找到她?"

大汉看这高高在上的小姑娘倒挺通人事,这才接过照片仔细看了一遍。"别说,长得还真像阿秀。唉,你也别怪我冷血,我们这儿多的是这种把脑袋别在裤腰带上吃饭的人,早就做好了随时永别的心理准备。阿秀这么久没回,我心里也有预感,八成是遇事了。你要是不死心就在这儿等吧。"

靳夕是下得硬功夫的人,买了瓶水和面包就坐在王秀娟平房门口等。

等到日落下山也没有人出现,邻居大伯出门淘米,看到小姑娘还蹲在原地,他长叹了一口气。"姑娘,你别在这儿傻等了,把电话号码留给我。阿秀如果回来我就给你打电话。"

"哎,谢谢大伯!"靳夕嘴甜,赶紧跑过去拿出自己的名片,"如果有任何她的消息,麻烦大伯第一时间通知我。"

"你是记者?"大伯看了一眼名片,再看她的眼神就透出一股戒备。

"啊,是的,但我没有恶意。大伯,孩子被丢在医院,性命垂危,我只想找到她的母亲去看她一眼。"

"我知道了,你回去吧。有消息我会通知你。"

"谢谢您!拜托了!一定要通知我!"靳夕千叮万嘱才离开。

大伯拿着名片和淘好的米走回屋子,大娘在屋内埋怨。"让你出去淘个米,菜都做好了,你米还没回,又在外面和人扯闲淡呢!"

他把名片放桌上。"有个记者来找阿秀,不知道是怎么回事。"

大娘表情严肃起来,赶紧放下手里的锅铲跑过去看名片。"我去给阿秀打个电话,让她暂时别回来,说不定是条子收到什么风声来抓她了。"

第四部分 欲望毒液

"没用的,我早上就打过,无法接通,估计是在干活儿。"大伯有点懊恼,"也怪我,今天多嘴跟那小姑娘多说了几句,谁知道她是记者啊?我看她拿着阿秀孩子的照片,还以为是医院的人。"

"不管怎么样,再打打吧。"大娘手握着名片,忧心忡忡。他们两口子也算是看着阿秀长大的,这孩子能吃苦耐劳,脾性又好,可惜命不好,爹妈死得早,找男人眼光也不行,嫁个老公吸毒还打老婆,没想到好不容易熬到老公被抓起,她又走上这条老路。无论如何,他们都不忍心看到阿秀被抓,想要给她通风报信。

靳夕回到招待所,先洗了个澡,就连洗澡的时候,手机都放在浴室里,生怕漏接了电话。

等洗完澡才觉得肚子饿,想起办理入住的时候前台好像提过有供应盒饭,她想打个电话去问问盒饭现在还有没有?

靳夕拿起电话才发现电话坏了,不得已又换好衣服下楼去前台。

她下楼的时候,正巧碰到有客人在登记入住。她就候在一边,等前台小姐忙完。

那个客人看上去有三十多岁,满脸风霜。明明五月已经是暖洋洋的天气,她还穿着一件长风衣,拉得紧紧的,看样子身体很是孱弱。

前台小姐问她:"预定的手机号码报一下。"

"我……朋友帮我预定的,我也不知道他用的哪个手机号。"女人露出为难的样子,"他不是预留了信息姓王,我身份证也给你看了。"

"你还是打电话问下吧,预定的时候客人只说过入住人是王小姐,也没说全名。他已经付了全款,没有手机号码我们电脑就不能登记。"

"好吧,你等一下。"女人在包里摸索手机,手一滑,一部小灵通手机掉到地上。她弯腰去捡,突然倒吸了一口凉气,捂着胸口,手肘撑住前台才没摔倒。

离她最近的靳夕下意识冲上去扶住她。"大姐,没事吧?"

女人咬住发白的唇，努力摇了摇头。

"我扶你去旁边坐一下。"靳夕捡起她落在地上的手机，将女人扶到招待所大厅唯一的一张沙发上。前台小姐赶紧端来一杯温水给她。

女人哆哆嗦嗦从包里翻出一瓶药，就着温水一口吞了下去。靳夕眼尖，瞥见她服用的药是易瑞沙，一种用于治疗肺癌的靶向药。

年纪不大就得了癌症，而且出现癌痛已经是晚期的症状，靳夕对她不由生了一分怜惜。

女人吃过药缓和了一下，靳夕见她面色转红，这才放下心来。"大姐，我就住在2楼，204。你有什么需要帮忙的，随时都可以找我。"

女人憨憨对她点头。"谢谢。"

靳夕肚子咕咕叫起来，她这才想起自己下楼是为了买盒饭。她不好意思地朝女人笑笑，回到前台去问盒饭的事。

"盒饭还有，三十五块。好的，收您五十，这是您的找零。您等等，我去给您拿。"

靳夕在前台等盒饭，隐隐听到女人坐在沙发上压低声音在打电话。

"好好，我知道了。谢谢刘姨，我暂时不会回来，你放心。"

女人先是接了个电话，没说两句就挂断，又打了个电话出去。

"你预订房间的手机号码是多少？"

"嗯。都带回来了，没事。那咱们今晚碰头吧。"

"盒饭来了。"前台小姐叫她，靳夕这才回过神，拿起盒饭上楼去。

靳夕走后，女人重新回到前台："我问清楚了，预定手机号是139xxxxxxxx。"

"嗯。没错，谢谢。这是您的房卡，这是身份证，拿好。"

女人接过身份证，没有注意到二楼楼梯转角处靳夕探出头看到了她的身份证。姓名：王秀娟。

王秀娟拿了206房间的房卡，就在靳夕对面。她的房门刚刚关上，靳

第四部分 欲望毒液

夕的房门就打开了,她拿着热水杯径直走过去敲门。

"谁?"房内的声音很紧张。

"王姐,是我,204房的。我的热水壶坏了,想借你的壶烧壶水。"

门打开了一小半,王秀娟的身体堵在门口,显然没打算请她进去。她把热水壶递给靳夕。

"不用这么麻烦,就在你房间烧好,我倒一杯就行,省得你待会儿要用又得来讨。"

"你拿走吧,我用不着。"王秀娟顺势想把门关上。

靳夕抵住门。"王姐,别急着赶客嘛。夜这么长,我们两个单身女人出门在外,一起聊聊天不好吗?我看你身体不怎么好,一个人也不安全。"

王秀娟已经嗅出了不寻常的味道:"你到底是什么人?"

"我叫靳夕。"

电光石火之间,王秀娟想起邻居刘姨在电话中说的话:"有个叫靳夕的记者来家里找你,你可千万别回来。"

王秀娟想把靳夕推出门外,靳夕已经半个身子挤了进来。"你别急着赶人,我是为了洛洛而来的。我只有几个问题,问完就走。"

王秀娟听到洛洛的名字,身体一滞,让靳夕趁机挤进房间,关上门,背靠着房门将王秀娟堵在了房间里。

"洛洛现在很痛苦,你愿不愿意和我一起回去看看她?"

"我回去又有什么用呢?她不需要一个我这样的妈妈。"王秀娟颓坐在床边,双手捂住脸。

"你怎么能这么说!你如果不想要这个孩子,当初为什么要生下她?又为什么要怀着她去吸毒,让她生下来就受罪。"

"我没有!我也不想的!"她情绪突然激动起来,"我怀着洛洛的时候没有吸过毒,我是一个妈妈,我连吃东西都很小心,怎么会去吸毒!"

也许是因为情绪激动,王秀娟突然腹部剧烈疼痛,抱着肚子在床上打滚。

"你怎么了?又犯病了?你的药呢?"靳夕找出她包里的药,却被她一手打落在地上不肯吃。

"不是……这个药。"

"我刚刚还看到你吃这个药,怎么就不是了呢?那……你忍一下,我叫救护车。"

靳夕捡起王秀娟的小灵通手机想要拨打120,被王秀娟死死拉住。她明明已经痛得满头大汗,手劲却奇大。"不能打!"

"为什么?"靳夕有些气急败坏。

王秀娟抱着枕头,狠狠压向自己肚子。"我不能去医院。你快走……不要管我,等下会有人来。"

靳夕突然灵光一现,反应过来什么。"肺癌会引起胸痛骨痛或者肩臂痛,你却一直按着肚子。你肚子里有什么?"

王秀娟咬着枕头,不回答,也是痛到无法回答。

"你在用身体运毒!"靳夕说的不是问句,结合之前邻居说的,她可以肯定王秀娟是在帮人运毒,才会死都不肯去医院。

"王秀娟是在二楼吗?哪间房?"招待所隔音效果不好,靳夕听到楼梯间有人在说话。

王秀娟刚刚打电话在招待所约见的人,一定是来拿"货物"的毒贩子!

她盯着大门,冷汗从额间流了下来。

4

那两个男人在206门口敲了半天的门没人开。

"没弄错房间?"

"她给我打电话说是这间没错。"

为首的男人回身在空荡的走廊里打量了一番。"妈的,这蠢货该不会

第四部分　欲望毒液

睡死了吧？"

另一个男人马上跑下楼去叫前台小姐上来开门。

房门嘀的一声被刷开，房内空无一人，只有王秀娟脱下的风衣还在床上。

"人呢？！"

前台小姐也很困惑，刚刚她一直在大厅，并未看到有客人下来。招待所只有这一个大门，难不成还能跳窗户走了？

她突然想起来什么："王小姐刚刚在大厅和204的客人说了一会儿话，也许是去串门了？"

204内，靳夕透过猫眼一直注视着外面的情况。王秀娟滑坐在厕所的地板上，手脚被缚住，嘴里堵着毛巾，口中发出呜呜声。

靳夕通过手机短信把这里的情况发给何年。

卧病在床的何年一个激灵坐起身，回复了四个字——"马上报警"！

那边许久没有回复，他也不敢贸然打电话过去，只能紧紧握着手机，盯着黑下去的屏幕。

猫眼里，两个男人懊恼地从206走出来，为首的那个摸了摸光秃秃的后脑勺，竟径直朝她的房间走来。

靳夕被猫眼里突然凑近的大脸吓得一退，敲门声猛地响起。她紧张地看向厕所里挣扎的王秀娟，又看向大门。

急中生智，靳夕冲进洗手间打开淋浴的水龙头，迅速把身上的裙装褪下，淋湿头发，然后裹上浴巾。

她赤脚跑到门口，深吸一口气挂上挂锁，才打开一条门缝："你们找谁？"

"我朋友不见了，你有没有见过206号房的女人？"

"我一回来就在洗澡，没有别人来过。"

男人盯着浴巾下靳夕白皙的胸脯和被蒸汽熏得透红的脸蛋，眼睛笑眯成一条缝。"那就……打扰了。"

男人一转身，靳夕马上关上房门，从猫眼里看到两个男人手一挥下

楼离开了。她这才松了一口气,发现自己已经手脚发软,她双手颤抖着拿起手机拨打报警电话。"这里是浦屯县枫叶招待所204号房,我这里有一个……运毒的人。是,我认识她。我是西京电视台记者靳夕。麻烦你们过来的时候叫上救护车,她状况不太好。"

等警车和救护车开到楼下,靳夕悬着的心才真正放下来。王秀娟已经痛晕过去,被直接送上救护车。

"还要麻烦靳小姐跟我们去一趟警局做笔录。"

"应该的。"靳夕跟着警察走出旅馆。

正在旅馆对面小饭馆吃面的光头看到靳夕上了警车。"妈的,是这个臭女人坏事!打电话告诉老大!"

靳夕做完笔录去医院看王秀娟,她已经将体内毒品都排出,一共四十三包,重达约500克的冰毒。因为胃酸腐蚀,其中一包外包装破损,所以才会造成剧烈腹痛,如果再晚一时半刻,人就救不回来了。

可是就算救回来,以她运毒的数量,不枪毙也至少是无期徒刑。对洛洛而言,父母二人都因为毒品锒铛入狱,她这才开始的一生该怎么走下去?

王秀娟的手被铐在床架子上,她连动一下都痛苦不堪。

看守的女警不禁感慨。"都肺癌晚期了,还跑去运毒,到底图什么?"

是啊,图什么呢?靳夕想起王秀娟痛哭流涕说自己身为母亲不会去吸毒,那到底是为什么走到这一步了呢?

"警官,我想等王秀娟身体好一些给她做个采访。"

"目前案件还没有开始审理,可能不太方便。等王秀娟被正式收押,你再去请示收监地的公安机关新闻部门,还有你领导那里也要出个证明。"

"原来手续这么复杂,还要找领导……"靳夕黯然,猛地想起自己脱险还没有知会何年一声。

她马上给何年回电话,那边人声鼎沸。"何老师,你在外面?"

"嗯。"何年似乎在和旁的人说话,声音听起来有些慌乱。

第四部分 欲望毒液

"你身体不好就别在外面待太长时间。"

"好,你那边的事情解决了吗?"

"都解决了。报了警,王秀娟被送进医院接受治疗,病情稳定后就会收监。我现在也在医院,问过警方了,我们暂时还不能进行采访,需要回台里请付台长出个证明,再去市级公安新闻部门申请。"

"知道了。"

靳夕原以为自己迟了三四个小时才回电话,何年该担心她了,但听他这般淡然的口吻,似乎并没有自己想象中着急,不禁有些失落。"那……我挂了。"

"需不需要我来浦屯接你回来?"何年突然发问。

靳夕愣了一下,忍不住笑了,一只手拿着手机,另一只手食指无意识抠着走廊玻璃上的陈年水渍。"不用了,我自己可以,等我回来就去看望你。你记得准时吃药,复检。"

"好,那你一路注意安全。"

靳夕挂上电话,脸上还有止不住的笑意,心里也甜丝丝的。他刚刚说要来接她的口吻,那么理所应当,就好像她是他的谁一样。

何年站在住院部楼下昏黄的路灯下,看着二楼窗口的靳夕抱着手机傻笑,窗户上的污渍被她的指甲抠出了一个小小的心形。

他之前一直没有等到靳夕的回复,在家坐不住,径直开车赶来了浦屯县。先是去了招待所,得知警察已经把他们带走,又追去派出所,与做完笔录的靳夕擦肩而过。直到靳夕给他打电话,他才刚刚赶到医院。

但靳夕既然想独立完成这一切,他不想突然出现破坏她的成就感。

小县城压不住消息,靳夕怕被报复,招待所是不敢回去了。她在心中盘算了一下,出来时已经将所有贵重物品带了出来,剩下的一些衣物就不要了。现在时候虽然有些晚了,但连夜赶回西京才是最安全的决定。

靳夕从医院出来,门口就停着一辆空的士。

今夕何年

"去西京市区。"她直接上车报了自家地址。

"好嘞。"司机一脚油门,车飞驰而去,随之四面门都上了锁。

尽管半夜路上行人车辆稀少,但这车速着实太快,靳夕觉得心中不安。"师傅,您慢一点,我不赶时间。"

"是吗?小姐不是赶着回家吗?"司机笑嘻嘻地取下帽子,露出了他的光头。

何年看着靳夕上了的士,估摸着她是准备回西京。他也上了自己的车准备跟车回去。

前面的的士车速飞快,何年不过发动车一会儿的时间,就只能看到一个远去的车屁股。他皱眉看着那车绝尘而去的尾气,心中有隐隐不安。

手边的手机振动,显示靳夕的名字,他马上接起。那边只来得及说出一声"何年!"就兀地被掐断了。

"喂。喂?喂!"何年看着被挂断的电话,心中的不安仿佛得到证实。她的声音那么惊恐,他立刻回拨过去,却再也拨不通。

何年拉动手挡,加足马力,车子飞驰出去。

此刻他心中只有一个念头,追上那辆的士,靳夕就在里面。

在第二个路口的时候,何年远远看到了那辆的士停在前面那盏红灯前。他心中一定正要追上去,一辆洒水车突然从横向开出来,阻断了他的路。

何年踩了个急刹,整个胸口撞在方向盘上。他一掌拍在方向盘喇叭上,不停鸣笛。洒水车还是保持着它慢悠悠的速度,放着音乐缓缓从他面前开过。何年退挡,打了方向盘从洒水车尾部开过去。可此时那辆的士早已消失得无影无踪。

靳夕睁开眼睛的时候,在一个类似麻将馆的地方,周围人声鼎沸,让她产生一种身处闹市的错觉,反而没有那么紧张。

一个扎着高马尾三十来岁的女人,双脚踩在凳子上,以半蹲的姿势在打牌。"你能不能出快点?打个牌跟下崽儿一样。"

第四部分 欲望毒液

对面的男人被催促下打出一张八饼,女人面色一喜,做了许久的大番,这正是她要和的那张。

她正准备倒牌,男人又伸手去拿那张牌。"打错了,我换一张。"

女人的脸瞬间拉了下来,以没有人反应过来的速度从腰后面抽出一把匕首插在男人的手指缝中间。"落棋无悔,牌也一样。老九,你有没有点牌品?"

现场鸦雀无声,在场所有人都吃了一惊。

那刀如果偏了半分,他的食指就要被剁掉,而这个老九还是她最得力的助手。没人想到她突然来这一招,老九冷汗冒了出来,慢慢把手移开。"喜姐,我开玩笑的。我就是要打这张。"

喜姐笑开,从凳子上跳下来,把牌一倒:"清一色,庄家自摸两个全中。四百八十一位。承惠。"

喜姐的眼神突然瞟到靳夕身上。"哎哟,我们的大记者醒了?"

靳夕浑身一抖:"你是谁?你们是不是抓错人了?"

周围的人突然笑作一团,仿佛她说了什么好笑的话。

"我是谁?这个问题大记者报警之前没有问过阿秀吗?"

"你是叫她运毒的人?"

喜姐没有回答她的问题,反问道:"你知不知道阿秀身上那批货值多少钱?"

"王秀娟一共带了500克冰毒,按最高市价出售也不超过五十万。对你而言也算不得什么大单,何苦这么兴师动众绑了我来?你要五十万,我可以给你。"靳夕故作镇静想和喜姐谈判,说到底她要的不过是钱。

"阿秀带的是这批货的样品,被你报警拦截,后面两亿的大货都拒绝与我合作。是两亿啊!大记者,你赔吗?"

"只要你不伤害我,我赔。"靳夕马上给予一个肯定的答案。

这回倒是换喜姐愣住了,预料中的回答不该是这样啊。"哟,大记者

好大口气。敢情您家这是有矿?"

"嗯。有。"靳夕实话实说。

喜姐再次被噎住,旁边的人在偷笑,让她下不来台。喜姐一掌拍在桌子上。"拿我开涮是吧?你今儿不把一双手脚留在这儿,就别出去了!"

"喜姐,有人找。"绑走靳夕的那个光头突然跑进来,附在喜姐耳边说了几句。

喜姐听完立马起身。"看好她!我马上回。"

大约半个钟头后,喜姐回来了,手里拿着一份陈年旧报纸。

"原来我们大记者还是名门之后啊。靳大小姐,怪我怪我,把珍珠当石头。"

"你想怎么样?"

喜姐把报纸展开,指着上面靳夕出生时父亲豪赠珠宝的新闻:"满绿翡翠佛牌,我喜欢,就拿这个来换吧。"

靳夕舒出一口气,如果她想要的是这个,事情就容易多了。但就算这块满绿翡翠再值钱也抵不过两亿,她真的拿了这块翡翠就会放过自己?

有人掀开珠帘端着一杯热茶走进来。"喜姐,你的茶好了。"

这声音听着十分耳熟,靳夕循声看过去。一个万万没想到的人出现在帘后——高风晚。

高风晚见到她也是一愣,喜姐将两人的反应尽收眼底。"怎么?阿风认识我们大记者?"

高风晚收回目光,毕恭毕敬地将茶放在麻将台上,自己乖顺地坐到喜姐身边。"从前的客人罢了。"

"那也是缘分。这两天要委屈大小姐在我们这儿住下了,直到你爸爸把佛牌送来。"喜姐拍拍手,有人拖起靳夕往外走。

喜姐把报纸丢在一边:"来来来,我们接着打。手气刚起来。"

靳夕回头看向高风晚求助,他偷偷朝她点了一下头。

靳家收到勒索信都快急疯了。靳红星想都没想就从保险柜里翻出那块佛牌。"他要什么都给他！只要别伤害我们小夕。"

"爸，你别着急。我觉得我们还是应该报警更妥当。"靳辰担忧地拉住父亲的手臂。

"不行不行！你没看信里说如果报警他们会剁了小夕的手脚寄给我们。"

路易斯一直在饭桌上研究那封勒索信。"爸，你不觉得有些奇怪吗？别的绑匪都是要钱，他要一块翡翠做什么？赃物很难流通变现，何况这佛牌都是二十多年前买的，就算惦记也不该到今天才下手。"

"你管他为什么！他喜欢给他就是了！我们只要按信里规定的时间地点去交货赎人就行。"靳红星也算久经沙场，但一遇到自己女儿的事就急了。

靳辰还想再劝，路易斯拉住了她。"听爸的，赎人的事我来安排。"

5

路易斯刚安抚住靳红星的情绪，家中门铃响起。

用人过去开门，看到门外站着四位穿制服的公安，她忐忑不安地回头唤客厅中的主人。"老爷……"

靳红星看到门口的警察，脚一软，回头狠狠瞪住女儿女婿，压低声音训斥他们："你们谁报的警？我不是说了不能报警吗！你是不是想看你妹妹死！"

靳辰眼眶发红，她根本没有报警，就算报了，也是为了靳夕好，父亲居然这样揣测她。

路易斯拍了拍她的肩，安慰妻子："别急，我去问问。"

"请问警官找谁？"

"这里是靳夕女士家吗？我们收到报案，靳夕女士可能遭到绑架，过来是想了解下情况，绑匪是否有联络家人？"

"是谁报的警？"路易斯不答反问，见到警察眼中流露出怀疑的神色，他不得不解释，"我们也是刚刚收到绑匪的勒索信，还没来得及报警

你们就赶到了,所以我们很好奇是谁报的警?"

警察翻看手中的资料:"案子是下属浦屯县公安局反映上来的,报案人叫何年,现在正在浦屯配合调查。"

靳红星气得牙痒痒:"何年?他在这儿帮什么倒忙!"

靳辰搀住父亲,坐到沙发上:"警察介入未必是坏事,爸,我们要相信警方的办事能力。"

他们三个分别做了笔录,陈述接到勒索信前后发生的事。

"靳夕女士平时有什么喜好?有没有得罪什么人?你们猜测这次事有可能是谁做的?"

"她平时就爱写写稿子,也没别的爱好。新闻报道难免得罪人,但不至于到绑架的地步。对了!前段时间闹得沸沸扬扬的李玲玲案,还有人找上门来泼红漆。会不会是那些人?"

"爸,报纸上不是已经澄清过那件事情是何年主使的,也没人再因为这件事骂小夕,同情她的人反倒更多。"

提到何年顶罪的事,知道内情的靳红星闪烁其词。"啊。你说得对……那我也想不起小夕还得罪过什么人了?"

"报案人说您女儿正在查一宗与毒品有关的案子,很可能是遭到犯罪人员的报复。你对此是否知情?"

靳夕去浦屯县出差只说是去采访个什么人,从来没提过和毒品有关。

"我没听说过。"

"这个赎金要求很特别——满绿翡翠佛牌,是不是报纸上登过的那个价值连城的生日礼物?你们觉得绑匪要这个佛牌对绑架者有什么特殊含义?"警察循循善诱,让靳红星仔细回忆过往。

这也正是路易斯最担心的事。当年那场事故中的人都死光了,只剩下一个孩子就是……

"爸,待会儿去书房,我有几句话想跟你说。"路易斯和靳红星说悄悄话。

两人交代清勒索信的事，借口上洗手间离开了警察视线范围。

"有什么事不能当着警察面说？"靳红星不满路易斯这种偷偷摸摸的态度。

"爸，有件事我需要先向你坦白。您还记得当年这块佛牌是怎么来的吗？"

事情过去太久，靳红星需要仔细回忆才能想起个大概。"那是我在缅甸一个玉石展上看中的，想买下却被承办者拒绝。他说这块玉是当地大户珍藏的传家宝，是非卖品。我磨了很多次他也没有松口。那时候你和小辰还在谈恋爱，我都决定放弃了，你突然来找我说你说服对方松口肯卖了。于是我出了一千万让你去买回来，靳夕那会儿刚好出生，我就当作生日礼物送给了她。"

"对不起，爸爸，那翡翠不是藏家松口，其实我是从黑市上买来的。"

"什么？"

"我知道您肯定不会要来历不明的赃物，加上那时候和小辰刚在一起，我想在您面前表现，就撒了个谎说是藏家自己想通了。后来黑市老板告诉我，这块翡翠的原主人一家在一次恐怖袭击中满门被杀，这块翡翠才流落出来。"

"你怎么敢！"靳红星得知佛牌来历被气得脸色通红，"你让我把一块沾满血腥的翡翠送给我女儿做生日礼物！"

"爸，爸……我的错您之后想怎么罚都可以，但我跟您说这件事是为了提供一个重要线索。提到恐袭您有没有想到什么？"

"什么？"靳红星仍在气头上，没有反应过来他指的是什么。

"在林姝的葬礼上，您见到何年和小夕走得亲密，让我去查查他的底细。那份报告中提过，何年的父母都是战地记者，双双死于缅甸战争中的一次恐怖袭击。"

"这能说明什么？"

"他的父母和这块佛牌的主人家死于同一场事故中，而何年是那场恐

袭中唯一的幸存者。"路易斯小心翼翼打探着靳红星的神色。

靳红星慢慢反应过来,又不太相信。"你的意思是小夕是何年绑架的?那他为什么要去报警?"

"我也说不好,但要说绑匪要求用佛牌当赎金,恰巧与佛牌相关的当事人又出现在绑架现场只是巧合,也很难让人信服。"

坐在何年对面的警官接了个电话,本来和颜悦色的态度在接完电话后就有了个一百八十度大转弯。

"何年,我们现在有理由怀疑你和靳夕绑架案有直接关系。请你随我进去接受调查,整个讯问过程需要录像。"

"你们是不是搞错了?"

"我也希望。但你已经被电视台停职,为什么刚好出现在靳夕出差的浦屯县?靳夕最后出现的医院,有人见过你在跟踪她。"

靳夕在医院给何年打电话的时候,何年曾遇到一个上前问路的病人,他一边为对方指路一边防止靳夕听出来他在附近,所以慌乱,格外紧张。

"我不是解释过了,我是收到短信担心才赶过来的吗?"

"那你知不知道绑匪向靳家提出的赎金要求是一块满绿翡翠佛牌?"

何年明显一愣,脑海中闪现出蒙面的军人从死去的尸体上扯下来的一块翠绿,怎么会和这件事有关?

警察也看出他的惊疑,但这种情绪在警察看来更像慌张。"麻烦你进去再和我们解释一遍吧。"

路易斯刚从书房出来又被靳辰拽进卧室:"我刚刚听到警察商量,你是去交赎金的最佳人选。之前听爸爸的意思,应该也是希望你去。"

"嗯。没问题,我去。"

"你等等。"靳辰进衣帽间,推开隐藏格子露出里面的保险箱。她从保险箱中取出一个首饰盒。

靳辰把首饰盒交给路易斯。

"这是干什么?"路易斯不明所以地打开首饰盒,看见里面躺着一块

第四部分 欲望毒液

满绿翡翠佛牌。他露出惊讶之色:"这个怎么会在你这里?"

"连你也被骗到了吧?这块不是真的。"靳辰抱臂轻笑,"小夕不把这块佛牌当回事,我找她借过来戴,就让人复刻了一块。雕工几乎一模一样,但材料不是真的满绿翡翠,是化工材料。"

"你的意思是……"

"到时候爸爸把真的那块交给你的时候,你就把这块换掉。爸爸他太感情用事了,我们必须留有后招。"

路易斯一屁股坐在床上,扶着额头半晌说不出话。

"如果歹徒发现,你妹妹就有性命危险。"

"不会发现的。这个材料仿真度达到百分之九十五以上,就连我爸都不一定分辨得出,更不要说那些外行的绑匪了。"

"但你为什么要这么做?"靳辰虽不如靳夕受宠,但什么样的宝石首饰没有,不可能为了一块翡翠,连自己妹妹的性命都可以拿去冒险。

"这块翡翠市价比当年买的时候涨了何止十倍,我只是不甘心这么好的东西落在那群绑匪手里而已。"

"就这样?"路易斯不太相信这个理由,"你是不是知道什么?"

靳辰背过身去掩盖自己失态的表情。"那些人千方百计想要这块翡翠,我觉得这其中一定有什么秘密,留下来总会有用。你放心按我说的去做,出了什么事我来负责。反正父亲从来也不喜欢我,不在乎多这一件让他生气的事。"

一贯温柔懂事的靳辰流露出任性黑暗的这一面,这让路易斯感觉自己从来没有了解过他的妻子,但也让他更加心疼这样从来得不到重视的妻子。

他拥住她:"好,我按你说的做。小辰,不管别人怎么待你,你就是我最珍贵的唯一。"

靳辰紧紧回拥住他,闭上眼睛,左眼流下一行泪水。

喜姐给的交货地点是一座大桥上,便衣警察伪装的司机开车载着路易

斯上桥。他提着装着佛牌的袋子在桥上游荡了一个小时都没有看到接头人。

正午十二点,绑匪打电话过来让路易斯将袋子从桥上丢下去。路易斯想追问靳夕的下落拖延时间来让警方定位。

对方却早有准备。"再拖一秒钟,我就剁了她的手。"

"别别别!我现在丢。"路易斯看了一眼车中的警察。

对方朝他微微点了下头,他这才将袋子扔下了桥。

一艘快艇从桥洞中穿出来,接住袋子径直朝前开去。两岸埋伏着的警察马上追击上去。

正午十二点正是渡口发船的时间,前面有一大片跨国运输的大货船,快艇驶入,马上消失在货船间。再往前走就是公海,接壤的是缅甸地界。

"队长,跟丢了……看方向是去缅甸境内,一旦快艇开出国境线,我们就没有执法权。"

队长狠狠砸了一拳在方向盘上。

这时,路易斯收到一条短信:"你们报了警,准备收尸吧。"

6

高风晚破门而入,扑到靳夕面前去解她手脚上的绳子。因为手发抖,试了几次都没解开。"我们快走。喜姐收到假的佛牌,正在气头上说要毙了你。"

"假的?怎么可能?我爸绝对不会拿我的性命冒险的!"

"具体怎么回事你如果有命回去再问你家里人吧。"高风晚终于解开了最后一个结。

两人爬起身欲跑,靳夕手脚被绑得发麻,一个急促起身差点摔倒。高风晚搀住她,他的身材高大,几乎是将她夹在胳肢窝下。

高风晚打晕了看守的人,带她抄小道钻进了林子里。靳夕完全没有方向感,只能任由他拉着跑。他好像很熟悉这里的路,再往前跑200米就可以穿出森林，已经可以看见一条柏油马路。"这是哪里？"

"临近缅甸边境，但还属于浦屯县内。我们只要逃到大马路上拦到车就没事了。"

"你带我走会不会有麻烦？"

"你现在才问这个是不是太晚了？"高风晚还有心情笑。

"为什么愿意救我？"

"你不是觉得我这种人没有真心吗？我掏给你看看。"高风晚说得又认真又轻佻，张口就来的情话好像是他的职业病。即便在这个境况下，靳夕也无法把他的话当真。

一发子弹唰地从靳夕和高风晚之间穿过，在旁边的橡胶树上留下一个弹孔。

"Holly shit！"靳夕回头看到一群小混混儿围过来，为首拿枪的那个就是喜姐。

她拿出此生百米赛跑最快的速度往那条唯一的生路上跑。

也许是命不该绝，靳夕看到不远处有一辆的士迎面驶来。她根本顾不了是否会被撞，被撞也比被喜姐抓回去好。靳夕心一横径直冲到车前，司机踩了个急刹，她整个人就趴在车顶盖上。

"你有病……啊！"司机看到拍在风挡玻璃上的一沓红票子，舌头打了个绕。

靳夕庆幸喜姐没有搜她的身，让她留下了钱包。老爸说得没错，钱不能解决所有问题，却可以解决百分之九十以上的问题。

喜姐已经追到路边，靳夕打开后车门坐进去，回头招呼高风晚："快上车！"

高风晚却撑着车门，没有上车的意思，他整个身躯将车门挡得严严实实，让后面的"追兵"看不到她。"跑！"

高风晚砰地将车门关上。

185

司机看到气势汹汹追上来的小混混儿，浑身发颤。如果被抓到，麻烦就大了，不仅他的车不保，连小命都不知道能不能保住。所以他连去哪里都没有问，一脚油门冲了出去。

靳夕趴在后车窗看到高风晚的身影迅速变成一个小黑点。

"手机！"

"什么？"司机满头冷汗，"小姐，你这是得罪什么人了？"

"把你手机给我！"靳夕直接探出半个身子把司机放在前面导航的手机拔了下来。

"喂，公安局吗？我要报警……"

何年还在接受审讯，突然有人跑进来递消息。"靳夕找到了。"

"在哪里！她有没有受伤？"

警察没有时间管他，因为靳夕在报案电话中提到还有一个人质被毒贩抓走了。"这边交给你了，我没回来之前不能放。"

何年只能回到原位等待，他现在已经不是报案人，是嫌疑人。

靳夕被送去医院检查，她的父亲、姐姐也收到通知即刻赶往医院。

虽然靳夕除了受惊过度没有别的问题，靳红星抱着她的时候还是泣不成声。"我的宝贝女儿，回来了回来了。不怕不怕，爸爸在这儿。"

靳辰想到假翡翠的事有些心虚，但还是表露出十分关切："到底怎么回事？你怎么自己跑出来的？"

"爸，是有人救我出来的。"想到高风晚因为自己现在身处险境，她就坐立难安。

"你的救命恩人是谁？"

旁边负责陪伴靳夕的女警听到对讲机里的声音，面露喜色，上前同靳夕说："你说的另外一名人质已经找到了。"

"是吗？他怎么样？"

"听现场的师兄说是挨打了，受了些轻伤，现正在送来医院的路上。多亏你报警报得及时，可能是没想到我们会那么快赶过去，他们丢下人质

第四部分　欲望毒液

仓皇逃跑了。"

"逃了？一个都没有捉到？"

"这个具体情况就不知道了，等师兄回来你再详细问。你现在感觉情况好点，我就给你做个笔录。"

靳红星心疼女儿遭了这么大的罪，替她回绝。"能不能晚些再做笔录？"

女警官露出为难的表情："毕竟我们局里还扣着一个嫌疑犯呢，时间不能拖太长。"

"爸，我没事。警官，你问吧，你们已经抓着嫌疑犯了？"

靳红星和路易斯对望一眼，目光中都有些难堪。

还是女警官回答了她的问题："嗯。根据你父亲提供的证据，你的前直属领导同时也是这次案件的报案人有很大嫌疑。"

"你说的是……何年？"靳夕露出不可思议的表情，"你们一定是哪里弄错了。"

"女儿你别急，先听我说。"靳红星给她解释了何年的身世和那块翡翠的渊源。

靳夕听完沉默半晌，露出痛心疾首的表情。"爸！你怎么能随便去调查别人身世呢？"

"……这不是重点！我的宝贝女儿哟，你想想，绑匪不要钱，只要一块陈年翡翠。又那么巧，本应该在西京养病的何年出现在浦屯。之前他放着台里资深主播都不要，偏选你一个实习生。你都不觉得奇怪吗？他在你身上表现的目的性太强了。"

靳夕不知该如何与父亲解释何年和她亦师亦友的关系，那种惺惺相惜的感情不是三言两语可以解释得清的。"你们太离谱了。我被绑架完全是因为王秀娟的事，你们怎么可以胡乱猜疑到别人身上。警官，何年现在在哪儿？我要去保释他。"

她说着就要下床，靳辰拦住她。"这事交给你姐夫去办就行。你刚逃

过一劫，好好休息一下吧。"

"不行，我要当面向他道歉。人家好心来救我，倒被你们当贼抓。"

"那我陪你去。"靳红星在女儿面前一副委屈巴巴的样子，倒叫靳夕不好再怪罪。"我另一个救命恩人还没到，您替我在这儿等等，确认他没事，我接何老师出来马上就回。"

靳红星赶紧朝靳辰使了个眼色，靳辰明白过来，摇了摇手中的车钥匙。"我开车送你。"

靳夕没有再拒绝，和姐姐一同上了车。

在车上，靳辰惦记着假翡翠的事惴惴不安，试图从妹妹嘴里套话："这几日那些绑匪没有为难你吧？"

"那个朋友一直有暗中偷偷接应我，还不算太糟糕。"

"我真是奇怪……他们为什么会想要一块老翡翠佛牌？小夕，你好好回忆一下，他们有没有跟你说过什么奇怪的话？"

靳夕转头看向正在驾驶的姐姐，脑海中想起高风晚说的那句："你家人送来的翡翠佛牌是假的。"

靳辰被她盯得发毛，连笑容都僵硬了。"怎么了？我脸上有什么东西吗？"

靳夕神秘兮兮地说："姐，我告诉你个事，你先别跟爸说。"

"你说。"

"高风晚告诉我，那块佛牌是假的。喜姐由于这个原因，恼羞成怒差点一枪毙了我。你说爸爸怎么会拿一块假的佛牌来交换呢？"

"不要胡说！爸爸疼不疼你，你自己心里不清楚吗？爸爸怎么可能用假货去和绑匪做交易，一定是那群绑匪自己看错了。"

"我也是这么说的，可是对方好像很肯定拿到的是假货。我就是想不通才跟你商量的。"

听靳夕的语气，对自己是百分之百信任，靳辰心中恢复了平静，面上也坦然许多。"还有一种可能就是父亲和你姐夫当年被人骗了，买回来的就是个假货。"

"这倒很有可能。"靳夕皱紧的眉头逐渐舒展开,"还好和姐姐说了,不然我一个人想得纠结死。"

"无论如何,你记得,家人是最不可能背叛你的人。"

何年坐在空无一人的审讯室里,靳夕推门而入的时候他甚至以为是个错觉。

他腾地站起身,双手微微发颤。"你没事了?"

"嗯。我没事。"她径直奔到何年的面前,看向他的眼里有微闪的泪花。

劫后余生,方知谁最珍贵。这句话用在靳夕身上或许再合适不过。

何年伸出手想要抚摩她的头,却在发丝尾儿就停住,缓缓收了回去垂在身侧,握紧了拳头。最终所有焦急和煎熬只化为四个简简单单的字:"平安就好。"

靳夕知道他是又想起自己的病了。她几乎是不由分说地上前一步抱住他的腰。他的腰很细,之前长期锻炼留下的线条依旧分明,全身不知道是因为生病还是紧张而发烫。

何年张开双手,不敢触碰她,被搂住的腰身发僵发直,只有无奈地轻声唤她的名字:"夕……"

靳夕可以感受到他唇边喷薄而出的热气灼烧着她的脸,语气中夹杂着讨饶的窘迫。这个称呼让她欢喜,她暂且放过他一马,松开了他:"谢谢你千里迢迢来救我。这是第二次了,我欠你的人情该怎么还?"

该怎么还,靳夕心里当然有数,何年却未必肯接受。

"把王秀娟这块硬骨头啃下来就算还了我人情了。"果不其然,他又扯回了工作上。

靳夕无奈耸肩:"对不起,害你无辜被拘。我向你保证,洛洛的案子我一定查得水落石出!"

高凤晚被送来医院的时候,头上身上都是血。那模样把靳红星吓得不

轻,心里暗暗发誓如果这个救命恩人缺胳膊少腿了,他怎么都得养着人家后半生来偿还恩情。

医生说还好都是些皮外伤,血流得多,看着吓人,倒不严重。只是额头上这个口子需要缝针,以这个长度而言,留疤是难免的。

"可惜了生的这张好脸。"医生一边处理伤口,一边替他惋惜。

这话听在高风晚耳里又成了另一番意思,他自嘲道:"您说得对,以色侍人的人破了相还有什么价值?"

靳红星是知道高风晚身份的,又顾及着他男子汉的尊严不便明说。"你千万别这么说。你需要工作的话,靳氏珠宝随时欢迎你。你可是我家小夕的救命恩人!"

高风晚这才想起什么似的,环视四周一圈。"小夕呢?"

"她去公安局保释何年了,马上回。之前都怪我们疑心重,冤了何年被拘留。"

路易斯对他的说法有些不满。"爸,您别被小夕三言两语说动了心,她年纪还小,哪里懂得人心险恶。就算这次绑架与他无关,我看那个何年接近小夕十有八九都是有目的的。要只是为了钱倒还好说……"

路易斯说这话的时候,意有所指地看了一眼高风晚。

高风晚只当不知,偷偷垂下了头。

喜姐逃走之前,是他亲自拎了一把木椅子递到喜姐手上。"砸,朝着头上砸。"

"这……"一贯下手狠的喜姐竟然犹豫了,"意思一下就好,没必要这么逼真吧?"

"不狠一点,又怎么能让她心疼呢?靳家那一家子看谁都觉得是来图他们家钱的,就连靳夕的命都换不回一块真翡翠。戏已经演到这份儿上了,我们只差把火。砸吧。我受得住。"

一把木椅落在头上,饶是早有心理准备,高风晚也站不稳摔到了地上，满脸血汗混着灰尘。周围的马仔又象征性地踹了几脚才四散而去。

靳夕，这场为你准备的好戏，你怎么能缺席呢？

7

靳夕回到办公室的时候，大家都围上来关心她的身体状况。

"你们看，我这不是好好的吗？"靳夕原地转了个圈。

波仔趴在玻璃窗前往下看。"夕姐，楼下那一群人是怎么回事啊？我看到他们送你来上班，把你夹得跟三明治似的。"

靳夕露出一副一言难尽的表情。"故事很长，简而言之就是一句话：有一种危险叫作你爸觉得你有危险。"

初为人父的老曹倒是很理解靳红星："我女儿要是被绑架，我可能一步都不敢离开她。"

"我听说风晚去了你们家公司上班？"幺鸡小心翼翼地试探。这段时间她都联系不上高风晚，去Club问才得知他跳槽去了靳氏。

不管从哪个角度来解释高风晚的事，都有点难以启齿，靳夕挽过她的手。"市公安局新闻部打电话给我说安排了在拘留所采访王秀娟，待会儿我找付台批个条子，你陪我去。我们路上慢慢说。"

幺鸡和靳夕提着机器一出电视台大门，马上有几个壮汉上来要接过两人手上的设备。幺鸡吓得下意识抱紧了怀里的机器。"你们要干吗？机在人在！"

靳夕扶额。"是我家保镖，让他们拿吧。"

靳夕简略地给幺鸡解释了高风晚为了救她负伤，父亲为了报恩在靳氏给他提供了一个虚职。即使高风晚不去上班，这个职位也会给他提供每月基本的生活保障。

"这么说那个喜姐也是风晚的……客人？"幺鸡终于明白为什么靳夕觉得难以启齿。

"也许是吧。他的人脉很广，这次多亏了他。"

幺鸡苦笑，不知道这算什么。"那个喜姐跑掉了，不会对你和风晚报复吗？"

"唉，别说了，不然哪儿来的这些人。"靳夕指指前后夹着她的两辆车。

绑架事件对靳夕影响最大的地方在于她父亲靳红星突然犹如醍醐灌顶般意识到记者是份高危职业。

靳夕被网络暴力的时候，他尚且认为自己可以掌控住局面。这次直接威胁到女儿的人身安全，靳红星说什么也不愿意让靳夕再回电视台了。

"整个深调组的生死存亡都在这一役，何老师不在了，我必须挑起这个大梁。"靳夕态度坚决，要回去上班。这是她对何年的承诺。

"挑什么大梁？连靳家的担子我都舍不得让你挑，你要去挑一个电视台的大梁？你以前总想通过电视台一鸣惊人，变得家喻户晓。只要你开心，我都支持你。但你有没有想过，枪打出头鸟。"

"爸，这回我不是想出风头。这是我的职责。"

"电视台没了你也会转，深调组没了你也不会垮。"靳红星难得地说了重话。

"爸！你根本不明白，这是我的梦想。"

"古话说：儿子穷养，女儿富养。如果你是个男孩，我什么也不会说，让你去撞得头破血流，那是作为男人的使命。但你是个女孩。从你出生的时候，我就跟你妈发誓，我要保护你一辈子不吃一丁点儿苦，所拥有的都是最好的，你能一生平安顺遂就是我最大的愿望。"

幺鸡听到这里露出了十足艳羡的表情，因为李雅夫的存在，她这辈子就没有享受过父母的重视。靳红星对靳夕掏心掏肺的宠爱让她嫉妒。"你爸很疼你。"

"我以前也这么觉得。"靳夕低下头。

"什么意思？"

第四部分 欲望毒液

"你没有发现正是这样的爱,折断了我们的翅膀吗?男孩可以去吃苦、去挑战、去经受磨难,女孩只要安于平凡、好好享清福、坐享其成你的父亲、丈夫奋斗来的一切就好。看上去好像是社会对女孩们的偏爱,实际上那些经受挫折的男孩最终成长成社会各界的顶梁柱,而女孩们的角色只能被局限在家庭中,成为男人们的附属品。"

幺鸡从来没想过这些,在她看来能被人疼爱已经是最大的福祉。

靳夕却说:"儿子穷养、女儿富养就是最恶毒的性别歧视者粉饰出来的美丽谎言。"

幺鸡不由得想到洛洛身上:"你觉得王秀娟如果生个儿子,是不是就不会丢掉他了?"

"不要急着下判断,我们现在不是有机会去找答案了吗?"

"你刚刚说话的语气真像何老师。"幺鸡随口一说。说者无意,听者有心,靳夕脸都红了。

王秀娟比上次见到时仿佛又苍老了几岁,初见时,靳夕估计她三十多岁。看到材料才知道,她只有二十六岁。病痛与毒品已经将她折磨到枯萎。

幺鸡架好机器,从摄像机里看到王秀娟步履蹒跚地坐到画面中唯一的焊死在地上的铁凳子上。

"您是被扔在医院的毒品婴儿——洛洛的生母?"

"是。"王秀娟抬眼怯怯地看了一眼靳夕,看到对方鼓励的眼神她才继续说下去,"我叫阿秀。5月12日我在家生下洛洛,两天后我把她丢到了武警总医院。"

"浦屯县那么多医院,为什么要千里迢迢送来武警总医院?"

"我听人说市里武警总医院的小儿科是全市最好的。我希望洛洛能得到最好的照顾。"

"既然这么关心洛洛,为什么要丢掉她?"

"我养不活!她生下来以后就全身抽搐,哭得嗓音发哑,怎么哄都没

用，只有喝了我的奶之后才会安静一会儿，但过不了两个小时又是这样。我带她去县医院看病，县里的医院刚开始查不出来，后来有一个市里来巡诊的医生告诉我这孩子是'犯毒瘾'了，让我赶紧送去市里大医院治疗。孩子她爸就是吸毒被抓进牢里的，我不知道是不是他对洛洛造成了影响。"

"我们已经问过武警总医院的医生，'毒品婴儿'都是通过母体传播，由于母亲在孕期吸毒造成婴儿刚出生便染上毒瘾。你只说你丈夫吸毒，你有没有吸毒史？"

"我有，可那都是把孩子丢在医院之后的事了！我自知得了肺癌，活不长了，想孩子又想得紧，只有吸那玩意儿的时候能让我不去想洛洛，身上也不痛了，像提前到了天堂。慢慢就戒不掉了……"

"你不仅吸毒，还参与运毒。"

"是。我知道错了。"王秀娟后来听医生说，如果不是眼前这个记者及时把她送来医院，她早就因为肚子里的毒品外包装破裂而死了，"孩子她爸进去前的那些朋友说有门路让我赚钱，我想反正也活不了多久，横竖都是一死，不如拼了这条命给洛洛赚点医疗费。"

"整个孕期，包括你得知自己怀孕之前，你都没有碰过毒品？"

"没有。"王秀娟回答得斩钉截铁，"我肺癌确诊很长一段时间了，加上孩子她爸吸毒被抓，我对这些东西一向忌讳得要命。再说就算我想吸，也得有钱啊。我打工赚的那一点钱，买药都紧巴巴，哪里还有闲钱买海洛因。"

"你服用过哪些药物？"

王秀娟先说了几个常见的治疗肺癌的靶向药。"怀洛洛的时候，不知道是不是压力原因，痛得更厉害了。医生就给我加了一种止痛药，多亏了那药帮助才让我熬过怀胎十月。"

她的话让靳夕灵光一现。海外早有案例，一些没有钱的青少年为了满足毒瘾会购买一种含有可待因的"咳嗽水"替代毒品。这种阿片类镇痛药物是最隐形的"毒品"。

"这个药叫什么名字？"

"霍美康定。"

靳夕听过这个药，是一种由美国引进、近些年在国内大行其道的止痛药，被广泛运用在术后和重度癌痛，具有强效止痛的作用。

霍美康定的止痛功效源于其中一种叫作羟考酮的成分。

羟考酮药片的药效和吗啡一样强，但含量极低，每片只有2.5毫克到10毫克不等。而且在霍美康定出现之前，羟考酮药片常被用在镇痛药剂中，并没有像吗啡那样的成瘾副作用，因此大受好评，被国内、外诸多医院广泛引进。

就是这样一种被认为"能有效减少药物滥用风险"的新型药物让慢性痛症患者对它养成了依赖，并忘记它的本质也是阿片类药物。

如果王秀娟所说属实，她在孕期中从来没有碰过毒品，有没有可能是通过大量服用霍美康定而"被动吸毒"的？

8

记者的工作总是在证实或证伪，得出一个假设往往只是第一步，距离真相尚有一段距离。

当地的药检所不接受个人送检药物，为了证明霍美康定致人上瘾的可能性，靳夕只能带着王秀娟的药去了西京医科大。她有一个表哥叫靳司遇，是医科大专门从事药物检测的教授，有丰富的检测经验。

说起表哥的经历，也是一个传奇。幼时，她在众多表兄弟姐妹中，最喜欢的便是这个不爱搭理人的大表哥。但因为姑母早逝，父亲怨极了靳司遇的父亲，两家走动极少，也有多年不见。她生怕表哥不愿帮她这个忙。

没想到靳司遇得知她的来意后，竟然主动接待了她。"你说的这个问题如果真的存在，会有多少癌症患者在生命最后的时间里还要多遭受一层

折磨。若是碰到王秀娟这样的特殊情况，还有可能影响到下一代。实属大问题，我一定会帮你检测清楚。"

有了表哥的承诺，靳夕放下了心。

一周后，靳司遇打电话通知靳夕来拿结果。

"理论上来说，这个药没有问题。"

靳夕听出他话里有话。"理论上说？怎么说？"

"我着重分析了你提到过的羟考酮成分。霍美康定之前的所有羟考酮类药物，含量都低于10毫克。羟考酮见效快，但药效短。霍美康定为了保证它所宣传的十二小时止痛药效，每片霍美康定的羟考酮含量高达80~160毫克。这个剂量比吗啡更猛，这就造成了患者成瘾的隐患。"

"那为什么你说没有问题？"

"因为霍美康定是缓释药剂。一般即释剂型药物会造成短时间内体内羟考酮浓度剧烈波动，但缓释剂型则可以让药物在较长时间内维持平稳的体内浓度，大大降低成瘾的危险。这类药物见效慢，被用来满足毒瘾的可能性很小。"

靳夕被他那些专业术语绕晕了，一会儿肯定一会儿否定，结论到底是什么？"我不太懂你的意思。你认为霍美康定到底有没有问题？"

靳司遇叹了一口气，指了下自己的办公桌示意靳夕坐下慢慢谈。他从抽屉里取出一堆花花绿绿的图表，靳夕看不大懂，但有一句结论性的话被标粗标红放在显眼的地方："霍美康定的上瘾风险小于百分之一。"

"这是报告结果？"

"不是我的报告，是制药公司给的数据。"靳司遇这才说出他的最终结论，"有问题的不是药，是人。"

"生产霍美康定的制药公司是美国竞康，竞康这家公司最出名的是它的市场营销手段。竞康非常注重对医生的营销，霍美康定这类处方药必须由医生开出，只要说服医生相信它的药效大、危害小，患者就相当于他们的囊中之物了。"

第四部分 欲望毒液

"你的意思是竞康收买医生来推广药物？"

"不，你误会了。贿赂这一招对绝大多数有医德的医生是起不了作用的，这是最低级的做法。竞康的市场营销是顶尖的，在霍美康定刚上市的时候，竞康便拿出五亿的市场预算投入医疗教育中。"

"教育？"靳夕糊涂了，这听起来倒像在做善事。

"对，霍美康定上市的前三年，竞康资助了超过两万场医学讲座，这些讲座都是围绕着痛症管理的演讲培训。我也受邀出席过一次，那些业内的专家在会议上不断解释缓释型羟考酮的优点，当然不会点名霍美康定，但市面上最出名的缓释型羟考酮就是霍美康定。这些表格我也是从讲座上拿回来的，虽然我没有做过抽查调研，但以它的剂量而言，不可能只有1%的成瘾率。"

"我懂了，这些教育讲座潜移默化地让医学界的人相信缓释型羟考酮是治疗癌痛的最佳药物。比起行贿收买，让他们打心底里相信自己是在为病人好，这才是顶级营销。"靳夕豁然开朗，"谢谢表哥！"

"应该的。无论竞康如何宣传，霍美康定始终是阿片类药物，需要小心衡量危害，对症下药。任何试图将此类药物包装成完全安全无害药物的人都是凶手！如果你能报道出来，会让很多病人免受其害。"

得到靳司遇的肯定，靳夕更加干劲十足。"哥，你知道吗？你在我心里一直是个英雄。"

靳司遇当年为了拯救孤儿院那些孩子，以身试药造成终身重疾。这件事靳夕可以跟别人吹嘘一辈子。

靳司遇失笑，拍拍她的头。"你现在做的事，也是个Heroin（女英雄）。"

靳夕从靳司遇的实验室出来，直接去了王秀娟开药的社区医院。

那个头发花白的老医生听靳夕说明来意，气得吹胡子瞪眼："你这是在说我为了赚钱故意给病人开成瘾性药物？这个药是王秀娟自己要求开的！"

"她自己要求的？她一个家庭主妇怎么会知道这么专业的癌痛药？"

"她拿着一张霍美康定一个月免费试药的券来找我给她开药，应该是遵守

医院门口的医药代表发给她的。她那时候挺着个大肚子，每天被肺癌折磨，痛得死去活来。我是看她可怜，这个药又确实好用才开给她的。"老医生觉得自己行医一世的清名被污蔑，脸涨成猪肝红，"人家大公司做过研究的，成瘾性低于1%。就算这个止痛药是我主动开给她的，也没有任何问题！"

"研究？你看过研究报告吗？"

"我……我不用看也知道。人家医药代表能说谎吗？"

靳夕深感竞康的营销已经深入人心，就连有多年行医经验的老医生都深信不疑。"我不是说您故意开问题药害病人，但这个厂商存在隐瞒药物副作用的嫌疑。我希望您能帮帮我。想想阿秀和她的孩子何其无辜，生下来就染上毒瘾，宝宝遭了多大的罪，现在还生死未卜。"

老医生紧抿双唇，沉思良久，才从胸前的白大褂口袋里掏出一张名片递给靳夕："这是之前来向我推销过霍美康定的医药代表的名片。你有什么问题去找他吧！和我没关系。"

靳夕如获至宝，连声道谢，又一阵风似的跑了。

老医生看着夺门而去的靳夕，突然卸下了架子。面带犹豫地问对桌的同事："你说我不会真的好心办坏事吧？"

同事安慰他道："这药又不是咱们进的。既然审批通过，医院进了这个药，咱们只是对症下药，何错之有？"

老医生长叹一口气，纵使问心无愧，终归是毁了一个病人。如果他再仔细一点，再耐烦一点，多关心阿秀的情况，是不是就不会出现这个问题了？

他随即又否认了自己的想法，以医院每日就诊的病人数量和医生人数比，做到对每个病人关怀备至是不可能的。阿秀之殇好像是必然的。

靳夕可不认为王秀娟母女的伤痛是必然事件，她抬头看着面前这栋普通销售员绝对负担不起的别墅楼，心里有自己的答案。

有人踩着别人的尸骨建起洋楼，躺在他人的苦痛上睡得安稳，那就让她来喊醒这群装睡的人！

第四部分　欲望毒液

9

张宏亮从去年起就不在竞康上班了，他退下来的时候已经是竞康的中层干部，早就不用像早年间做医药代表时那样逐家逐户去向医生推销新药。但他仍然毅然决然选择从竞康辞职，自己开了家茶楼。

"我不从那里离开，我没办法睡着。"张宏亮如此告诉靳夕，"我知道你是谁，我在你爸爸那里买过几次东西。如果是你，我想还有机会。"

靳夕从见到张宏亮就发现他和他的妻子身上都佩戴着靳氏的珠宝，都是些例如蜜蜡、砗磲之类的中式款首饰，这些款式近年来颇受中年富豪的喜欢。张宏亮所佩戴的墨玉不算顶级，但也是中上等的。能让她父亲亲自接待的客户，总有些门路。

"有机会干什么？"

"有机会扳倒竞康。"大概是做过销售的原因，张宏亮说话掷地有声，颇有说服力。只是靳夕都没想到，竞康给了他泼天的财富，却让他恨之入骨。

"你为什么要这么做？"

张宏亮拿起客厅茶几上的相框，指着上面的一个五六岁大的小男孩问："可爱吗？我儿子，今年六岁了，如果还活着的话……"

靳夕没有接话，张宏亮自顾自地说下去："可能是报应吧。我昧着良心说了那么多谎，最后我自己的孩子死于癌症。你知道最可笑的是什么吗？为了减轻他的痛苦，我从公司拿了霍美康定给我儿子服用。没想到却让他遭受到双倍的痛苦，最后走也走得不安生。"

"我跑去质问公司领导：'不是说这药很安全吗？不是说上瘾率只有1％！'他竟然恬不知耻地笑着对我说：'也许你儿子不巧就是这1％呢。'同事们也来安慰我：'算了，都知道那1％是哄鬼的话，你怎么还

当真呢？'他们说得对，我揣着明白装糊涂，我抱着侥幸心理以为不会那么倒霉，最后害了自己的孩子。"

靳夕一时无言，让她说出同情的话未免有些强人所难，但稚子何辜。"我为你的孩子感到抱歉。你既然知道这药有问题，为什么不起诉？"

"一个人面对一家跨国制药公司，你知道难度有多大吗？竞康的背后是一整队行业最顶尖的律师，可以用一万种方法让它胜诉。"

"因为难度大就放弃？"王秀娟身患绝症尚且会为了自己的孩子铤而走险，张宏亮的条件相对又富裕得多，为人父母，对自己的孩子怎么会轻言放弃？

"我没有放弃，我是在等待时机。"张宏亮目光灼灼地看着靳夕，像抓住救命稻草。从那通匿名电话告诉他靳夕会为了竞康的事来找他，他就知道时机到了。

靳夕不喜欢这种感觉。对方知道她作为记者和靳红星女儿的双重身份，想利用她的笔挑起舆论和她父亲的势力支撑来打赢这场仗，完全是自己不想做出头鸟，便拿她来挡枪。但为了洛洛和更多的受害者，她不得不做这个挡箭牌。

"你仔细和我说说竞康是怎么在国内推广这种存在隐患的药的。"

"霍美康定在国内刚刚上市的时候，竞康扩招了超过一千人的医药代表，我就是其中一员。一个卫校刚毕业、找不到工作的大学生上了竞康的培训课，摇身一变就成了医疗专家。这一支庞大的医药代表队伍，每天拿着印着产品商标的各种小礼物和宣传册奔走穿梭在各大医院和小诊所里，向医生们推销介绍这种'具有时代突破性的新药'，我们被培训要吹嘘这是一种可以缓解各种疼痛的药物，不仅是癌症和术后疼痛，日常的牙痛、头痛、关节痛、各种内外伤痛都可以有效缓解。"

靳夕听得心惊，因为一旦这个药被推销至治疗癌痛以外的其他的痛症，服用的病人将大幅增加，因此而染上毒瘾的人也会大幅增加。

第四部分 欲望毒液

"那时候其他医药代表削尖脑袋都在和大医院的高层套关系,因为大医院利润高,一旦合作,营业额最少都是以千万计。但我从农村出来的,我知道农村的医疗水平和知识有多落后,又有多容易被说服。要知道大医院标准都非常严格,医生专业度也不是我这样半吊子能糊弄过去的,所以我把目标锁定在城乡所有小诊所、社区医院和游医身上,或许我跑一百家小诊所都比不上别人谈成一家大医院,但跑一千家总能超过。事实证明我是对的。"

看现在霍美康定在治疗痛症上的覆盖率和张宏亮的身家,靳夕就知道他所言非虚。"一个医药代表从这一种药上的盈利可以达到多少?"

"给你作个比较吧。在这种药上市前,销售业绩最好的医药代表一年可以分到四五万的个人红利。但我凭着销售霍美康定这一种药,一个季度拿到了十万,美金。"

靳夕咂舌,竞康不是傻子,招收了千人团队,为了避免付出太多红利,一定事先设置了很高的业绩目标。但张宏亮依然拿到这可观的红利,就证明这个药的实际销售额远超过预设目标。

"上千医药代表中,就没有人质疑过这么强势的营销手段用在一个阿片类药物上吗?"

"有。我们中间有一个医学硕士在视频会议上质问竞康亚太区的总裁钱进,有没有考虑过阿片药物副作用的风险,你猜钱总是怎么回答的?"张宏亮冷笑,"钱总说,我是商人,不是医生,这个问题你应该去问医生。"

"是不是很好笑?在座那么多正儿八经医学院毕业的医生或者准医生,谁都知道这是颗滥用药物的定时炸弹,但大家都揣着明白装糊涂,想把皮球踢给别人。有良知的都离开了,剩下的就是像我这样没良心的。"

"选择离开的人,没有向外界透露过这些信息?"

"当然有啊。我之前说的那个硕士,到处写论文写专栏写短评批评霍美康定,可是那有什么用?没有竞康的资助,他们的声音太小了。竞康花

了那么多钱请专家学者去演讲、宣传、做广告，和那些人对抗，就像一个普通人和一个拿着高音喇叭的人吵架，你说观众会听到谁的声音？所以现在市场上、业界里都是对霍美康定有利的评论。"

采访到这里，靳夕大概能理解张宏亮的无力感了，能和这样的公司对抗的只有公权。

"除了医疗机构，针对病人，公司也有一套方案。说来还是我造的孽。霍美康定的定价较其他止痛药虽然已经算偏低，但我提出农村还是有大量病人用不起药，公司可以做一些赠药活动。所以公司在那些乡县的社区医院门口都派了代表发免费试用券。"

靳夕想起老医生的话，王秀娟就是领了这样的试用券主动找他开药的。"你知道毒品婴儿洛洛的故事吗？"

"报纸上看过。"张宏亮并没有想过这个案子和自己有什么关系。

"她的妈妈就是服用霍美康定上瘾的受害者，洛洛也是。"

张宏亮震惊之后是漫长的沉默，他就算不是始作俑者也是帮凶，这一点不会因为他的孩子受害而改变。

"我们会专门做一期节目以洛洛为切入点来报道霍美康定的事，你愿意上电视吗？以曾经的医药代表的身份。"

"声音和图像可以马赛克处理吗？"

"原则上是可以，但你要知道一个完整的形象，包括面容和声音会让观众产生信赖感，也让你的话更有可信度。"

即使经历了丧子之痛，张宏亮本质上仍是个精致的利己主义者。既想为孩子讨回公道，又不愿意牺牲自己一点名誉。

"你让我好好考虑一下。"

靳夕从张宏亮家出来时天色已黑，保镖已经将车开到面前，迎她上车。

调查进程颇为顺利，她想给何年汇报一声。近来忙于洛洛的案子，无暇分心，竟与何年一句话都没说过，是时候去探望一下，也不知道他最近病情如何？靳夕同司机吩咐道："去华景公寓。"

第四部分　欲望毒液

司机回头，一脸为难。"可是小姐，老爷说等你忙完工作让我们接你回家用餐。家里今天请了重要的客人。"

"重要的客人？"靳夕正想打电话回去问问，父亲的电话抢先打了过来。

"小夕，还没忙完？"

"刚结束。爸，家里来了什么重要客人？"

"你的救命恩人呀。你之前说要好好感谢别人，但一投入工作就什么都不记得了。我看今天是周五，就邀请他下班一同来家里做客。你还没有正式感谢过人家，这回无论如何不能缺席。"

"靳总，没事。小夕如果有工作，不要勉强她。"靳夕听到电话那头传来高风晚的声音。

"没事，我已经忙完了，马上回来。"原来父亲的重要客人是高风晚，靳夕觉得自己确实浑蛋。之前怀疑人家别有居心，人家舍命相救后，自己嘴上说要好好报答，实际又将他抛之脑后。

她只好在车上给何年发了个短信："调查一切顺利，你放心吧。最近还好吗？"

手机叮地响了一声，一只白皙修长的手从蓝色的塑料椅上拿起手机，颜珮看了一眼短信内容，愤愤地删除了短信。"死都快死了，还好个屁。"

她抬头看向手术室紧闭的门，今晚发生的事还让她心有余悸。

自从何年有艾滋的新闻曝出来之后，她已经很久没有找过他，还是一次同学聚会，她有个同学是武警医院的医生，聊天中无意说起："报纸上写那个记者是艾滋根本就是乱讲，人家得的是类艾滋病，两者差得远了。我们科室的郝医生是他的主治医师，我再清楚不过了。"

颜珮细细问了这种病症，才发现自己是上了何年的当。他宁愿拿艾滋病当挡箭牌，都要将她拒之门外。再想深一层，比这更让她生气的是，何年自曝有艾滋完全是为了给靳夕打掩护。

他怎么对她冷淡她都可以忍受，至少他对别人也是如此，没有特别好

也没有特别坏,这就代表她还有机会。但半路杀出个靳夕,让他有了一个例外,这让颜珮无论如何都无法接受。

他真的不记得当年的事了吗?

颜珮比何年大一岁,但读书晚,所以和何年是同届。

十岁那年,颜珮来了初潮。她本来就比同班同学大一岁,又发育得早,当时班上没有一个女孩子和她一样。她自然成了异类,被大家嘲笑。

那天她还穿着件白裙子,一屁股的红色都渗到了椅子上。

大家围着她取笑,那个年纪的孩子是恶毒而不自知的。她们说电视里说的女孩子只有第一次发生关系的时候,才会出血,问她是不是和男孩睡了觉。

颜珮怎么哭怎么解释都没人听,她知道自己没有,但父母也从来没有教过她有关月经的知识,她心里又惊又怕自己是不是得了什么绝症?是不是快死了?

是趴在桌子上睡午觉的何年,一掌拍在桌子上,止住了大家的笑声:"吵死了!你们到底有没有常识?女孩子来个月经大惊小怪。"

何年的父母是走南闯北的记者,对何年的性教育也从不避讳。他站起来推开围着颜珮的同学,把校服外套脱下来丢给她:"围上。我帮你和老师请假,你先回家。"

被吓傻的颜珮只有呆呆点头,按他说的做。至少她知道自己不是得了绝症,听何年的语气这种症状应该很正常。

"笑笑笑,笑屁啊,过两年你们都会来,现在笑话别人。"何年说话很粗俗,在学校跟个小霸王一样。但大家都服他,大概对于一个小学生而言,他的见识已经远远超出了他们的认知范围。

何年经常请假,因为他要和他爸妈去各个国家各个角落"探险",大家都羡慕他的生活。

最后一次在学校见到何年的时候,他说他要和爸妈去缅甸,从此就再也没有回来学校上课。

第四部分　欲望毒液

那张靠窗的课桌空了一个学期，颜珮每天都擦。桌子里有一支用了一半的铅笔，颜珮小心翼翼收藏了起来。第二个学期开学，那张桌子就被挪到垃圾桶旁边去，直到毕业。

在西京电视台的重逢，颜珮以为是天赐良缘。她在等他认出她是当年那个"红裙子"女孩，可他始终没有认出来。

就连原先活泼开朗的性子都改了，变得阴郁而内敛，眼里除了工作什么也装不进。她想或许是父母的遇难导致何年性情大变，所以她一直耐心地等。直到靳夕的出现，她才知道原来有些人不是不可以温柔，只是这温柔不会给你。

她电话轰炸何年要找他说清楚，原本说要去他家找他，但何年不愿意她到自己家来，就约在了楼下的咖啡馆。

何年来的时候脸色不佳，明明都六月的天气，他还裹着一件针织开衫。他在店外就看到颜珮，隔着落地玻璃窗和她抬手打了个招呼。

颜珮嘴边的笑容还没来得及收起，几个手里拖着铁管的年轻人突然围了上去，不分青红皂白对何年一顿猛打，打完就跑。整个过程不到两分钟。

颜珮惊呆了，一边跑出去一边手颤抖着报了警。

警察抓到了肇事者，对方说是为了李玲玲抱不平。上次在电视台停车场也是他们做的，没得逞又在何年家楼下蹲了半个月，终于等到他下楼。

几个年轻人根本没在怕的，吊儿郎当地走进拘留所："大不了就是刑拘一周，算什么。"心里还在美滋滋想着出狱后的英雄形象。

颜珮随救护车来了医院。医生说外伤都是其次，关键是他身子本来就虚，全身骨骼感染，持续高烧不退，情况很危急，推进手术室急救，现在还没消息。

手术台上的何年，打了麻醉仍然眉头紧皱。他又梦见了那天的事。

缅甸当地有风俗在婴儿出生的三日内，要请德高望重的长者为婴儿起名。他的父亲受邀为新生儿举行起名仪式。

梦里父亲和母亲站在人群正中央，四周响起热烈的掌声。

房东太太将手里的婴儿放入父亲怀里，父亲抱着孩子径直走到天房前，面向天房站立，从口袋里拿出早就准备好的枣子，将枣子嚼碎后的一点枣泥放进婴儿的嘴里，并在婴儿的耳边念出事先写好的"外班克"（宣礼词）。

念完后，象征性地对着婴儿的右耳上轻吹，然后再念"内班克"（成拜词），接着对左耳吹气。

吹气象征着把"伊玛尼"之光注入婴儿体内，从此指引他走正确之路。因着这种共同的信仰，这一幕显得格外神圣。

"我宣布，这个孩子名为敏加，命运会赐予他忠实正直的美德，让他成为父母的荣耀。"

靳夕家的晚宴，高风晚坐在靳夕对面，他得体地将面前的牛排切成等份推到靳夕面前，又将她面前那盘被戳得满是洞洞的牛排拿到自己面前。

"谢谢。"靳夕无心吃饭，拿着叉子无意识地在牛排上戳了很久。高风晚替她切好了，这让她这个主人家倒不好意思了。

"风晚的家教一定很好。西餐礼仪都这么熟练。"路易斯夸他，靳红星也跟着夸奖："父母优秀才能教出这么好的孩子，小高，你父母是做哪一行的？"

靳红星本来是习惯性地为女儿打探情报，被靳夕狠踩了一脚。她朝父亲挤眉弄眼示意他别问了。

高风晚放下刀叉，很礼貌地微笑："没关系。靳总，我父母去世了。他们生前也是做珠宝生意的。"

10

饭席间，靳夕一直在看手机。何年平时都是秒回信息，这回过了这么久都没有回信息。她有点担心。

"你有心事？"高风晚何其通透的人，故意点破靳夕的小心思，反让她没办法继续思想"开小差"。

"没有。"靳夕放下手机，向高风晚举起酒杯，"从浦屯回来，一直没有时间好好谢谢你。以前是我误会你了，对不起。"

"没关系，习惯了。"高风晚假装不经意撩拨了一下额发，露出额间的伤疤。见靳夕眼中惭愧的神情更甚，他马上以退为进，"开玩笑的。靳总给我提供了一份这么好的工作，我也算因祸得福。"

"别靳总靳总地叫了，你和小夕是同年生的吧？但我还有小辰，所以我肯定比你父母年纪大。你叫声靳伯伯，我也受得起。"

"我也有个哥哥，比靳辰姐还大。"

"欸，以前从来没听你说过。"靳夕有点好奇地看向他。

高风晚故作神秘地举杯一饮而尽。"关于我，多的是你不知道的事。靳小姐有兴趣了解一下吗？"

"哈，自恋狂，我才不想知道呢。"靳夕嘴里骂着他，说话时身体却自然地朝他的方向倾斜。这是亲密和信任的表现，至少她现在已经真的把他当朋友了。

一阵急促的手机铃声打断了他们的谈话。靳夕瞥了一眼手机，是个陌生电话。

她接起后，面色却逐渐沉重。

"出什么事了？"高风晚正色关切道。

"王秀娟肺癌发作，全身脏器衰竭，下了三次病危通知书，可能熬不过今晚了……"

"谁打的电话？"

"看守所那边打来的，说她现在清醒过来，想见我。风晚、爸、姐、姐夫，我现在出去一趟，你们慢吃。"靳夕起身抓起包要走。

"这么晚了，让保镖跟着你！"靳红星被这风风火火的女儿搞怕了，在身后追着喊。

"靳伯伯,我跟着去吧。"高风晚已经穿戴整齐跟在后面。

靳红星看了一眼高风晚。"好,你去我也放心点。"

两人并排坐在车后座,靳夕绞着手指头坐立不安,恨不得车马上飞到医院门口。

高风晚拍了拍她的手背:"别着急。"

靳夕感受到大手温暖的温度,勉强勾起一个微笑朝他点了点头。"只是不知道她最后想见我是想说什么?"

"她最放不下的应该是孩子吧。"

靳夕灵光一现,洛洛。对了!她一定是想见洛洛一面。

靳夕马上抓紧时间给武警医院打电话协调,那边同意由专业医护人员带孩子跑一趟王秀娟所在的中心医院。

靳夕去的时候,王秀娟躺在病床上已经奄奄一息,病得只剩一把骨头。狱警没有给她再戴手铐,这让她显得没那么拘束。

看到靳夕进入病房,王秀娟眼睛亮了一下。她颤巍巍朝靳夕伸出了手:"记者小姐,你来了。"

"嗯!我来了,你再坚持一下!洛洛也在来的路上。"

"洛洛,洛洛……"王秀娟口中呢喃着她的名字,说不出来是高兴还是难过。为了见她这个将死的人,孩子还得受一趟颠簸的罪。她不是个合格的妈妈。

"虽然我知道提出这个要求很厚脸皮,但我不想看到洛洛在我死后被送去孤儿院。记者小姐,你能不能……能不能替我照顾她?"

"你是说要我领养洛洛?"靳夕有些震惊。她想过资助洛洛治病,或者各方面给她提供帮助,但领养一个孩子,尤其是一个不健康的孩子,这是要对她负责一辈子的事,靳夕真的一时之间无法回应她这个请求。

"我老家的房子衣柜里有件红色大衣,大衣内口袋里有本存折。里面是我为洛洛存的一点钱,密码是洛洛的生日。我死后,隔壁刘姨两口子会

第四部分 欲望毒液

为我来收尸。我已经叮嘱过让他们把存折带给你。"

"这不是钱的问题，我……"对于一个未婚的女人，养育一个孩子是怎样的责任，靳夕不敢想象。

"对不起，我知道自己很自私。但我查过很多资料，孩子这个病……就算她能挺过现在的阶段，长大后还有很多后遗症，需要接受特殊教育。其实刘姨两口子肯替我领养洛洛，但洛洛渐渐长大他们也没有能力照顾。我只能求你，只能求你了！"

"那孩子的父亲……"洛洛父亲因为贩毒，被判了终身监禁，但他仍然有权利安排亲友照顾洛洛。

"就算他出狱，也千万千万不要把洛洛还给她父亲。从他贩毒被抓，这个人就已经放弃了洛洛的抚养权。洛洛和他没有任何关系！"

王秀娟谈起自己丈夫，恨得咬牙切齿。如果当初不是这个男人不负责任成日在外吸毒闹事，回家就对她拳脚相加。她也不用一人身兼数职，起早贪黑打好几份工，落下这个病。如果不是这个病，她也不会服用霍美康定，不会害洛洛染上毒瘾，更不会铤而走险去运毒。

她的一生都被这个男人毁了，她不希望洛洛再重蹈覆辙。

"求你了，求求你……"王秀娟挣扎着从床上爬起来，因为没有力气摔到了床下，半趴半跪着给靳夕磕头，"求求你！救救洛洛。"

一个母亲临死前泣血诉求，让靳夕实在是无法拒绝。"我答应你。你快起来，我一定尽全力照顾好洛洛。"

"真的？"披头散发的王秀娟惨白的脸上终于露出一点满足的笑意。

靳夕想扶起王秀娟，发现她已经全身脱力，出气多进气少了。

靳夕拍打床头的急救铃，比医生更早进来的是抱着洛洛的高风晚。

"洛洛来了。"

洛洛从进来就在号啕大哭，她的哭声让眼睛将闭未闭的王秀娟努力睁大了眼。

高风晚跪在地上，将臂弯里的婴儿凑在王秀娟面前。靳夕托着王秀娟的头，让她能看得清楚。

像是能感受到这个房间里的悲伤，她的孩子哭得小脸通红。

"其实……她的名字叫……雪莹。"王秀娟用尽最后一丝力气抬手想摸摸孩子，手在触摸到她脸颊的一瞬垂了下去。

生命的最后一刻，她的灵魂仿佛穿越回了查出有孕的那一天。她坐在肮脏阴暗的小巷里，洗刷着面前仿佛永远刷不完的盘子。她的丈夫刚刚抢走了她这个月剩下的最后一点钱，还赏了她一个耳光。

这日子真的过不下去了，王秀娟抬头看向天空，她的人生就像这灰蒙蒙的天，好像永远不会亮起来。

这时候，一片雪花轻轻地从她的鼻尖飘到她的手背上。王秀娟抬起手背，仔仔细细地瞧，原来雪花真的是动画片里那样的六角形，晶莹透明。

王秀娟摸摸肚子，心想，如果生个女儿，就叫她雪莹吧。希望她的人生能够像雪花一般，洁白，晶莹。

从医院出来，高风晚以为靳夕会哭，毕竟刚刚经历一场母子生离死别的画面，连他都有些动容，偷偷抹了眼泪，但她没有。她整个人只是呈现出一种很木讷的状态。

"你在想什么？"

靳夕像突然回过神一样，停下脚步转身看向他。"高风晚，你知道吗？我有一个女儿了。"

"嗯？"

"虽然有点突然，但给你介绍一下，这是我的女儿，靳雪莹。你是第一个认识她的人。"靳夕指着前面被护士抱上救护车的孩子。

高风晚消化了一下才反应过来是怎么回事。"你疯了吗？"

靳夕挠挠后脑勺，有点懊恼。"连你都是这反应，不知道回去我爸和我姐会怎么想。"

第四部分 欲望毒液

在高风晚看来,记者不过是一份工作,再共情共感,收养当事人的孩子还是太过分了点。"你怎么想的?不管王秀娟怎么求你,要照顾一个毒品婴儿,这个责任实在太大了。"

"我知道。我也说不清怎么回事,我当时脑子里只有一个想法,如果是何老师,他会怎么做?我想他的答案跟我一样。"

"……"高风晚沉默不语,他想起何年,同样地感慨,"那个疯子,确实……"

靳夕八卦地凑上去:"听你口气,好像很了解他。"

"我更想了解你。"高风晚巧妙地化解了她的提问,"既然我是第一个认识靳雪莹的人,不介意的话,让我做她干爸爸吧?"

"好啊,雪莹她爸。"靳夕随口一句玩笑话让高风晚一愣,她没有意识到她这句话有多暧昧。

两个未婚男女,成了同一个孩子的爸妈。

最后靳夕不顾靳红星反对,以迅雷不及掩耳之势办理好了领养手续。

以洛洛这个代称所展开的毒品婴儿案调查结果如期搬上了荧幕。这一期节目就叫作《欲望毒液》,用的导语是当初日夜游神寄给何年的话:"当欲望浸透血液,乳汁会变成毒药。"

洛洛在医院接受治疗时撕心裂肺的痛哭;王秀娟身患绝症还为了女儿铤而走险去运毒;张宏亮在节目直播中有理有据地对竞康营销手段的控诉;社区医院的老医生悔不当初留下一封辞职信,引咎辞职——每一个镜头都让观众默然,原来我们,乃至我们的下一代,都在这样不知不觉中就被置身于随时可能染上毒瘾而不自知的阴霾中。

节目一经播出,在社会上引起轩然大波。

竞康因过度营销,虚假营销,隐瞒(谎报)药物副作用被处以七亿元巨额罚款,霍美康定也被禁止在国内流通。

一则报道达到了前所未有的影响力,对这个行业乃至整个社会都是一场地震。

省委宣传部看完这则新闻，点名表扬了西京电视台和整个深度调查组，并称深度调查组是新闻业的良心，是电视台必不可少的一环。以极大的赞誉肯定了他们的工作。

如此一来，西京电视台的高层绝口不提解散深调组的事情了，悬在深调组头上的这把大刀终于被挪开了。

靳夕激动之余，突然觉得少了点什么。

"何老师这段时间都没来台里吗？"

幺鸡、波仔和老曹面面相觑，面露为难的表情。

"你们怎么这副表情？"

幺鸡斟酌着用词："那个……小夕，何老师入院了。"

"什么？什么时候的事？他的病恶化了？"靳夕从座位上跳起来。

"嗯。之前动了次大手术，他怕影响你做节目，让我们都别告诉你。"

"真是荒唐。他在哪个医院？我现在去看他。"

波仔嘴快，直接蹦了出来："还在武警医院。小夕姐，你最好……"

"别去"两个字还没来得及说完，他就眼见着靳夕踏着8厘米的高跟鞋飞奔出了办公室。

"女人都有这项技能的吗？平地瞬移？"

幺鸡朝他翻了个白眼。"你就大嘴巴吧，我看你之后怎么死。"

11

"请问何年是住在哪间病房？"靳夕站在护士台前面询问。

"你是他什么人？"

"我是他……同事。"靳夕犹疑了一下，发现也只能如此自称。

"嘿，这不是靳记者吗？"穿着白大褂的郝医生从旁边路过，看到熟面孔又倒退了几步回到靳夕面前，"今天不是来打我的吧？"

上次新闻报道的事，靳夕误会是郝医生泄露了何年的病情，冲上门来

第四部分　欲望毒液

兴师问罪，没想到闹了个大笑话，幸亏郝医生没放在心上。

"郝医生，您真是的，我都给您道过歉了。我那不是关心则乱嘛。"

"何年这回住了这么久的院，你怎么才来啊？"郝医生从护士台里拿出病历本，"刚好要查房，我带你去吧。"

"谢谢。我这阵子工作忙，刚知道何老师住院的事，他现在情况怎么样？"

"之前他是全身骨骼感染引发的发热昏厥，手术抢救回来了，但这种病就像我之前和你说过的暂时没有治愈的办法，只能用抗生素控制着。他的免疫力太低，任何感染对他来说都可能危及生命。"

两人说着说着就走到了何年的病房门口，靳夕背对着门看不到里面的情况，反而是郝医生侧头透过门上的玻璃向病房里看了一眼，用揶揄的口吻说道："我之前看你气势汹汹一副要杀人的样子来找我麻烦，还以为你们俩是一对。"

靳夕羞涩地将鬓边的头发挽到耳后。"说什么呢。不是……"

"我知道是我误会了。你进去看他吧，我先去巡房。"郝医生都没给她说完的机会，就先行一步。

"哎！这人怎么回事啊，都不给人娇羞一下，就直接替我否定了。再多坚持一下，我不就承认了嘛。"靳夕低头碎碎念，转身推开了病房门。

推门进去的一瞬间，靳夕以为自己走错了房间。

床边是一个窈窕女人的背影正半佝着身体靠近床上的人，两人的姿势好似在接吻。

"对不起，走错了……"听到声音，女人回过头来，竟然是颜珮。

"哟，今儿什么风把我们靳大记者吹来了？听说你父亲最近跑得勤，付台长这次准备把你正式提拔到深调组组长的位置。何年你呀，恐怕想回去也没你的位置了。"

"没有的事，付台长说只要何老师身体允许，随时可以回来报到。深调组的组长永远是何老师。"

靳夕怕何年误会，赶忙解释。何年却无心听，只朝向颜珮说话："珮，我想喝粥。"

颜珮为了何年抱不平，靳夕是理解的，但何年的突然冷淡却是靳夕始料未及的。而且他刚刚称呼颜珮那么亲密，她不敢深想这些天到底发生了什么。

颜珮嗔怪道："先前劝你喝你不肯，现在粥都冷了，我去温一下。"

"嗯。"

颜珮捧着保温盒一步三回头，十万个不愿意让这两个人独处一室。

见颜珮走远，靳夕才开口："何老师，前阵子为了洛洛的案子，我没时间来看你。你住院我都是刚刚才知道的，你不会怪我吧？"

"当然不会，深调组的事才是最重要的。"

"你听说了吧？省里表彰了我们深调组，这下子台里那些领导绝对不会再提解散深调组的事了。"

"嗯，听说了，你做得很棒。"何年的语气淡淡的，和靳夕想象中相拥而泣的场景相去甚远。

她甚至想过，等这件事告一段落，就向何年表明自己的心意。"我没有辜负你的期望，何老师，我那么拼命，就是不想让你失望……"

"小夕，"何年打断她的话，"我和颜珮，我们在一起了。"

"什么？"

"我和你只是同事，我不想让你误会什么。"何年有种胸闷喘不上气的感觉，暗暗深吸一口气才能继续说下去，"当初选你进深调组是相信凭你家的势力可以保住深调组，你也做到了。我之前对你的特别照顾都是基于对深调组安危的考量，除此之外，没有别的意思。"

靳夕沉默了足足半分钟，才挤出一个难看的笑容。"何老师，你说什么呢，说得好像我对你有意思似的。"

"没有就最好。"何年捂唇轻咳。

颜珮刚好端着热好的粥进来，听到何年咳嗽，立马踱到床边放下粥替

第四部分 欲望毒液

他掖被子，嘴里一边责怪道："医生说了你要多休息，和无谓的人说这么多干什么？"

"来，喝点粥，我喂你。"颜珮坐到床边，给他吹粥。

"那个……我就不打扰了，我还要去看看洛洛。对了，何老师，忘了告诉你，我领养了洛洛。她现在的大名叫靳雪莹，我会把她当自己的女儿一样尽全力养大。"

颜珮吃了一惊，和所有人听到这个消息时的反应一样，唯独何年对她的决定似乎并不吃惊。"我相信你能养好她。"

因为这句相信，靳夕眼眶又忍不住发热了。到了此刻，她还会产生错觉。她必须马上离开这里，以免眼泪落在他面前。"那我走了。"

靳夕离开，颜珮头都没有抬，专心致志地盯着手里的粥，细细将它吹凉。"我刚听到你和她说的话。"

"……对不起。"

"我不介意当挡箭牌，小说里不都是这样吗？挡箭牌最后都会假戏真做变成女主角。"颜珮乐观地将勺子伸到何年面前。

"谢谢，我自己来。"何年吃力地撑起手肘接过粥碗。

"你等等，我再帮你调整下靠枕。刚她突然闯进来，靠枕位置都没摆好。"颜珮俯下身靠近他的耳边，突然觉得他们现在这个姿势很像在亲吻，忍不住笑起来。暖暖的热气喷在何年脸上，他默默偏开了头。

靳夕失魂落魄地走到洛洛的看护病房，没想到高风晚也在这里。他手势生疏地抱着洛洛，时不时低下头用鼻头蹭她的鼻子。洛洛被逗得哼哼地笑，伸出小手抓他的鼻子。高风晚就势亲亲她的小手，两人相处得就像亲父女一样。

从来没有看到洛洛这么开心地笑过，这个场景让靳夕乱七八糟的心情渐渐平静下来。

高风晚透过玻璃看到门外的靳夕，他将洛洛放到护士长手里，朝她走过去。"怎么不进去？"

"看你们玩得那么开心，没忍心打扰。"

"如果妈妈也加入，洛洛会更开心。"

"我不行，小孩子好像很怕我，每次抱洛洛她都哭。"

"那肯定是你姿势不对，护士长刚刚教过我怎么抱孩子才能让她舒服。我教你，来。"高风晚拉起她的手，将她拖进病房。

"像这样，手托着她的屁股，另一只手护着她的脖子后面……"高风晚让靳夕抱着洛洛做训练，她全身僵硬，好像生怕摔到孩子，一动都不敢动。

"放松点。你紧张，雪莹也会感受到。"靳夕低头一看，洛洛果然皱着眉头，小鼻子都皱在一起，很不舒服的样子。

高风晚绕到她身后，双手给她按肩："放松放松。"

靳夕深吸一口气，抖了抖肩膀，调整了下姿势。洛洛好像终于找到了个舒服的位置，将头埋在她胸前，小小的胸口一起一伏，很安静。

"你看，她是不是要睡着了？"靳夕压低声音说。

高风晚凑到她胸前去看，靳夕踢了他一脚："看哪儿呢？流氓。"

她一动，洛洛好像就要醒了一般扭了扭身体，头在她胸前蹭来蹭去。靳夕浑身一僵，又定在了原地。

"让她好好睡吧。"高风晚哭笑不得地轻轻将洛洛从她怀里接过来放进摇篮。

临走前，他依依不舍地亲吻了宝宝的额头："雪莹，爸爸妈妈明天再来看你。"

洛洛睡得安稳，丝毫不知道周围发生了什么，不知道她的亲生母亲已经去世，不知道她已经有了个新的家庭，也不知道自己将被送去国外治疗。人间的一切喜怒哀乐似乎都与她无关。

高风晚离开病房走到天台上去抽烟，靳夕也找他要了一根。

"我记得你不抽烟的。"

"想试试。凡事不试试怎么知道呢。"

第四部分 欲望毒液

高风晚笑着递了一根烟给她。"你的叛逆期好像来得有点晚。"

"啪嗒",火光一闪,高风晚点燃了自己的烟,嘴里叼着烟靠近靳夕,点燃了她嘴里那根。黑夜里,只有两点火光一明一灭。

"雪莹的生父不是不同意放弃抚养权吗?她出国治病的事能成吗?"

"他不知道从哪里听来的消息,知道我家有钱,想借机敲一笔。五十万,就让我带走洛洛。"

"你给他钱了?"

"当然不了。五十万不多,但这样的无赖绝不能惯着,他有一次就绝对会有下一次。再说洛洛又不是货物,怎么能拿钱买?"

"那怎么办?"

"我去监狱探监了,带了份自愿放弃收养洛洛的文书给他。告诉他以后不管他在狱里还是放出来,都得自行承担洛洛的抚养费,还列了张这一个月的医药费清单给他报销。他当即就吓尿了,求爷爷告奶奶要我领走洛洛。洛洛的病对他来说是个累赘,他哪里肯。"

"雪莹很幸运,有个那么爱她的亲生母亲,还有个这么好的干妈。"

"你好像很喜欢叫她雪莹,我叫洛洛都叫顺口了,只有你一直叫她雪莹。"

"新的名字代表新的人生,雪莹是她真正的名字,当然要尊重她的生母意见。"

"你说得对!高风晚,我其实第一次见面就想问你了,你的真名到底是什么?高风晚不是真名吧?"

"你真的想知道?"高风晚反问。

"你说吧,我保证不笑你,就算你叫狗剩、富贵,我都不会笑!我发誓!"

"那倒不至于。"高风晚的烟吸到了头,他摁灭在垃圾箱上。

"我只告诉你一个人哟。"高风晚勾唇坏笑,故作神秘,"我的真名叫敏加。"

第五部分　被害女子图鉴

1

高风晚和靳夕在医院天台聊到了深夜。平心而论，靳夕必须得承认他是个很有魅力的人，不仅仅是外表。

他有趣幽默，又能敏锐地抓住别人的情绪，把握好说话的分寸感。靳夕从前觉得他油腻，千人一面，自有一个固定的套路。但如果抛下他曾是个男公关的成见，她能感觉到高风晚其实是个很温柔的人。

"你额头上的疤怎么样了？头发遮住我一直没看到。"靳夕指了指他的额角，那是为了救她而受的伤，而那时候她一心只奔向何年，连看都没有看过一眼。

高风晚半蹲下来，掀起了额前细碎的刘海。"喏，看得清吗？"

天台上光线昏暗，只有远处电视塔的光线不时扫射过来。靳夕只能凑近去看，两人的脸不知不觉中相隔只有一厘米，灯塔光线扫过来的一瞬

第五部分 被害女子图鉴

间，高风晚抬眼可以看到她薄而红润的双唇，像樱桃般诱人。

他喉头滚动，缓缓抬头靠近她的唇。

"完蛋了，毁容了毁容了。真可惜你生的这张脸。"关键时候，靳夕拍了拍他的额头，向后退开一步，对刚刚的暧昧氛围浑然未觉。

高风晚很快收拾了未尽的情欲，自然地接过她的话头。"肤浅。靳夕，你真是肤浅，光顾着人家的美貌。"

靳夕捧腹大笑，骂他臭不要脸。两人在这样的欢笑中走出医院大楼。

靳红星给她安排的司机和保镖仍然尽职地在原地守候，靳夕看到他们才想起还有人在等着她。

她有些烦闷地同高风晚抱怨："还是怀念以前一个人满世界乱窜，想去哪儿打个的就行。现在到哪儿都有人跟着，想到我不回家，人家也不能下班，我都不好意思在外面逗留太晚。"

"现在外面乱，靳伯伯也是担心你安全。"

"我知道。我不是怪他，怪自己吧，谁让我是个女的呢？"靳夕用打趣又无奈的语气说道，"如果我多长个把儿，我就可以像你一样大半夜在街上走，也不用我爹操心了。"

高风晚没想到她那么直接，揶揄她："你个女孩子，说这话真是没羞没臊的。"

"你看你看，我要是多长个那玩意儿，我就可以随便开黄腔，大家也只会哈哈一笑。"

"真是说不过你。"

两人走到车前正准备上车，一辆棕色的小轿车从旁边马路开过，突然小轿车一个急刹发出刺耳的声音和轮胎摩擦的糊味。两人同时看向声源那边，保镖警惕地将他们护在中间。

副驾驶上一个披头散发的女孩连滚带爬地爬下来，看到马路对面的靳夕一行人就像看到救命稻草一样呼救："救命！"

驾驶室的司机马上跟着下车,头一直摇摇晃晃像喝多了一样,跌跌撞撞地想去追那个女人,靳夕见状马上跟身边的保镖说:"你们快过去帮她!保证她平安。"

在保镖的帮助下,女人摆脱了司机的纠缠。司机也被控制住,但嘴里仍在大骂:"你们谁啊?我打老婆你们管得着吗?"

"我不是!我不是他老婆。"女人缩在高风晚身后,害怕得不敢看他。

靳夕从自己车里拿出一条毛毯过去披在衣不蔽体的女人身上。"发生了什么事?你慢慢说,不要怕。我们不会丢下你的。"

"臭娘们儿,脑子有问题还敢乱跑。你们放开我!我打老婆你们管得着吗?小心我连你们一块打。"

靳夕嫌他叫得烦,反手就是一个大嘴巴子抽上去。

司机一时太震惊:"你你你你……"你了半天没有说出个所以然来。

靳夕甩甩太过用力而打疼的手腕,故意学司机的语气对着保镖一顿教训:"看什么看?你们谁啊?我打人渣你们管得着吗?"

高风晚有点想偷笑,保镖们都识趣地扭过头:"我们什么都没看到。"

"再啰唆一句,一个字一耳光。"靳夕压低声音朝着司机咬牙切齿地说。

她转头对着受害的女人又是如沐春风般的笑容。"好了,你现在可以慢慢说了。他不敢再吠了。"

"我刚下夜班,用手机叫了个车回家。车一开上路,他就对我动手动脚,我让他停车他也不听。我去抢方向盘,他就一拳把我打倒在座位上。还好我随身带了防狼电棒,趁他不备,刚刚电了他一下才迫使他停下来。"

女人生怕他们不信,拿出手机给他们看。高风晚看到那个蓝色的APP图标,就知道是最近连出了几起女性乘客被性骚扰事故的"优车"打车软件。"这个平台不是下线整改了吗?"

"前两天刚刚重新上线,打折力度还特别大。"靳夕一直关注着这件事,之前还想过做专题,但被付台长驳回了,说选题重复率太高。

第五部分 被害女子图鉴

"我就是看他送了几张券还没用,贪小便宜才……"女人已经泣不成声。

司机见事情败露,早没了刚刚的硬气,哭着求他们放他一马:"我是一时糊涂,见她穿那么清凉,以为她是做那一行的。成天在外面跑车,我太累了才会想找小姐发泄一下。我平时不会这样的,你们放过我吧。我上有老下有小,都靠着我养活。如果我被抓,他们都要喝西北风了。"

"顶风作案。出息啊。"靳夕一巴掌呼他后脑勺上,"这次放了你,以后让更多乘客受害?"

"我保证再也不会了!"男人跪在地上竖起三根手指发誓,见靳夕无动于衷,又膝行到受害乘客面前,一把眼泪一把鼻涕地求她,"你要赔多少钱?我赔给你。你别抓我去派出所,我什么条件都愿意答应你。"

女人经历完刚刚的极度害怕,态度已经有些动摇,也抱着息事宁人的想法试图说服靳夕:"要不……算了吧?他也是一时糊涂。"

"一时糊涂?要不是碰巧我们今晚在这儿,估计你就得被糊涂到地底去了。报警!没商量。你不报我来报。"

女人对靳夕的话感到后怕,她说得没错,自己是不幸中的万幸。如果放虎归山,谁知道下次还有没有这样的运气虎口逃生。"我自己来!"

靳夕和高风晚陪着她去派出所报案,亲眼看着司机被拘留,又把受害者送回家,交换完联系方式才准备回家,此时天已经微亮了。

陪了她一夜的高风晚不禁感慨她的好精力:"你有没有听过一个笑话?老王为什么能活到一百岁?因为他从不多管闲事。按你这架势,怕是难活到一百岁。"

"我的寿命如果能换着社会一丁点进步,也不枉我人世走一遭。"

事情过去大概一周后,靳夕接到受害女事主的电话说"优车"公司打电话来想和她和解。司机已经被拘留十日,罚款五百。"优车"公司愿意正式道歉,赔偿一千元整,以打车优惠券方式赔付。

女事主在电话里问靳夕该不该接受这个条件?

"优惠券？就是那个每次五元，不能叠加使用的优惠券？他当我们是叫花子呢？人都差点死了，拿一堆优惠券来赔偿？"

"公司说这个司机各方面资料都符合规定，他们没有疏忽错漏，所以本来就没有责任，会愿意道歉赔偿只是出于人道主义的考量。"

"放他的屁。"靳夕气到骂粗口，整个办公室的人都听到看向她，"你不要答应，千万不要答应。这个事我来处理。"

靳夕坐在电脑前写稿子，打字敲得键盘噼里啪啦响。她要通过自媒体把这件事扩散出去。

这种无良企业永远不会真正关心客户的安全，就算死了一个两个，也是它们亿万飘红盈利中微不足道的尘埃。但小小的尘埃也有反抗的力量！靳夕决心要让"优车"知道"企业危机"四个字怎么写。

不过她貌似有点高估了她微博上二十万粉丝的力量，大家对这种新闻好像已经见怪不怪，寥寥无几的转发量证实着付台长说过的话题重复率问题。不管这个问题再严重，同类事件短时间内报道多次，大家也都麻木了。

没过几天女事主又打电话来了，靳夕以为是要和她继续谈"优车"赔偿的问题。"你别着急，这件事我已经在想办法扩散影响力，逼'优车'做出切实有效的改革和对你的赔偿……"

"他死了。"

"谁？"靳夕不明所以。

"那个司机，他昨晚刚从看守所被放出来，今天就死了……"

2

司机范力友是死于车祸，他从看守所放出来的那天下午被优车平台约谈。据范的妻子说他当晚回家后精神有些恍惚，说公司要开除他，而且因为进入黑名单，任何网约车平台都不会再录用他。

第五部分　被害女子图鉴

第二天见他精神依旧低迷，妻子让他不要出去了，但他坚持要去见一个老友，在路上就出了车祸。根据监控显示，整个过程就跟中了邪似的，车子本来开得好好的，到上桥的时候突然一个急转直接冲破旁边的栏杆从大桥上翻了下去。

车子打捞上来后，公安第一时间进行了车检，是刹车出了问题，不排除人为破坏的可能。

在摸查受害者的社会关系和最近的矛盾冲突后，最先被请去调查的就是靳夕和那位女事主。

好在两人虽然有动机，但是调查后警方发现两人都没有作案时间和机会，所以只是例常问询后就让她们离开了。

不过靳夕从警官口中得知了一个重要信息，这已经是半年内意外死亡的第三个优车司机了。

其实对于常年开车的司机而言，车祸本来是常见的天灾人祸，但奇就奇在，前两个人一个是出轨有夫之妇被对方丈夫砍死的，另一个是大夏天车子自燃爆炸被炸死的。而且他们都有一个共同点，就是死前曾被乘客投诉性骚扰。

所以当这次事故发生时，公安才这么重视，认为这是一起有预谋的连环复仇案件。

靳夕回到办公室，想要上网找出前两个受害者的资料。但这两起事件都没有什么人关注，只有本地一家小报社报道过，所以网上查到的那零星的资料都语焉不详。

她正苦恼时，波仔凑过来看她的屏幕："焦尸？啧啧啧，夕姐，你又想搞事情。"

波仔这颗毛茸茸的小脑袋此时在靳夕眼里就是一根救命稻草，她一把抓住他的衣领子："给你一分钟，我要知道这个焦尸的所有信息。"

"……夕姐，你口味怎么这么重啊？"

"少啰唆。"靳夕把波仔一把按在电脑前。

"你知道他名字吗?"

"不知道。"

"……年龄籍贯呢?"

靳夕沉吟一下:"我知道他是男的。"

"……算了,还是靠我自己吧。"

"还有这个人。"靳夕点开另一个网站,又是一张鲜血淋漓的图片,辨不出面目的男人躺在肮脏的街边,死不瞑目。

"你真是口味太重了。"波仔总结道。

波仔从网上只言片语的线索里检索出关键信息,再利用他的"黑科技"引擎一顿靳夕看不懂的操作后,做出一张图表。

"这里是两人的横向对比图,分别在他们的年龄、学历、收入、职业、人际关系、成长经历、婚姻状况等基本情况上作了对比。你点击头像这里,会展开他们的详细资料和死亡事故报道。"

"好清楚!你不愧是我们的镇台之宝。"靳夕毫不吝啬她的夸奖,"帮我把之前调查的范力友的资料也放进去对比看看。"

波仔又敲了一顿键盘,然后把屏幕转向靳夕。一张涵盖多张小图表的大图呈现在靳夕面前,重合的部分就是他们经历相似的部分。

"男性,年龄分布在三十五至四十五岁。一个单身,两个已婚,都是优车平台的司机。三人虽然素不相识,但是在成长经历和心理画像上有很大的相似度。都是单亲家庭,生活在社会的底层,中学辍学外出务工,收入低,脾气大,有家暴史(暴力史),对淫秽文化表现出超出常人的兴趣(其中范力友还曾因偷看黄色小说被学校处分)。"波仔为她一一解释图表中的信息。

靳夕补充道:"还有一条,他们都被不同的乘客投诉过性骚扰。"

"啊?这个资料里没有啊。除了范力友,另外两个都没有被立案起诉过，你在哪里看到的？"

"在公安局听说的。"靳夕若有所思，"连你这样的'黑客'都没办法查到的资料，什么人可以同时知道他们三人都有过这样的'前科'呢？"

"如果三次性骚扰的受害者都不一样，也互不认识，就不存在交流的可能。理论上只有优车公司内部的人会掌握投诉的记录。"

"Bingo，我们去优车公司做调查！如果这真是个连环复仇案，新闻价值就大发了。"

波仔灵机一动："那我们要不要先用公众号写个短报，把我们下午分析的资料深入浅出地给观众剖析一遍，再提出这个假设，吸引一波观众，当作我们下期节目的预告。"

靳夕沉思了一下，波仔的提议有一定的可取性。这样的新闻只有抢在第一个报道才最有价值，之后都是跟风。但上次李玲玲的事已经给过她一个教训，在事实真相模棱两可的时候就报道出来，是件十分危险的事。

而且她想到何年所坚持的深调组的宗旨是一挖到底，她不能一接手就坏了规矩。

"暂时不要写，宁愿慢一步，不要错一步。"

靳夕斩钉截铁的回答被站在深调组门外的颜珮听得一清二楚。

"连环复仇杀人案？有意思。"颜珮收回敲门的手，哼着小曲走开了。

优车公司的总部就在西京，靳夕和老曹扛着机器就直接杀了过去。

在前台，靳夕出示记者证表示希望采访优车创始人之一也是集团副总裁的杜栎。正是这位杜栎先生之前在社交平台上针对靳夕批判优车监管不严的文章出言不逊。前台工作人员拨通电话到杜栎的办公室，对方听到她的名字直接将她打发给了公关部。

"对不起，杜先生现在正在开会。两位跟我去办公室，我们公关部的祝总会接待两位，回答你们所有问题。"

公关部的手段靳夕是领教过的，打太极推责任是他们的拿手好戏。

公关部老总祝萍是一位四十来岁的女性,穿着一身黑白西装很是专业干练,同时也显得有些不近人情。她是业界公认的资深公关,当初优车起家就高薪将她挖到旗下,可见她的重要性。

果不其然,滴水不漏的祝萍用万能的"不知道、不清楚、不回应"九字金句回答了他们准备好的所有问题。

靳夕知道再和她说下去也是浪费时间。"不好意思,祝总,请问洗手间在哪边?我想借用一下洗手间。"

"哦,出门往右拐直走到底就是了。"祝萍总算准确回答了一个问题。

靳夕起身往外走,出门右拐确认离开祝萍的视线后小跑几步到了电梯口。

她早就调查好总裁办公室在上两层。以杜栎那一激就急的性格,比祝萍好对付得多。

靳夕进电梯的时候,电梯里还有个挂着优车工牌的男人。她按了27层,却没有亮。她又反复按了几次,楼层灯都没有亮。

男人狐疑地看着她:"小姐,27层需要刷卡才能上去,而且只有高层的工卡才有权限。请问您找哪位?"

"我找杜栎。"

"我是杜先生的总助,您好像没有预约。杜先生今日的行程里并没有与您的会面。"男人扶了下眼镜,小小的眼睛闪着精光,靳夕感觉自己三十秒内没给出一个合理解释,他马上就会请保安。

"咳,那个……我们是……私人会面。"靳夕悄悄拉高了裙子,假装不经意地弯腰露出一点春光,暧昧之情溢于言表。

她本就生得漂亮,穿衣档次品位也高,说是个情儿一点也不违和。总助先生也是个知趣的,不再多问,径直给她刷了卡。临出电梯前还不忘叮嘱她:"杜太太今天傍晚六点约了杜总共进晚餐,五点半前记得离开。"

靳夕在心里默默为他点了个赞,就你这样帮老板偷情成精的,以后必定是升职加薪走向人生巅峰的主儿。

第五部分 被害女子图鉴

靳夕走到杜栎办公室门口，偷偷从口袋里掏出一支录音笔按下录音键。正在此时，办公室门被推开，杜栎从里面走出来。两人撞个正着，皆是一惊。

靳夕悄悄让录音笔滑进裙口袋，朝杜栎堆起笑容。"杜总好。"

"你是……"杜栎见靳夕长得漂亮，倒也没有因为被撞到而发火。

"我是公关部新来的职员，是祝总让我上来跟您汇报一声，那两个电视台的记者已经被打发走了。"

"行，走了就好，跟苍蝇似的，嗡嗡个没完。他们有没有问什么过分的问题？"

"翻来覆去还是那些，关于乘客投诉性骚扰赔偿不到位的事。"

"有病！那么多人用我们的软件，偶尔出几次这样的事故再正常不过，关我们公司什么事？网约车司机成千上万，能管得过来吗？再说，那些女乘客自己没问题吗？大半夜不回家，还穿成那样，是个男人都会有想法。你说是不是这个理？"

"就是，都是记者没事找事。"靳夕顺着他的话说下去，"不过祝总之前也跟我们提过，如果我们能在我们软件上加一个一键报警的功能，公关上能堵住很多人的嘴。"

"祝萍怎么会有这种蠢想法。新加一个功能需要投入多少钱，她根本没有概念！就算死十个人，我们赔偿也赔不到这么多钱。不到万不得已，公司不可能走这一步。"

"……"靳夕无言以对，资本家的想法永远是从资本出发，"对了，今天那个记者还说了个奇事，杜总知道近半年咱们优车被投诉过性骚扰的三位司机都意外身亡的事吗？"

杜栎停下脚步，皱眉看着她："还有这种事？"

"是啊。听记者说的时候，我也吓了一跳。杜总，你说会不会是有人知道这三个人做了坏事所以刻意来报复的？"

杜栎轻笑一声："小姑娘武侠小说看多了吧，这年头难道还有替天行道的侠客？我看就是个巧合。"

"也许吧。"靳夕低头喃喃自语，杜栎见她这样子觉得很是可爱。"小姑娘，我好像从来没见过你，你是什么时候入职的？"

"哦，我上周刚入职，第一次来27层，所以杜总没见过。"

"看你这样子，大学刚毕业吧？"

"是的。一毕业就能加入优车是我的荣幸。"

"刚刚从学校走入社会，还有很多要学的。"杜栎说话间，手已经攀上靳夕的肩膀。虽然故作长辈的架势，仍让她感到很不舒服。"今晚有空吗？我请你吃个饭，当是庆祝你入职。"

靳夕心里暗叫卧槽，这该不会是要弄假成真吧。自己刚只是捏个理由，现世报来得这么快。

她灵巧地低腰绕了个弯，从杜栎的臂弯间钻出来。"杜总，我们祝总今晚叫加班，一个都不能少，要不咱们约明天吧。"

杜栎本来以为碰钉子很不高兴，听到她最后说约明天，瞬间又喜笑颜开。"小年轻多拼拼工作是对的。刚好我才想起我今晚和太太也有约，那咱们就明天再聚。"

"好的，杜总慢走。"靳夕长吁一口气跑回了楼下会议室。

祝萍明显已经等得不耐烦，一直在看手表。

靳夕假装擦手，一边走进去。"不好意思，肚子有点不舒服，让你们久等了。"

"没关系，你们还有什么问题吗？因为我三点有个会要开，如果没别的事，我就先去准备会议了。"

"祝总，公司的投诉处理是由哪个部门负责的？"

"都是客服部处理。为了保证客户的满意度，我们的客服没有外包，由客服记录下投诉内容，然后根据不同的内容转交给不同的责任部门去解决。"

"那公司有哪些人可以看到投诉内容？"

"按照公司规章，除了相关责任部门，客服部会把一周投诉内容整合起来用邮件发给每个部门中高层领导，上到总裁。不过这类邮件，老总级别的领导都不会看的。"

"为什么？"

"太多了。没时间，也不关心。"祝萍这句说的是大实话。

"也就是说真正上心去记录投诉的，也只有客服部的人。"

"可以这么说。"

按祝萍的说法，如果真有人为了"替天行道"连环作案，这个人很有可能是客服部的。

3

靳夕和老曹采访完优车客服部的人，一直忙到晚上八九点才回到台里放下机器准备出去吃饭。

还没走到门口，靳夕摸到自己口袋里的录音笔。"哎呀，录音笔忘了放回去了。"

"算了，明天再拿回来吧。反正要等幺鸡回来做剪辑才用得着。"

"也行。老曹，今天下午的采访你觉得有什么问题吗？"

"客服部有几个女孩聊到性骚扰投诉的问题情绪特别激动。"老曹搔搔头，"我也不太懂你们女孩子，也许女孩本身对这类事情就比较愤慨吧。"

"生气是肯定的。不过我在想这种引起众怒的事有没有可能导致集体作案？"

"我倒没想过这个可能。不过要说连杀三人这样的事，一个人实行确实难度比较大。"

"但也说不通，合伙杀人这种事又不是搭伙吃饭。普通的同事之间有

可能有这么深的羁绊吗？"

"你把我说晕了，这事我看你和何老师聊比较靠谱。何老师要是还在就好了。"

靳夕想到何年，也不再言语，两人沉默着走出电视台大楼。

有人看着他们离开的背影，偷偷溜进了深调组办公室。

因为写关于优车藐视人命的文章熬了个大夜，靳夕请了半天假在家休息，晚上八点还睡得迷迷糊糊间被幺鸡的电话吵醒。

"小夕，你看了今晚的《民生说法》吗？"

"我还没那么闲。"

"不是，哎呀，你看一眼然后赶紧回台里吧。老曹刚冲去《民生》组打人，现在台里都炸开锅了。"

靳夕不明白除了她和颜珮之间一点私人小矛盾，《她说》和《民生说法》一直是井水不犯河水，怎么会闹到老曹这个老好人都要动手的地步。

她打开电视收看回放才明白症结所在，颜珮报道了优车司机接连被害的案子，而且用的影像资料正是她和老曹昨天在优车拍摄的视频。

颜珮对这次案子下的定论是集体报复性作案，播放的采访视频也是为了佐证这个说法而断章取义节选出来的片段。虽然她的说法不代表警方最终结论，却影响了很多观众对这件事的看法。

随便在网上翻翻评论就可以看到，观众对她的结论深信不疑，而且明显地分为两派。一派是对这种复仇式杀人而感到恐惧，并且强烈斥责的；另一派是以一些激进的女权主义者为首，强调在女性人身安危屡屡受到威胁求助无门的前提下，用这样极端的手法警示不法分子未尝不可。两派吵得不可开交。

"都是什么狗屁。"让靳夕感到愤怒的并不仅仅是劳动成果遭到窃取，而是颜珮为了抢功，在没弄清事情真相的时候有意引导舆论。这往大了说就是假新闻。

第五部分 被害女子图鉴

她赶到台里的时候，深调组和《民生》组的人都聚在《民生》的大办公室，台长也来了。唯独没看到颜珮。

地上一片狼藉，文件机械设备都散落在地上。付台长拿着个搪瓷茶杯站在中间，面色前所未有地凝重。"我没想过我们台里会出现这种窝里斗的事。说说看，到底怎么回事？谁先动的手。"

"是他们深调组的摄像师先莫名其妙冲过来打人的，我们只是自卫还手而已。"《民生》组的人抢先告状。

"莫名其妙？"左眼乌青的老曹一点就着，"你们自己心里清楚为什么要打你们！"

波仔和幺鸡都是怕老曹一个人吃亏，后来才赶来加入"战斗"的，但三个人终究寡不敌众，不同程度地"负伤"了。幺鸡头发被抓得一团糟，正瘫坐在办公椅上。波仔为了保护幺鸡，背上被踹了好几脚，白色卫衣上都还是脚印。

靳夕看到自己人被打，气不打一处来。"付台长，大家都是成年人，没人会无缘无故去打人。老曹的秉性你我再清楚不过，如果不是某些人做得太过分，他绝不会动手。今晚的《民生说法》窃取了《她说》的采访素材，并且断章取义地做了报道，这种行为台里怎么处置？"

"有这回事？"

"你们不要血口喷人，见我们做出点成绩就想来抢功劳。这采访内容是我们组自己拍的，你说是你们的采访素材，你们有证据吗？你们拍的原素材呢？"

靳夕看向老曹，老曹朝她摇了摇头。今中午他把机子交给幺鸡做剪辑的时候，就发现素材都被销毁了，而且连机器都遭到了暴力损坏。

也难怪老曹会发那么大的火，做摄像的，机器就是他的命根子。这些人夺走素材还怕他们能恢复数据，索性毁了设备，实在是恶劣。

"你说是你们拍摄的，你们从哪里得知的三名被害者都被投诉过性骚扰？这些可都是网上查不到的。"

"这……我们颜老师有自己的消息来源,没必要和你们交代。"

"是没必要还是根本交代不出?"靳夕从包里掏出录音笔,"付台长,我这里有证据证明他们用的采访素材是我们从优车公司采访回来的。昨天我落了一支录音笔在身上忘了放回台里,没想到竟然成了自证清白的证据。"

录音笔里有他们从进入优车采访全过程的录音,和《民生》节目放出来的视频内容一模一样。还有一些在27楼暗访得到的,是《民生》没有拿到手的内容。

《民生》组的工作人员听完哑口无言。一直没有吭声的付台长此时才开口:"你们颜主播呢?"

"我在这儿,台长。"颜珮从门口走进来,身后还跟着一个男人,是和靳夕有过一面之缘的省台的副台长。

"董台长,您怎么来了?"付台长见到老领导,赶紧迎了上去。

"老付啊,你们台出人才啊。一个何年已经够出色了,后面还有两名女将工作都做得这么优秀。今天晚上的《民生说法》栏目我看了,这么大的新闻闷声不响做出来抢了个头彩,别的媒体现在都手忙脚乱在做跟进呢。他们再跟进也没有用,我们已经抢得先机。刚刚我来就是想让颜珮给我做个报告,等这次案子了结后,我想向你讨这个人才啊。"

"董台长您看得上她,是她的福气。"付台长打着哈哈。

"别这么说,也是你教导有方,这些下属一个个都不愿意走呢。哟。靳夕,你也在啊。这是干什么呢?弄得一地狼藉的。"

靳夕想要申诉,被付台长拦了下来。"没什么大事,两个组抢资源闹了点小冲突,已经解决好了。"

靳夕不满地瞪了一眼老付,老付拍了拍她的肩膀以示安抚,然后就和董台、颜珮一起去了台长办公室。

剩下一堆做小的,收拾残局。

《民生》组和颜珮关系特别好的摄像师一边扫地一边不忘奚落老曹他们："做得多有什么用，关键看能不能做出来成绩啊。一个个胆小如鼠，拿着通关钥匙不敢去打开那扇门，被人捷足先登也怨不得人。"

"你！我老曹今儿把话撂这里了，台长不处理颜珮，我就走！"老曹一甩手冲出了办公室，波仔赶紧追上去。

么鸡一下从座椅上弹起来，看了靳夕一眼，见她毫无反应，忍不住骂了一句脏话："这都是些什么事。"

虽然组员没有人开口责怪她，但她知道他们心里也在疑惑她为什么不愿意第一时间报道；在埋怨她作为组长，在组员受了这么大委屈的时候她为什么不能替他们主持公道。委屈的泪水在眼眶里打转，靳夕不想被别组的人看了笑话，擦了眼泪躲去楼梯间。

在这个时候，她仍然忍不住第一个想起何年。

她抱膝坐在楼梯间给何年打电话："我知道颜珮是你女朋友，你没有立场帮我说话。可你能不能告诉我，我这样做错了吗？"

"你没错。"何年在电话那头长叹一口气，"颜珮平时不是这样急功近利的人，她这次是昏了头，我代她向你和深调组所有人道歉。老曹那边我也会去做思想工作。"

靳夕顶不喜欢何年这样说，好像他和颜珮是一体的，而他们都是外人，可明明深调组才是一家人。

"算了吧，事情已经发生，谁道歉也没有用。"靳夕有点灰心，原先齐心协力的一家人，因为何年的离开，已经无法再凝聚起来，或许自己真的没有做领导的能力，"何老师，你如果身体好一些，能不能回来？我累了……"

"小夕，你需要我的时候，我永远在这里。"

何年这句话给靳夕吃了一颗定心丸。

付台长找靳夕谈话，关于颜珮偷采访视频的事希望她既往不咎。"我知道颜珮不对，我已经严肃批评她了。但这次的新闻，上面很重视。明里

暗里已经给颜珮安了不少荣誉，我们这时候如果揭发她剽窃，只会让上面的领导脸上难看。算了吧，小靳，都是一个台的，谁报都一样。"

"付台，我知道你以为我是在乎这个扬名立万的机会，但不是的。我们所有采访资料都还是半成品，根本没有调查结束。颜珮这么断章取义地报道出来很有可能是假新闻，到时候造成社会恐慌或是其他的负面影响，我会觉得责任在我！"

付台长摇了摇头。"小靳啊，你以为颜珮没想到这些吗？假新闻在你看来是砒霜，但在有些媒体人眼里可是能带来无数关注度的蜜糖。她既然已经为自己未来的路做出了选择，你也没必要替她承担过多的责任。这个新闻你就放手给她吧，依我看，是颗炸弹的可能性更大。"

靳夕没想到付台长已经看到这一层，看来自己想的还是太简单。"付台长，新闻我可以让给颜珮。但这个哑巴亏深调组不能白吃，不然我以后怎么服众。作为给深调组的补偿，我希望台里撤销对何年的处罚，给他复职。"

靳夕的诉求倒是付台长一直想做的事，只是没找到一个合适的时机。如果趁这个由头把何年弄回来，倒是件好事。"你的要求我会仔细考虑，和何年本人商量过以后再给你答复。你先回去好好安抚你的组员。"

"谢谢付台长。"

为了安抚大家的情绪，靳夕晚上攒了个局请大家一起出去喝酒。高风晚也跟着幺鸡一起来了。

因为情绪不对，大家都喝得有点多。老曹一直在骂颜珮和董台，波仔缠着幺鸡要和她唱歌。幺鸡不厌其烦，刚好手机响，她如蒙大赦般跑出包厢去接电话。

高风晚见靳夕一直闷头喝酒，拉她去包厢外的小阳台吹风。

"怎么？坚持不下去了？"

靳夕猛灌一口酒。"我以前觉得自己是非观特别明确，可是工作越久，好像就越搞不清什么是对什么是错的。刚入行的时候我一心想着做个

234

第五部分 被害女子图鉴

大新闻出来,一举拿下普利策奖。有个人骂醒了我,让我有了更高的目标,可我好像发现这个目标根本不可能实现。"

"后悔选择了这一行?"

"倒也不是。只是不知道接下来该怎么做?这个案子是该放手还是继续?"

"放手?如果你的性子是这么轻易放手,你当初也不会领养雪莹。按我说,这个案子还远没有到开香槟庆祝的时候。你看着吧。颜珮这个烂摊子还得你来收拾。"

"怎么说?"

"你往下看,看到了什么?"

靳夕俯身从高处往下看,酒喝多了,视线都有些摇摇晃晃。"我看到楼下都是人。"

马路上、天桥上、商场前、学校里到处都是人。

"对,准确来说是男人和女人。"

"嗯?所以呢?"

"这个世界由男人和女人还有极少数的无性别人组成。由于历史还有某些别的因素,男性长期处于优势群体压制着其他群体,女性如果想打破这种不公平必然会遭到现有特权阶级的极力阻止。这种角力一直都存在,只是摆在暗处。但颜珮的报道等于将这种斗争放在了明面,而且以一种极端方式引导,这样的新闻最后甚至可以导致一场性别战争,这是很恐怖的一件事,你要做好应对的心理准备。"

靳夕大概是喝太多了,并不能领会他话里的意思。她笑嘻嘻地朝他举杯。"你说得我都晕了。管他谁和谁打仗呢,我们先喝他个醉生梦死!"

靳夕脚步摇晃,高风晚怕她一头栽下去,从腋下搂住了她的腰。"小心。"

她的头靠在他的肩上,高跟鞋撇在一边。她浑然不知,抬头箍住了他的脖子:"谢谢你……"

被酒精烧得通红的脸蛋格外诱人,高风晚盯着她的脸看了三秒钟,眼波流转间,在她的脸颊上印下了一个吻。靳夕嘤咛一声,热烈回应了他的吻。

"何老师,这边。"今晚的聚会幺鸡叫了何年,刚刚便是接到何年的电话出去接他。她一推开包厢门就透过透明的落地窗看到小阳台上交缠的两人。

这幅画面同样映入了何年的眼帘。窗外霓虹灯闪烁,屋内光线昏暗,生生分成了两个世界。

靳夕亲吻中不停喃喃:"谢谢你……何老师。"

高风晚停下深吻,抵着她的额头。"靳夕,你看清楚,我是谁?"

靳夕的眼泪突然从眼角滑落,她埋在高风晚的胸口小声说道:"何老师,不要和颜珮在一起。我喜欢你……"

高风晚侧头就透过落地窗看见了站在包厢门口的何年。两人仿佛对峙一般,眼神交错,互不相让。高风晚突然笑了,世事真是太有趣。

4

靳夕前一晚喝了个酩酊大醉,不记得自己究竟是怎么回到家的。

第二天头痛欲裂地去上班,竟意外发觉办公室里气氛一片欢欣。老曹在一遍遍擦拭他的新机器,波仔抱着电脑盯着隔间办公室的方向笑得合不拢嘴。

靳夕拍了一下他的后脑勺:"看什么呢?笑傻了。"

何年和幺鸡从隔间里推门走出来,还是熟悉的棒球帽,脸上还戴着个黑口罩,两人正在商量如何处理手中现有的素材:"不管用不用得上,你先把《民生》没播的部分剪出来。"

看到靳夕,何年取下口罩,拎起胸前的工作牌:"我回来了。"

这回轮到靳夕看傻了。付台长的效率也忒快了,昨天才和他提过的要求,今天就实现了。

何年拍拍手,示意大家聚过来:"特殊情况,付台长让我暂时回来复职。昨天的事我已经听台长说过了,这个案子我们不会放弃,继续跟进。希望大家不要因为一时意气失了斗志。"

第五部分 被害女子图鉴

"那你的病……"靳夕担忧地问。

"哦,我问过医生,日常接触不会传染。不过我还是会注意的。"何年再次将口罩戴好。

"我不是这个意思,我是说你身体吃得消吗?"

"OK的。放心,大家开始工作吧。"何年走到老曹身边,拍拍他的肩膀,"怎么样?新机器用的还顺手吗?"

老曹兴奋地点点头:"当然了,这款是最新的!我想买很久了,谢谢头儿。"

"波仔啊,这里的资料还有些不清晰的地方,我需要你帮我查一下。"幺鸡挪到波仔的办公位,两人埋头做事。

何年一回来,似乎整个深调组的工作氛围都不一样了。靳夕想,也许这就是团队灵魂的意义吧。她深吸一口气,放下背包开始今天的工作。

她今天要做的工作其实很简单——骂杜栎。

这么说虽然有些不厚道,但写批判性文章确实是媒体人安身立命的本领之一。

台里把优车司机被害案的报道跟进交给了《民生说法》,深调组想插手只能另辟蹊径回到对优车企业道德问题的探讨上。

她花了一下午整理那天暗访杜栎得到的信息,写出了一篇《200亿美元市值的优车公司:企业道德底线究竟在哪儿?》。

里面列举了优车五大罪状:1.司机背景调查敷衍,对明显的安全隐患视而不见;2.未经乘客允许,监控记录乘客日常路线并泄露乘客隐私;3.罔顾受害乘客情绪,赔偿毫无诚意;4.将资本凌驾于人命,事故频发却连亡羊补牢的措施都不愿意做;5.创始人兼副总裁杜栎利用职务之便,性骚扰女性下属。

文章照例是用《她说》的社交账号发布的,在《民生说法》"珠玉在前"的报道后,这篇文章的侧重点就显得有些小儿科了,所以并没有引起多大的关注。但有一个人很在意,这个人就是杜栎本尊。

祝萍被杜栎请去办公室"喝茶"。

"记者都混到27层来了,你们没有一点察觉吗?都是吃干饭的吗?啊?"杜栎深呼吸一下努力控制住自己的情绪,"祝萍,那天是你负责接待他们的,为什么会出现这样的纰漏?你解释解释。"

"我没什么好解释的,是我的错。"祝萍深谙职场之道,这个时候不解释才是最好的态度。虽然如果杜栎自己不乱说话,也不会被人抓住把柄,但替领导"擦屁股"本来也是她工作的一部分。

"公关部马上会出一份声明斥责不实指控,法务部也会出律师函。"

"网民已经没有以前那么好糊弄了。现在这个明星那个明星动不动就发律师函,律师函还有点威慑力吗?"

"我在西京电视台还有几个朋友,我联络一下看能不能撤掉这篇报道。"

"嗯,你去试试。"杜栎摸摸下巴,思忖些什么,"这个记者到底什么来头?胆子这么大,什么都敢说。"

"我已经调查过了,她是西南最大珠宝商靳红星的女儿。背后有靠山,处事自然乖张些。"

"富二代?嘁,不就是个暴发户的女儿吗?"杜栎做网约车平台,依靠互联网白手起家到如今身家百亿,既看不起靳夕这种含着金汤匙出生的人,也看不起靳红星这样传统实业的老古董。

"这位大小姐不好好当她的小公主,非要跑出来体验生活,那就让她体验体验社会的黑暗。帮我挖她的黑料,越多越好,找别的媒体报道出来。"

"这……不合适吧?"祝萍皱眉,露出不赞同的表情。虽说在商业世界拉踩抹黑是常用的公关手段,但如果一个企业出手去针对一个报道丑闻的女记者,未免太仗势欺人,而且显得下作。

可杜栎哪管这些,有人想让他颜面扫地,他就要让对方试试身败名裂的滋味。"这有什么不合适的?降低她的公信力,自然就没人信她发的报道,这叫一箭双雕。"

第五部分　被害女子图鉴

"她不是说我性骚扰她吗？查查她的私生活，交过几个男朋友，有没有滥交，我还说是她勾引我呢！"

"比起这个，更重要的是不是该处理《民生说法》对我们公司的报道？那个主播指控我们客服部有员工利用职务便利对司机进行报复性杀人，这对我们公司的形象有很大的影响。"

"那个完全是无稽之谈！警方已经介入调查，流言不会传播太久。他们也就蹦跶个两日，到时候调查结果一出来，自己打脸。可以让法务部先着手起诉他们诽谤。更重要的是封住这个叫靳夕的嘴！"相比那种没有根据的江湖逸闻，杜栎更担心自己的名誉。

隔天虽然是周末，优车公关安排的报道还是如约见报。

周末是靳家的家庭日，靳辰和丈夫路易斯都要回来陪父亲吃饭。

靳红星显然还没看到报道，心情大好地在吃早餐，而靳夕还没有起床。

靳辰面色沉重地坐到父亲身边，拿出一本杂志放到他面前："爸，小夕又被人盯上了。你看看吧。"

"什么？"靳红星放下筷子，拿起杂志。那是一本口碑很差，销量却很好的八卦杂志，即使人们知道里面报道的十有八九都是假料，但还是对这种"刺激新闻"乐在其中。杂志封面就是靳夕的全身照，而且居心不良地放了一张不清晰的视频截图，正是靳夕上次被拍到脱衣的图片。

新闻的内容大致是说靳夕从中学时期起就有很多"异性好友"，大学开始就频繁出入"Fantasy"这样的娱乐场所，最近还包养了"Fantasy"的前头牌男公关高风晚。一边和高风晚交往一边又和工作上司保持暧昧关系，并且凭借床上功夫，在实习期间就被钦点进入深调组，一路高升。

还有传闻她的上司染上艾滋正是从她身上传染的，而她又是从高风晚那儿感染了病。男女关系十分混乱。

做父母的哪里看得自己女儿被这样诋毁，何况还是在女性自古以来最看重的贞操问题上做文章。靳红星气得发抖："这又是哪个王八蛋做的？"

路易斯来之前就做了功课:"小夕最近在报道优车的案件,和他们集团的副总裁杜栎有些过节。我和优车公司有过合作,听说是他们公司放出的风声,为了报复小夕对优车的负面报道。"

"卑鄙!"

靳夕刚起床,抱着一杯牛奶从二楼下来,恰好听到父亲大吼一句卑鄙。"谁卑鄙啊?大早上把我爸气成这样。"

靳红星脸色铁青,把杂志甩到靳夕面前。"小夕,这怎么回事?"

靳夕瞟一眼封面就知道他爸在气什么了,她昨晚已经在网络上看过类似的文章。"哦,是杜栎那个小人被我揭穿了真面目,恼羞成怒就找人写黑料来黑我。真是小学鸡。都2021年了,还用这种'荡妇侮辱'来威胁我投降。"

她接过用人端上桌的南瓜粥,拿杂志垫在下面。一只手撑着头,慢悠悠吹冷粥。

"小夕,你别一副满不在乎的样子,三人成虎懂不懂?就算他写的都是假的,说的人多了也变成真的了。你是个女孩子,以后走出去让你那些叔伯兄弟怎么看你?"

靳夕把勺子一放,翻了个白眼。"我又没做过,人只能为自己做过的事负责。爸,你说你要我怎么办?一个个去和叔伯兄弟们解释我没有滥交?"

"你呀!我平时就是太惯着你!"

靳辰见气氛不对,连忙出来打圆场。"小夕,爸不是这个意思,他是说你适当的时候可以服个软。你总是一马当先冲在最前面,都快被射成个靶子了。"

靳辰这句话倒是说到点子上了,做新闻的,还要做到最前线、最深度,那势必就是个靶子,还是里外不讨好的那种。她现在越来越能理解何年那油盐不进的怪脾气是怎么养成的。

靳夕长叹一口气,还是给家人服了个软。"爸、姐、姐夫,你们就别操心了,我知道自己在做什么。"

为了躲避父亲唠叨,她端着南瓜粥走去客厅,打开电视习惯性按到新闻台。

电视里正在报道一个实时新闻:"周六上午十点,逾百名优车司机聚集在优车公司门口要求优车客服部交出'凶手',每个从公司大楼进出的女性工作人员都遭到堵截盘问。后发展为肢体冲突,司机们情绪激动,用铁棍、扳手等工具砸烂公司一层玻璃大门,并控制了两名优车前台女性工作人员。现场一片混乱,情况仍在升级,暂时不知道伤亡情况。从卫星画面上来看,现场聚众闹事的司机均为男性……"

靳夕惊得勺子举在半空中,勺中的南瓜粥一滴一滴落回碗里。

她好像听到有个声音在耳边说:"这样的新闻甚至可以导致一场性别战争,这是很恐怖的一件事,你要做好应对的心理准备。"

5

何年正在床上看新闻,突然听到一阵急促的敲门声。他披着件衬衣趿着拖鞋下床去开门,拉开门看见颜佩跪坐在门口,手还维持着敲门的姿势。

她抬起头,脸上的妆哭得全花了:"阿年,我该怎么办?"

自从《民生说法》曝光了优车司机接连遭到"报复"被杀的新闻后,一时之间男性司机都有些人人自危的意思。支持这种报复行为的网民给这个神秘的凶手(或团体)取名叫"菟丝子"。

菟丝子是种很有趣的植物,常寄生于别的植物上,因为形态缠缠绵绵而常被古人用来描写爱情中女子的形象,例如:"菟丝生有时,夫妇会有宜。"

这孱弱依附的姿态常常让人忘记其实它是自然界中无情的杀手,缠上谁都会进行一场血腥的绞杀。

不仅仅是那些被投诉过性骚扰乘客的司机,很多男司机都开始反思自己平时有没有做过什么会遭到"菟丝子"惦记的事情。当然这种反思并不

是由衷的忏悔，而是出于对死亡威胁的恐惧。

　　杀戮的发生一开始总是伴随着恐惧，可这恐惧积攒到一定程度之后就会质变成愤怒与反抗。

　　这次的冲突便是衍生自这种恐惧之中，而恐惧源于颜珮报道出来未经证实的假新闻。

　　截止到颜珮来何年家之前，这场动乱已经造成一人死亡，十数人受伤。

　　"救救我……"颜珮扑倒在何年的脚边，"我不想这样的，我真的没想到会这么严重。我只是想证明给你看，我比靳夕更有价值。我该怎么办？何年，你教教我，我该怎么做？"

　　何年面色凝重地扶起她进屋："你先在我家休息下，暂时别出门。我去现场看看情况。"

　　何年换好衣服，替颜珮倒了一杯热水。她就像失了魂儿一样坐在椅子里一动不动地盯着电视。何年索性把电视关了。"在这儿等着。"

　　同一时间，靳夕看到新闻尚在错愕时，何年的电话已经打过来。"我现在在去现场的路上，你要不要过来？"

　　他的邀约好像总是未知又危险，但对靳夕有种致命的诱惑。

　　"不准去！你哪儿都不准去！"靳红星抢在靳夕回答之前勒令她不准出门。何年在电话那头也听到了。

　　他沉默了一下，主动给靳夕一个台阶下："小夕，如果你出不来也没关系……"

　　"我的荣幸。"靳夕没让他把话说完，"等等我，马上到。"

　　"靳夕！你没看到新闻里现场有多乱吗？刀枪不长眼，我看你是嫌命大！"靳红星被这个一意孤行的小女儿气得直跺脚。

　　"小夕，你怎么这么不听话，你非要爸爸着急吗？"靳辰也站在父亲那一边。

　　"爸、姐，这是我的工作。我只是去现场采访，又不是上战场。那还

第五部分 被害女子图鉴

有战地记者呢,别人的家人就不会担心吗?"

"我不管别人,我只管我女儿。如果这劳什子工作要你去闯枪林弹雨,那不要做了。"

靳夕从门口的衣架上取下自己的包。"爸,别蛮不讲理,这是我的工作,只有我有权利决定做与不做。"

"你要敢走出这个门,就再也不是我女儿!"靳红星一大早被八卦杂志气到,又被靳夕顶撞,情急之下说出了这么重的话,惊得靳辰和路易斯都愣住了。

路易斯走到门口去拉靳夕:"小夕,犯不着啊,今天就在家陪爸爸,领导那边打电话去请个假。"

靳夕挣开姐夫的手,看着靳红星长叹一口气:"爸,对不起。我先是靳夕,然后才是你女儿,希望你理解。不管你当不当我是女儿,你永远是我爸。"

大门合上的声响让靳红星跌坐在沙发上,他曾以为靳夕永远会做那个被他捧在手心里不管如何胡闹任性都依赖着他的小公主,这个瞬间让他意识到女儿真的长大了。

"唉。"大女儿的一声呻吟让靳红星回过神来,不明所以地看向靳辰。路易斯紧张地跑过来将妻子扶到沙发上。

"怎么了?身体不舒服?"

"爸,有件事我们今天回来想告诉你,可能现在时机不是很合适,不过还是希望和您分享。我……怀孕了。"

"这……那……真的?"靳红星激动得一时之间不知道该说什么好。他挨着女儿坐下,盯着她平坦的小腹使劲看,希望能看出什么名堂。

靳辰身体一直羸弱,夫妇俩结婚多年没有消息。他也早就淡了这个想法,没想到上天还会给他这个意外惊喜。

"几个月了?检查是男孩女孩了吗?"

"才两个月,我们还不想知道它的性别。留个惊喜吧。"

"也好也好。选好医院了吗?一定要选个最好的,交给我去安排吧!"

"爸,爸……别急,其实我们还有件事想同你说。"靳辰有点难以启齿的样子,求助似的看向丈夫。

路易斯握住她的手,替她说出口:"爸,我们商量过,觉得美国的环境更适合孩子成长,想让孩子在美国出生。而且黑星的业务现在大多在美洲地区,我和小辰想等三个月胎儿稳定后就移居去美国。"

"移居?以后都定居在那边了吗?"靳红星好似听不懂他们的意思。这些年来路易斯一直在努力融入他们家,他从来没想过有一天他会带走靳辰。

"如无意外,大概就是这样了。"

"那我呢?我想见小孙子怎么办?"

"爸,您随时可以过去看我们。如果您愿意,甚至可以跟我们一起搬过去。加州的阳光空气都很适合您去度假养老。"

"这么说,你们早就有计划了!我一个糟老头,这把年纪了怎么可能还连根拔起去另一个国家?何况你妹妹怎么办?我不能留她一个人在这里。"

"说来说去,您还是更疼妹妹。"一贯隐藏情绪很好的靳辰没忍住抱怨出声。

"我不是这个意思,手心手背都是肉……"可是这下手心手背都同时要失去,靳红星一瞬间仿佛老了好多岁。

对家中情况尚且一无所知的靳夕一门心思放在了跑新闻上。她赶到优车公司门口时,何年正在采访附近的目击证人。

见到她,何年朝她点了点头。靳夕默契地从包里拿出一个小型DV,对采访进行录像。

"啊?还要上电视的吗?"受访者紧张地摸了摸头发。

"没关系,你如果不愿意我们会给你打马赛克。你接着说,闹事的人是什么时候聚集在这里的?"

第五部分 被害女子图鉴

"今天一大早，我店子刚拉开店门就看到有十几个人聚在优车门口了。后来七点左右，人越来越多，还都是开车来的，把整条街都堵死了。"目击证人是在优车大楼对面开杂货店的老板，对面的情况一步步激化他是全程目睹的。其中一度听到爆破和尖叫的声音，有人在街上开始乱跑，他赶紧拉下闸门，以防被误伤。直到警方来控制住场面，他才敢重新开门。

"你听到他们在闹什么了吗？"

"说是要优车交出'凶手'。你没看前段时间的新闻吗？都说那三个司机是优车客服部的人团伙作案一起杀害的。"其实当初颜珮的说法并不是这样，但民间说法总是比官方的要更玄乎。

"优车有派人出来处理吗？"

"好像就是几个保安出来说了几句，然后把一楼大门关上，不让他们进去。刚开始他们就站在大楼门口喊口号也没什么过激行为，后来有女员工要进出大楼，被他们拦住盘问。同行的男同事看不下去，发生口角，进而动了手。至于谁先动手我就不知道了。"

不远处的救护车呜呜着闪着刺眼的灯，几个担架陆续被从公司大楼里抬出来，伤者在担架上哀号。其中有一个担架上盖着白布，从头到尾遮挡住了全身，只有一只细嫩的手从担架边滑落下来，上面还有明显的血印，像是指甲抓的。

"啫，应该就是那个小姑娘。真可怜，也不知道怎么回事，就被当成凶手，活生生打死了。"

靳夕心头一跳，把镜头焦距拉到了蒙着白布的担架上。何年第一时间冲到了最前面，靳夕反应过来也跟着他跑过去。

"请问现在里面还有多少伤者？死者身份确认了吗？"何年举着录音笔对着刚从大楼出来的医护人员，靳夕的镜头因为跑动不停上下摇晃，现场画面也因此显得更为动荡混乱。

旁边维持秩序的公安干警过来隔开他们："喂！你们干吗的？"

何年出示了电视台的工作证,但这并没有让他们态度缓和。"没看到正乱着吗?要采访也不是现在啊,一边等着吧!"

靳夕很无奈,记者有时候就是这样被千人嫌万人骂的工作。事发当口,当事人不是惊慌失措,就是烦闷暴躁,没人能耐心回答你的问题。这时候就得发挥记者打不离骂不走的厚脸皮精神才有可能收获到有价值的线索。

何年执着地跟在那名警官身后追问:"请问现在还有人质在里面吗?一共有多少名人质被挟持?人质有无生命危险?"

不胜其烦的警官转身反手一个擒拿将何年双手反剪在身后,喀嚓一声脱臼的声音,他手中的录音笔跌落在地。"听不懂人话吗?再跟着就告你们妨碍公务罪!"

"Hey!冷静点!"靳夕激动地大叫。警官冷哼一声,松开了何年警告道:"别再跟着了!"

靳夕赶紧上前查看何年的手腕:"没事吧?"

"没事。"何年左手耷拉着,蹲下身用没有脱臼的右手捡起录音笔,吹干净上面的灰尘,"看看摔坏了没有?"

这个人到了这种时候还在关心工作上的事,靳夕真是又无奈又心疼。她低头检查录音笔,还好没有摔坏。

"小心!"靳夕突然听到旁边传来刚刚那个警察的声音,一抬头便看见一个燃烧着的玻璃瓶朝她迎面飞过来。

同时,面前有一道黑影笼罩上来,靳夕感觉自己被拥入了一个并不温暖的怀抱,何年单手搂着她,将她整个人都按在怀里,他的胸膛挺成一个拱形将她护得周全,她的鼻子闻到专属于他凉凉淡淡的烟草味。

说时迟那时快,旁边的警察身手敏捷,一脚将马上要落在何年背上的燃烧瓶踢落在一旁。

"嘭"一声小小的爆破声,瓶身碎得四分五裂,里面沾满汽油的布条落在地面仍然在燃烧。这如果浇到背上,恐怕整个人都会烧起来。

刚刚飞裂的玻璃碎片扎进了何年的左臂，他轻轻地倒吸了一口凉气。"嗞。"

看到地上一地的碎玻璃和燃烧的火焰，靳夕意识到父亲的担忧并没有错，自己刚刚真的和死神擦肩而过。她的牙齿不禁打战，身体也在何年怀中微微颤抖。

"别怕，有我在。"头顶有个声音安抚了她的所有不安。

"滴答滴答"，她的视线落在了从何年指尖滑落的血珠上。

"你的手！"靳夕抓住他的手臂，才看见何年的左臂上方插着的一片碎玻璃。

何年看到自己的血，仿佛想起了什么，猛地挣开靳夕的手退后一步，沾满鲜血的手掌无意识地在衣服上反复地擦。

靳夕不解地看着他，他朝她努力挤出一个笑容，但那笑容看上去那么绝望："别靠近我，我的血可能会传染你。"

6

不知你是否有过那样的念头，就算你爱的人瘫了瞎了废了，也一定会一如既往地留在他身边照顾他对他好，甚至比以往更甚。

女人的爱总是伴随着奉献和牺牲，还有一点奋不顾身的冲动。

这就是靳夕看到何年推开她时的念头，那绝望的笑容让她丧失了理智。她甚至不确定何年是不是喜欢她，她只是想抱住他告诉他，你不是一个人。

她也确实这么做了。

"何年，我不怕。你不要推开我。"她避开了他的伤口，用一种滑稽的方式箍紧了他的身体。

何年本能地想挣脱，想推开她，但身体的反应更加诚实，他渴望这样的拥抱。自从父母去世后，就再也没有过这样笃定的拥抱。

"咳咳……那个……"

"我不管,我不松开!"靳夕蛮横起来才让他想起这还是个大学刚毕业的小姑娘。

"我是想说,旁边还有人看着……"何年有点难为情地偏头。

靳夕从他怀里抬起头才看到刚刚那个警察大哥凑得很近在看他们:"小姐,抱够了没有?"

靳夕马上松开手,脸憋得通红左顾右盼假装无事发生。

"抱够了就让他上救护车包扎一下。刚提醒你们走远点,这里很危险,你们不听。现在年轻人真是不要命。"警察大哥摇摇头,表示对现在"90后"的不理解。

"谢谢!刚刚……对不起。"靳夕原本还在想要去投诉这个态度恶劣的大哥,但如果不是他身手敏捷,恐怕现在已经酿成大祸。

大哥不耐烦地挥挥手:"快去让医生看看吧。"

靳夕眼见着医生拿镊子把寸长的玻璃碎片从肉里夹出来,何年连哼都没哼一声。

"不痛吗?"她记得小时候她打个屁股针都哭得哭天抢地,这让何年在她心目中的形象又高大了许多。

"有一点。"何年虽然这么说,但仍然面不改色地看着医生给他清洗、缝针,顺口问道,"医生,刚刚送上车的几位伤者情况怎么样?"

许是伤者的缘故,医生没有太多戒备:"都是皮外伤,不威胁生命。但这群人见人就打,逮谁都跟仇人似的。可惜那个小姑娘了,飞来横祸。"

何年朝靳夕使了个眼色,靳夕默契地偷偷打开包里的录音笔继续问道:"受害者是公司的员工?"

"是的吧。好像是客服部的,听她受伤的其他同事说她今天来上班在门口被拦住盘问,还被要求搜身。小姑娘不愿意还骂了他们几句,说他们这种借机占便宜的猥琐男就该死。那群闹事的一听这话就火了,一口咬定这个小女孩是凶手。不分青红皂白开始打人，旁边的同事想护都护不住。"

"这群人疯了吗？无凭无据就给人定罪，事情怎么样都还没弄清楚。"当一个人加入了群体，行为往往是最容易丧失理智的，法不责众的错误观念让他们为自己找到了开脱的借口。

"新闻里都报了啊。如果是假新闻，那可真是害死人。"

靳夕和何年面面相觑，她这回是切切实实感受到了媒体的影响力，也更加明白作为新闻人的责任心有多重要。如果你不能为你说出口的话负上责任，你就不配称之为一个合格的媒体人。

医生放下手中的纱布。"好了，这两天伤口不要碰水，过两天就去医院或者诊所上药。"

靳夕打开救护车的门，透过门缝打量外面的情形。人群已经疏散了，有警察压着几个男人陆续从大楼里走出来。看样子应该就是带头闹事的元凶。

靳夕掏出DV："看样子情况已经控制住了，我去拍几张素材，你在车上再休息一下。"

何年点点头，她就跳下车去追素材了。

周围一撤防，等在旁边的媒体都拥了上来。靳夕身板虽小，但胜在跑得快，抢在第一批挤到了凶手身边："这次的聚众滋事是有预谋的吗？你们的目的是什么？"

押解凶手的警察就是刚刚救了他们的大哥，警察大哥听到这个熟悉的声音，看过去果然是张熟脸："怎么又是你啊？真劳模啊。"

"为人民服务嘛。"靳夕笑嘻嘻地对警察大哥说道，回头面对犯人又是一脸严肃，"请问你们为什么要对素不相识的女人痛下杀手？"

犯人听到这个问题似乎比她还气愤，循着问题的声源吼过去："我杀的又不是别人，是菟丝子啊！她是凶手！我是为民除害！"

"你有什么证据证明她就是凶手？"

"证据？需要什么证据？她骂我们，在场这么多兄弟都听着呢！"

"退一万步讲,就算她是之前三桩优车司机被杀案的凶手,她也没有伤害你们,你们为什么一定要置人于死地?"

"我不能让她有伤害我们的可能!"

男子歇斯底里的一句嘶吼让靳夕不寒而栗,仅仅是为了杜绝一个可能性,一群男人就可以对着一个女人痛下杀手。这是强权的极致,绝对不容忍一点挑战。

至此,关于优车的案件,靳夕心里有了一个明确的方向。

她回到救护车想和何年商量她的想法,却发现人已经不在了。

还是刚刚那个医生看到她:"你朋友刚接了个电话就匆匆忙忙走了,要我们转告你一声,他有事先走了。"

靳夕下车给何年打电话,那边气喘吁吁的,好像在跑步:"颜珮在我家,今天的事让她情绪有点不稳定。我得赶回去看看她。"

何年没有说颜珮在他家服药闹自杀的事,毕竟传出去对她将来的人生有影响。

"哦,好。"靳夕不知道该说什么,挂掉电话有点迷茫,为什么每次觉得刚要靠近他一点,距离马上又拉得很远。难道刚刚的拥抱告白在他眼里什么都不算吗?

还好,永远不会背叛她的是工作。

靳夕叫上幺鸡一起回台里加班,熬夜把今天现场采访的素材剪出来,争取明天就可以做一期节目出来。

"幺鸡,我的想法是这样的,我们这期节目主题可以设定为……幺鸡?幺鸡?"她唤了几声,对方才回过神来。

"啊?你刚说什么?"

"你怎么了?最近几天都心神不宁的。"

应该是那晚小组聚会以后,她就一直不在状态,而且好像有点躲着自己的意思,也不知道是她哪里得罪了对方。

"没事,你接着说。"

靳夕看着神色恍惚的幺鸡,叹了一口气放下手中的DV。"幺鸡,是不是我有哪里做得不对?你可以直接告诉我。"

"不是……"要说指责谁做得不对,她好像没有这个立场。从一开始,她就和高风晚有约定,双方并不是恋人,只是各取所需的开放式关系。但每次看到高风晚和靳夕亲密,她又有种被背叛的感觉,来自爱人与朋友的双重背叛。

这种矛盾的关系让她寝食难安。她也许该去和高风晚坦白,她想要和他开始一段正式的恋人关系,如果他不同意,她就应该爽快地离开,但感情的事哪里是这样洒脱干净的。

"小夕,你知不知道我经常在想,如果我是你就好了。"幺鸡突然冒出这样一句没头没脑的话。

"我有什么好的?"

"你又漂亮又有学历家里还有钱,没有男人能拒绝你吧?"

靳夕少女怀春似的捏着幺鸡桌上的公鸡娃娃的鸡冠:"嗯,倒也不全是这样。我喜欢的人就不喜欢我。"

"你有喜欢的人?谁啊?我认识吗?"幺鸡有些紧张地追问道。

"认识,你们都认识。"

"谁啊?"幺鸡期待地看着她。

这时,办公室大门突然被推开,何年端着一碗泡面走进来。"你们俩怎么这么晚都没回去?我在楼下看见有灯,就猜是谁呢。"

他端着泡面进了小办公室,戴上耳机开始看今天的采访视频。

"他啊。"靳夕透过透明的落地玻璃,指着里面的人。

"啊?"幺鸡一时半会儿还没反应过来。

靳夕恶狠狠地点了点何年在的方向:"我喜欢的就是他啊。这个反应迟钝又眼瞎心盲的笨蛋!"

小办公室里的何年,夹泡面的手一顿,他面前的电脑画面还没有开始播放,他刚刚是不是听到了什么……

7

深调组赶工了一夜做出来一期关于优车事件的报道大纲拿给付台长看。

付台长看完以后深表满意,连夸何年靳夕合体以后做事效率、质量都上了一个档次。

"您都说好,那我们可以出新的一期节目了吧?"

"做的内容是很好,但是……"

"打住!"靳夕知道"但是"后面总不会接什么好话,"你今天一上来就把我们往死里夸,我怎么总觉得有阴谋。不如跳过这些蜜枣,直接给我们一巴掌。"

付台长哈哈干笑两声:"要不怎么说我们小靳善解人意呢。简单来说,就是颜珮由于个人身体原因无法参与录制,这期《民生说法》,董台点名要你负责报道。"

"要我代班?"因着上次和"民生"组的矛盾,靳夕现在心里还留着疙瘩。但工作需求,她也不会抗拒,"行吧,让'民生'组的同事给老曹道个歉,我就帮他们一次。"

"等等。"何年觉得事情没那么简单,付台长那一副欲言又止的表情一定还有别的没说。他直截了当地问出来:"《民生》这期内容做什么?"

"呃,你们都知道警方已经对这次市中心动乱的事做了通报。起因是颜珮之前做的报道,官方已经将这个报道定性为不实报道,这对我们西京电视台的声誉有很大的影响,我们急需扭转这个形象,其实就算颜珮没有生病,我们短时间也不会让她再上节目了。"

"所以呢?"何年大概猜到台里的意思了。

第五部分 被害女子图鉴

"所以就是台里研究决定让《民生》一定要把优车这个事跟到底,给大众一个合理的交代。他们组提报上来的报道大纲我也看了,远逊色于你们。我想既然靳夕要去《民生》报道这个事,就用你们写的这一版素材吧?"

"慢着慢着,您老的意思是让《民生》直接把我们做出来的成果拿去报道?那和上次他剽窃我们的素材有什么区别?"

"别这么说,最终不也是你去报道吗?"

"是啊,颜珮报道的时候拿功拿奖,换了我就是接着个烫手山芋出镜去挨骂的?我不去,他们也不准用我们的采访素材!"靳夕把何年的衣领子往下一扒拉,露出里面雪白的绷带,"台长,看到了吗?这是我们拼命换来的一线素材。现在就拱手让给别人,就算何老师愿意,我也不愿意。"

"小夕,别激动,我也是没办法。你想想,你们节目是弹性节目,晚个一两周播都无所谓。但《民生说法》是常规节目,一期拿不出素材就要开天窗。你们虽然是两档对打的节目,但从大局来看,都是一个台的,危机时候是不是该互帮互助?何年,你说呢?"

付台长寄希望于何年帮他说两句话,毕竟是老资历,何年脑子也清楚。台里做的决定是不会更改的,如果靳夕执意不肯,他们做的企划一样会"流产",还不如做个顺水人情。

"夕,既然台里已经做了决定……"

靳夕不相信何年居然会来劝她答应,深感背叛。"你偏帮你女朋友也不能这样啊!你考虑过我的感受没有?考虑过整个深调组成员的感受没有?要做让你女朋友自己回来做!本来就是她捅的娄子。"

"颜珮自杀未遂入院了。"何年冷静地陈述这个事实,"我送她去的医院,她吞了六十多粒安眠药。刚刚脱离危险。"

"不是只是生病吗?我……"靳夕有点讨厌何年吃准了自己会心软的样子,但又没办法真的置之不理。她虽然有点看不惯颜珮趾高气扬的样子,但也不是真的想看她死:"我帮还不成吗?那你自己回去和老曹他们解释。"

靳夕做的这一期节目报道方向还是着重在优车的不作为。如果从一开始重视乘客的安全问题，对司机背景审核严格把关；如果一有投诉就会即刻严肃处理，合理弥补乘客损失；如果出了事故能亡羊补牢，积极改进平台运作，也许这一切事故都不会发生。

靳夕采访了在本次动乱中意外死亡的优车女员工杨娟（化名）的家人。她去的时候，杨娟年近六十的父母守着客厅中的黑白遗像，正在烧纸钱。

"娟儿说周日她加最后半天班就可以拿这个月的全勤奖。她让我等她回来吃中饭，我还做了她最爱的鸡翅膀，她怎么没吃一口就走了呢！"杨娟妈妈哭得拿"金元宝"的手都不稳，"元宝"落在一边，沾满了从火盆里飘扬出来的灰尘。

"我们家娟儿只是个普通员工，我不知道他们为什么一口咬定我女儿是杀人凶手。她根本什么都没做，就被这群暴徒杀害！我在新闻直播里看到那些人打她，拿拳头砸她，拿脚踢她，我问我老伴儿新闻里那是不是我们家娟儿，她根本不敢认。我们赶到现场的时候，娟儿已经盖着白布躺在救护车上，一口气儿都没了。我现在一闭眼就看到我女儿身上青一块紫一块的样子，她在梦里跟我说她好痛，我只要一想起，心就一扯一扯地痛啊！"

所有观众都能从老两口的哭诉里感受到切肤之痛，以直播的方式亲眼看着自己女儿活生生被人打死，而自己却束手无策，无法阻止这群暴徒。他们当时该有多绝望。

"任何将自己生命凌驾于他人生命之上的行为我们都不能容忍。为了杜绝自己受到伤害的可能性，一群手持凶器的优车司机将一位无辜女性活生生打死，这在法制社会里是难以想象的。"靳夕义正词严地说道，"同时，我台之前关于优车司机被害案的不准确报道对此次事件也起到了错误的引导作用，我谨代表我台《民生说法》节目向广大群众，向在此次事件中受到伤害的所有人，尤其是杨娟的家人致以最沉痛的歉意。我们承诺一定会对此事跟踪报道到底，还事件一个真相。"

第五部分 被害女子图鉴

西京电视台主动认错的举动赢得了一批观众的好感，但始终无法抵消之前报道假新闻酿成大祸的事实。

靳夕作为致歉者，被很多不了解情况的民众骂得狗血淋头，祖宗十八代都被问候了个遍。加上之前杜栎传播的花边新闻，靳夕这个名字简直臭名远播。

"何老师，多亏你的福啊。你女朋友犯错，我替她挨骂。"靳夕摊在办公室的老板椅里阴阳怪气地损何年。

幺鸡是知道内情的人，明白靳夕这是在吃醋，她竖着耳朵在听何年会怎么回应。

何年从桌子上拿了个巧克力味的欣欣杯给靳夕："消消气，买给你吃的。"

靳夕最喜欢吃这个牌子的蘸酱手指饼干，和小时候吃的星球杯一样。她心满意足地舔杯盖时猛然醒悟，这厮想用一个零食就打发她。

"我又不是三岁小孩了，不吃！"她把欣欣杯摔在桌子上。

"哦，我以为你喜欢，还买了一箱。"何年从脚边的办公桌下抽出一箱零食。

零食不宝贝，宝贝的是喜欢的人买的零食。

靳夕用脚把那一盒零食钩到自己办公桌下面。"就这一次，下不为例。"

"咚咚咚"办公室大门明明是开着的，有人探头探脑在门边敲门，不敢进来。

老曹的工位离大门最近，他一看是《民生》组老是跟在颜珮后面的摄像师小胡，上次打架最凶的也是他，老曹脸马上就黑了。"你来干吗？又找打啊。"

"不是……我是专程来道歉的。"小胡慢吞吞蹭进来，手里还提着个超大的果篮，"之前的事是我们不对，这次如果不是靳夕挺身而出，我们节目就要开天窗了。"

老曹冷哼一声，幺鸡和波仔都不领情，靳夕更是白眼快翻上天。这是黄鼠狼给鸡拜年，上次怎么骂他们来着，现在有求于人，就装模作样虚情假意。

小胡见只有何年一个人神态尚算平和,凑到他跟前请罪。"何老师,您替我说说话。上次偷素材的事是颜珮姐叫我们做的,我们不得不做。您也知道她在《民生》组有多大的权利。她平时霸道跋扈惯了,我们这些下面做小的也不敢说个'不'字。这真的不是我们本意啊。"

靳夕心想这人绝对不知道他们颜珮姐和何年有一腿,不然敢在他面前这么说?她偷偷瞟了旁边的何年一眼,结果对方毫无反应。拜托,这是公然讲你女朋友坏话啊,你是不是该表现得愤怒些?

见何年迟迟不出声,靳夕不得不做这个"白脸":"你的颜珮姐只是病了,不是死了,还会回来的,你现在这么踩她对你将来也没好处。"

"她?回不来了。"小胡对此不以为意。

"为什么?"

"付台长说的。她这次犯了这么大的错,台里没追责让她自己辞职已经是看她这么多年为台里做的贡献才网开一面的。"

"好吧,果篮放下,人可以走了。"靳夕挥挥手,小胡点头哈腰退出了办公室。

靳夕回头推了何年一把:"颜珮被辞退的事你知道吗?"

大概是刚好推到他的手臂上的伤口,何年嗳了一声,皱眉说道:"知道。"

"对不起对不起,不过你知道居然没去付台那儿说情?"

"没什么好说的,做错事就要承担后果。付台长处置得很公道。"

"冷血,无情。做你女朋友真是可怜。"

"你要不要试试?"

一直在偷听八卦的幺鸡猛地回头,组长刚刚是在表白吗?

靳夕也听到了,但不敢确定他说的意思:"你刚说什么?"

"没什么。"何年的耳根子可疑地红了。

靳夕还想追问,手机突然响了。她一看是祝萍的号码,上次她们礼节性地交换过名片,但她没想过祝萍会主动给她打电话。

"喂,祝总?"靳夕起身出去接电话。

何年长长舒出一口气,果然不能一时嘴贫,差点圆不回来。幺鸡看穿一切地坐着滑轮椅滑到他面前。"我可都听到了。"

"当作没听到。"

"……胆小鬼。"

靳夕在门外还不知道情况:"你找我有什么事吗?是不是杜栎叫你给我打电话的?上次整我还不够?"

"靳夕啊,我现在站在公安局门口。"电话那头祝萍的声音听起来很虚弱。

"什么?"

"虽然很俗气,但还是要说一句'谢谢你'。如果不是你,我没有勇气迈出这一步。"

"你在说什么?我怎么完全听不懂。"

"杨娟的父母太可怜了。她是无辜的,真正的'菟丝子'是我。"

8

"新闻是有温度的,这句话我们经常听到。但新闻的温度究竟是什么?新闻有好有坏,我说的好坏并不是指新闻本身的内容,而是它传递出来的态度。同样是对于灾难的报道,好的新闻能激起人的同理心,让观众产生同情、共鸣,反思自身行为,进而做出有帮助的行动;而坏的新闻只会让人觉得恐惧、愤怒、不安。因为坏的新闻,总是把报道侧重点放在吸睛,用各种视觉效果、听觉效果或者大数据去刺激观众的敏感点。这样的新闻能得到一时的热度,却会造成无穷的后患。之前《民生说法》的例子给了我们一个很好的警醒。庆幸我们台还有深度调查组这样坚持做好新闻的媒体人,他们在同一个事件的新闻报道里所表现出的专业性也给我们树立了一个很好的榜样。下面我们有请深度调查组上台领西京电视台年度最

佳新闻奖。"

台里的年会,付台长在台上声情并茂为深调组致颁奖词。要不说姜还是老的辣呢,一番颁奖词居然说哭了台下几个小姑娘。这场年会会在地方台播出,镜头都拉到了哭的女孩们身上。

靳夕看着何年:"何老师,还是你去吧。"

何年指着自己的口罩、帽子:"你觉得我这样合适吗?不知道的还以为上去打劫呢,你去吧。年年都领,我都厌了。"

何年故作骄傲,说得却也是实情。深调组跟着他年年都领奖,靳夕这是第一次,大家都同意让她代表深调组上台领奖。

于是靳夕被众人拱上了台,她从付台长手里接过奖杯。

"首先,我要谢谢我在这个台里的入门老师:何年。是他手把手教会我做新闻的意义和责任。"

台下,幺鸡拿何年起哄:"哟,手把手呀。"

靳夕将手掌朝上指向何年,台下的人都回头看向他的方向。何年向大家颔首示意,如果不是口罩遮挡,大家会发现他是在笑。

"其次,我要感谢深调组所有的伙伴:何年、李窈、秦波、曹立凡。是他们的辛勤工作和对新闻坚持求真的态度让我们组能拿到这个最佳新闻奖。"

镜头扫过来,幺鸡和老曹都在躲,只有波仔一个人站起来神气地朝镜头挥手,把靳夕都逗笑了。

"最后我要谢谢,所有曾出现在我们新闻中的当事人。其中有些人已经不在这个世界了,但我要谢谢你们,你们的际遇让我们看到生命中不堪承受之重,同时也领略到人性中不会磨灭的善良。我想借这个机会告诉你们和电视机前正经历着相同困境的人们,无论你们正在遭受着什么,相信我,这都不是绝境,你不会是一个人,我们关心你。随时随地,若你有需要,请联系西京电视台深度调查组。"

电视机前的他们都听到了她的声音:

第五部分 被害女子图鉴

男子监狱里，听完靳夕致辞的黎天明给程斌倒了一杯酒："马上就刑满释放了，出去以后好好过日子。封奕在天上看着呢。"

期末考试拿了第一名的凌初从校门口出来，听见门卫室里电视机的声音，他偏头看见电视里一张熟悉的脸。母亲发信息叫他早点回家吃饭，今晚做了他最爱的可乐鸡翅，他回道："马上回。"

跨出校门的时候，凌初看向万里无云的晴朗天空。林姝啊，你没走到的这段路其实很平凡，但也很美好。

改名换姓的李婷婷和养父养母在下馆子，电视里正在转播年会颁奖。李婷婷的养母给她夹了一块肉："别看了，都过去了。"

"没事，我不恨她。"李婷婷笑着扒了一口饭。

高风晚飞到了美国探望正在接受治疗的洛洛，他手上拿着手机一边看网上的现场直播，一边问洛洛："雪莹，妈妈漂亮吗？"

什么也听不懂的洛洛踢了两脚被子以示兴奋，被子下的小脸蛋终于有了些正常婴儿该有的血色。

在看守所等待收监的祝萍听到收音机里转播靳夕的话，无奈地低头笑了笑："该死。你又让我对这世界有了一点期待。"

而深调组能拿这个奖，其实还要感谢祝萍。事情要回到祝萍自首的那天。

祝萍站在公安局门口给靳夕打电话，向她坦白了一切。

当时靳夕和老曹去公司采访，从他们的问话里，祝萍知道他们已经在怀疑三个司机的死亡不是意外。情急之下，她顺着靳夕的话将怀疑引向了客服部的职员。

她当时只是怀着侥幸的心理想逃过一劫，没想过电视台会将这未经证实的说法直接报道出去，更没想过会引起男司机们这么强烈的反感，造成杨娟的无辜受害和其他多个职员的受伤。

祝萍在看守所关押期间，靳夕来采访过她。虽然一切真相大白，范力友的车是在送来公司例行年检的时候，被她偷偷做了手脚造成失控坠河

的；另一辆自燃的车也是用的同样的手法；还有个出轨的，是她跟踪后放消息让对方老公捉奸在床。但究竟为什么？靳夕心里一直存在个疑问。

网上猜测过"菟丝子"针对男性性骚扰犯的复仇是因为自己有类似的遭遇，所以怀恨在心，为民除害。但是靳夕查过祝萍的档案，她一生顺遂，家庭美满，名校毕业，工作能力强，似乎没有遭受过任何伤害。就连她的亲属都没有过遭受类似侵害的案例，她这么深的恨意究竟从何而起？

"我说出来，你可能会觉得好笑。我初中二年级的时候，周五从学校回家在公交车上被一个中年男人猥亵过。"祝萍说的时候甚至在笑，很轻松。

"就这样？"靳夕知道自己不该这么说，那些说"至于吗"的人都是事不关己高高挂起的。但如果说就为了这个理由，在多年后连杀三人，她也实在不能理解。

"我当时坐在最后一排，那个男人坐在最里面的位置，他突然把裤子脱下来，我看到他露出那玩意儿时吓傻了，想逃。他一把把我拖回去坐在他腿上。我哭喊着救命，但那一车人都像聋了瞎了一样，包括司机，没一个人管我。他抱着我不停地上下颤动，口中发出让人难以忍耐的声音。直到我自己挣脱他跑下车才算完，最该庆幸的是，他没有追下车。现在想来还是年纪太小，如果现在让我再遇到他，我应该会直接切了他的那玩意儿。反正管不好，不如不要了。"

直到祝萍说出这话，靳夕才敢相信这个看上去干练厉害的女强人是真的"菟丝子"。从她清晰地描述中可以想象当时十三四岁的小孩会有多么害怕。

"但如果硬要展开来说，这也只是个开始。"祝萍说，"我回去后告诉我父母，他们居然说让我以后多穿点。可我那天穿的是校服。我气不过去报警，警察说我不能提供确切信息查不了。我跟我那时最好的朋友说，她居然问我：'大叔帅不帅？'我当时觉得这个世界是不是疯了，要不就是我疯了。每个人都好像跟我说这不算什么，你又不是真的被强奸了。就算是，错的也是你。后来好长一段时间，我都做噩梦，对异性有生理上的排斥、恐惧。读大学开始我就自己打工攒钱去看心理医生,好不容易能把这件事慢慢尘封在心里,过上看上去是正常人的生活。"

"后来呢?为什么心态又发生了这么大的转变?"

"其实也谈不上转变,只是把我心里隐藏的一些黑暗的想法给释放出来了。这一切得'归功'于优车……"

祝萍四十岁这年被高薪挖到了大名鼎鼎的新科技公司——优车。她以为她到了一个新的高度,殊不知她这个选择是把自己又一次推入了地狱。

"这个公司的高层全是男性,公司文化有很严重的问题,但没人意识到。上司可以随意对女员工职场性骚扰,可是没人当回事,要不就是敢怒不敢言,要不还觉得挺骄傲。我每天看着杜栎调戏女员工,他的秘书还替他打掩护骗他老婆,我都觉得恶心。但只要我表现出一点不满,部门同事就会背地里说我是老姑婆,是嫉妒那些年轻姑娘。

"后来,我们公关部接手管了客服部的投诉问题。客服部门的员工跟我报告第一起乘客投诉性骚扰的案子时,我就决定要严肃处理。我上报给总裁和副总裁,报告被打回来,说家丑不可外扬。对这事的处理方式就是不主动、不拒绝、不负责。人家找上门让我们赔偿,我们再装模作样赔点钱。'多大点事儿啊。祝总,别太上纲上线了。'总裁这么拍着我的肩膀说。

"你猜后来怎么着?我私人去慰问投诉的乘客,发现那女孩儿自杀未遂成了植物人。我去的时候,她爸妈正在商量要不要停了供氧。也不能怪他们二老狠心,家里情况确实困难,原先是靠着女孩一个人打工赚的钱养活全家,现在唯一的收入来源没了,他们也没有别的办法。但我也会忍不住想,如果她是个儿子,他们是不是拼到花完最后一分钱,也不会停了她的氧?如果她是个男孩,也根本不会遭遇这些事吧?直到那时候,我才意识到,这个社会不是在纵容性骚扰,而是在纵容男性对女性做的任何事,不管是性侵,家暴,还是重男轻女,从教育、生活、工作、婚姻、生育方方面面都存在着显著的不公平,这是对性别的碾压!也是从那一刻起,我

有了要杀了这些仗着自己多个把儿就欺辱女性的牲畜。"

"你这么说是不是有点偏激……"靳夕自问对女权问题一向拎得清，也不在意被人带恶意地叫作"女权斗士"，但她还是觉得祝萍的想法就算放在女权主义者中也是太激进的。

"如果你能这么说，你挺幸运的，说明你从小到大没有受过这样的委屈。我不是没有向父母、向朋友、向社会寻求过帮助，但当这些都保护不了我们的时候，能保护我们的只剩我们自己。你或许觉得我反应过激，但这是我想到的唯一的方法。杨娟的事情你看到了吗？那些男人多么害怕女性挑战他们的权威。我最初的目的只是想让他们警醒，规行矩步不要越界。但狗改不了吃屎，他们没有反思，没有想改变自己，他们想的只有杀了'菟丝子'，杀了威胁他们的存在。其实我挺喜欢网民给我取的这个代号。靳夕，你知不知道'菟丝子'有一个特性：绵延不绝，生生不息。信不信随你，如果男人不愿做出改变，我不会是第一个，也不是最后一个'菟丝子'。"

9

台里的意思是，这个新闻挖到这一步就可以停止了。祝萍自首，真相大白，已经安抚民心，是个喜闻乐见的结局，但靳夕总觉得事情还不能就这么完。

对祝萍的采访让她反思了很多问题，"菟丝子"的身份是查清楚了，可是就像祝萍说的那样，只要没有改变根本问题，"菟丝子"还会出现第二个、第三个……

她还想继续报道那些关于优车内部企业文化腐败、罔顾乘客利益、高层对职员性骚扰的新闻，让这件事真正的源头受到广大群众的重视。

台里不同意她的想法，优车毕竟是本地的龙头企业，不看僧面看佛面，真要闹大了，只会是两败俱伤的结果。何年顶着压力做主让她做了一期

第五部分 被害女子图鉴

网络视频节目,用深度调查组的社交账户发布,等于是变相做了一期"菟丝子"案的续集。

感谢如今社交网络的发达,传播量不比电视小,甚至影响力更大。他们曾经嗤之以鼻的东西又一次帮助了他们。

出乎靳夕意料的是,这期网络节目播出后,杜栎主动联系了她,说要邀请她吃饭。组里的人都劝她不要去,他们的报道给优车和杜栎本人都造成了很大的影响,杜栎直接被撤了副总裁的职位。他主动请靳夕吃饭,一定是没安好心。

靳夕想看看他葫芦里到底卖的什么药,最终还是决定要去赴约。但她也长了个心眼,把父亲雇给她的保镖都带上了,也不避讳着杜栎。

杜栎约的地方是家高档西餐厅,见她带了这么多保镖来,杜栎笑她:"靳小姐真是太看得起我了?我要是想对你下手,也不会约在这样的地方。我就是想跟你聊两句,别这么紧张。"

见周围食客众多,靳夕同保镖说:"你们先出去等我,半个小时内我没有出去就马上报警。"

"靳小姐还真是一点面子都不留呢。"

"有话快说,有屁快放。"靳夕坐到他对面,把手机调成倒计时模式,"你只有二十九分钟了。"

"哈哈。真有意思。"杜栎的状态一点都不像刚被撤职,反而像个度完假刚回的人。他给靳夕斟了一杯酒:"你是不是以为今天会见到我宛如丧家狗的样子?以为我会哭着来求你放过我?或者会恼羞成怒把你暴打一顿?"

"我没这么想。既然你什么都不想做,你叫我出来做什么?"

"我是来感谢你的。"

"感谢我?"杜栎越说她越糊涂。这人莫不是受刺激失心疯了。

"明面上看优车为了维护企业形象,牺牲了我。但这个撤职是有条件的,公司把我手里的股份都折现赎回,你能猜到这是多大一笔钱吗?原本想

再奋斗几年,现在提前退休去享受生活也不错。过几年玩累了,我还可以再开个优车这样规模的公司。工作生活两不误,你说我是不是该感谢你?"

靳夕没想到优车的处理方式是明惩暗奖,杜栎全身而退还成了牺牲自己保护公司形象的功臣。

"所以你是特意来向我炫耀的?"

"也不是。我就是好奇,你们记者拿着那点工资,是怎么坚持下来像条恶狗一样咬着别人不放的?"

"信仰不是你这种人可以明白的。"

"我是不明白,但我知道再恶的狗都是可以驯服的,要不扔一根骨头,要不打一棒子。"

"我还以为你能说出什么新花样。威逼利诱?你是在告诉我,要不接受贿赂,要不就会遭到报复。对不起,我靳夕不缺钱,也不怕报复。你尽管来试试。"

"你误会了。靳大小姐怎么会缺钱,你爸两腿一蹬,都是你的。哦,对,你还有个姐姐,但外人都知道你爸最疼的是你这个小女儿。我可没想过拿钱能收买你。"

"嘴巴放尊重点。就算你爸死了,我爸还长命百岁,所以你是想把我打服?"

杜栎脸色变黑,他还从来没被年龄是自己一半的小辈这样当面骂过。缓了好一会儿,他才开口:"我之前就说过了,我不会动你。你姐夫就是开安保公司的,我打得过吗?"

"说到黑星,你知道它的发家史吗?"杜栎突然把话题扯到路易斯的安保公司上。

"你到底想说什么?"

"你在抨击优车的文章里写过'企业把资本凌驾于生命之上是不可容忍的'。但小姑娘我告诉你,没有哪个资本不是建立在鲜血之上的,你还是太幼稚。"

第五部分　被害女子图鉴

"歪理。"

"不信你大可回去问问你姐夫，问问你父亲，黑星和靳氏珠宝的发家史真的那么清白？"

"我爸和姐夫都是行得正、坐得端的生意人，你不用来挑拨离间。时间快到了，你没别的事，我先走了。"靳夕觉得自己今晚来这儿听他说废话就是个错误决定。

"靳小姐，我只是想提醒你一下，不是每个人都有你这样的背景。你以后做事的时候，也想想你的同伴们。"

靳夕离开的脚步一顿，回头双手撑在桌上凑近杜栎："你这话什么意思？"

"不查不知道，一查吓一跳。原来西京电视台深度调查组办过那么多大案，这得遭多少人惦记啊？"

难得今天没有加班，幺鸡去超市买了不少食材准备叫组员们一起到她家吃火锅。结果老曹说要陪女儿，何老师要去医院复查，只有波仔有空，两人便相约一块喝顿小酒。

她两只手提满了酒水和火锅用的菜肉从超市回家，走到电梯口的时候，衣服口袋里的手机响了。

她把酒瓶放在地上掏出手机，是波仔的电话。波仔说他接到一个线人的电话向他举报县里有个建筑公司违规占地建房，他现在需要去县里跑一趟采证。

"搞什么呀？酒都买好了。"幺鸡不满。

"实在对不住。线人还在县里等着我，要不等我晚点回来找你，咱们喝通宵。"波仔向她再三道歉，这才取得谅解。

"好吧好吧。"电梯刚好到了，幺鸡挂断电话弯腰去拿酒。就在那一瞬间，她眼角余光似乎瞥到一个黑影从单元门外闪进来。

就在一瞬间，黑影走到她的侧面，举起一个砖块大小的硬物砸向她的头。

幺鸡觉得头昏眼花,但并没有马上晕过去,她抬手格挡住疯狂砸向她的硬物并大喊:"你是干什么的!救命!"

"让你报!"来人继续猛烈地攻击她,幺鸡倒地的一刻只看清是个穿黑衣服的男人,戴着帽子和口罩,根本看不清面容。

"你在干吗?!"路过的邻居听到呼救声跑过来,黑影一惊推开邻居跑了。邻居叫来了保安,可惜保安队晚了一步,让那人跑得不见了踪影……

波仔那头,他乘坐城际大巴到了县里,一下车就看到线人等在大巴站。

线人将他带到了一辆小轿车边:"咱们上车,去工地看看。"

"你崽子什么时候买车了?"波仔完全没有意识到危险的降临。

直到他拉开车门看到里面还坐着三个男人,才意识到情况不对,他转身想跑,被车里的人追出来摁进了车中。

他向路人呼救,对方凶神恶煞地朝路人大喊:"我们是讨债!别多管闲事。"

波仔被迫架上车堵上了嘴,他被两个人夹在中间,前面还有一个开车的和他的线人。

他的线人哭着向他告饶:"波哥,对不起,我也是没办法。"

开车的司机朝线人后脑勺使劲拍了一巴掌:"废他娘的什么话。"

三人将波仔拉到一片麦地上开始围殴他,波仔的眼镜被打碎了一边。有人拿出一把匕首,刀背一下下拍打在波仔的脸上:"挺好看的小伙子,划丑了就不好办了,以后说话小心点知道吗?"

"你们到底是谁?为什么打我?"

"你敢敲诈勒索我们,就要承担这个后果。"

他越说波仔越听不懂了,他什么时候勒索过人?他们对波仔围殴了近半个小时,将波仔打得奄奄一息之际,逼迫波仔签下了一份保证书。

事后,波仔才知道那份保证书是保证他今后再也不会勒索他们公司。

等这群打手走了后,线人报了警。

这些人大摇大摆去警局自首，但他们倒打一耙指证是波仔先以记者身份勒索他们，他们给了钱以后怀疑他是假记者，才追出去打了他，还提供了波仔签的保证书。

警方在波仔随身的背包里翻出了一台被打烂的电脑和一捆一万块现金，也就是打手说的他"勒索"的钱……

老曹骑着电动车去送女儿上早教班，马上到小区门口的时候，一辆白色的宝马车疑似突然失控连撞两车后冲向在慢车道骑行的老曹父女，将两人撞飞至路中间。

女儿当场昏迷倒在血泊中，老曹爬到女儿身边，抱着失去知觉的女儿号啕大哭。路人帮他们拨打了120，送往附近医院救治。

老曹伤势不算重，只是左腿骨折。但女儿年龄太小，手术后还没能脱离危险期。妻子在病房外哭着捶打他的肩膀："你怎么开车这么不小心？"

可老曹觉得，这不是开车不小心的问题，这车撞得太蹊跷。

肇事司机对自己撞人的事表现得非常冷淡，连面都没露，所有赔偿事项都让律师和保险公司出面……

何年当晚在医院复查，因为高烧不退被医生留院观察，反而逃过了一劫。

靳夕轮番给何年、幺鸡、波仔、老曹打电话，没有一个人接听。第二天她才知道昨晚发生的事情，打击一个接着一个，深调组几乎"全军覆没"。

10

幺鸡的伤势需要住院，波仔还在局子里接受假记者事件的调查。深调组办公室里一下子空了一大半，靳夕和何年左等右等最后只等到老曹的一封辞职信。

他拄着拐杖亲自将信送到电视台，交到何年手里。他们这才知道车祸的事情。

"杜栎这个王八蛋!"靳夕一下子就想到杜栎的威胁,此事同他绝脱不了干系。

何年皱眉问道:"孩子情况怎么样?"

"刚刚脱离危险,她妈妈在照顾。"

"老曹,你别走!我们不能向杜栎妥协。我一定替你和孩子讨回个公道!"靳夕没想到杜栎这个卑鄙小人连一个这么小的孩子都不放过。

"何老师、小靳,对不起。如果我是一个人,我一定同你们拼到底!我这条糙命没了就没了,但我不能再拿我女儿的性命去冒险。希望你们理解我。"

"钱够用吗?有没有什么困难?"比起靳夕的义愤填膺,何年操心的是另一个问题。

"只要我离职,对方马上把赔偿金打给我……双倍……"老曹声音越来越小。

他知道他不该拿这笔钱,但是女儿之后的治疗还要一大笔费用。他辞职以后,家里少了一半经济来源,这笔钱对他非常重要。

"知道了。"何年从胸前的口袋里掏出钢笔爽快地在辞职信上签下了批准:"我待会儿就替你把信交到人事那里去,你安心回去照顾孩子。"

"何年!"靳夕不满意他这样的处理方式。如果就这么让老曹走了,岂不是遂了杜栎的意。老曹被威胁辞职他们难道就不管不顾?

何年恍若未闻:"老曹,孩子住在哪个医院?我们下班就去看她。"

"中心医院。"

"嗯。你先过去吧,嫂子该等急了。"

老曹偷偷抹了一把眼泪,拄着拐杖朝何年和靳夕鞠了一躬:"对不起。"

靳夕赶紧去搀他:"你这是干什么?该道歉的不是你。"

"说好了深调组一家人,一个都不能少。何老师这么难都坚持下来了,我却中途抛弃了大家,抛弃了自己的理想。"

靳夕也别过头去，忍不住擦了一把眼泪。

"不管你还在不在深调组，我们都是一家人。"

老曹刚走，何年就接到派出所的电话让他去保释波仔。他和靳夕下午从台里告了假，去警局把波仔保释出来。警察说不算什么大事，只要两边私下调解好犯不着来警局。

波仔身上只是些皮肉伤，不肯去医院，就是平白无故挨了一顿打又一晚没睡，精神状态不太好，闹着要回家休息。

他们送他回家，才收到幺鸡留的口讯："哎哟喂，波仔，快来中心医院，老娘被人打了！"

"靠。"波仔也顾不上休息，洗了把脸就跟何年他们一起去医院探望受伤的幺鸡。

波仔心急火燎地推开病房门，本以为会看到一个凄凄惨惨戚戚的幺鸡。没想到幺鸡看上去状态还不错，虽然头上包得跟粽子似的，却还在空中挥舞着拳头跟高风晚发誓如果抓到那个小贼一定让他好看。

"好了好了，大夫说让你别乱动。"高风晚一脸无奈地抓住她的手塞回被窝里。

波仔看到病床旁的高风晚脚步一滞，站在门口不动，还是幺鸡先跟他打招呼："Hey，波仔，你终于来了！呼了你一晚上没接电话！老大和小夕怎么都来啦？"

靳夕先走进去，坐到病床另一头关切地问道："你没事吧？"

"没事。就是不知道哪个不长眼的小毛贼一板砖给我抡晕了。保安没抓着人，让他跑了，不然我非得抡回去。"

何年拍拍波仔的肩膀，把他一起带进病房。走近了，幺鸡才看到他脸上青一块紫一块："怎么了这是？你不是去采访了吗，怎么看上去比我还壮烈？"

"碰到一群无赖。"波仔站在离高风晚最远的对角线上，不肯靠近。

"我们没这么有缘吧？受伤都要一起？"

高风晚瞥了他一眼："恐怕没那么简单吧？"

幺鸡看向何年，希望从他这里得到一个答案。

"你先养好伤，别的别多想，台里还有我和靳夕。"何年顾左右而言他，对方动静整得这么大，他不想没搞清楚状况就轻举妄动。

"既然你有人陪，我先走了。"波仔话里有些赌气的意思。

"喂！"幺鸡一个枕头砸过去，砸在门框上，却没能阻止住波仔离开的脚步，"这个不讲义气的。"

"你别骂他了。他昨晚在局子里蹲了一晚，刚出来听到你受伤的消息，衣服都没换就跑过来了。"靳夕实在为这个慢半拍的幺鸡着急。

其实也怪不得幺鸡，每个人的双眼都死死盯在自己喜欢的那个人身上，至于有没有人在看自己，好像实在顾及不来。

靳夕压低声音在何年耳边说："老曹女儿也在这家医院，我们去看看？"

何年点点头，站起身来："幺鸡，你好好休息，我们还有点别的事，先走一步。"

"嗯，你们忙。"幺鸡看着两人说悄悄话，目光里满是揶揄，好像他们是要去约会一样，"老大慢走。"

看着他们离开的背影，幺鸡满脸欣慰地问高风晚："是不是看上去很配？"

她小心翼翼地观察着高风晚的脸色，他却故意不回答，低头去拿热水壶："我去帮你打点水。"

老曹的女儿在重症监护室没办法探望，何年和靳夕只能安慰了老曹媳妇一番。走的时候，他们在水果篮下面塞了一个红包。

两人东奔西跑忙完一通已经是傍晚，何年主动提出邀约："一起吃个饭？"

"好啊。"两人边说边朝医院门口走去，靳夕突然觉得肚子一阵绞痛，好像是那个来了，"等等，我想去洗手间。你先上车等我。"

"好。"

果然是例假来了,好在提前有准备。靳夕匆匆收拾好,刚从洗手间走出来,迎面撞上一个熟人:"颜珮?"

颜珮也没想到会在这里见到她,两人堵在女厕所门口,一阵微妙的沉默。

"麻烦让让。"直到后面的人催促,颜珮先笑开:"借我两分钟,和你说几句。"

靳夕和她走到走廊窗边,颜珮向她伸出手:"先恭喜你,拿了奖。直播我都看了。"

靳夕瞟了她的手一眼,并不打算和她演这出姊妹情深、兄友弟恭的戏码:"客套就省了,有什么事直说吧。"

"我的事你听何年说了吧?"

靳夕脸上露出不自然的表情,她并不太想和颜珮讨论自杀这件事,于是避重就轻地问:"可以出院了?"

"嗯,医生说可以出院了。待会儿我家里人来接我,我以后会离开这个城市,准备换个地方生活。所以走之前有些话想和你说。"

靳夕下意识看了一眼医院门外停车场上的灰色小车,颜珮也跟着她看了一眼:"何年在等你?"

"嗯,所以尽量长话短说。"

颜珮又笑了,她今天好像比平时要平易近人得多,笑得也多。靳夕都怀疑她这鬼门关走一圈是不是转性了:"我终于明白为什么何年会喜欢你了。"

"你说……师父,他喜欢我?"靳夕好像听到什么不可思议的事情。

颜珮比她更惊讶,仿佛这是个人尽皆知就她不知道的事。"不然你以为他为什么会回深调组?"

"难道不是因为你们《民生》组打人的事情,我借机向台长申请让他复职的吗?"靳夕虽然当时怀疑过她刚提申请第二天何年就复职实在太快,但也并未想过是何年主动要求回来的。

"他的病情其实一直都不乐观,但因为你的一个电话,他毅然决然决

定回来。如果这都不是因为喜欢，那我也想不出别的理由了。"

靳夕想起来了，两组人打架那天，她给何年打电话说自己好累。

何年当时说："你需要我的时候，我永远在这里。"

那时，她以为这不过是句安慰的话。

"优车公司闹事的时候，我看了现场的新闻直播，燃烧瓶飞过来的时候，他想都没有想就先护住了你。"颜珮有点自嘲地笑，"大家都以为我吞药是因为工作压力，其实我不能否认，也有一部分是因为在电视上看到那一幕。"

"……"靳夕不太能理解为什么为了一个男人走到自杀这一步，"你就这么喜欢他吗？"

"你不能理解，我很早很早就认识他了。他现在对你所做的一切本来都应该属于我！"颜珮看见靳夕用看疯子的眼神看自己，她深呼吸一口气强迫自己冷静下来，"你看到如今的何年，可能想象不到他小时候的样子……"

颜珮同她说他们小时候的故事，说何年当年是如何像只猴儿一样上蹿下跳，说他再次相逢却完全忘记她。多的是心有不甘。

"我因为感情，一念之差放弃了自己的职业操守，如今犯下大错已经无法挽回。这个人不管我放不放得下，我都必须放弃。我希望最后能为他做一件事，至少我和他之间有一个人能获得幸福。何年喜欢你，就算他从来没有开口对你说过。他喜欢你到什么程度，即使医生说这个病日常接触没有传染性，但他连碰都不敢碰你。你可想而知他有多么珍视你，不要错过他。"

靳夕低头，手指绞在一块。对于何年的感情，她并不是没有一丝察觉的，只是他不说，她就骄傲地不肯相信。如今听别人说起，才知道背后的惊涛骇浪翻到面上就只剩下一丝丝涟漪。

"谢谢你。"这场对话的最后，她由衷地向颜珮道谢。

第五部分 被害女子图鉴

靳夕开门进车的时候带进来一股冷风,何年拉紧了外套。她让他在车里多等了二十分钟,但他连问都没有多问一句。

她看着他的目光前所未有地炙热,这让何年有些莫名。"怎么了?"

"我有没有告诉过你?"

"嗯?"

"我喜欢你。"伴随着这句简单的告白是一个热烈的不容抗拒的长吻,她终于看清楚,何年慢慢放大的瞳孔里映着的从始至终只有她一个人的影子。

第六部分　血翡翠

1

想到何年在车上呆若木鸡的样子，靳夕心情大好，哼着小曲回到家中，全然忘记出门前父亲的威胁。

大厅里没有开灯，靳夕以为大家都睡了，蹑手蹑脚扶着餐厅的桌椅穿过客厅走向自己的卧室。

"小夕。"黑暗中传出一个老态龙钟的声音，靳夕被吓得一激灵，顺手打开了壁灯的开关，一束昏暗的光线照亮沙发上靳红星的脸。

靳夕有一种感觉，一向自诩保养得当的父亲已藏不住老态。

"爸，还没睡？"

"你没回来，我睡不着。"

想到白天和父亲的争吵，靳夕有些愧疚，是她的任性让老人家担惊受怕大半夜睡不着觉。

第六部分 血翡翠

靳夕坐到父亲身旁挽住他的臂弯,像儿时那样将头靠在他肩上撒娇:"对不起,爸。我职责在身,不得不违抗你的意愿。你别生气了好不好?"

靳红星没有回答她的问题,只是说:"你姐怀孕了。"

"真的?什么时候的事?"靳夕听到这个消息激动地从沙发上蹦起来,"姐姐今晚睡在家吗?算了,我自己上去问她!"

靳红星一把拉住她,一直紧绷的脸终于有一丝松动:"你还和小时候一样沉不住气,猴急,这都几点了?别上去吵你姐休息,有什么问题明天再问她。"

"也是,我太激动了。"靳夕笑嘻嘻地坐回沙发上,屁股还是不安分地扭来扭去。

"你姐姐姐夫他们准备移居美国去养胎。"

"这么突然?生完就回来吗?"

"他们准备定居在那边,不回来了……"

靳夕默了一会儿,勉强挤出一个笑容:"也好。现在交通这么发达,我们随时可以过去看他们。"

"我准备随他们一起过去。这些年你姐姐一直怨我偏心,生孩子是鬼门关走一遭的事情,尤其是你姐身体一直不好,我放不下心。"

这么一来阖家搬迁,就剩她一个人,靳红星借着微弱的光线观察靳夕的神情。

她强颜欢笑道:"我这么大人,可以照顾自己。爸,你放心陪姐姐去吧。"

靳红星终于装不下去,板起了脸:"你倒是说说,到底什么鬼迷了你的心窍?让你连家人都可以舍弃,宁愿一个人留在这里。"

"爸,我是真的喜欢这份工作……"靳夕拉着靳红星的手想故技重演,却被爸爸甩开了手:"你到底是喜欢这份工作,还是喜欢某个人?"

"爸……"靳夕没想到爸爸会这么直接问出口,"这两者并不矛盾。"

"在我看来很矛盾!你的什么梦想啊追求啊都是借口,最终还是为了

个男人。关键是这个男人并不是良配,别的我都不说,光有病这一条,我绝对不可能同意你和他在一起!"

"爸!他的病不是你想的那样……"

靳红星粗暴地打断她:"不用再说了。你去也得去,不去也得去,你的护照我已经交给你姐夫去办签证。这段时间你就不要出去上班了。安心在家待着,省得染病回来再过给你姐姐,那我可饶不了你!"

靳辰站在二楼转角的楼梯口听到了父亲与妹妹的全部谈话,她轻嘘出一口气。至少有一次,父亲是把她放在妹妹前面的。

有一双长臂从身后抱住她,靳辰身体不自觉颤抖了一下,回头发现是路易斯才放松下来:"还没睡?"

"看你半夜起身不放心。"

"没事,我听到小夕回来的动静出来看看,怕他们爷俩又吵起来。回去吧。"靳辰拍了拍丈夫的手背以示安慰。

"为什么要拿怀孕骗爸爸?他以后知道一定很失落。"

靳辰在路易斯怀里转过身来,环住他健硕的腰身:"好不容易美国实验室那边的研究有了新进展,我们需要一个足够有力的借口离开。而且……这也是我的夙愿。"

"对不起,让你受委屈了……"路易斯低下头亲吻她的头发。

外人皆道两人婚后无子是因为靳辰身体羸弱,只有夫妇二人知道,真正原因是路易斯一直坚持婚后避孕。

靳辰生性骄傲,不愿与人诉苦,隐忍数年后,终于将一纸离婚状放到路易斯面前。到这个地步路易斯才坦白自己有血液病,治愈之前不敢贸然要孩子,否则很有可能遗传给孩子。

路易斯拿出自己在国外治疗的诊断报告,并承诺自己隐瞒在先,如果靳辰介意他的病坚持离婚,他愿意净身出户。

天之骄女如靳辰哪里会在意财产,她真正介怀的只有"爱与不爱"。

第六部分　血翡翠

路易斯的病更加激发她充沛的感情，丈夫瞒着自己苦苦求医治病，一边忍受着病痛的折磨，一边苦心瞒住家人。思及此，她只觉得心疼。

靳辰暗自发誓，只要能治好丈夫的病，无论让她做什么，她都愿意。

上帝似乎听到了她虔诚的许愿，如今希望就在眼前。

何年躺在床上抚摩着自己略显干燥的唇瓣，那柔软的触感依然清晰刻骨。明明那么真实，又像做梦一样。

他侧过头去拿床头柜上的照片，又翻出手机上靳夕的照片给妈妈"看"：“她叫靳夕，是我的同事，偶尔有点娇小姐脾气，但很可爱也很真诚。希望您也像我一样喜欢她。”

经年过去，照片中母亲的笑容依旧夺目，仿佛能亲眼看到儿子的心上人。

这一晚，何年以为自己会做个美梦，但梦境又将他拉回到父母逝世的那一天。这些年来，这个永无止境的噩梦一直在循环，却每每在他下台阶时突然坠落，梦境戛然而止。

医生说是他大脑的自动保护机制选择性遗忘了那段对他而言很痛苦的记忆，所以他到现在只从爷爷口中知道父母是战地记者，死于一场恐怖袭击。他是那场事故中唯一的幸存者，当年报社多方联系才把重伤的他接回国。其余的记忆他是半点都想不起来。

直到上次做手术他在梦中终于走下了阶梯，梦见一个叫"敏加"的婴儿起名仪式。后来他借用波仔强大的搜索引擎查过这个名字，一无所获。缅甸人是没有姓氏的，同音同名的人数不胜数，无从查起。

而今晚的梦境里，他以第三视角站在观礼的人群之外。他看见一个熟悉的小男孩从楼上急急跑下来想钻进人群中。

此时刚刚礼毕，四周响起热烈的掌声。男孩听得到掌声却看不清里面发生了什么，他想从人群中挤进去看看婴儿的样子，但旁边的胖子叔叔没有给他留下一点余地。他只有大声喊出丹拓的名字，试图让丹拓从里面把他拉进去。

今夕何年

丹拓？何年在记忆中搜索这个名字，一张眉眼有些异域风情的小男孩的脸出现在脑海中。他是什么时候认识这样一个男孩的呢？

站在内圈的丹拓听见男孩的声音，头左右摇摆寻找着他的身影，没有看到小伙伴，却看到一个橄榄球一样形状的东西不知从哪里飞出来滚到他的脚边。他反应不过三秒，轰的一声爆裂，巨大的冲力直接让丹拓身首异处，连痛都来不及叫。

这炸弹的威力惊得何年心头一跳，他下意识伸手去挡，却看见所有的爆炸物连同奔走的人群都从他透明的身体穿过。没人可以看见他。

他清醒地意识到自己是在梦境中，何年定定地站在原地看着这一出人间惨剧。

丹拓到死都不知道这炸死他的到底是个什么鬼东西。而男孩看清了，身为战地记者的孩子，他从小就认得各种武器、旗帜和手势。这是枚IED——"路边炸弹"，是制作简单、装药量大的土制炸弹。一枚IED可以炸翻一辆重型坦克，威力极大。

真正的震惊是不掺杂伤心的，来不及产生这些乱七八糟的情绪，整个人就像清零的机器一片空白。所以当丹拓的头滚到男孩的脚边时，他只迟疑了一下，就抱起了血淋淋的人头，没有生离死别或是害怕犹疑这些多余的情绪，他只是怕别人踩着他的小伙伴。

男孩拨开面前纷乱的人群，嘴里喃喃地喊着爸爸、妈妈，没有人回应。

炸弹是从院外掷进来的，站在中心的人都已经倒在血泊里。在一片尖叫和哭号中，他找不到他的父母。何年跟在小男孩的身后，试图给他指明父母的位置，可惜小男孩听不到他的声音。

屋外似乎还有入侵者试图从外往里清场，人群最外围的人没能逃走，而是直接死于入侵者的枪下。

此起彼伏的枪声，让包括男孩在内、处在中间地带的人都吓破了胆。他们如无头苍蝇一般乱撞，往前一步、退后一步都是死。男孩被夹在中间挤得左摇右晃，犹如上了一条破船。除了怀中丹拓的人头，他找不到别的依靠。

第六部分　血翡翠

"年年，趴下！"在这嘈杂的炼狱中，男孩听见了一句清晰的中文，继而看清一抹孔雀蓝趴在离他不远的地上，女人的裹头面纱早就被吹走，大卷的棕色长发在带着浓重血腥味的细风中飘扬。她的腿被炸伤了，所以匍匐在原地动弹不得。身上趴着的是已经没了气息的丈夫，男人在爆破的一瞬间，扑向了妻子。他的身下护住的是叫敏加的婴儿和他的妻子。

男孩嘴里大叫着"爸！妈！"毫不犹豫地朝他们的方向跑去。

"砰"，不知从哪里飞出的流弹从后面穿透了男孩的右肩，他朝前直直倒下。手中丹拓的头滚落出去，骨碌碌地滚到了女人面前。母亲双眼圆睁，爆发出此生最绝望的一声呐喊："年年！"

一双军靴走到她面前，军靴的主人饶有趣味地打量着地上奄奄一息的女人，他脸上围着一面辨不出颜色的花布，只露出一双玻璃般浅棕色的眼瞳。对于今天见过他的人而言，这无异于一双妖瞳，来自地狱。他用蹩脚的中文问："中国人？"

女人的眼睛一直盯着倒在血泊中的孩子，没有理会他。

军人举起了手中的枪，对准了女人的头，抬手间露出了衬衫袖口下一颗黑色的星星文身，星星中间有一个看不清是什么的动物骷髅标志。

何年死死盯着那黑黝黝的枪口，他明知这是梦境，却无法遏制自己的愤怒，冲到男人面前朝他怒吼："你是谁！你到底是谁！"

在何年的视角里，两人相隔不过一厘米，可对方连眼睫都没有颤动一下。只是像盯着砧板上的猎物一般残忍地看着何年的母亲。

按下扳机的一刻，男人突然觉得小腿肚子一痛，低头看到了那个半边身子都是血的半大少年，用另一只没受伤的手持着一截不知从哪儿捡来的人骨划伤了他的小腿。这截骨头断裂处锋利，末端还连着血肉，竟是从刚刚炸碎的新鲜死尸上拔下来的。真狠啊。

男孩盯着他的枪口，目光恶狠狠的，不像个孩子该有的眼神，像一匹狼的。

"别动我妈。"

说到底他也不过是一匹未长成的幼狼，故作凶狠的眼神中不可抑制地流露出恐惧。

"可惜了。原本好好谈，大家都不用死的。"军人将森森的枪口转到了他的额头。

"砰"的一声枪响，何年从梦中惊坐起来。

这一次的梦境比往昔任何一次都要清晰。以至于清醒后，他浑身仍然不停在颤抖。枕边与母亲的合照滑落在地毯上，何年伸手去够。

照片中母亲披着头巾的笑颜让何年动作一滞，他的左手微微颤抖，终于忍不住将头埋在膝间，喉头哽咽。因为他终于想起来，是母亲挡在他身前，替他挡住了那颗射向他眉心的子弹。

"叮咚"门铃声响，何年擦干湿润的眼角走到门前。

"谁啊？"门外无人应答。

他拉开门，只见到门口躺着一个快递文件袋，没有任何寄件信息。这是日夜游神与他独特的联系方式。

何年俯身拾起文件袋，一边往屋内走一边拆开文件。与以往哑谜似的信息不同，这次的举报详尽而清楚："靳氏珠宝境外非法招募廉价矿工，奴隶工人，草菅人命。"

2

文件袋里有一系列详细的证据，包括采矿死亡工人的家属口供、曾在矿区工作幸存工人的证词、工人恶劣工作环境的照片等。稍加整理就是一篇完整报道，相当于日夜游神替他做完了所有工作，直接将成果送到他手里。

越是这样，何年越是觉得可疑。这个人究竟是偶然得的选题，还是知道靳夕与他的特殊关系而特意拿靳氏做文章？

房间里的空调温度有些低，何年从木椅靠背上拿起一件薄针织衫披在

第六部分　血翡翠

身上，将文件袋里的资料一一钉在墙上的软木板上。

似乎是怕何年不了解缅甸采矿背景，资料里还附带了背景介绍。

缅甸是全世界最大的翡翠生产国，而缅甸80%的翡翠都流入中国，成为当下颇受追捧的一样装饰品。

那经过打磨后晶莹剔透的玉石，对于千千万万的缅甸采矿工而言却是血泪交织，甚至付出生命的罪恶之源。

现代化开采翡翠的方式有很多，探测器、炸药、大型机械设备都可以大大降低采矿难度，但是这些现代化方式都有一个致命缺点：容易破坏翡翠。

翡翠本身的特质是易碎，而完整的翡翠与破碎的翡翠价值相差何止百倍。为了保护翡翠的最大价值，靳氏在缅甸的矿区一直采用最古老传统的开采手法，即人工徒手开采。他们唯一可以借助的工具只有：水。

因着靳氏的矿区处于帕敢的河流区域，所以工人只能用最辛苦的打捞方式：采玉人腰上系着绳子，口里咬着通气的胶管、防水镜潜入江河中去，靠着手摸脚踩的方式来辨认翡翠。没有专业的潜水工具，仅仅靠一根塑料管呼吸，为了让他们沉得更深，腰间甚至需要绑上一块石头。

这样的开采方式危险系数不言而喻，与采矿工难度系数和所创造价值极度不匹配的是他们的薪酬。拼出生命做的工作甚至不够填饱自己的肚子，更别提养家。所以在当地，这些人被称为采玉奴。

若问条件如此恶劣，为何还有人愿意去做，这就和日夜游神举报的内容有关。靳氏珠宝通过虚假宣传招工，高薪诱惑那些没读过书的工人签下卖身契，再将他们送去矿区。

工人们到了才发现每天工作八个小时、时薪五十，包吃包住的承诺变成每天工时十六个小时，所有人住在一个比厕所大不了多少的集装箱里，睡觉翻身都困难，伙食只有热到发馊的饭菜。月末结薪时，还被各种理由扣走70%的工资。

这时只要他们当中有人闹着要回家，招工的人就会拿出他们签的卖身

契。合同尾页用最小的字体写明如果工作未满六月，由于个人原因要离职需赔偿矿区人民币十万元违约费。

这违约费对于来自底层的旷工们自是天价。很多人在威逼利诱下，想着只有半年，咬咬牙坚持下去，赚点底薪回家也不错。

他们万万没想到，因为工作强度大，生活环境恶劣，就这半年里，有些人死了，有些人落下终身残疾，生活不能自理，所有人都在精神和肉体上受到不同程度伤害。而这些人没有任何保险，只能自生自灭。

根据资料显示，靳氏珠宝在缅甸获得开采权的五年间，共招工三百余名，可查到的死亡人数八人，伤残人数更是超过百人，还有些未寻访到的，具体数字不详。

他们就像一次性用品一样，用完被人随手丢弃在一边，无人问津。

因此，靳氏珠宝生产的翡翠制品被日夜游神称作"血翡翠"。

这是非常严重的指控，何年下意识不愿相信这是真的。但他看着软木板上密密麻麻的数据资料，心中却有一种预感，这并非空穴来风。日夜游神是做了大量的调查准备工作才做出这最后一击的。

偏偏这时候靳夕又失联，彼时他还不知道靳夕已经被父亲关了禁闭。

何年思虑再三决定亲自去缅甸帕敢走一遭，调查清楚资料的真实性。

何年和靳夕双双请假，老曹辞职，波仔还在住院，整个深调组的办公室一下子成了一座空城，幺鸡叼着棒棒糖百无聊赖地坐在自己的办公椅上转了一圈。

"早知道我也多请几天病假好了。"她对此颇为懊恼。

桌面上的手机叮的一声，一条短信传进来。她伸长脖子凑过头去看，看到屏幕上"风晚"两个字马上在地上蹬了一脚，旋转椅刺啦一声挪到桌子旁。

"今晚有空吗？"

"有有有。"幺鸡头点得如同鸡啄米，但发出去的信息还是矜持地只保留了一个"有"。

第六部分 血翡翠

"那我来接你下班。今晚去我家吃饭。"

"我今天可以早点下班。"到底还是没藏住那一点迫不及待。

墙上的时针刚到五点,幺鸡已经背好她的小挎包,离开办公室之前,对着门口的镜子抿了抿玫色的口红。

她期待着今晚如往常一般是一场精彩的情趣游戏,两人会共度一个难忘的夜晚,但没想到得到的比想象中的更好,她得到了他的信任。

两人用过一顿色香味俱全的晚饭后,高风晚用尽浑身解数逗弄到她浑身发软。一场酣战后,他的腹肌和脖颈上印满了玫色的唇印,显得越发诱人。

幺鸡不由得想,也许有些人天生就适合做这一行。这个念头转瞬即逝,让她又产生了丝丝愧疚。如果不是逼不得已,谁愿意以色侍人?

她趴在他胸前,手指无意识地画圈圈。

"在想什么?"

"没什么……"幺鸡有些慌乱地隐藏起自己刚刚冒出来的奇怪的念头。

他拨弄着她毛糙的短发:"窈窈,我同你说过我的故事吗?"

"嗯?"

"我进入这一行之前的故事。你想不想听?"

幺鸡竖起身子,闪闪发光的眼睛已经代表她的回答。

"我其实是缅甸人。像吗?"高风晚故意挤出一个笑容,露出他那亮眼的两排白牙。

"不像。"幺鸡老实地摇了摇头,在她刻板的印象中,缅甸人都很黑很瘦还有些矮小,与他是截然不同的样子。

高风晚并不同她纠结于长相问题,转而问道:"你知道缅甸最有名的是什么吗?"

"翡翠。"这回幺鸡答到了点子上。

"对,曾经我的父亲是缅甸一名挖翡翠的工人,我母亲是个家庭主妇。我们就是缅甸千千万万最普通的底层家庭里的一员,贫穷但知足。"

"那你怎么会来到中国？"

"我小时候得过一场病，放在现在只是再普通不过的病毒性感冒。但在缅甸，没有钱去医院看病，没有钱买药，感冒也可以死人。我高烧三天不退，阿爸为了给我找钱买药，签了一个矿区的招工协议。人民币五十块就卖了身，孤身一人去帕敢矿区打工。"

"后来呢……"

"阿妈拿钱医好了我的感冒，却没能等回阿爸。阿爸杳无音讯半年后，她去帕敢寻人，只得到一个意外溺亡的消息和一百块钱慰问金。从此她带着我，孤儿寡母，靠替农场主做保姆勉强拉扯我长大，直到缅甸爆发内战。她死于战争，我被卖到了中国。"

"卖？"大概是在和平盛世里待了太久，这样的故事对幺鸡而言像在听天方夜谭。

"对，你大概不知道发战争财有很多种方式。贩卖无人认领的难民也是一种。"

"……你吃了很多苦。"幺鸡不由自主地抱紧他的腰身，希望给他一点温暖，"不过，你怎么会突然想到告诉我这个？"

"因为你是对我而言很重要的人。"

"很重要的人……"幺鸡口中默念他的话。

"我给你看一样东西。"高风晚从床头柜的抽屉里拿出一个文件袋放到幺鸡膝盖上。

幺鸡一页一页仔细翻看，越到后面神情越肃穆，整个人坐得笔直，不敢放松。

她手里的是与何年收到的那份一模一样的资料，但不同的人需要配不同的故事。在她听到的故事版本里，高风晚是死亡名单中一个无名死者的儿子。

联想从相识以来所有前因后果，幺鸡觉得自己隐约摸索到一条线索："所以你接近靳夕，所以你要进靳氏做事，都是为了收集这些证据？"

"是。靳氏在缅甸只手遮天，草菅人命并不是什么新鲜事。只是年

第六部分 血翡翠

代久远,那时信息闭塞没有人举报而已。但现在不一样了,这是个信息时代,任何一点丑闻都可以掀起一场腥风血雨。"

"你想做什么?"

"我想你们西京电视台报道这件事。"

"不可能。"幺鸡第一反应就是否决,"事关我们自己组员,就算她父亲有罪也应该交由警方查证,我不能从背后捅靳夕一刀。组长也不会同意这个选题。何况靳氏是电视台的大资助方,付台都不会同意此事。"

"所以我们需要一个人出面。"

"谁?"

"靳夕。"

"你疯了吗?"幺鸡猛地翻起身,跪坐在床上看着他,"你想让靳夕亲手毁了她父亲所创造的家业?"

"他的家业是建立在血的基础上,根本就不应该存在!"高风晚罕见地露出了凶狠的神色。幺鸡看着眼前这个她第一次觉得有些陌生的面孔,究竟是他变了,还是她从来没有了解过他?

大概是意识到自己情绪失控,高风晚调整语气,试图将幺鸡重新搂入怀中。幺鸡挣扎了一下,终是顺服地趴在他胸前。

"你不要误会,我并不是想害靳夕。正因为我知道她是个好人,我才更希望她提早和她那豺狼虎豹一样的家庭脱离开来。一个有良知的人应该站在正义的这一方。我相信如果靳夕知道此事,一定会做出正确的选择。"

高风晚的口才一向很好,幺鸡被说服了:"那你想让我做什么?"

"靳夕现在被她父亲关禁闭在家。你能把这份资料做成下一期《她说》的选题带给她看吗?"

幺鸡犹豫不决,没有作声。

"放心,我绝不勉强她做任何选择。但至少靳夕应该有知情权不是吗?"高风晚紧紧握住幺鸡的手,凑到她耳边轻声说,"你是我最重要的

人,只有你能帮我这个忙了。"

"好吧。那我试试……"幺鸡半推半就收下文件。

3

缅甸现在已经限制翡翠出口,但帕敢当地人依然主要靠翡翠开采营生。地方闭塞,人们防备心也更高,对外来者总是格外紧张。

何年一进村,就有几个小孩不远不近地跟着他。一个胆子大的男孩走上前用不流利的中文说:"一元一元。"大概是把他当作了旅客,东南亚旅游点的孩子都会这一套。

何年从口袋里摸出几块钱塞给他,其他几个孩子见状也围拢过来。何年拿出一张十元的纸钞递给为首的那个孩子,孩子伸出手接到的一瞬,何年又抽回了钱:"你先告诉我玛登的家在哪里?"

怕自己发音不标准,他特意拿出资料袋里的照片给小孩看。没想到孩子们警惕地看了他一眼,钱也不要了,转头作鸟兽散。

何年看着孩子们跑远的背影,无奈地搂起背包继续向前走。

路过一片棚屋区时,他看到一个男人横卧在屋檐下拿着一杆老烟枪吸得云里雾里,男人右边裤管空空落落的。浓烈的大麻味飘进何年鼻子里,他皱眉捂住鼻子向后退了两步。

有趣的是,毒品并不总是和"纸醉金迷"四个字联系在一起。越是贫穷的地方,毒品越是泛滥。人们似乎只能从这虚无的东西中寻找一点慰藉,哪怕死也对他们毫无威胁性。

何年后退碰到一堵"硬墙",回头看到几个身材壮硕、汗津津的男人从三个方向围拢过来。屋檐下刚刚那几个孩子和他们的母亲站得远远地观望。

"你是谁?"其中一个男人会说中文。

"别紧张,我是记者。"何年放慢动作从背包里拿出一张记者证。

第六部分 血翡翠

对方接过来随便扫了一眼,并不关心。"你来做什么?"

"有人跟我们举报,说这里以前有矿区非法招工,致使工人致残致死。我是来调查这件事的。"

"哦,就为了这事?"男人一脸习以为常的表情,并不当作人命关天的大事,反而像听了一个笑话,"回去吧。这种事在帕敢每天都发生,没什么好报道的。"

"可是有人举报有苦主我们就得调查!"

男人板正一张脸,这才仔细看了一眼他的记者证:"何年是吧?深度调查组?什么玩意儿?在帕敢,你要是挡人财路只有死路一条。"

何年不能理解,自己明明是为了他们来伸张正义,却被视作仇人。

"靠山吃山,靠水吃水。我们靠着这矿山就只能吃挖矿这碗饭。我知道你们外人叫我们翡翠奴,那又怎么样?我们总要赚钱吃饭。你若阻了这矿区经营,不是砸了所有工人饭碗吗?趁我们没有为难你,早些离开。"男人挥挥手要其余几人跟他离开。

"今天你还能站在这里,只是走运。明天你也有可能成为那水下冤魂。改变旷工的生存环境是一劳永逸的事,你不能只顾眼前。"

"哈。"男人没有回头,口中笑出了声,"明天死就死吧。我们旷工中流行一句话:今日不想明日事。"

"就算不计未来,那已经死的人怎么办?就让他们永远沉在水底无人知晓,让他们的妻儿饿死家中无人过问?"

男人脚步一滞,终于回过身来:"你一个人在这里问不出什么名堂。要想获得消息,去找喜姐。"

喜姐?何年心中一凛,和绑架靳夕的缅甸毒贩名字一样,不会这么巧吧?他藏住心思,只问:"去哪儿能找到喜姐?"

男人随手一指棚下正在吞云吐雾的人:"街边随手抓一个瘾君子都能问到。别说是我说的。"

何年原以为像喜姐这样的毒贩大概深居简出或者躲在某个十分原始却又神秘的堡垒中，没想到付了五十元，就让那个瘸腿的瘾君子领着他在唐人街的麻将馆找到了她。

那个瘾君子只把何年领到牌馆门口，指了一下喜姐是哪个就一溜烟跑了。逃跑的速度倒是一点都不像个瘸子。

喜姐有点微胖，但五官仍看得出清秀，穿着宽松的大码T恤，比起毒贩更像一个邻居家住着的包租婆。事实上，她在当地也算得上一个货真价实的地主婆。

何年习惯性敲了敲门板，没有一个人理他。

喜姐右手边那个小个子男人抬头用缅甸语问了一句："要多少？"

何年听不懂缅语，只能用尽可能慢的英文希望他们能听懂："我找喜姐。"

满屋子的人好像都听不懂英文，只有坐在正中的喜姐有反应，她摸到腰间别着的硬物警惕地说："你是谁？"

"我叫何年。"他这回学聪明了，直接把记者证挂在脖子上。

喜姐听到这个名字，全身一松，竟露出一丝笑意，开口直接切换成一口流利的中文："你终于来了。"

"你知道我会来？"

"等你很久了。"那时候何年还不能领悟这个很久，居然长达近二十年。

喜姐把面前的麻将一推，跟身边的人说了句："不打了。"径直起身迎上去，拽住何年的胳膊，"你找我做什么？"

"我想找这八个遇难者遗属。"何年把手中的资料给喜姐看。

喜姐好像近视，纸拿得很近，一个个名字一直扫下来，看得倒格外仔细。

"你这名单上的人都死得差不多了，还有些战乱失踪的，我也不知道去哪儿找。这个，我知道这个女的还活着。"喜姐手指在玛登的名字上。

"怎么样？要我带你去找她吗？"

"条件呢？"何年不相信像喜姐这样的人帮人做事会不索要条件。

第六部分 血翡翠

"我的条件就是……不管这个案子牵扯出多少年前的事,要办多少人,这里面有对你多重要的人,你都一查到底,绝不后退!"

何年觉得她似乎意有所指,并且已经掌握内情。这也许就是一个陷阱,从日夜游神的出现开始一步步诱惑他往里钻,但他抵抗不住真相的诱惑。而且喜姐的要求委实不算过分,一查到底,绝不后退就是深调组的精神。

"我答应你。"

一路上,何年都在复盘资料:"那么多受害者遗属居然都死了吗?"

喜姐冷笑一声:"你看看这里,人吃人的地方。失去家里男人这根经济支柱,饿死病死不是什么新鲜事。"

"那玛登有什么特别的?据我所知,她还带着一个孩子,居然在这乱世中活下来了。"

"正因为她是一个母亲。你听过'为母则刚'四个字吗?"

"就这样?"

喜姐看了他一眼,笑得意味深长:"而且她年轻时候长得特别漂亮,这也是女人安身立命的本事。"

"你的意思是……"何年没有说下去。

喜姐倒是毫不避讳:"女人活在这乱世,如果不以色侍人,就只有变成我这个样子。如果有得选,谁也不愿意走我这条路。"

何年看着一脸轻松的喜姐,他知道万般不该,居然还是生出一丝怜悯。在这样的环境下生存下来,还要比男人更强,活在顶端,她背后付出了多少血泪。

"别这么看我。"喜姐有点受不了他同情的眼神,"有时候你以为邪恶的未必是真的邪恶……"

"你是想说可恨之人必有可怜之处吗?"做记者这些年,何年听过不少罪犯背后的故事,这样的托词屡见不鲜。

喜姐冷笑一声:"既然选了这条路,我就没想过为自己辩解。我是想说,你认为光明正大的人有时候也并非真的正义。"

何年无言以对，心中的不安渐渐加重，再查下去究竟是清明还是泥潭，他不知道答案。他只能反复默念调查组的信仰：永不后退！

喜姐带何年去玛登的住处，竟然就在她丈夫出事的矿区附近。换作常人大概只想离伤心地远远的，但玛登为了让自己和孩子记住丧夫（父）之痛，竟特意搬到矿区附近居住。由此可见，她是个心性刚烈的女性。

玛登的孩子现在已经在缅甸首都上大学，她一个人居住，日子清贫也算平和。聊及往事，已经不会再激动。

何年和喜姐来的时候，她正坐在门前的空地上摘豆角，看见喜姐像见了老熟人，也没有起身打招呼，只让他们自行找地方坐。

喜姐从旁边抽了两张小板凳，递给何年一张。何年坐下后，从书包里掏出纸笔和录音笔。

玛登只会说缅语，所以需要喜姐在中间做翻译，采访进度也比寻常慢了一倍。

何年问她男人签约时对矿区的条件是否知情。

玛登摇头："村子里的人都说靳氏是中国的大企业，能给大价钱，跟着包工头走，半年就能挣好多钱回来。我们都大字不识一个，有人说我们就信了，都在合同上按了手指印。"

"招工的人跟你们说过违约条款吗？"

"没有，十万元违约款是后来没死的工人回来说的。就是这十万元，买了多少人的命。不敢逃，包工头对我们家里情况都知根知底，逃了就是全家一辈子在躲债。"

"当年签的合同还在吗？"

"在的。我没丢，就拿相框挂在墙上，是为了让我儿子时时刻刻记着要勤奋学习将来做人上人——在这个钱能买命的地方！"

何年也没急着去看那份合同，按着采访大纲继续问下去："你丈夫是怎么出事的，具体原因知道吗？"

第六部分 血翡翠

"矿区负责人只说是淹死的。后来有工友偷偷告诉我,为了节约时间,靳氏强迫工人延长在水下的作业时间。腰间坠着那么重的石头,就靠一根破管子呼吸。有经验的工人都知道,最多下沉十分钟就要上来换气。但靳氏矿区有明文规定,低于十五分钟换一次气就视为消极怠工,要罚扣工资。为了那点钱,很多人栽在这个规定上。我男人也不例外,他可是矿上经验最老的挖翡翠工,也正是因为自视过高,才死在那里。"这些年玛登在心里数落了她男人无数次,对他的感情竟是怨大于念。

"你见过来招工的人吗?是中国人还是缅甸人?"

"包工头是缅甸人,但是包工头背后的老大是中国人,那个负责人来过村里一趟,还带着一队雇佣兵。我听见他们都说英文,但是跟我们介绍的时候说自己是靳氏中方派来的代表。"

靳氏的联姻公司是黑星,来这里带着雇佣兵倒是很合常理。

说起雇佣兵,何年脑海中突然闪现出梦中那些穿军装的人和那个带骷髅的星星文身。因为先入为主的概念,何年一直认为父母死于恐怖袭击,便默认记忆里那些穿军装的人是当地反动武装分子。但细想那些人的军装和武器精良,根本不是当地士兵能拥有的,反而更像是……雇佣兵?

"问句题外话,您记得那些雇佣兵身上有没有什么统一的标识?比如说文身。"

"文身?都穿的长袖,看不见。但是袖标是统一的黑色星星。"

"黑色星星?那星星中间有没有某种动物的骷髅图案?"

玛登摇了摇头。

何年有些泄气,黑星的标志就是一颗黑色的星星,这种常见的图案没有任何指向性。

"怎么了?你有什么线索?"喜姐插了一句。

"没有,是私事。对不起,回到正题,您能带我们去看看那份合同吗?"何年看向玛登,喜姐为他翻译了后半句。

玛登拍拍身上的豆角屑站起身,指了一下茅屋的方向让他们跟着来。

茅草搭建的小屋内光线昏暗,而且十分潮湿。仅有的几件木家具上爬满了霉菌,屋里擦得最锃亮的是墙上的一排相框。

何年一眼就看到了墙上的合同,短短一张纸,寥寥几句话。中缅双语,只有下方的中文部分的最后一条用小字写了违约条款。这是违反《劳动合同法》第八条的切实证据。

问题在于这是一起境外招工案件,国内没有管辖权。当然这不影响记者报道,有时候牵一发动全身,谁知道这宗案件背后还会不会有别的猫腻。

合同旁边还挂着几张合照,何年意外地在照片中发现了喜姐,确切说是年轻时候的喜姐。照片中她和玛登看上去都是十四五岁的年纪,还很清瘦,扎着两根油亮的大马尾,即使穿着土布衣裳也很出挑。旁边还有一个小少年,穿着却明显要华丽得多。

"你们从小就认识啊?"何年指着照片随口一问。

"我们两家都是德钦楚家(德钦不是姓名,单名楚。缅甸人无姓,会在名字前加个称呼,德钦是一种尊称,意为:主人)的长工,自小就玩在一块。那时候丹拓少爷最喜欢跟在阿喜身后……"玛登说到一半似乎意识到自己说错话,硬生生刹住了车,所以气氛显得有些突兀。

虽然何年听不懂缅语,却听到了一个关键的名字:"丹拓?是人名吗?"

这个名字何年在梦里时常听见,田野、山冈上,他一遍一遍用刚学会的缅语叫一个小男孩丹拓!

"丹拓是我们原先打工的主人——原帕敢首富楚家的大儿子。"喜姐的语气中略带试探,好像在等他的反应。

提到楚家,何年心中一颤。帕敢楚家正是那场恐怖袭击中与他父母一起被灭门的首富家。这中间又有怎样的联系?何年不敢深想,一想就像打开了潘多拉盒子,各种恐怖的念头凭空冒出来。

"你和丹拓很熟?"他问喜姐。

第六部分 血翡翠

喜姐从墙上取下照片，细细用衣袖擦拭干净丹拓稚嫩的脸庞："准确地说，如果丹拓没死，我们的孩子大概也有这么大了。"

"如果德钦楚没死，我们大家现在的日子都好过一百倍！"玛登愤愤不平。

楚作为帕敢首富，很早就明白了翡翠资源的重要性和不可再生性，所以早在二十年前，就严格限制楚家矿区的翡翠出口，每年开采量也限制得很低。

那时他家的仆人长工们都靠领工资加分土地劳作来维持生计。楚将自己的土地免费分与工人，只抽取很少的分成，百姓生活前所未有地安宁，所以他深受当地百姓爱戴。说那场灭门之灾让整个帕敢退步了十年都不为过。

他全家惨死后，楚家后继无人，矿区全部充公国家，没过两年就被靳氏申请到了这片矿区的开采权。如果不是缅甸出台限制出口的法例，靳氏会一直在这儿开采下去。但短短五年，靳氏通过这片矿区所获利润已经是天文数字。

所以当地一直有个传言，楚家是因为不肯出售矿区而被靳氏假借战争之名所屠杀的。

4

幺鸡被仆人引到大厅时正撞上靳红星在客厅打电话。

"哪个小王八羔子这么不识相和我抢货？让路易斯找人去解决。"靳红星电话中口气凶狠，江湖气息浓重。

幺鸡不记得自己当初为何觉得靳夕的父亲和蔼可亲是个大慈父。

靳红星注意到呆立在门口的幺鸡，马上换上一副笑脸："小李来啦？上楼去找小夕吧！她等你很久了。这段时间和我闹别扭，心情不好，你多开导开导她。"

"好。"幺鸡抱着自己的大书包三步并作两步逃离靳红星的视线，直

到楼梯转弯处才停下来大喘气，同时心里嘲笑自己没出息，这光天化日之下他还能吃了自己不成？

听到动静，一扇房门打开，穿着粉色睡衣的靳夕从门内探出半个身子："我就知道是你！快进来！"

靳夕热情地将幺鸡一把拉进房间："你来得太是时候，不然我真的要翻墙逃跑了。最近台里怎么样？何老师知道我被关禁闭了吗？波仔出院没有？你工作多不多？"

一连串的问题问得幺鸡云里雾里不知从何作答，索性开门见山："我今天来找你是给你送这期选题报告。"

"选题？我爸现在这态度，我能不能活着走出这个房间都是问题。现在颜珮也走了，节目组就没准备个备用主播？"

幺鸡摇了摇头："何老师没说。"

"也是，他大概也以为我过两天就能回。算了，先看看吧，反正闲着也是无聊。这个选题是何老师选的？他自己怎么不来？"

"他去缅甸做深度调查了。"

"缅甸？现在提起这两个字我都有心理阴影。"靳夕抖了抖肩膀，拆开文件袋。

从里面掉落一张纸，她俯腰去捡，看到上面赫然白纸黑字八个大字——"靳氏珠宝草菅人命"。

靳夕干笑两声试图挽回凝固的气氛："全国还有别家叫靳氏的珠宝店呢？小心我们告它侵权。"

"小夕……是你家的店……"

"什么呀？这标题党取的名字，该不会是死了个什么宠物狗之类的在闹腾吧？"靳夕一慌就满嘴跑火车，自己也不知道自己在说什么。

"要不你先看完，我们再聊。"

靳夕耐着性子翻下去，越看越焦躁，草草翻到最后一页索性一把拂在

第六部分　血翡翠

地上："一派胡言。我爸才不会做这种事！又是缅甸，十几年前的事谁知道得这么清楚？这是谁给你们的资料，调查过吗？肯定是有商业对手想整我爸，不然怎么事隔这么多年才翻出来说。"

"小夕，你冷静一点。资料上的死伤者和遗属都有名有姓，何老师已经去缅甸查证。是不是真的，很快就有答案。但我劝你最好做好心理准备，接受事实。"

"何年也同意下期节目用这个选题？"

为了瞒住高风晚的身份，幺鸡对这个问题避而不答，只说："我们希望你能继续主播下期节目。"

"你们想火想疯了吗？让女儿来报道自己亲爹虚假招工，草菅人命，这是多么大的话题啊！一定全城热议。你们是这么打算的吗？"

"靳夕！我们做深调组从来不是为了火。但万一……我是说万一，这都是真的，我想知道你的态度。"

靳夕踩在满地的纸页上，一字一顿地对幺鸡说："如果这是真的，我保证我亲自第一个报道出来！但如果是假新闻，我要求你们向我父亲道歉！"

"我相信你想知道真相会比我们都要快。资料你留着，我等你消息。"幺鸡拎起自己的背包转身准备离开，一打开房门看到靳辰端着水果和茶水站在门口。

两人面面相觑都有些尴尬，还是靳辰先开口打破沉默："怎么就走了？不吃点水果？"

"靳小姐别客气，我就是来给小夕送点资料的。"

"那……一路好走。"靳辰侧身让她过去。幺鸡对靳夕这个姐姐一直很有好感，她给人一种柔弱却又强大的感觉，和靳夕的自信张扬完全不同。如果不是高风晚亲口所说，真是不愿意相信这样好的一家人手上沾满了血腥。

幺鸡离开后，靳辰立在门口没有动。靳夕似乎是怕她看到地上的资料，急急跪在地上捡起："姐，还有事？"

靳辰静了两秒,挤出一个笑容:"没事,水果记得吃。"

她把水果放在桌上,主动关上门,转身心事重重地回到自己房间。

为了陪靳辰整理出国的东西,这段时间路易斯都没有去公司。眼见靳辰失魂落魄一般回来,他马上放下手里擦拭一半的银件起身扶住她:"怎么了?是不是哪里不舒服?"

靳辰在他的搀扶下坐到床边,转头拉住路易斯的手:"你还记得我们刚结婚那年,父亲将缅甸拿到的那片翡翠矿区交给你经营,说当作送给我们的嫁妆。"

"嗯。那片矿区还是我去谈下的开采权,父亲看盈利颇丰,就交给我们管理。那时候黑星成立没几年,多亏了经营矿区的收益才支撑公司运营。不过只开采了五年就被缅甸政府收回去了,怎么突然想起提这事?"

"我还记得当年你和我提过一句因为水下作业,矿区总有工人出事,让你很头疼,后来怎么解决的?"

路易斯看着她的目光多了些许警惕:"到底怎么了?"

"我刚去给小夕同事送水果,听到她们在吵架。好像是电视台得了消息要报道此事。"

"不可置信!"路易斯情急之下飙了一串他的母语,"这是十几年前的事,当时我们已经给过赔偿。一定是有人借题发挥。"

"你们是不是还虚假招工,许诺了工人达不到的条件?"

"辰儿,你要相信我。招工这些小事,我哪里会去管那么多,都是包给当地包工头的。没错,我是听人反映过招工信息不实的问题,但是在人家的地盘,他们做事有自己的一套规矩,难免踩到灰色地带。为了争取效益,我只能睁一只眼闭一只眼。后来出事,我也主动提出赔偿和解。"

"每个工人都给了赔偿?"靳辰皱眉思索,这事虽办得不妥,但确如路易斯所说,算不得大奸大恶。真使坏心眼的也是那个包工头。

"出事的每个工人根据伤情不同赔偿人民币两到五万元不等,在那个年代的缅甸已经是天价。我亲自给的包工头。"

"有没有留存转账证明？"

"没有，都是给的现金，但是包工头给我写了收据。"

"收据呢？"

"过了这么多年，我早就扔了。天哪，谁知道这些旧事会被人翻出来，而且还是在这样的节骨眼上。"

"这就麻烦了。我们无凭无据，对方却有备而来。虽然只要我们待在国内，缅甸那些人就追诉不到，但是如果媒体闹大这件事，我们很可能被限制出境，甚至会陷入无休止的调查。那你的病……"

"要不我们提前走？趁他们把事情曝出来之前。"

"不行，何年已经到缅甸去调查，我妹是个钻牛角尖的人，如果我们逃了就等于认罪，她追到天涯海角都不会放过我们的。"

"都是亲姐妹，不至于吧……"路易斯犹豫的尾音在看到靳辰犀利的目光后猛然收住，"那你说怎么办？"

靳辰只说了五个字："先下手为强。"

路易斯看着这样的靳辰有些不寒而栗，他时常觉得自己已经够杀伐决断，但妻子身上有种他永远学不会的冷静与缜密。

靳夕坐在房间里又一次认认真真把么鸡带来的资料看了一遍，越看心就越像坠入冰窖。她想向何年求救，但手机被父亲没收，他们无法取得联系。

她真的很想问问何年为什么忍心在自己刚刚表白心意后，把这么难的选择题交到她的手里。

那一晚，靳夕是哭着睡着的。

5

"血翡翠，死伤工人，矿区开采权，楚家灭门惨案……"何年将这几个词写在纸上，画上箭头。最后一个箭头连接起来成了一个闭合的圆。

他终于明白什么血翡翠,矿区工人死伤案都只是引子,背后那个人是在一步步牵引着他来寻找当年灭门惨案的源头,也是他一生悲惨的源头。

那这个人到底是谁呢?

何年想得气闷,索性披了件外套出去透气。喜姐接受完采访把他带到自己的住所安顿下来。她说虽然已经是和平年代,但这里总归不太平,单身旅客还是需要照应的。

何年分不清她到底是想照应还是监视他,但感觉喜姐对他没有恶意。如果喜姐真是丹拓的初恋情人,那他们之间还算有些渊源。

喜姐的住所类似于一个小小的度假村,典型的东南亚风格。家具都是藤木打造的,院内的青石网板、鹅卵暖石小径都有一种自然淳朴的气息,体现着这个国家对自然的尊敬。

何年走到庭院,坐在石椅上又给靳夕打了一个电话,依旧无人接听。今天白天他给幺鸡打过一个电话问靳夕有没有来台里上班,幺鸡告诉他刚去靳家拜访过,靳夕只是被父亲软禁,并没出事。他这才稍稍放下心来。

如果事态真的朝着他预想的方向发展,那也许不见是他们之间最好的结局。

他叹了一口气,将手机塞回裤子口袋起身准备回房,刚站起身,忽闻得旁边啪的一声带水的响声,有水珠溅在他的脚背上。

他低头一看,竟是只青蛙从池中跃到了木桥上。许是没想到这半夜里会有人,一人一蛙面面相觑,小青蛙呱一声又越过他脚背跳回了水中。

何年觉得有趣,这里虽然原始,但万物皆有灵。他笑笑摇头往回走。

刚走两步,他的脚步突然一顿。何年脑海中灵光乍现,想起来那颗星星文身里的骷髅图案是青蛙的骷髅!

他三步并作两步跑回房间查询骷髅蛙的文身,百科里写着:"骷髅蛙是海豹特种部队,蓝色六队的标志……"

何年深呼吸一口气,再次检索路易斯的资料。履历那一栏赫然写着:"曾服役于海豹突击队。"

第六部分 血翡翠

传言有时候未必只是传言。

何年的心狂跳不止，梦里梦外的现实连接到了一起。他站起来想去找喜姐，想起已经是半夜又坐下，披着件外套就这么呆坐在桌边。直到天空擦亮，何年才发觉脊背早已僵硬。

比起楚家的灭门惨案究竟是不是靳家所做的，何年现在更想知道背后那个人究竟想做什么？

喜姐一打开房门见到门口伫立的黑影吓得她手下意识按在腰间的硬物上。

"喜姐。"何年开口，嗓音低哑。

喜姐听出是何年的声音，长嘘出一口气："亏你叫得快，不然你现在已经脑袋开花。"

"我想我已经知道楚家灭门案的真凶。"

喜姐似乎并不惊讶，邀他进屋给他倒了杯椰奶："说说看。"

"不是恐袭。那群人是雇佣兵，带头的是靳红星的女婿路易斯·李。"

喜姐似乎不满意他这个避重就轻的答案："目的呢？"

"目前看来，最有可能是争夺矿产资源。"

"所以你也认为背后指使者就是靳红星？"

何年不答反问："那指引我来找你的人又是谁？"

"他和你一样，是苦主。"

"楚家的后人？可是丹拓已经死了，我亲眼所见。那是……敏加？"何年不确定地说出这个名字，他父亲取的名字，也是他父亲用生命保护的孩子。

"没错。敏加和我这些年来活着的目的就是找出真凶为逝去的冤魂报仇！我父亲是德钦楚家的管家，因为丹拓和我的关系太亲密，敏加取名仪式那天，我被父亲关在地窖里罚禁足。没想到，这个惩罚反而让我逃过一劫。你想象不到，当我被关了一天没人放我出去，到晚上我自己从地窖里想办法逃出来时，看到满院子的横尸是怎样恐怖的景象。我没疯大概是个奇迹。不对，也许从那一天起，我已经疯了……"

喜姐回忆起那天的场景依旧历历在目,她吓傻了,站在庭中央不敢动。后知后觉的她想起应该要找她的爸妈,她弯着腰一个一个翻动那些被炸得血肉模糊的尸体辨认自己的父母,越找越是绝望。

天老爷很应景地下了一场大雨,雨水不停冲刷着她双手上的鲜血。她突然听到一声微弱的婴儿啼哭。喜姐循着声音在一个满身鲜血的男人身下找到了奄奄一息的敏加。

敏加哭得脸都青了,她把裹着他的白纱巾盖住他的脸护在怀里,生怕他再被雨水淋湿。

雨势越来越大,喜姐抱着敏加想先躲去房檐下避雨,才一提脚,似乎踢到什么圆咕隆咚的东西。雨水冲净了血污,使她得以看清丹拓那双充满诧异的眼睛,他死得太突然,甚至没搞清楚是怎么一回事。

而抱着丹拓的头的少年正是何年,感谢他的善意,救了他自己一命。

听喜姐说完当年惊心动魄的场景,何年才意识到自己和她有过那么深的渊源。难怪别人眼里避如蛇蝎的女人对他却如此友善,但这中间还有个漏洞。

"你当时没有在现场,敏加刚出生就更不可能有记忆,我作为唯一亲身经历的幸存者却失忆了,你们怎么得到线索知道这场对外宣称的恐袭和靳氏有关系?"

"我本来也毫无头绪,靳家后来拿到了德钦楚的矿区开采权让我想起一件旧事。就在屠杀发生前,我听我阿爸和阿妈夜半私语时说起过德钦楚最近很头疼,有个中国商人一直缠着他转让矿区,被拒后又打起了他传家宝的主意。那块翡翠是他要留给敏加的,自然不肯外流。偏偏在当时那战乱时期,这中国商人手眼通天,可帮他们逃离缅甸,德钦楚左右为难不知该不该交易。"

"毕竟矿区开采权是楚家被灭门两年后才发生的事,你就那么肯定这两件事之间一定有关联?"

"如果靳红星不是那么得意扬扬将德钦楚的传家翡翠当作他女儿的生

第六部分 血翡翠

日礼物还登上报纸,我也不会这么肯定。一件事可能是巧合,每件事都巧合就是真相。"

喜姐的推测不无道理,这些年来他们针对靳氏的调查也在一步步证实着他们的推测。但何年总觉得哪里隐隐透着一股不对劲。

"如果真的是靳红星所为,他会蠢到把自己的犯罪证据堂而皇之地送给女儿甚至让媒体来报道吗?"

喜姐看着何年的目光透露着些许失望:"敏加说得没错,你看似冷静,却也是个会被情感左右的人。证据就算全部摆在面前,你还是不相信靳家做了这样丧尽天良的事。这有什么难理解的,也许他以为楚家人死光了,没人知道那块翡翠的来历!这才更显出他的可恶和自大!"

"你一直提到敏加,可是从头至尾我都没有见到他。他在哪儿?"

"他不在这儿……"

"他不在这儿?不在度假村还是不在缅甸?"

提到敏加,喜姐的目光有些闪躲。何年敏锐地抓住她的反常:"他在中国?"

喜姐的沉默让何年背脊发凉:"我认识他!"

何年薅了一把头发,在原地转了一个圈:"我早该想到的。你中文说得这么流利,你们一定是来中国才能调查靳氏的,而敏加早就用别的身份接触过我和靳夕。他是谁?"

交际圈里、认识的、符合年龄的男人迅速在何年脑海中过了一遍,一个模糊的答案浮出水面。

"你迟早会见到他,不用着急。重要的是,你需要知道我们在做什么。"

终于说到关键问题,何年拧眉专注地盯着喜姐:"你们想要做什么?"

"当然是让靳家血债血偿。"喜姐的回答带着一丝笑意,让人分不清她是在开玩笑还是说认真的,"你不用着急,具体的计划到时间我们会通知你。这次引你来缅甸只是为了让你亲眼看到事实,你与靳夕是有着父母血海深仇的敌人。你现在只需要告诉我们要不要同我们一起做?"

"现在事实未清,即使真是靳红星所为,其他人何其无辜。这不是最好的解决方式。"

"那德钦楚一家何其无辜!我的阿爸阿妈何其无辜!你的父母呢!我知道你失忆,很多事想不起来,但是这不代表这些事不存在!"喜姐吼得面红耳赤,未扎稳的长发散在耳边。意识到自己的失态,她停顿一下,默默捋了一把耳边的头发,"你不同意也没关系,我们自会去做。原本我也没打算拉你入伙,是敏加说你和我们是从一个炼狱走出去的,你有权利知道真相。现在你该知道的都知道了,是走是留决定权在你。"

何年沉吟半晌,最终下狠心般咬牙说:"我留下来,你告诉我该怎么做?"

他这么说反而让喜姐更加怀疑:"真的?你真心留下来帮我们?"

"帮与不帮还是两说,我只做自己觉得对的事。"这句倒不是谎话,"你先告诉我,你们准备做什么。"

"等你见到敏加,让他亲自告诉你。"

6

夜幕降临,今天靳夕依然没有下楼吃饭,因为她不知道该如何面对父亲。

她开始后悔当时对着幺鸡放大话。即使有人要把这些事捅出来,也不该是她。她从小到大享受着父亲为她带来的一切特权和福利,最后跳出来大义凛然指责父亲是吸血蝗虫。那她算什么?蝗虫仔?

靳夕有些自暴自弃地想干脆像父亲说的那样,全家一起移民出国,所有前尘往事都一了百了。

但如果她手里掌握着大量父亲可能违法的罪证,却当作没这回事,她又怎么对得起她入行时宣的誓和深调组一查到底,绝不后退的精神。

她多希望父亲现在推开门进来告诉她,这一切都是假的。只要她爸说是假的,她一定信!

像是感应到她的心声,靳红星端着三菜一汤的托盘敲门进来:"阿姨说晚饭都热了两次,你还没有出来吃。不管在烦恼什么,饭总是要吃的。"

"爸……"靳夕接过他手里的饭菜放在一边,拉着父亲坐到她的书桌旁。一桌子的资料和软木板上钉的照片她都没有遮挡,刻意暴露在靳红星面前。

见靳红星在打量照片,靳夕斟酌着说:"爸,这是我们节目组下一期想报道的选题。跟咱们家公司有关……"

她心里祈祷,说"不"吧,否认吧。只需要您一句话。

靳红星面色沉稳,并没有被揭穿的恼怒或是恐惧:"缅甸那事吗?"

"您真的知道?"

"那个年代,防护措施不到位,矿区偶有伤亡,这搁到现在都不算新鲜事。"他的口气好像这只是件无足轻重的小事。

"那……虚假招工,虐待工人呢?"

"说虐待太严重,再说做生意哪里不踩一点灰色地带的?你别想太多了。"靳红星将摊满一桌的资料收拢,想把饭菜端上来。

靳夕一把摁住他的手:"所以死去的工人和他们被毁的家庭在你眼里根本什么都不是?"

"就算我说我心里待工人如亲人又能怎么样呢?死者不能复生。说这些话都是伪善。这事已经过去这么多年,你别插手。我会打电话给你们台长让他撤掉这个选题。"

"这就是你的处理方式?"靳夕不敢相信那个总是憨憨笑着说起自己年轻时与工人同吃同睡的爸爸,居然这么蔑视生命?

"小夕,你想我怎么样?去以命抵命?还是自首认罪?"

"你明知道过了追诉期,加上国内没有管辖权,根本不会追究你的罪。但是我作为第四公权,有权利让大众知道真相!"大概是被父亲无所谓的态度所激怒,靳夕之前的犹豫一扫而空。

"你真的要去报道这件事?哪怕让我身败名裂,让靳家的产业付之一炬也要去做?"

"是。"在父亲亲口承认此事之前,她还抱有一丝幻想,也许父亲是

被人陷害的，也许父亲并不知情。但现在看来，再多的辩驳都是苍白的，这个慈父对她所有的好都是建立在一堆白骨之上。

"我需要一些时间整理思路，麻烦您出去。"靳夕给父亲下逐客令。

靳红星反常地没有与她争吵也没有劝说，只说："记得先把饭吃了。"

就这一句话，差点又让靳夕崩溃，"爸……"

靳红星惊喜地回头以为这个他最疼爱的小女儿会改变主意，却只听见她说："把我的手机还给我吧。我不会跟你们出国。如果有需要，我会搬出去住。"

靳红星的手在裤子口袋里无助地摩挲，最终只是默默将她的手机掏出来放在门口的五斗柜上。

靳辰一直站在门外，他们的对话她都听得一清二楚，见到父亲走出来，正想开口说什么。靳红星朝她比了个嘘的手势，轻轻关上房门，示意她下楼说。

"你放心，我一个字都没提到你老公。你妹妹也不会猜到你们身上。"靳红星板着脸，面色不悦。

若不是靳辰怀着身孕来恳求他，他断不会替路易斯背下这个黑锅。

"爸，我不是这个意思……我以为如果是您，小夕她至少会顾及父女情分。我去跟她说，我告诉她不是您的错！"

"算了吧！你想你的孩子生下来就没有爸爸吗？"靳红星拉住她的手让她坐下，"左右不过是背个骂名，又不是真的要坐牢。"

"可是……爸，就算小夕她一根筋，我们还有很多办法阻止她报道的。"

"别。你别动歪脑筋。随她去。"

"为什么！"靳辰觉得父亲对妹妹的溺爱简直是到了病态的地步，"是不是就算她今天要杀你，你也会给她递刀子？"

靳红星不可思议地看了一眼自己这个一向温顺可人的大女儿，他以为至少靳辰能理解他作为父亲的苦心："我可以为了你给你老公顶罪，怎么

第六部分 血翡翠

我就不能为我小女儿做点什么？我不希望她违背自己的初心做一些让她心里一辈子过不去的事。"

靳辰不再作声，为人父母者，思虑深远，远不是做子女所能及的。她这次为了路易斯连父亲都出卖了，她是最没有资格多说的人。

房内的靳夕拿着自己的手机，上面有无数条短信和未接来电，其中三个电话来自何年，最近的一次是三天前的。她的手指停在回拨键上停顿数秒，最终还是合上了手机。

靳夕这么快回到台里上班着实出乎么鸡的意料，从靳夕走进办公室开始，么鸡的目光就一直追随着她的身影。

只有不知内情的波仔还没心没肺地往上凑："夕姐，你这休个事假比我躺医院还久，我还以为你不回来了。"

"组里这么多事，老曹走了，组长也不在，事都不用干？"

波仔抓抓后脑勺："说实话，我真以为我们深调组得解散了。"

"谁说的？"靳夕一脸莫名地把牛皮文件袋拍在他胸前，"这期节目的选题。你去做信息检索，找采访嘉宾人选。"

"得令。"波仔立正敬了个礼，笑嘻嘻地拆开文件袋，看清楚标题后，笑容渐渐凝固，"这……夕姐，别开玩笑了。靳氏珠宝不是你家的公司吗？"

"是啊。怎么着？觉得我应该避嫌？"

"不是。唉，我不知道怎么说，么鸡，你帮我说句话。"波仔把文件袋拿给邻座的么鸡看，期望得到她的声援。

没想到么鸡只是默默接过文件袋放到一边，并不说话。

波仔察觉出两人之间的异常："么鸡，你早知道了？这算怎么回事啊？就算靳氏真的有什么违法乱纪的事情，也不该让夕姐来报道啊！这也太冷血了吧？我做不到。"

靳夕低着头冷笑，连波仔这种同事关系都觉得插手她的家事很尴尬，

却总有人持着正义的令牌完全不顾她的感受，逼她必须做这个选择。

"波仔，去做事。"一个低哑的声音出现在办公室门口。三人同时抬头看向门口，还是熟悉的黑口罩和帽子。

靳夕双脚不自觉挪了个方向朝向他，却又生生止住，收敛起笑意。

"组长！"么鸡仿佛一下子找到主心骨，整个人都松了一口气。这段时间她和何年一直保持着联系，知道他在缅甸找到更确切的证据。只有这样，她才能说服自己现在做的事情没有错。

"靳夕和我进办公室，你们俩把我在缅甸做的这些采访资料整理一遍。"何年脱下背包甩给波仔，自己径直往里间办公室走。靳夕在工位上深吸一口气才跟上去。

"这到底是怎么回事啊？这是组长做的选题吗？我本来以为他俩之间肯定有戏。"波仔在背后不解地与么鸡小声嘀咕，么鸡只是有气无力地拍了他一下："去做事。"

靳夕想了许久该怎么开口，是该问他为什么要陷她于忠义两难的境地，还是问他们那一吻到底算什么？她有许多歇斯底里的为什么，几乎要涌爆她的脑袋。

"坐。"何年冷静的声音就像一盆冷水从头浇下来，将她那些感性的情绪都浇灭。靳夕就像一个木偶，应声坐到位置上。

何年用公事公办的口气跟她讨论新选题，好像选题涉及的当事人和她毫无关系似的。他一直在说流程和资料，但靳夕只能看到他的嘴一张一合，到她耳里全部化成嗡嗡声，一个字也没听进去。

靳夕终于忍不住打断他："你没什么要和我解释的吗？"

何年手里的笔顿了一下，几不可闻地叹息了一声，终于摘下口罩，抬头直视靳夕的眼睛："你如果反悔，现在还可以退出。"

"凭什么让我做逃兵？你把我架上台面到底是想看我大义灭亲还是当缩头乌龟？无论哪一种，你无非是等着看我笑话罢了。怎么样？现在的结

第六部分 血翡翠

果满意吗？"靳夕想象个正常的小女生闹脾气，还期待着何年能耐心给她一个合理的解释。

可何年并不打算惯着她的脾气："专题还没开始做，谈不上满意。"

"你……"靳夕突然有些恶毒地笑起来，"好啊，组长，那咱们慢慢谈。只是你先把口罩戴上，我可不想被传染什么说不清的病。"靳夕一生气起来就口不择言，尤其是对何年。

何年倒是没说什么，顺从地把口罩戴好。两人维持着僵硬的氛围讨论新的一期节目内容。

尤其是当何年把这次到缅甸对玛登的采访笔记拿出来时，靳夕的脸色变得铁青。那是一种羞耻感，对于父亲摧毁了那么多家庭，自己却安心享受着人命堆砌的财富所产生的羞耻感。

"如果没意见，就按这个流程走，这期节目还是由你主播。我们会提前放出新闻稿造势，你要做好心理准备。"何年收拾着台面上的资料，意味着今天的会议就到此结束。

直到何年快走出办公室，靳夕才小心翼翼地问出一句："何年，你到底把我当作什么人？"

何年握紧办公室的金属把手，闭上眼睛脑海中是中弹倒地的父母。喜姐和敏加固然偏执，但某种程度上说，他们才是一条战线的。而靳夕是他的……何年说不出那两个字，只能生硬地回答："同事。"

7

何年回到国内后，几次三番向喜姐提出要见敏加，她顾左右而言其他，总是能找到借口拒绝。

"如果你们根本不相信我，趁早说开，我不喜欢被人当刀使。咱们这期节目也没必要做了。"何年发火这才让喜姐松口。她出去给敏加打了个

电话。

"他说会直接联系你,告诉你详细计划。到时候你有什么疑问可以直接问他。"

敏加没有食言,当天晚上何年就收到一封邮件,算是打招呼:"我们终于'见面'了,我是敏加。"

何年把邮箱地址发给波仔让他追踪一下这个邮箱,能不能检索出更多的信息。

但是波仔说,这是个刚刚注册的新账号,绑定的手机号码是虚拟号。IP地址也一直在变,没有什么有效信息。

邮件比短信更具有隐蔽性,光凭一个邮箱号何年也没指望能查出什么。很快他收到第二封邮件:"别费心思查我了。敏加只是一个符号,背后是谁都无所谓,重要的是你知道我是在替我们报共同的仇。喜姐说,你愿意帮我们。是吗?"

"你要我做什么?"

"我要你在最新这期节目直播的时候,把我制作的微型炸弹运进电视台,装到主播台的座椅下面。"敏加说得非常直接,就像在开玩笑。

"不可能。"何年下意识拒绝,"就算再微型的炸弹,威力足以伤害到录像棚里所有工作人员。"

"是舍不得你的手下还是舍不得靳夕?"敏加说话十分轻佻,仅仅是通过邮件都可以看得到他在很轻佻地笑他,这个说话的感觉越看越像一个人。

"本来这件事与靳夕无关,其他无辜的工作人员就更不应该为了你我的私仇牺牲。冤有头,债有主,我以为你会有更高明的手法,没想到也是欺负最弱的那个而已。"

"你别急。我不是真的让你拿炸弹炸死他们一了百了,这种手法太上不了台面。杀人诛心,我只是想在靳红星死之前再给他上一课。给你的炸弹是仿真模型。你是电视台老员工,进出台里都不会安检,又是《她说》

第六部分 血翡翠

的核心成员，由你去放最合适不过。没有人会怀疑你。"

何年是真的吃不准敏加想做什么。一个假的炸弹，用来骗靳红星还是骗靳夕？或者是为了骗他？

"如果我不愿意替你放，你打算怎么办？电视台是不是还有别的人是你安插的？"

"你不傻。但是不同的是，如果你不愿意亲自去放，我可就不保证到时候给的是模型还是真家伙。"

"我可以叫停节目。"

"我也可以在任何其他时间点实施我的计划。何年，这个计划里本来没有你的位置。就算没有你，我们也可以完成得很完美，不要以为你能改变什么。我之所以让你参与我的计划，是看在你爸妈和我哥的份儿上。想想你爸妈是怎么死的，你还能这么淡定地在这儿和我聊什么良知和道德？"

提到父母，何年的心又被刺痛了一下。势单力薄如敏加尚且多年为了追寻被灭门的原因忍辱负重，万死不辞。反倒是自己将父母的血仇忘得一干二净，安安心心过着自己的日子。

"我替你放。"

"我知道你会和我是同路人。"

"那放完模型炸弹后，接下来你打算怎么让靳夕发现炸弹？"

"我们都是计划中的螺丝钉，每个人有自己的职能，管好自己就可以。你的任务就是安装模型炸弹，其他的不用管。"

对话到这里戛然而止，何年可以掌握的唯一信息就是敏加准备在节目播出当天完成他的复仇计划。

两天后，何年收到炸弹模型，还是放在门口，纸箱子外没有任何邮件信息。他抬头看向门廊角落闪着红灯的摄像头。自从上次收到血翡翠案件资料，他长了个心眼在门口安装了监视器。

监控视频显示是个衣衫褴褛的陌生男人放下的，他走的时候不知有意

还是无意看了一眼摄像头,所以能够隐约看清相貌。

何年感觉此人不是敏加。果不其然,截图给波仔得到的结论是查无此人,多半是抛弃身份的流浪汉。

好消息是何年检查过炸弹确实只是个仿真模型,虽然有声音,有倒计时的屏幕,但真的倒计时结束也并不会爆炸。

节目录制当天下午,他把模型放进背包里如往常一样去上班。西京电视台的安检要求较之其他市级台都严,从大门进到录像棚要进三道安检门。

一般门卫见到是他,都会主动放行,让他不用过安检直接进。但今天值班的保安换了个新人,何年照常背包进去时被喝住:"没看到安全提示吗?背包要过机!摘口罩,摘帽子。"

旁边有隔壁节目组的员工见状替他说话:"这可是深调组的何制作人!"

"那又怎么样?我的职责就是看着每个进出的人都要过机安检。遮得这么严实,谁知道是不是恐怖分子?"高大壮实的北方大汉十分耿直,气得隔壁组的同事够呛。"你这人怎么这么轴啊?"

眼见就要吵起来,何年安慰同事:"算了,配合工作,互相理解。"

他摘下口罩、帽子,把背包放在安检带上。保安盯着屏幕,看到背包中一个形状可疑的东西:"这是什么?拿出来看看。"

何年配合地拿出纸盒,刚从盒子里掏出模型,保安见到上面跳动的倒计时,马上大喊:"有炸弹!"

大厅里的人都被吓了一大跳,最近的那个同事甚至趴到了地上。

何年哭笑不得,单手举起"炸弹":"只是个模型而已,你们看。"

保安抬起头偷瞄一眼,眼见倒计时数字到了零,嘀一声灯就灭了。"今天组里有个安全展,这是道具。"

"您早说呀。吓死人了。"同事有点难堪地从地上爬起来。

"我这还没来得及说,你们都趴下了。"何年拿他开涮,大家都笑起来。

"没事了,虚惊一场,你们进去吧。"

第六部分 血翡翠

何年进来，只看到幺鸡在导播室，主播台上还没有人。幺鸡见他在看主播台，随口说了句："小夕在化妆。"

何年嗯了一声，带着背包到主播台下捯饬了一阵，弄完背着包转头就要走。

"节目马上就开始，何老师去哪儿？"幺鸡急急叫住他。

"这期节目我不在这儿盯，你看着就好。"他走了两步又想起什么叮嘱道，"无论发生什么事，不要慌，沉着应对。"

何年刚走，幺鸡手机就响起来。她忘关静音，铃声大到整个直播间都听得到。她赶紧接起，一边压低声音一边往外跑去。

"我是不是打扰你录节目了？"

"没事，是我忘关铃声。"平时她绝不会犯这样的错误，今天有些事情让她无法专心在工作上。

"我只是想再确认一次，给你的东西都准备好了吗？"

"嗯。组长刚走了，我想没问题。只是真的要这么做吗……"

"何年走了？"电话那头默了一下，"别想太多，你就当为你组长做点事，也为了我。当然如果你不愿意，我绝对不会勉强你。"

似乎怕对方失望，幺鸡斩钉截铁地答道："我愿意！为了你……"

何年一路上都在想自己这么做到底是对还是错，他只要装聋作哑就可以借别人的手报了父母的仇。但只要一想到靳夕未来会遭受和自己一样家破人亡的痛苦，他就无法面对自己的良心。而且现在事实未清，身为记者的客观、冷静、坚持，缺一不可。

靳家三口人此时正端坐在餐桌前，桌上摆满了色泽诱人的菜肴，却无一人动筷子。大家正襟危坐，像开会一般严肃。

客厅的落地钟敲了八下，用人英姐走到靳红星面前弯腰轻声说："老爷，八点了。"

"嗯，开电视吧。"

《她说》因为前几期收视率爆了,从深夜档被调整到黄金八点档。往期节目,靳爸爸都会一期不落地看下来,只是这一次有点特殊。

"今天就不看了吧?"靳辰小心翼翼地建议。

英姐停在半路,征询地看着靳红星。

"开!"靳红星拿起筷子,埋头吃着碗里的白饭,"越是觉得羞耻,越是要直面!我特意让你们多留几天再动身,就是想等这期节目出来算给你们俩的送行礼物。"

靳辰和路易斯对看一眼,不敢再多说,一家人沉默地盯着电视机。

隔着电视机屏幕,靳夕看上去和往常节目里没有两样。仔细看,她的妆容化得比往日重,是为了遮住黑眼圈和发红的眼角。

节目的开始,展示了一系列的老照片。数以百计的劳工光着上半身赤着脚在水里劳作,他们的潜水工具就是脏兮兮的潜水镜和一根简陋的塑料管。

住的地方就是一个个生锈的四方铁笼,七八个人挤在一起手脚交叠并排躺着,就像动物园的牲口。

埋在山上的十几个木牌,每一个下面都是一具枉死的尸体。

照片里还有玛登丈夫的劳工合同,特效标红了只有中文注明的天价违约金,下面清清楚楚盖着靳氏珠宝的章。

"近日,栏目组接到举报,我市最大的珠宝商靳氏珠宝多年前在境外存在以虚假信息招骗劳工,并且奴役虐待劳工致死致伤的恶行。劳工们生存环境极其恶劣,每日工作强度超过十二个小时,五年间替企业主挖出无数价值连城的翡翠,却拿不到相应的工资。即使生病残疾、因公殉职,家人也拿不到任何补偿。因此他们被当地人称为'翡翠奴'。时隔多年,光靠文件资料难以追溯真伪。本栏目组特派出深调记者何年深入缅甸当地进行调查,终于找到一位当时幸存的受害者家属,并使其接受了采访。以下是采访片段。"

玛登在采访过程中十分平静,但越是这种哀莫大于心死的态度越让人

第六部分 血翡翠

感觉到一种无形的悲伤。

"看看你们做的好事!"靳红星敲敲碗边,对自己间接造成的伤害痛心疾首。

"爸,路易斯也是错信了包工头。这些事他都不知情……"靳辰有心替丈夫推脱。

"够了。大家都是生意场上摸爬滚打几十年的人,这种撇清关系的话就不要多说。路易斯当年在缅甸待了那么长时间,不可能一无所知,多半是睁一只眼闭一只眼罢了。"

路易斯按住靳辰的手背,示意她别再多说:"确实是我的错。年轻气盛的时候只想着怎么最快挣钱,我错了,爸。"

靳红星长叹一口气,摆摆手。都是自家儿女,犯了天大的错他都得兜着。

播送采访视频期间,靳夕一直在放空。这一步踏出去就没有回头路,她的父亲、她的姐姐、整个公司的前程也许都会葬送在这期节目里。直到这一刻她心中都在发虚,没有底气说出"不后悔"三个字。

"小夕,你还好吧?"幺鸡透过耳机问她。

靳夕轻嗯了一声,脸色苍白。

"还有倒数三十秒切回主播台画面,你冷静一点,听清楚接下来我说的每个字。"幺鸡的声音突然变得冰冷,"你的桌子下面有一个定时半个小时的炸弹,已经开始计时,如果你接下来按照提词器的内容播送,倒计时结束前我会按停;如果你不愿意,或者拖延时间我会立马启动。"

"你疯了吗?!"靳夕下意识弯腰往下看,鲜红色的倒计时数字"29:50"在角落里很分明,她站起身想摘下耳机。

"别动,坐回去!否则我现在马上引爆。"幺鸡的手心在冒虚汗,她知道这炸弹不是真的,如果靳夕一冲动跑进导播间就会前功尽弃。

还好靳夕只是犹豫了一秒,终是不敢冒险,缓缓坐了下来,恶狠狠对着她说:"你真引爆自己也跑不掉。"

"我没打算跑,大不了咱们一起死。"

"你究竟图什么?"

"你马上就会知道。倒计时,3,2,1……"

"叮咚。"靳宅大门门铃响起。客厅里心不在焉的三个人同时看向大门。

"这个时间点会有什么客人?"靳辰皱眉,自从知道缅甸这事,她就像只惊弓之鸟,总担心会突然冒出什么人把路易斯抓走。明天他们就动身去美国,在这个节骨眼上可千万别出什么问题。

英姐已经往大门口走,靳红星叫住她:"英姐,你别动。我去开门。"

靳红星大步流星越过英姐走到门口,透过门铃监控系统画面看清来人。

"他怎么来了?"靳红星喃喃自语,虽然感到疑惑,但还是把门打开了。

门一开,男人就急急奔进来,拉住靳红星的双手,完全失去往日的风度:"靳伯伯,你们快!跟我走。"

靳红星呆立在原地,不知道发生了什么。

"高先生,您这唱的是哪出啊?"靳辰先站起来,警惕地拉开自己的父亲。

"时间紧迫,我就长话短说。靳夕最近是不是接了一个针对靳氏关于缅甸翡翠矿区的新闻报道?"

"现在正在播。"

"这个报道选题是他们组长何年定的。何年还有一个身份,他是一对在缅甸恐袭中死亡的战地记者的孩子。"

"所以呢?"靳红星始终不得要领,反而是路易斯浑身一颤,隔空与靳辰对视了一眼。

靳红星的反应落在高风晚眼里完全是老狐狸的装疯卖傻,他心里在冷笑,面上却还是一副急切的模样:"何年此次去缅甸调查'翡翠奴'一案,发现了当年的恐袭案是被人伪造的一起抢劫灭门惨案。当年与何年父母一同死去的还有当地的首富楚家,而楚家的传家宝不知所终,他家的矿区也被靳氏占领,传家翡翠和矿区开采权都落在了您手上,所以他怀疑是

第六部分 血翡翠

您雇人策划的这个案子。"

"荒谬!没错,我当初是想买下楚的传家翡翠和矿区,但是人家明确拒绝了我。我虽然遗憾也没有强求,翡翠和矿区开采权都是在他家生变后,我辗转得来的。因为这个就怀疑到我头上未免也太可笑了。"

"我绝对相信您不是这种人。但这杀父杀母的血海深仇已经蒙蔽了何年的双眼,此刻他恐怕正在赶来的路上。我们必须赶紧离开!"

"为什么要走?我这房子内外都有安保,还怕他一个人?他敢来,我就让他走不出去!"路易斯明显虚了,但整个黑星的安保力量又让他找回一些底气。

"路易斯!"靳红星喝止住了他,"上门就是客,怎么能这么说话。但是我确实不能走,正好等他上门,我亲口跟他解释清楚这个误会。"

"你怎么会知道这些事?何况你和我们非亲非故,不顾自己安危,特意跑来救人有点说不过去吧?"靳辰的心思缜密,自然不会轻信一个不熟的外人。

高风晚面露难色,踌躇了半晌:"是靳夕向我求救,我才来的。伯父,我跟您实话实说,我喜欢靳夕,您也许早就看出来了。这次冒险一搏,也是希望给自己搏出一个前程。"

"你刚说小夕怎么了?"一听到女儿有危险,靳红星就慌了手脚,"对啊,我怎么没想到,我女儿离他那么近,第一个就会对她下手……"

"爸,您先别急。电视上这不是直播吗?证明小夕至少现在是安全的。"

直播间里,靳夕全神贯注地盯着正前方的提词器,浑身都在止不住地微颤。她没有余力去思考提词器的内容究竟是什么,在直播的情况下,她只能以观众看不出是念稿的语速念出上面每个字。

"除了虐待劳工,靳氏集团法人代表靳红星在二十年前还犯下过一起令人发指的案件。为获得帕敢首富楚家的翡翠矿区开采权,趁缅甸内战时期,靳红星伙同女婿路易斯·李征集雇佣兵伪造恐怖袭击,屠杀楚氏一家

老小及邻里共三十六口人，其中包括中国战地记者何景盛夫妇……"靳夕念不下去了，这是多么严重的指控，她现在脑子完全消化不过来。

"继续念啊！怎么不说了？你知道吗？何景盛夫妇就是何老师的父母。你父亲做了这样的事，你怎么还有脸待在深调组？"幺鸡的眼里饱含泪水。

靳夕咬紧牙关，坚持不肯再念下去。就算桌下这颗炸弹立马爆炸，她也不愿意承认刚刚提词器里这些内容是真的。

"没关系，何老师现在已经在去你家的路上。即使你不愿意配合，他也一定会让你们血债血偿！"最后这句完全是幺鸡即兴发挥吓唬靳夕的，但这成了压垮靳夕的最后一根稻草。

她在节目中沉默三十秒后，突然歇斯底里地大叫："爸、姐，快跑！"

电视上画面一黑，切入了广告。

这下，靳家整个大厅的氛围都陷入了冰点。

高风晚大概也没想到会有这样的发展，但对于他而言却是个绝好的契机："这下您相信我了吧？再不走真的没时间了，谁也不知道一个丧失理智的疯子会做出什么事。他如果拿了枪或者炸弹来，我们一个都跑不了。"

"我们走了，那小夕怎么办？"

"您放心，我有办法帮她逃出来，我现在就送你们一家去会合。别的身外物就别带了，拿着身份证、护照这些最重要的跟我走就行。"

大概是靳夕刚刚的表情太过惊悚，作为父亲只求能尽快确认她平安，靳红星下了决心："走。"

8

路易斯正准备去拿玄关处的车钥匙，高风晚叫住了他："别用你们的车，容易被追踪。我的车就在外面。"

路易斯犹豫了一下，放下了车钥匙。

第六部分 血翡翠

高风晚开车,靳红星坐在前座,靳辰夫妇坐在后座。车窗关得紧紧的,车子沉默地驶出靳宅,在门口的大路上与何年的车相对而过。

两辆车擦肩而过的瞬间,何年踩了一脚急刹,从后视镜里看清楚了车牌号,是高风晚的玛莎拉蒂。

他马上急掉头去追,虽然还隔着一段距离,但前车已经发现了他的追踪。

"抓紧扶手,何年追来了。"高风晚叮嘱道。

路易斯回头果然看到一辆黑色的小轿车在跟着他们,他焦急地拍打着驾驶位催促道:"再快点。甩开他。"

高风晚面色沉重地点点头,拉高了衣领,按下空调开关,同时一脚将油门踩到底,冲过了仅剩最后一秒的黄灯。

身后传来车轮胎在地面上急刹的巨大摩擦声,高风晚从后视镜里看到何年的车头被另一辆东西方向冲出来的车撞得偏移了90度。何年从车上下来,遥遥看向他们离开的方向。

路易斯看到何年被甩开,终于松了一口气,回过头坐回位置上:"好险。"

他觉得车中有一股异香传出,刚刚紧张到屏住呼吸都没有注意到。他不禁猛吸了两口:"你们有闻到什么味道吗?"

车中没有任何回应,他这才发现妻子闭着眼睛,而前排的岳父头早已倒向另一边。

"当过兵果然身体素质要强一些。"高风晚冷笑。

"你……"路易斯想从后面扼住高风晚的喉咙,但仅仅是抬手就感到全身一软,昏倒在座位上。

与何年相撞的车主气势汹汹上前揪住他的衣领:"你怎么开车的?红灯也闯。我要是再快一点,我们今天都没命回家!"

何年头也没抬,拿着手机在编辑短信:"波仔,想办法帮我查这个车牌号的行踪。"

波仔第一时间回复了信息:"没问题,老大,我现在就去黑交通局的

系统。"

车主见他压根儿心不在焉,气恼地把他的手机一把掼到地上:"你这人到底尊不尊重人?"

何年无奈地挣开他的手,弯腰捡起手机:"大哥,你总得让我给保险打个电话吧?"

路易斯是第一个醒来的,他睁开眼环顾四周一圈,入眼之处是一个四面封闭的地下室,没有窗户,唯一的出口是需要爬一截楼梯才能上去的门。

此时,高风晚正背对着他们,坐在一张方桌前边咬着苹果边看手机,《她说》节目这么大的播出事故和劲爆的话题竟然在网上无人讨论,这太不合常理。这不是他要的效果。

靳红星和靳辰还靠着墙在昏迷之中,不知是没来得及还是疏忽,高风晚竟没给他们三人捆绑住手脚。

路易斯瞥见离他不远处的手边有一根铁棍,他轻轻活动了一下手腕,药效未完全过去,他需要蓄力。

高风晚似乎察觉到什么,转头的一刹那,路易斯来不及思考,扑过去拿起铁棒朝他挥去。高风晚看见一个黑影,手腕一翻用枪托狠狠击向他的太阳穴,铁棒应声掉在地上发出"哐当"一声巨响。

这动静将其余两人惊醒,靳辰看见自己丈夫侧倒在地,额角正往外冒着血。高风晚用枪指着他:"再有下次,我用的就是这一头了。"

"你干什么!"靳辰想护住路易斯,但原本孱弱的身体在药效的作用下,只能在地上爬动。她手脚并用爬到丈夫身边,用怀里的手帕摁住他流血的额角。

"她还怀着身孕!你对她用了什么药?还有小夕,你把她怎么样了?"靳红星满心都是两个女儿,早就把自己的安危置之度外。

靳辰听到父亲维护自己和肚中并不存在的胎儿,心情复杂,愧疚与害怕交织在一起。

"哈?你还怀着孕?"高风晚听到这个消息似乎很高兴,他笑着蹲下

第六部分　血翡翠

来捏住靳辰的下巴,被她嫌恶地甩开:"别碰我,脏。"

"看来这真是上天送给我的一个礼物,买三送四啊!"高风晚不顾靳辰的反抗,从她身上搜出手机、护照和身份证件,还有路易斯和靳红星的。

"你究竟想做什么?如果你图财,要多少钱我都可以给你。别伤害我们。"靳红星当即表态。

他拉了一下楼梯边的一根细线,外面响起清脆的铃铛声,很快一个微胖的女人推开了门。这下路易斯心中更绝望了,他不止一个人,外面不知道还有多少帮手。

"喜姐,把东西给我。"

被称作喜姐的女人递给他一个锦盒,并接过他手里的所有证件和手机。

"挂失也好,转账也好,想办法把这三个人名下的资产套现。"

"我马上去办。"

靳辰突然想起这个声音在哪里听过:"她就是当初绑架小夕的那个人!"

"耳力不错啊!"高风晚抚掌,"就是喜姐,还记得你们交给喜姐的传家宝吗?"

靳辰心虚了,同时也明白这个人绝不单单是为了钱而来的。

高风晚将锦盒扔到靳红星面前,里面的翡翠掉了出来。"我原本以为你再坏至少是个好父亲,没想到为了保住从别人那儿强取豪夺的传家宝,连自己亲生女儿的性命都可以不管不顾。"

"你到底在说什么?"靳红星满脸莫名的表情。

"好演技啊。如果不是我认得这翡翠,大概真相信你的话了。"高风晚重重拍了拍他的脸颊。

"是我换的。我爸不知情,别逼他。"靳辰终于把这个秘密说出口,"如果你是冲着这块翡翠来的,我可以给你。只要你放了我们。"

"真不愧是靳大小姐,这时候还会讨价还价。"

"小辰?你为什么要这么做?"

"爸,对不起。那时候他们为了这块翡翠大动干戈,我看他们那么急切的样子,总觉得这翡翠有什么古怪,就自作主张做了块高仿的给他们,留下那块真的。"

"糊涂!你有没有想过,如果不是你妹妹福大命大逃出来,她可能就被你这块假翡翠害死了!"靳红星完全没想过看上去人畜无害的大女儿,背地里藏着这么多心思。

"哈哈,大户人家互相算计的心机真是让人长见识。不过靳伯父,我提醒您一句,哪有什么福大命大,如果不是我做一出戏放出靳夕,她哪里还有命回来见你们。当然,如果不是这样,我也没机会进靳氏接近你们。"

"你到底是谁?做这么多为了什么?你和何年是一伙的?"路易斯先猜到一点皮毛。

"你要这么说也可以,因为他和我同病相怜。"高风晚蹲到靳红星面前,"怎么样?事到如今,您还要揣着明白装糊涂吗?我私以为在你家已经说得很清楚,你当年如何屠杀楚家满门,你都忘了吗?那我现在就再提醒你一遍,希望你能记清楚,我叫敏加,是楚的小儿子。"

路易斯的脑海中闪过一个画面,人们高高举起一个婴儿:"我宣布,这个孩子名为敏加,命运会赐予他忠实正直的美德,让他成为父母的荣耀。"

没想到那个婴儿就是如今站在他面前的高大男人。路易斯感到浑身冰冷,如坠冰窖。没有比这更糟糕的情况了,谋财谋色都有得谈,可是他清楚知道楚家灭门的惨状,已经不对今天能生还抱有一丝希望。

靳红星年近六十,如今的状况让他倍感困乏与无力。这个曾经叱咤商场的大鳄现下也不过是个老人。"孩子,这真的是个误会。你父母的死是战乱的恶果。我明白你必须为自己找到一个仇恨的对象才能支撑你这么多年活下来。被你恨了这么多年,我没有关系,但你需要知道真相。"

"您说得对啊。真相。"高风晚玩味地咀嚼着这两个字,他弓下腰轻

第六部分 血翡翠

轻捡起地上的铁棍,"看来是我误会您了。"

他转过头来时,脸色一变,一棍子朝靳红星背上敲下去:"委屈您这么多年被我误会!"

靳红星一把老骨头,平日又疏于锻炼,哪里经得起这样一棍。马上被打趴在地。

"爸!"靳辰从丈夫身边向父亲的方向爬过去。

"您这么伟大,干脆帮我解开这个心结吧!只要你死了,你们都死了,我就解脱了。"又是一棍砸下来,靳红星缩成一团,口中声音已经迷糊:"不是我,不是我……"

靳辰的哭声已经哑了。"不要打我爸,算我求你,不要再打他!"

"我最恨你们这副假惺惺的样子,就是用这副面孔骗过所有人的吧?让大家都说你们是大善人,背地里不知道双手沾满多少鲜血。战争,多么好的借口啊!战乱之中,就算杀了所有人,也不会有人怀疑到你们头上。但你们没想到,还有我和何年这两个幸存者吧?何年看到了杀人者手臂上有一个黑星骷髅蛙的图案,你还有什么好抵赖的?"高风晚一脚将靳红星踢得在地上转了一个圈,"你是这件事最大的受益者。如果不是你指使你当时的未来女婿做的,还有谁?"

靳辰停止啜泣,回头看向路易斯。那个文身是他刚退役的时候文的,结婚后因为她不喜欢就洗掉了。过了这么多年,他一个外人怎么可能知道。

冰雪聪明如靳辰,从靳夕被绑架,绑匪只要那块传家宝翡翠开始,她就有所怀疑。扣下那块翡翠,也是为了帮丈夫隐瞒,尽管她自己都不知道在隐瞒什么。后来的"翡翠奴"到如今的灭门案,她终于知道路易斯瞒了这么多年的秘密是什么。

"不要打了。我说。"靳辰手肘撑着地,摇摇晃晃地坐起来。她的头发散落在肩膀,沾满灰尘,仍然有种天使入凡尘的圣洁感,"是我。是我让路易斯去做的。"

"你?"高风晚当然不信,她一个女人怎么会有这样的主意。

"当年我爸嫌弃路易斯出身低,不同意我和他的婚事。我知道我爸当时看中你们家的传家翡翠和矿区,所以我想让他做出点成绩讨我爸欢心,但你父亲死活不同意,我只能出此下策。我爸对这件事确实毫不知情,路易斯也是盲从了我的命令。你杀了我,放过他们。"她说话的神情很坚定,让人不由自主地信服。这样的神情让高风晚想起靳夕。唯一一个瞬间,他觉得这两姐妹是相像的。

"不是不是……"靳红星不停地摇头,他知道事实不是这样的。他从来没有反对过女儿和路易斯的婚事,女儿撒这样的谎都是为了保护自己。

高风晚自然不会轻易相信她的话,但对于他而言,其实是谁主使都没有区别。"既然你这么说,那我就先杀了你吧。算我对你勇敢的奖励,至少你不用看着他们受苦。"

靳辰认命地闭上眼,高风晚缓缓举起手中的枪,对准她。

始终一言不发的路易斯终于站了出来:"你父亲也没你说得那么无辜。"

高风晚仿佛听见什么笑话,枪口迅速转移到路易斯的头上:"你说什么?再说一次。"

路易斯冷笑一声:"其实原因根本不是你想的那些,传家宝、翡翠矿谁稀罕?如果我岳父真像你说的那么爱财,不惜一切手段杀人灭口也要夺来,就不会这么轻易把传家宝送给靳夕,把矿区交给我和靳辰。"

"所以你并不否认是你杀了我全家。"

"我是被逼的!"路易斯以回忆的口吻说起当年,"我从海豹突击队退役一段时间后,就发现自己得了一种怪病。这种病刚开始只是无缘无故发高烧,后来演变成咯血,肺结核。美国那边的医院确诊为成人发病免疫缺陷症候群,虽然这种病一般没有生命危险,但是因为免疫系统受损,无法像正常人一样抵抗细菌,严重的话依然会导致死亡。这是一种专门针对亚洲人的病,我们战友里不少亚裔都患了这种病,说不清什么时候感染上的。"

高风晚皱眉,这种病不正是同何年一样的病症吗?他心里隐隐有一种

第六部分 血翡翠

预感,路易斯说这些是想把他绕进一个陷阱:"废话少说,我不关心你得了什么病。"

"等等,很快就到你家的部分。因为这是亚洲新型免疫病,我的医生说西医对这种病没什么研究,反而中医有一些成果。所以我回了国,到处寻访名中医,并且成立了黑星安保,认识了靳辰。两年后,终于有一个老医生拿出一个方子说是可以治疗此病,但是他也说了,这方子里有一味中药碧碱只在缅甸境内生长,而且据说早已灭绝,让我不要抱有希望。我的病情越来越严重,眼见刚刚起步的事业和爱情都要付诸东流,我除了背水一战,没有别的选择。当时刚好有一个契机,缅甸内战,靳辰父亲要去缅甸走商,靳辰委托我的安保队伍保证他的安全。我想,这是老天爷给我的机会。

"岳父到帕敢考察,受到楚的接待,他有意收购矿区开采权,你父亲却迟迟不肯松口。也许是皇天不负有心人,我在你父亲的矿区考察中发现一片未被开采过的遍地疯长的碧碱,也许是因为当地人并不识这种药物,只当是一片杂草,所以我向你父亲坦言我和战友们的病情,表示愿意高价买下这片碧碱。没想到你父亲起了贪念,他说:'既然这是救命的药草,那就是无价之宝,我为什么要卖给你?我开发成药放市面上卖,价格何止是千倍百倍。如果现在被你全部挖走,我赚什么?'是他先断了我们的生路!如果不是他贪心,你们一家不会落得这样的下场!"

"够了!"路易斯的口气仿佛在说他们一家的结局是咎由自取,高风晚无法忍受父亲被这样泼脏水,"我还以为你能说出多么冠冕堂皇的理由。这就是你滥杀无辜的理由?为了救自己的命,就可以残杀别人。药也好,翡翠也好,本来就属于我们家,说不卖你就可以抢了?"

"你说得对。我不是为自己狡辩,我只是告诉你当年真相的全貌。希望你能放过我妻子和岳父,这件事从头到尾和他们都没有关系。"

"路易斯……我不会走的。"靳辰默默垂泪。不管他做过什么伤天害

理的事情，从她在教堂许诺嫁给他那一刻开始，她就决心像誓言里说的那样不离不弃。

"我的天哪。我鸡皮疙瘩掉了一地。朋友们，你们先别忙着自我感动。你们好像弄错一件事情，我从来没有说过谁站出来认罪，我会放了其他人。"高风晚的枪口在三人的脑袋之间游移，"路易斯，当初你杀害我全家的时候也没有给过他们一个选择的机会。"

高风晚的枪最终停在路易斯的身上，他扣动扳机的瞬间，路易斯大喊："我可以救何年！"

手腕下意识偏了一下，子弹从路易斯的肩膀穿过，射到了对面的水泥墙上。他痛呼一声，捂着肩膀满地打滚。

高风晚走过去，一脚踩住他另一边肩膀，让他不得动弹："你刚说什么？"

路易斯大口大口喘着粗气，像一条被从水里丢到岸上缺氧的鱼："我说……你和何年……不是一伙的吗？你也想……救他吧？我有药。"

他赌了一把，既然高风晚和何年是当年案子中的幸存者，就像命运相连的兄弟，他赌高风晚一定想救他。

"当年的药方……虽然最终发现并无太大作用，但我……在美国的医疗团队……一直致力在这个基础上研发新药。最近……有了成果。"

靳辰见他说话吃力，心疼不已，忙接过他的话头："我可以做证，我们这次去美国就是为了治病。瞒着我爸才说是因为有孩子，其实我根本没有怀孕！"

"你……"靳红星难受得说不出一句话。今晚接受的信息量足以推翻他这几十年来的自尊与信仰。原来他从来没有了解过身边的人，哪怕是自己的亲生女儿。

靳辰此时也顾不上安抚父亲的情绪，她紧紧揪着最后一根救命稻草："我们可以安排何年赴美接受治疗。现在药物还在试验阶段，如果你杀了我们，我们这十年来的努力就会功亏一篑，同时何年唯一的生机也会被一起断送。你放了我们，以命换命。"

第六部分　血翡翠

"别相信他们！何年已经追到门口，我们速战速决快撤！"喜姐从门口探进半个身子，她刚从监视器里看到大门外何年的踪影，于是速速过来通风报信。

"只有何年一个人？"

"目前只有他一个，谁知道他有没有报警通知别人。"喜姐焦急地催促道，"敏加，快动手！再不走来不及了。"

靳辰和喜姐的神经一样紧紧绷着，一触就断。一切都在敏加的一念之间。

"慢着。"高风晚细细思考着，一面是灭门的血海深仇，一面是救命恩人之子的性命，报仇还是报恩？

他思忖良久，稳稳地坐回凳子上："以命换命很公平。不过再具体点说，以一命换一命！"高风晚把重音放在"一"上面，"你们救何年，我可以放过你们其中一人。这个选择权我交给你们。"

9

"放了靳辰。"

"放了我爸。"

靳辰与靳红星同时喊道，靳红星的第一反应是救女儿，而靳辰想和路易斯同生共死，只有奄奄一息的路易斯不发一声。

"看来我们的女婿有不同的意见？"高风晚似乎对这个结果毫不意外，甚至有些隐隐的期待，"肩膀的枪伤到底不致命，出去还有得医。如果靳辰和靳红星今晚都死在这儿，靳家的财产顺理成章就都会落入你手里。以靳夕的手段自然是争不赢你，你心中是在这样盘算吧？"

"不可能。路易斯不会这样算计我。"靳辰对他信心十足。他们共同经历过那么多风雨，再错的事他们为了彼此都可以做，他不可能为了苟活背叛于她。

高风晚有点不耐烦，这出言情剧演得又臭又长。"不要考验我的耐心，我如果反悔，你们一个都逃不掉。路易斯，现在票数是1∶1，你投给谁？"

"救我……"路易斯声音很小，但很坚定。

靳辰跌坐在地上，高风晚的那一声哼笑显得格外刺耳。

三人投票，无论靳辰和靳红星他选择哪一个，都可以有一人获救。但他偏偏选了自己，宁愿让他的票成为废票，来为自己换得多活一秒的机会。

"看清了吧？这才是男人。你以为的情深似海，不过是还没有被逼到绝路而已。"高风晚突然对靳辰起了一丝怜悯，"别说我不给你机会。你亲手杀了他，我仍然可以放你一条生路。"

"我杀了他，你就放了我爸，可以吗？"靳辰抬头看着他，目光如一潭死水，已经没有任何求生欲。

"可以。"高风晚把枪口掉转交给了靳辰。

这枪看似小巧，拿在手里的分量却是沉甸甸的。这和平年代的大小姐哪里拿过枪，她颤巍巍拿起手枪，枪口却是向下微垂的。

高风晚觉得有点好笑："你这是要射他，还是射自己的脚背？"

他从身后扶起她的手臂，握住她右手往后一拉："拉完套筒，子弹才上膛，现在用单眼瞄准。致命的位置有两个，头和心口。"

高风晚握着她的手在路易斯的头部和心口之间的位置游移，确认她瞄准位置后，高风晚松开了手，往后退了两步。

路易斯带着哭腔哽咽道："别杀我。小辰……你知道，我是爱你的。"

"不要犯傻。小辰，你如果开枪，以后一辈子都走不出这个阴影！"靳红星想劝阻女儿，尽管这个女婿做的事该死百次千次，但是绝对不能由她动手。这一杀就搭进去两条命。

靳辰偏过头看着父亲，嘴角勾起一个凄凉的笑容："爸，没有以后了……"

"砰"的一声枪响，因为装了消音器，声音显得并没有她想象中那么震撼。血从路易斯的胸口冒出，他直直向后倒去，嘴形还维持着最后的"我爱你"。

第六部分　血翡翠

鲜血从他嘴里大口大口涌出，高大的身体抽搐了两下就彻底不动了。几只苍蝇闻到血腥味打着转停在他脸上，爬过他的鼻梁，但那浅棕色的眼瞳再也没有动过。

一时之间，满室寂静，高风晚有种怅然若失的感觉。还是喜姐出声提醒："敏加，快动手解决剩下的人，我们就走。"

高风晚从靳辰手边捡起枪对准了她的太阳穴："我很佩服你，真的，只是下辈子别再选错人了。"

靳红星拖着浑身酸痛的身体，挣扎着抱住高风晚的腿："你杀了我！你先杀了我！"

高风晚抖开他的手："留着你的命才能救何年。这是我们的交易，对吧？靳小姐。"

"没错。我的随身包里有一份股权合同，你只要带着合同去加州奎斯特医疗研究所接受治疗就可以，他们只认合同不认人。"靳辰闭上眼，坦然甚至可以说迫不及待地等待接受死亡。

高风晚的手指已经扣在扳机上，地下室的门被人从外面推开，一个人影冲进地下室："敏加，住手！"

喜姐是站在门口离何年最近的人，她下意识掏枪抵住何年的胸口将他阻隔在门外。

"喜姐，放他进来。"高风晚好似在等待着他，他朝何年招了招手，"你是来抓我的吗？"

"我已经报警。你现在要逃还来得及。"

"你早就知道是我？一直在和我演戏。"

"隐隐约约猜到罢了。"

"所以那场直播也是假的吧？网上一点讨论的热度都没有。"

"你让我放模型炸弹却没有后续动作，我猜想电视台一定不止我一个人在帮你做事，所以将计就计陪你演了这出戏，抓出那个'内鬼'，你们

看到的节目是我让波仔定点投放给你们的,普通用户看不到。不过靳夕事先不知道。"何年坦然承认。

"何年,老实说,我对你有点失望。我一直说服自己相信你会做出正确的选择,与我站在一边,但你一次又一次被感情战胜了理智,为了靳夕放弃自己的杀父杀母之仇。当然我不怪你,毕竟你才刚刚想起当年的事,你的仇恨还不深。"

"我没有忘,但一码归一码。即使路易斯和靳红星犯下过不可饶恕的罪名,为什么要牵连无辜?"

"又来了。你和我,我们全家上下三十六口人,哪个不无辜?其实对于你的背叛,我并不意外。我失望的是你总想两头保全以求问心无愧,既不负靳夕也不负我,但世事哪有这么完美?"

"我不全是为了靳夕。你最痛恨的是靳家滥杀无辜,今天你又做出同样的事,岂不是把你变成自己最讨厌的人?"

"你以为我还奢望做个好人吗?"

"如果你不想,为什么要留下假炸弹困住靳夕,让她不被卷入这场危险中。你如果是为了威胁她,一枚真炸弹一样可以达到目的。"

"她呀。确实是个意外……"高风晚想起初见靳夕到现在发生的种种,"一开始接近她就是为了报仇,我给她找了很多麻烦:拍她脱衣服的视频,诱导林姝去瀑布,劝她调查李玲玲,看着她一次次被打倒又站起来,每次都能给我惊喜。所以我说服自己给她一次机会,让幺鸡把'翡翠奴'的案子透露给她,就是看她怎么选择。如果她可以大义灭亲,我就放她一马。事实证明,她没让我失望。"

门外警铃声大作,何年第一反应是堵住地下室的门口:"还有没有别的出口?你们快跑!"

高风晚扭动墙上壁灯,一扇电子门缓缓打开,豁然出现一条暗道,不知通往何处:"你和我们一起走。"

高风晚从地上抓起靳辰,给喜姐使了个眼色,喜姐从腰间拔出手枪并

第六部分 血翡翠

一把扒开何年:"你跟他走,你在这儿守不住。"

"我……"

"你不去不怕我半路杀了她?"事到如今,高风晚的语气依然十分轻松,好像在开玩笑。

何年咬咬牙,走到高风晚身边搀住靳辰的另一只手。两人夹着她往秘道里走,身后的门在人通过后自动合上,狭窄的通道两旁亮起昏暗的壁灯。

"我们去哪儿?"何年既担忧高风晚跑不掉,又担忧靳辰的性命保不住。但这两个问题之间是个死结,就像高风晚说的那样难以两全。

"这栋老别墅的原主人生在抗战年代,所以修了一条逃生秘道,可以直接通到港口。我早就备了船在那儿。我们可以先去临近的福城再转道去台湾。"

"如果没有人追上来,你是不是会放了她?"

"你应该祈祷有人追上来,她还有点用处。不然……没用的人留着干什么?丢海里喂鱼倒也省事。"高风晚瞥了一眼靳辰,对方一直低着脑袋毫无求生的意愿,这让他陡然失了兴致,"没意思。"

从秘道出来是一个户外公园,百米外就可以看到点点渔船星火。此时海边一片寂静,看来公安并没有发现这个出口。

两人挟着靳辰一路小跑到岸边,果然有一艘快艇等在岸边,艇上喷有"Min Jia"的字样:"就是这艘。"

高风晚准备跳上船,何年拉住他不解地问:"你要带着我去台湾?"

"你先跟我去台湾。靳家短时间能转出来的钱我都转移了,到时候我会给你足够的钱送你去美国治病。等你病好了,想留在国外生活还是回来找靳夕,我都不管。留下靳夕一条命也算我对你父母的报恩。这样的安排你满意吗?"

何年心中五味杂陈,高风晚从来不是纯粹的恶人,尤其是对他:"你放了靳辰,我送你到福城。我们就当彼此没见过。"

"你真的很啰唆。"高风晚推了靳辰一把,先把她扔上船,自己紧跟

着跃上,何年别无他法只能跟着跳上船。

"开船。"

船夫熟练地驾驶船只往海中央走,等看不到岸边的灯火后,高风晚松了一口气。他坐到位置上,双腿自在地舒展开。

"靳小姐,要你死在这伸手不见五指的海里,有点委屈你了。"

"无所谓。"靳辰摊在船上,一副任人宰割的模样。

"那麻烦靳小姐背过身去,这么血腥的画面还是不看得好。"

靳辰嘲讽地笑了笑,连自己丈夫的尸体都见过,还有什么血腥的画面不能看。她虽然无奈,还是懒懒地挪动了一下身子,面向大海。

"敏加!"何年见他真的举枪,直接向他扑过去,将高风晚扑倒在船底。整艘船都被他们的重量撞得一晃,船夫费了很大的劲才稳住船体。

可以感受到船突然开始加速,夜风夹杂着海水打到他们脸上。高风晚坐起来环顾四周,猛然发现行驶的方向不对劲,原本已经驶远的岸边灯火越来越近。

"你干什么?"高风晚握住船夫的肩膀把他掀翻过来,对方踉跄一下靠在何年身上才没摔下去。

船夫头上的鸭舌帽掉落,压在帽子下的长发拂到何年脸上,何年闻到一股熟悉的香味。

"哈,我说什么来着,她每次都可以给我惊喜。"高风晚看着面前乔装过的靳夕发出这样的感慨。

"你来这儿做什么?"何年像老鸡护小鸡一样把靳夕揽在怀里。

高风晚忍不住挤对他:"你这不废话吗?她来的理由和你不一样吗?比起为什么,我更好奇你是怎么做到的?"

"波仔查到别墅地址你就急匆匆走了。我让他继续查别墅的建造图,发现有这条地下秘道是通往港口的,我就猜到敏加是打算走海路逃,果然在港口找到这艘船。至于原本的船夫就更好打发了,只要钱给够,他恨不

第六部分 血翡翠

得给你领路。"

果然是靳夕一贯的用钱解决问题的方式，让何年哭笑不得。

"波仔告诉我的消息，喜姐已经被抓了。敏加，你停手吧。幺鸡还在等着你回去娶她。搭进去那么多重要的人，值得吗？"

敏加想起李窈那个傻姑娘，她说除了他没人记得她的名字；即使缅甸那些往事都是他编的故事，她也会心疼地扑在他怀里大哭；他随口说的三十五岁两人没结婚，他就娶她，她一直记在心里。

明明他是个彻头彻尾的骗子，明明他只是个被万人嫌弃的男公关，李窈却将他视如珍宝。

可惜了，注定是要辜负这样一个和他一样的可怜人。

"船上的人都举起手！"岸边有无数激光光线打在他们身上。

高风晚下意识握紧了手里的枪，虽然现在对于他而言情况紧迫，但只需要一瞬，他可以带走这条船上任何一个人。

"敏加，路易斯已经死了，其他人都是无辜的。我们会为你求情。不必有人为此而死。停手吧。"何年时刻警惕着他的动作。

"就当给幺鸡留个希望？"靳夕恳求道。

"希望"这个词实在太有诱惑力，即使对于一个早就绝望的人，尤其对于一个早就绝望的人。

"重复一遍，船上的人举起双手！否则我们就开枪了！"

除了靳辰，其余三个人都缓缓举起了双手。

"还有一个！举起手来。"公安通过扩音器朝他们喊话。

"不要开枪，那是我女儿。她受了惊吓。"靳红星被人搀扶着站在岸边，眯着眼睛打量船上的情形。

公安派船出海将他们带回港口。靳红星确认两个女儿在船上都平安无恙，瞬间热泪盈眶。

靳夕的状态还算稳定，靳辰却像丢了魂一样。靳红星颤巍巍地上前亲自扶住大女儿："小辰，这不怪你，不怪你……"

靳辰不顾这么多年来维持的仪态，像个孩子一样扑在父亲的肩上大哭："爸，是我杀了路易斯！"

靳夕吃惊地看着姐姐，她猜想不到在地下室的那一个小时里究竟发生了什么事。

高风晚微笑着看着眼前这一出他亲手炮制的闹剧，直到被戴上手铐带走。临走前他附在靳夕耳边说："船上有你姐的包，包里的东西记得拿走，算我送你和何年的最后一份礼物。"

10

高风晚，原名敏加，在庭上对自己绑架杀人的罪行供认不讳，最终被判处无期徒刑。

喜姐，原名玛茜，因绑架、走私贩毒等罪名被缅甸警方引渡回国审理。

靳辰虽有开枪杀人的实际行为，但可以证明她是在生命受到胁迫的情况下不得已为之，故法庭宣判无罪释放。

不久后，靳辰被发现精神出现极大问题，不得不送入疗养院接受治疗。一位从小备受瞩目的天之骄女就此淡出人们的视线。后有传闻，其父靳红星不忍女儿孤零零在疗养院受苦，辞去靳氏珠宝董事长职位，将靳辰接出疗养院，两人一同去瑞士散心，归期不定。

李窈知道自己犯下大错，虽然放送节目是假，没有造成恶劣影响，但她威胁伤害靳夕是真。高风晚的判决下来后，她主动向何年提出辞职。

"你想清楚了？这件事我并没有上报，你不是非走不可。"

"其实这些天我脑子一直浑浑噩噩，没法想清楚。不过我知道，离开这里会让所有事情变得简单。"

"如果你一定要走，我可以批。"

靳夕从小办公室的玻璃门外探出半个头，朝幺鸡狡黠地眨了眨

第六部分 血翡翠

眼:"等等我,我也想辞职呢。不过晚一点,你再帮我做一期节目。"

幺鸡有点为难,事实上,她现在仅仅是见到靳夕都觉得无法面对:"节目的事你可以从别的组抽调人手。"

"没有别人,只有我们,只有深调组的人能做。"靳夕握住她的手,"这是我们《她说》做的最后一期节目,老曹也会回来帮忙,我希望一个都不要少。"

"如果因为我你才要走,没有必要。要走的也应该是我。"出了敏加的事后,何年同靳夕一直没有私下单独接触过。大概是那些往事太过沉重,拿不起,又放不下。

"别自恋了。我爸天天给我发瑞士的美景美食,我想过去陪他们。再说了,我可是有万贯家财要继承的人,怎么可能一直做记者。"她满脸轻松,他们也不拆穿她的伪装。

"那……最后一期节目你想做什么?"

"《血翡翠》。"靳夕想得很清楚,"敏加当初用模型炸弹威胁我,无非是想让灭门的冤案大白于天下,他的诉求是合理的。不管是为了楚家,为了枉死的翡翠工人,还是为了给何老师父母正名,我们都责无旁贷。"

"这期节目你还是想做主播?"

"除了我,谁能最公正地报道这件事?"

不知不觉中,幺鸡发现有温热的液体滑过脸颊。她慌乱地抬手用衣袖擦了擦脸:"小夕,我替敏加先跟你说句谢谢。"

最后一期节目如期播出后,像他们曾预想的那样,靳氏集团及靳夕本人都受到很大的质疑,但也有很多支持者认为她秉持了新闻人的公正,对她大加褒奖。

闺密林淼淼依旧在第一时间向她发来了慰问:"这回我真是太佩服你了,干了我们所有富二代圈不敢做的事:大义灭亲。我亲爹说如果这是他女儿,他会拿着扫把亲自把她扫地出门。"

"我亲爹说欢迎我随时去投奔他,他接着养我二十年。"

"还是你爹女儿奴。你什么时候去瑞士啊？"

"怎么着？要一块去？"

"我现在走不了，我爹嫌我不争气给我报了个中欧总裁培训班。八十万一学期，我敢逃课腿会被打断。不过我听说瑞士新出一个面膜超好用，我想让你帮我代购。"

"行，等我到了给你邮一箱。作为交换，你给我邮一箱辣条。"

"你能不能有点出息？"

两人在嘻嘻哈哈中忘了打电话的初衷。想起第一期节目出来时，她还通宵不睡去刷评论，用小号在网上和喷子对骂。现在进化版2.0的靳夕已经懒得再去看评论，不管是褒是贬，都对她无甚影响。当心中那条路变得清晰，耳边的声音就不那么重要。

靳夕临走前，去监狱探望敏加。

敏加在狱中清瘦了不少，剃了个寸头，反而显得越发有男人味。

"啧啧啧。我有点好奇自己作为资深颜狗当初为什么没对你一见钟情？"

"赶明儿何年来探我，我会把这话转告给他。"

提到何年，靳夕反而敛了一点笑意，转移开话题："对了，你有没有看我们最后一期的《她说》，是你想要的效果吗？"

"在狱里看的，听狱警说还有不少人写信到监狱给我求情减刑。真是挺有意思的。小窈昨天还跟我说，很多网友想要我写个自传。我准备这段日子闲着没事来出本书。"

"真行。坐牢还不忘创业，活该你发财。"

"借你吉言。"

两人笑了一阵同时静下来，氛围变得有些微妙。

"你和何年怎么了？他也不怎么肯提你。"

"能怎么样？你留给我的'礼物'我交给他了。听说他最近准备动身去美国治病，我也准备去瑞士，可能就这样吧，分道扬镳。"

"不可惜吗？谁看你们俩都是命中注定的精神伴侣。"

第六部分　血翡翠

"你没听说过吗？有时候羁绊越深的人越要远离，过日子找个萍水相逢的人就差不多了。"

"说得跟真的似的。哪个名人说的？"

"靳夕大小姐说的。"她神气地指了指自己。

"神经。"

狱警敲了敲门提醒他们探访时间快到了，靳夕先站起身，突然想起什么，从包里掏出一个锦盒。

"差点忘了，我还你个礼物。"她打开锦盒，里面露出一枚翠绿欲滴的翡翠佛牌，"或者应该叫，物归原主。"

敏加隔着玻璃"抚摸"过翡翠的纹路，这是他血脉相承的证据，也是他一生悲剧的开端。

"狱警说他们不能代保管这么贵重的东西。我会交给幺鸡，就当替你提前给了提亲聘礼了。"

"喂，靳夕，你少给我自作主张！"敏加有些急了，虽然幺鸡每次来探监都信誓旦旦一定要熬到他出狱，但是他不愿意让她等，谁知道是二十年还是三十年。一生最美好的年纪也不过这么长。

"我替你打听过了，好好表现争取减刑可以到二十年以上、二十二年以下，如果有重大立功表现可以减到十五年以上、二十年以下。人家有过先例，有杰出贡献的无期徒刑犯人最快十四年就出来了。与其和幺鸡争来争去，不如用你那脑瓜子争取减刑，早点出来。"

"说别人倒是头头是道。"敏加嘟嘟囔囔。

靳夕背过身，潇洒地朝他招招手："再见啦。再也不见了。"

靳夕办理离职手续算是最晚的一个，她从墙上的工位表里摘下自己的照片时，旁边已经都空了，只剩波仔一个人。听说波仔要转去IT部门，深调组就算彻底消失。

这是他们曾经发誓要奋斗一生的职业，可有人在路途中迷失自我，有

人被生活所迫放弃理想，随着一个又一个调查记者的工牌被摘下来，象征着西京电视台一个时代的结束。

三年后，何年的病早已痊愈，身体变得比病发前还要结实。他成了一名摄影师，足迹遍布全球，专拍世界各地的珍稀动、植物。

随着作品越来越有名，有代理人找上门来。何年生性讨厌应酬，索性签了经纪人，把作品都交给他们打理。

最近经纪人帮他接了一个跟拍纪录片的活儿，拍摄点在玻利维亚。何年本来不想接这种影视团队的活儿，在他看来，不管是文艺片还是纪录片多少有点沽名钓誉的嫌疑。但对方选择的主题是报道一种即将灭绝的蓝喉金刚鹦鹉，全世界只剩玻利维亚有不到一百只。他抱着私心想去碰运气，看看能不能拍到一只蓝喉金刚鹦鹉。

何年一边擦拭着镜头，一边耳朵夹着电话同经纪人理论："我都到玻利维亚三天了，传说中的拍摄团队还没有到，是不是骗子呢？"

"怎么会呢？人家这么大方的五星级酒店给你管吃管住，预付款也已经打进账户，你还担心人家骗色不成？"

"那对方有没有说什么时候会来？"

"应该是今天到，我听说好像是因为过关带了辣椒还是什么违禁食品被抽查到，导致延迟了半天。你再等等。对了，你待在房里没事做可以看看他们团队拍过的纪录片，有一部还拿过大奖。挺有名的，叫《尘土之裙》。你先去了解一下。"

"什么年代了？出国还要带剁辣椒。"何年忍不住吐槽。

他本来是抱着打发时间的态度，在油管上搜到这部纪录片投屏到幕布上，一边擦拭镜头一边看，结果仅仅是一个开头就吸引了他的目光。

这部《尘土之裙》拍摄的主角是战地女记者。导演去了叙利亚、也门等世界上正在发生战争的国度，拍下了战火中各个国家的女记者的双眼。那一双双坚毅又充满风情的双眼让何年想起母亲孔雀蓝头纱下最温柔的双

第六部分 血翡翠

眼,不禁被代入了其中,手中擦镜头的动作也逐渐停止。

三个小时时长的纪录片,何年一直看到演职人员的目录。在一串外国人的名字中,何年看到了导演那一栏是一个明显与众不同的拼法:Xi Jin。他的心猛地跳一跳,这究竟是一个美丽的巧合还是如他所料。

门外响起一群外国人大声谈笑的声音,似乎隔壁房的房客入住了。何年放下相机,打开门去察看情况。

一群挂着工作牌的老外正提着行李箱往隔壁房里走,何年叫住他们礼貌地问好,确认他们就是合作的纪录片团队。

不过团队中并没有见到那张熟悉的面孔,何年觉得心里有点空落落的。果然是自己想太多了。

"今天会开始拍摄吗?"何年问道。

"不急,Ms.Jin还在'天空之境'拍火烈鸟。兄弟,要不一起去喝一杯?这可是我们正式开始地狱模式的工作前最后的放松。"

何年有些恍惚,原来真的还有一个Ms.Jin。他礼貌地拒绝了对方的邀请,带着相机出门。

一月,正值玻利维亚的雨季,是观测"天空之境"的最好时期。

"天空之境"其实就是乌尤尼盐湖,被称为离天堂最近的地方。那里水天一线,湖平如镜,当人漫步在"镜面"上仿佛身在云端,时间静止,整个世界都变成了一个梦境中的独特空间。何年这些天已经在这里消耗了无数胶片。

他到的时候,正值日落。夕阳给原本澄蓝的天空之境撒上一层金辉,马丁靴踩在盐白晶上有沙沙的轻响,踏碎了满地金黄。此时的游客很多,放眼望去看不出哪个是故人。

何年正一筹莫展之时,一只火烈鸟迈着"大长腿"逃命似的从他面前奔过去,打破了镜面的宁静。

"喂,你别跑啊!我还没拍到你俩交配呢!"火烈鸟身后传来熟悉的中文。

何年顺着声音看过去，看到一个头上披着大红色极有异域风情披巾的年轻女孩半蹲在地上，长长的头巾和裙摆被盐水沾湿了她也毫不在意。满脸的懊恼都是对于火烈鸟"半途而废"的不满。

比起三年前，她好像黑了很多，显得整个人精瘦，但是身材匀称而自然，一看就是经常锻炼才有的健康体型。

他忍不住拿起相机朝她按下快门，在这离天堂最近的地方，他重遇了他的天堂。

听到快门声，女孩朝他看过来。那陌生又熟悉的身影占据她满眼满心。

女孩提起裙摆朝他奔来，到他面前才急刹住车："Hi，你好。我是你的纪录片导演靳夕。"

何年有点无奈却还是配合地朝她伸出手："你好，我叫何年。'不知今夕何年'的'何年'。"

敏加在牢里收到他们的婚礼请柬时，极为不屑地回了一封信："说好的分道扬镳呢？"

"我们这叫，分开旅行，殊途同归。"

放不下的人和事，不管走得多远，终会殊途同归。